平静的海

张莉 主编

2024年
中国女性小说选

2024
Selected Chinese Women's Fictions

江苏凤凰文艺出版社

图书在版编目（CIP）数据

平静的海 : 2024年中国女性小说选 / 张莉编. 南京 : 江苏凤凰文艺出版社, 2025. 4. -- ISBN 978-7-5594-9240-1

Ⅰ. I247.7

中国国家版本馆CIP数据核字第2025ZY1573号

平静的海：2024年中国女性小说选

张莉　主编

出 版 人	张在健
策划统筹	孙　茜
责任编辑	李珊珊
特约编辑	余慕茜
装帧设计	马海云
责任印制	杨　丹
出版发行	江苏凤凰文艺出版社
	南京市中央路165号，邮编：210009
网　　址	http://www.jswenyi.com
印　　刷	苏州市越洋印刷有限公司
开　　本	880毫米×1230毫米　1/32
印　　张	14.5
字　　数	335千字
版　　次	2025年4月第1版
印　　次	2025年4月第1次印刷
书　　号	ISBN 978-7-5594-9240-1
定　　价	59.80元

江苏凤凰文艺版图书凡印刷、装订错误，可向出版社调换，联系电话 025-83280257

目录 Contents

序言　　生成女性写作的新语法　张莉　　001

爱

隐秘碎片　徐小斌　　003

许多树　叶 弥　　028

平静的海　艾 玛　　046

心的形状　二 湘　　062

白日月光　王海雪　　092

初雪　蒋 在　　120

秘密

春江水很暖　林那北　　141

无事　何玉茹　　158

看见盐柱的寻常一天　张怡微　　175

肾上腺素　辽 京　　197

一个人的塔吊　庞 羽　　223

妙尔　余静如　　236

波密人的历史时间　李嘉茵　　260

远方

邮差藤小玉	须一瓜	289
清空	陈 谦	314
踩云彩的大脚板	马金莲	336
行行重行行	汤成难	363
醉马草	娜仁高娃	383
水中鸥	修新羽	396
土地的飞行	胡诗杨	416

圆桌讨论：平静的海面下有什么？   433

序言

生成女性写作的新语法

张 莉

从 2020 年至今,"新女性写作专辑"已经走过 5 年时间。这些年来,随着"新女性写作"越来越受到关注,我在不同的场合也被问及同一个问题,"新女性写作"在何种意义上称之为"新",难道仅以年龄之新、面孔之新来判断吗?如果不是,新应该包含什么?今天的我们如何在深层次理解新女性写作之新,是我最近一直思考的问题。

在今天这个时代,我们都会慨叹,写出新鲜之作,引起读者的新奇反应,引领时代新的艺术审美何其难。但与此同时,我们也会看到,世界范围内,依然有新的女性写作范本不断涌现,新的女性文学作品获得广泛认同,新的女性故事正在生成,世界女性文学审美也在发生巨大而深远的变革。——新女性写作之新,当然,包含着作者之新、事件之新、人物之新,但同时包含着写作者面对日常生活素材如何建设新的语法、新的视角、新的美学、新的艺术价值观。

一

2024 年 10 月,我和译者陈英女士一起参加了在清华大学举办的《我的天才女友》的分享会，清华学堂里座无虚席，都是《那不勒斯四部曲》的年轻读者们。如果不是在现场，很难想象五百位观众座无虚席，都是因为一部文学作品而来。当然，我和在座的读者一样，也喜欢《那不勒斯四部曲》，喜欢由这部作品改编而成的《我的天才女友》。事实上，我认为《那不勒斯四部曲》是极具阅读价值的一部作品，值得青年写作者认真学习。《那不勒斯四部曲》写的是两位女性莉拉和莱农几十年的友情。阅读过程中，我多次受到触动，尤其是关于人的重要成长时刻的讲述。莉拉是女主人公之一，作家写了她的三次觉醒时刻，小说中使用了一个词："界限消失"。

少年时代，莉拉特别崇拜哥哥，有一天，她和哥哥以及小伙伴们到天台上看焰火时发现，哥哥所表现出来的陶醉，和旁边的男孩子们没什么不一样，这一刻，莉拉意识到哥哥是一个普通人。这是日常生活中的一刻，我们生活中也有那样的时候吧？忽然的发现，忽然的顿悟，我们和这个人之间的界限消失了。小说或者电视剧都将这一刻放大、凝视，莉拉感受到震惊，以前特别崇拜的那个人，光环在慢慢消散。再后来，莉拉去工厂做工，她慢慢看见了资本家，了解到什么是资本，那又是一次"界限消失"，她感到了恐怖，觉得世界在眼前发生了变化。第三次是遇到那不勒斯大地震。所有人都惊慌失色，所有坚固的东西都在摇晃，中年的莉拉意识到，这个世界没有什么东西是一成不变的，没有什么是值得完全依赖的。小说中关于女性成长的顿悟时刻写得真实、切肤而又深具力量，让人读来久不能忘。

读这部作品，我想到写作者如何使用生活素材这一问题。有些作家笔下，每句话、每个场景都来自现实生活，但读起来却感觉虚假。还有些作家写当下之事,过两年三年后再读会觉得它过时,读者不能共情,这是作家处理材料的方式出现了问题。什么是好的作家呢?她/他要调动人类共有经验。支撑读者热爱一部作品的关键要素,在于它能够凝聚读者的共鸣和共情,当作品讲述了人类普遍的共有经验时,才能获得读者超越时空的喜爱。

想想吧,我们每个人都有发现世界摇摇欲坠之时,我们读过的小说中,也常有讲述一个人的成长、一个人的醒悟的时候,有时因为背叛,有时因为欺骗等等,这是小说家们常用的素材。《那不勒斯四部曲》之所以给人震动,在于它所提供的对世界的原创性理解。小说中将这样的时刻命名为"界限消失"。一个人和世界的界限慢慢消失,将带来什么?带来震惊、讶异、震动,幡然醒悟,以及迅速成长。

我们可以从很多层面讨论《那不勒斯四部曲》为读者所带来的震撼,但在我看来,小说关于界限消失的原创性表达最发人深省。"界限消失"在小说中它指的是莉拉的觉醒,但这个词本身它并不拘泥于只是指代于此,它有延展性。今天的我们会发现,网络与现实、人与机器人之间,都可以被称为"界限消失"。这个界限消失,往往伴随着人对世界的重新认知。费兰特完成《那不勒斯四部曲》时,AI技术还没有如此迅猛的发展,但是,今天把界限消失用在AI时代也是适用的,这便是从女性视角出发所带来的对世界的新理解。

费兰特在小说中使用的,其实都是日常词语,写的是我们的日常生活,但生活/词语在她的笔下,却变了模样,有了新的意味。包括女友这个词,这难道不是我们日常生活中常用的词吗?但是,通过凝视、放大的方式,通过重新征用"女友"这个词,费兰特写出了我们人人心中有，却无法用语言精准传达的那种感觉。原来，女友并非只是男人对于女朋友的称呼，一起成长的女性之间也是可以互相称之为女友的，她用这样的方式将在男女框架里的女友这个词解放了出来，这让人欣赏。

好的文学作品有神奇点燃的能力，它点燃我们习以为常的生活使之成为新质的、深具启发性的灵性时刻。今天，为什么《那不勒斯四部曲》在豆瓣、在小红书，在各种社交平台上有那么多的人阅读，愿意分享对这部作品的理解？是因为它有切肤感，它对我们身在的生活有直接的触动、有直接的启发，它能够使我们重新观看生活、重新理解他人、重新理解自身。

二

2024年，韩江获得诺贝尔文学奖，也使《素食者》进入大众读者的视野。妻子决定不再吃肉而吃素了，于是，妻子变成了怪人。丈夫带她去烧烤店跟上司吃饭，因为不能吃肉她变成了话题，一个格格不入的人。丈夫厌烦她吃素，希望岳父岳母和家里人说服她，但父母也不能理解，在家庭聚会上，爸爸让她的姐姐和弟弟摁住她的胳膊，然后夹一块肉使劲塞到她的嘴里去。女人爆发了，去厨房拿水果刀割腕，宁死也不吃肉。韩江将日常生活里的暴力和权力关系写得如此触目惊心，我相信，读过《素食者》的人都对这一场景难以忘记。

《素食者》由三个中篇构成，第三部分名为"树火"，我对姐姐这个人物印象深刻。从姐姐的视角出发会看到，妹妹小时候非常瘦，父亲老打她，有一天妹妹说不想回家了，但姐姐把她拽回去了，多年后姐姐明白了，妹妹其实一直处在暴力之下，所以，想逃脱、想变成植物原来是有原因的。小说最后，姐姐带着妹妹逃离了精神病院，看见周围的树像熊熊烈火。

《植物妻子》是韩江27岁时写下的故事。有一天丈夫发现妻子身上淤青一片，之后又察觉到妻子越来越不想吃东西，去看医生，医生却说没病。丈夫想起妻子原本就不想结婚，想周游世界，觉得整个城市到处都是一样的马桶、洗澡间、厨房，没意思，不想在城市生活，后来她遇到了丈夫，恰好丈夫也喜欢植物，所以两个人就结婚了。妻子有一天跟丈夫讲城市没法待了，下着的雨都是脏的，丈夫生气地在阳台上接了些脏雨，直接把脏水甩到了妻子脸上，还说"你还想怎样，还想做市长啊"之类的话。妻子摔倒在阳台上，此后便沉默寡言。有一天丈夫出差回来，发现家里乱七八糟，找不到妻子了，后来发现妻子在阳台上，变成了植物。丈夫意识到妻子不能喝脏水，就去给她倒清水。接下来，小说写了妻子曾经和妈妈的对话，妻子说："实在忍受不了，我特别想走，我特别想成为一个植物，喝清净的水，看阳光，我想自然地生活。"结尾处，丈夫每天去阳台上浇花，他知道那是妻子。后来到了秋天、冬天，妻子要枯萎了，丈夫拿到了植物结的果实，放进嘴里觉得那果实跟别的果实不一样，想着"这是我女人的果实"。

《植物妻子》还有个译名是《我女人的果实》，不过很显然，《植物妻子》这个名字更有文学标识度。当"植物"和"妻子"放在一起的时候，便生出了一种陌生感。这种陌生感使得我们在看小说时，会迫切地想知道妻子是如何变成植物的。——就像卡夫卡《变形记》中主角变成甲壳虫那样具有开创性，韩江使人物变成植物,起初描写妻子身体淤青、胳膊和腿越来越绿,最后读者不再纠结于她究竟是如何变成植物的,而是关注她渴望干净的水、空气,不想与人交流,追求自由生活的状态,从而产生共情。在这个故事里,社会呈现出丛林法则,依次是人、动物、植物,而这位女性却愿意成为植物,这是非常新颖的,但也不是不可以理解的设定。

三

韩江并不擅长讲故事,但是,她善于捕捉意象,有着非同一般的截取素材的能力。尤其是,她善于调动和使用她的女性触觉。比如《素食者》中杀狗这一情节,小时候,英慧的腿被狗咬了,爸爸很生气,要把狗打死,吃狗肉。爸爸把狗放在摩托车后边拖着它跑,等狗累了,再给它一刀,这样狗肉就特别好吃。女主角当时也吃了肉,小说中写道,"我也吃了那肉,但我知道我是有罪的",每次一想到自己吃狗肉这件事情就觉得恶心,成长后她就决定自己不吃肉。这样我们就能慢慢理解妻子为何想成为植物。她不是激进地宣称要成为素食主义者,而是很被动、柔弱地反抗,只是说"我不想吃肉"。但是,不想也不行,父母和家人打着"为你好"的旗号想改造她。正是对幽微日常生活中权力的展现,这个人物的际遇在东亚地区引起共鸣。韩江有着强烈的女性视角,但读者们喜欢她,并不只是因为她的女性视角,而是她通过女性视角写出了整个人类的际遇,刷新了我们对世界、对权力的敏感度。

此刻,我也想到中国作家萧红,她在运用写作素材时,也有很多独特的经验。比如《呼兰河传》里写玫瑰开花,"后花园里有一棵玫瑰,一到五月就开花,一直开到六月。花朵大得像酱油碟,开得很茂盛,满树都是。花香招来了许多蜜蜂,嗡嗡地在玫瑰树周围闹着"。"酱油碟"是厨房里的寻常之物,用之形容玫瑰花,这是典型的女性视角下的比喻。像萧红也好,韩江也好,她们都使用了以家庭日常、厨房里的物件来做喻体。这当然是因为女性对这些事物的熟悉,但其实也是用这样的方式重新看家庭里的事物,厨房里的事物。

2024年底,我在电影院里看了邵艺辉导演的《好东西》。《好东西》中有大量关于吃饭、家族聚会、养孩子等家庭生活的场景,在我看来,它的独特之处在于构建了一种新的女性叙事方式。这种语法体现在哪里?比如电影中有一个场景,小叶让小孩猜声音:"咕噜咕噜,这是什么声音?"小孩会回答是河马的声音、海浪的声音,这些都属于大自然中广阔而美妙的声音。然而,镜头切回的却是王铁梅的日常生活:西红柿散落在台阶上的声音、楼道里的声音、切菜的声音、煮饭的声音——一个母亲在厨房里忙碌的声音。小孩儿回答的是大自然的声音,而观众看到的却是日常生活的场景。这两种声音与画面的并置,便形成张力十足的电影语言。这是两种语法的并置,一种是美的大自然的声音,一种是新的家庭生活的声音。这样的处理,与萧红形容月季花开得像酱油盘子那么大是一样的道理。这是属于女性的语法,它建立的是"酱油盘子"被重新认识,建立的是家庭生活被重新认知。你听,切菜的声音,煮饭的声音,拖地的声音,如同海浪、如同大自然一样美好、美妙,是美好生活的一部分。

这是以新的方式重新构建生活风景，女性生活的风景，厨房里的风景。它轻盈、幽默、放松，但同时也有识见、有力量，《好东西》是一部举重若轻，气质卓然的作品，在今天的电影创作领域，有着一骑绝尘的魅力。在我看来，她的叙事手法其实在引发"隐藏的地震"，这部电影正在创造一种新的语法。

今天的女性写作之新，在于观看视角的刷新，在于叙述视点的位移，在于使用新的价值观去认识生活。要用新的角度理解世界，要用新的形式去表现日常生活。如此，我们时代的女性文学才会拥有属于我们时代的新语法、新表达、新范式。

四

今年已经是女性年选的第六年，也是我希望以编选方式推动女性写作新语法生成的第六年。经过反复考量，我把"平静的海"作为2024年女性小说年选的标题，《平静的海》是作家艾玛的小说，感谢艾玛的授权，这实在是一个张力十足的题目。——海怎么可能是平静的呢，即使我们看到它表面上风平浪静，但那也只是表象，每时每刻，海都有它的喜悦、不安、浪花翻飞，一如我们所读到的这二十个女性故事，阔大辽远，平静中有不安，躁动中有舒缓，这些故事所记下的，是属于女性日常生活中的"心潮澎湃"。

女性散文年选，我选择"有情"作为散文年选标题。《有情》是鱼禾的作品，感谢鱼禾老师的授权。读散文年选的过程，是看到世间的"有情天地"，被作品中所凝聚的情谊打动、内心翻涌共情与共鸣的阅读旅程，这些作品让人深深意识到，女性写作并不孤单，作为女性的阅读也从不孤独。如果说女性小说年选是2024年度深具代表性的女性故事的集中呈现，那么，女性散文年选则是2024年度深具感染力的女性情感的鲜活表达。希望朋友们喜欢这些作品，也期待更多的朋友拿起笔，写下自己的人生。

  感谢编选团队的年轻人，和他们讨论的时光，是我工作中最难忘的时刻。感谢女性小说年选编选团队的程舒颖、张凌岚、万小川、吴韩林；感谢女性散文年选编选团队的易彦妮、谭镜汝、查苏娜、万婧，因为有你们的参与，女性文学年选得以汇聚了最年轻的眼光。

  从今年开始，年选将附录年轻人的阅读感受并以圆桌会议的方式呈现，希望更多朋友了解年轻人之于这些作品的理解和认识，我也希望以此方式记下文学现场最年轻读者们的声音，我相信，00后一代青年会带来独属于春天的清新气息。

2025年2月28日

Love

爱

隐秘碎片

徐小斌

一

1

那个冬天的雪，如同椰子油一般黏稠。

多年前依依写了一个故事，写一个女人遇见了她心仪的男人，然而结婚不久男人就患绝症而亡；后来依依真的遇见了她心仪的男人，然而……那个男人竟然就得了她书上写的那种病。她想尽了所有的办法，花光了所有的钱，最后男人还是走了。恍惚中她按照书中写的，没有火化他，而是把他完整地埋在了一棵大榕树下，期待着他的转世再生。

每逢遇到悲伤难过的时候，她都会坐在这棵老榕树下，默默地祈祷，直到鬓发如雪。那一天，飘雪的时候，她突然悟到："故事，可不能随便写啊。"

2

洱洱终于明白为什么喜欢《寂静之声》了。因为世界就是

"寂静"和"声"。暴风雨前总是很寂静。

月亮挂在天际,令人神往的寂静,拴住了很多人的心。嫦娥偷吃灵药升月,为的是让后羿仰望她,因为后羿有一天问她:"爱与尊重不可兼得,你到底要哪个?"嫦娥说她都要,后羿说不可能,说完就拿着弓箭射日去了。

嫦娥进了广寒宫,看到后羿的注目和神往,心中暗喜。

她要的就是让他永远凝神看着自己,爱,又尊重。

然而她和他也因此永远分离了。

3

在一种近乎冥间的静寂中,叁叁突然听到了一个沧桑的声音。

嗯?她是不是糊涂了?无意间按响了哪盘 CD 的开关?

是《黑色星期天》!——那个在第五乐段出现的著名的死亡之音!

她呆住了。

在音乐史上,这首诡异的曲子曾经导致无数人自杀!在它的第五乐段三分十秒出现的那个声音,是死神本人的声音。

接下来的事情更加吊诡——那段音乐无法停下来,她知道原创者那时的传播方式是黑胶片,反复播放一张黑胶片,最后的结果就会倒放。

原来导致无数人自杀的秘密就在于倒放!

许多奇怪的音阶出现了!……

她乱了方寸,那些奇怪的音阶以铺天盖地的方式笼罩了她。

她想找开关,却无论如何也找不到,她看到房间里的幢幢鬼影,知道是死神在追赶她,她唯一自救的办法只有逃离。

4

童年时,丝丝忽然喜欢了母亲的皱纹。

无聊的时候,她决定用自己的脸做实验。

那时最好的护肤品只有友谊面霜,她用不起,只好用蚌壳油擦脸,擦一半。青春的脸蛋儿,什么不抹都可以,白里透粉,洋溢着光泽。

然后,随着时代的进展,蚌油变成了雪花膏——片仔癀——大宝——旁氏——SK-Ⅱ——莱珀妮——海蓝之谜……中间经历了很多拿不准的护肤品,譬如那个在1990年代引起轰动的假美白事件,她也是大胆用右脸实验了的。

她的左右脸渐有变化,用于各种实验的右脸慢慢有点松弛,起了皱纹。

后来她家的邻居,一个长着黄牙的山西老太有次端详她,说:"这娃怎么长了个歪脸?"

她这才细照镜子,发现自己的左脸和右脸已经明显不同,左脸,娇嫩如初,右脸长出了细密的皱纹,而且灰暗无光。

她明白自己的实验应当停止了。

但为时已晚,她的右脸已经无法挽救。

她心如刀绞,悔恨自己童年时的荒唐决定。

一切源于无聊——无聊是万恶之首?

5

伍伍,肤白貌美有才华,会聊天儿。对谈恋爱特别有研究。她谈了一轮又一轮儿,可就是没有结果。她内心纠结,不知如何是好。有一天,她终于接到暗恋已久的名导演的电话,请她去家里"看热带鱼"。她去了,他终于做出她盼望已久的动作,可是刹那间,她的大脑突然换了频道:"我若这样容易上床,他会觉得我是个轻浮女子……"于是她强压欲念,以典雅矜持的姿态轻轻推开他,嘴角上全是清淡的微笑,她能够感受导演不解的目光,她已经准备好了欲拒还迎的下一幕,她的自尊心在那一刻得到了巨大的满足——是那位帝王般的有着无数粉丝和倾慕者的名导主动在追求她而遭到了她的婉拒!

她的婉拒当然是为了更宏伟的目的:一夜情太小儿科了,她要嫁给他!做他的夫人!当正宫娘娘!

只要当了正宫,其他的一切都无所谓了。随便他去拈花惹草,男人嘛……

然而,她再没接到他的任何信息。

深夜,她忍不住给他发了条无伤大雅的微信,却发现一条"你还不是他的朋友……"。

原来名导已经把她拉黑了……

6

曼陀罗实际上是一种神秘的花,有一种传说,古印度婆罗门教的湿婆神,手心上有一朵曼陀罗花。曼陀罗每当月圆之夜便发出香气,吸引大批的瑜伽行者。

陆陆对曼陀罗的概念停留在多年前。一位气功大师在家里接待了他们一行。大师说,大家坐好,坐成一个曼陀罗坛场。

然后,真的,她感觉到了一阵什么掠过,不是风,也不是气流,不知是什么,她的身体开始向一边倾斜,不由自主,同时在那一瞬间，她分明看到所有的人都在向一边倾斜，如同风吹麦浪。

过了几秒钟，又不由自主地向另一方向倾斜。

从来不相信气功的她，在那一瞬间真的信了。

但是月余之后，朋友突然告诉她，大师死了。

那时她才知道：原来大师每天为了练功，昼夜不眠，把自己蜷成一小团儿，每天只吃一块饼干，如是多年。

更可怕的是，大师每次为了显示自己的功法，都会耗损大量能量，特别是，因为名气太大，他被一个大款包了，如同旧时代逼着名伶唱堂会那样被包了。

几天之后命丧黄泉。

她竟难受了好几天。

7

漆漆是个画画儿的。去国多年，留在国内的闺密只有一个：H。

H嫁给了一个老外。

她送给H一个披肩做结婚礼物。H大怒。H说这样的披肩批发市场就可以买到。H说喜欢的是她家的壁毯。

她的壁毯是她珍藏的宝贝，在尼泊尔买的，上面用手工绣着天方夜谭的图案。国王穿着波斯细密画式的服装，躺在华丽的地毯上，半裸的皇后靠着国王的身体，穿一条石榴红绣花的裙子，绣的也是波斯细密画的图案，两个浑圆的乳房很嚣张地裸露着。底子是那种香槟金和玫瑰金的混合丝线，其实价钱并不贵，可她就是喜欢，把自己喜欢的东西舍给别人，无疑就像是割了她的肉。

但她又怕H，她知道H在内地的人脉，得罪了她，别说参加什么拍卖，就连办个普通的画展都没戏。她心一横，到J国最著名的假货市场买了一套包装精美的四件套卧具，以她的审美，自然是高级的，但她知道大陆人不会知道这些东西的价码。

于是H对她多云转晴。

但也只是表面上的多云转晴，H转脸就对芭芭说，漆漆吗？她是个大嘴巴、小气鬼。

8

芭芭用最省钱的方式环游地球。

她坐最廉价的火车和灰狗，从一个城市转到另一个城市，她听惯了车站地板上小孩的哭声，看惯了布满皱纹的脸上的哀伤，有时一觉醒来，正躺在某一个国家展翅的纪念铜像下面，这时候她就会向路人要一根烟，深深地吸上一口。

每当她绝望的时候，她就会在自己的手腕上拉一道浅浅的血痕，学着中世纪巫婆的方法，把血涂到丛林的叶子上，试图从叶子上找到什么咒语。有时她会租辆车，开进实验室附近的停车场，从车里偷窥白色实验室里那些神秘的器具。有时候她会认错房子、街道或者楼梯，透过钥匙孔窥视，发现每间一样又不一样的厨房。饿极了的时候，她会按响门铃，用古怪的神情向站在面前的人要一块面包吃。

她的足迹冻结在很多国家的很多条小路上，她索性不化妆，就那样裸脸示人，接受雨滴的鞭打。她有时会睡在废弃的工厂里，可是有一次，她看见一个士兵拿来一桶汽油，另一个准备点火，她跳起来，用风一样的速度跑开了，她刚刚停下来，就听见身后巨大的爆响。

那是深夜,她觉得自己很可能迷失,她穿过被遗弃的果园、葡萄园和长满荆棘的堤岸,靠着萤火虫的小灯笼和飞过的流星照明,听见下面急流吼叫,有崩落的雪和着阴冷的硫黄的颜色滚滚而下。

终于在冰天雪地里她看见了一列火车停在车站。而月台上空空如也。

9

玖玖之所以在 S 国待不下去,大抵是因了她的房东。

她一向认为,好男人应当智慧、慷慨和仁慈,但房东似乎这三大要素一条也没有。

房东的抠,令人发指。

每天有三个 Home Stay 小鲜肉在这儿吃早晚饭。早饭匆匆,他们经常不吃或者带个大面包就走,晚饭,房东经常是拿一星星过期的肉,炒成肉末,然后放点剁碎的菜,葱花是不能少的,否则怎么会香,菜是从后园子摘的,一分钱不花,炒香之后,把昨天一大锅剩饭放进去,炒啊炒,放盐放蚝油放味精,一大把味精,否则怎么会在外面有做饭好吃的名气。她看了就想,坚决不能把孩子放这儿读书,一点营养都没有,身体都垮了。其实只要五十 S 币就能在 Costco 买一车美食,足够一家人吃一周的,而孩子们的父母每月交三千 S 币。这位貌似善良的房东在挣钱方面可一点不手软啊。

她看见放在灶台上的萝卜缨儿,从后院拔的,已经烂了。心想,房东可千万别让我吃烂萝卜缨儿啊。

几天以后,一盘香喷喷的"香椿炒蛋"搬上了桌,她吃了一口,吃出烂萝卜缨儿的味道。

还好她只吃了一口。

10

实实年轻时很漂亮,她的漂亮四邻八乡都有名。她心高气傲喜欢恭维,习惯于以自我为中心。那个男人给了她这些,于是她嫁给了他。但是且慢,那个男人不可能永远给她这些。

于是她负气带女儿出走京城,做了二十年保险,赚了一些钱,每年只回老家一次,每次只待三天。

她想,总有一天,男人会跪下来求她。

但是在她58岁这一年,已经有了外孙女的这一年,女儿突然说:"爸爸结婚了。"

她抱外孙女的一只手突然一滑,两岁的女孩一下跌落在地,哇哇大哭。

是的,她想起来他们办过一次假离婚。

为了多分一套房子。

假离婚在法律上就是真离婚啊。

她疯了。

11

电视剧《都挺好》成为全民热捧。

而石依感兴趣的竟然是女主角手里拼接的益智玩具。她去搜淘宝,没有。京东,更没有。于是搜一向看不起的拼多多。有啊!真的有!从69元一直到690元。图片好美!加上灯光音乐,就成了童话中的小房子。

里面有镶着蕾丝的睡房!造型奇异的吊灯!洛可可式的护

栏！白色的钢琴！烤好的比萨！美丽绝伦的植物！……

她看中了一套爱尔兰屋，放入收藏夹。

然而评价让她震惊了：上千条评价一面倒地赞美，而发出来的买家秀的照片和视频，却在不经意间让她删掉了收藏夹里的玩具房……

肯定是那种好评加视频可以赚好评费的商品。

步调一致的赞美肯定是可疑的。

12

赫塔·米勒说过，假如丧失了希望和恐惧，就真的成了行尸走肉。

石洱想，还好有一样她还保留着：恐惧。

13

有一天，石叁突然发现他老了。老成了一摊泥。

她的恨意突然消失了。

她恨他入骨，可是必须演爱他。

所以她每见到他必生一场大病。

14

患难识相交——但不要以为你真的"识"了"相交"。

15

他的书——他的被所有媒体爆炒的书，石伍看了几行就弃了。看得心口疼。

不是因为感动，是因为厌弃。

她不知道他是不是已经相信了那些媒体。

16

如果丑有标准，那么石陆可以被定义为丑之标准。

特别是脖子后面突起的几道肉棱儿和驼背相连，把她的侧面勾勒成一个丑的代名词。

丑是先天的，丑而不自知，丑而无尽炫耀，则是无法原谅的了。

17

石漆觉得自己就如泛黄的苹果，每天都流失着水分。苹果色彩鲜艳的时候可以做观赏品，就如天上的月亮，地上妩媚的月影，供着它比吃掉它更难受，可问题是明媚鲜艳的时候无人问津，她只能坐等自己变老，失去所有的水分。

可是她多想让自己失去的水分蒸发到天空上，变成云朵，那样，她就可以绽放一亿年了！

石漆的失败就在于她总爱做白日梦。

18

"最成功的骗子不必再说谎以求生。因为被骗的人，全成为他的拥护者。"——这好像是一个叫作莎士比亚的人说的。

二

1

世界上最神秘的，大概来自"不可言说"。

那些不可言说的暗物质在一些特殊的人脑里暗流涌动，不可抑制地喷射出来，成为"诗歌"。

诗歌成为巨大的悖论——去言说不可言说性。

其实拾玖是在走钢丝——一方面，他想用诗歌克服语言无能的绝望，另一方面，他确实冒着极大的风险：或许神由于他的泄密而彻底屏蔽他。

很不幸他成了后者。

2

艾实不明白儿子为什么那么迷恋《三体》。作为分形学的专家，他告诉儿子，从分形学的角度看，《三体》中的降维打击并不需要二向箔这种外星人的高端产品，在分形构造中略动一动就能实现。他甚至详细告知儿子目前的研究已经算出了许多自然分形的维数：譬如海岸线的维数是 1—1.5，山地表面的维数是 2.1—2.9，河流系的维数是 1.1—1.85，云的维数是 1.35，人的肺的维数是 2.17，人脑褶皱的维数是 2.73—2.79。

但是对于这些数字，儿子完全没有兴趣。

儿子说，他之所以迷恋《三体》，并非因为这些，而是由于"黑暗森林法则"。

他想起同样迷恋这个法则的她。她说："现在就是要把自己藏起来，谁露头谁就会成为下一个猎物。"

3

艾依想：或许，最深沉的相思就是寂静。

金基德的《空房间》，男女主人公从头到尾一言不发，才构成了一段奇异而美丽的爱情，也构成了一部天才的影片。

男主在牢房里练就了一段遁功，遁于无形，大象无形。

女主的那句"我爱你"，令人想起夏目漱石关于月亮之美的赞叹，他说"今晚的月亮真美"，就应当翻译成"I LOVE YOU"。

4

艾矮是母亲四十大寿生下的老儿子，全家奉若至宝。即使在大家吃草根充饥的年代，母亲也会偷偷把点心放在他的专属橱柜里。然而六十年后的今天，他对母亲唯一的回忆，是他在上班的第一天，吃了母亲带给他的炒饭，是馊的，他吃后拉肚子三天。

他的女儿听了，想，对孩子用不着那么尽心，还是多疼疼自己吧。

5

艾叁开车时忽然想到，在没有GPS的时候，甚至在手绘地图时代以前，是海马体充当着脑内GPS的角色，可以让我们知道自己身处何处，帮助我们探索世界。可是如今，我们是否正在削弱海马体？然后他看到某著名医学杂志发表了一篇病毒式扩散的文章，题为《丢掉GPS——它正在毁掉你的大脑》。

当人类不运用某种技能时，支持这种技能的神经连接就会萎缩。一项著名的系列研究发现，因为工作需要记住大量复杂街道的伦敦司机，拥有比一般人更大的海马体，越少使用海马体，它就会越缩小，而随着年龄增长，这种退化会导致认知能力下降和阿尔茨海默症的发病。

他很怕得阿尔茨海默症。

于是他关了 GPS。

结果,他突然不知自己身在何处。

甚至不知道,北在哪里?

6

作为一个导演,艾肆想,现在"小鲜肉"的片酬太贵了,要是能把他们的表情以三维的方式记录下来,然后在需要的时候再从数据库中提取出来就好了。那样的话,并不需要他直接出演,只要用较低的价格买他的数字版权就行。艾肆觉得虚拟演员这个技术,将来在 VR、AR 中普及可能并不是什么难事。

那样的话,就可以让那一个个不知天高地厚的小兔崽子沦陷了!

7

在敲门声响起的几天前,艾伍一直不安。后来敲门声终于响起,他反而冷静了。突然想起多年以前,有一个大作家曾经对他说,他想写一部小说,叫作《有人敲门》。

8

好奇害死猫。

好奇害死的何止是猫。

艾陆觉得自己已经被好奇害过好几回了,多亏他命大。

9

美食是可以救命的。艾漆刚刚知道这个道理。数月前,他被诊断为中度抑郁,症状是失眠,有自杀倾向。可是他刚刚喝了一口面汤,四周就变得明亮了。这是一小碗炝锅面,听说是熬了十二个小时以上的牛肉汤。啜一口,世界就亮了。

世界有时候很复杂,世界有时候很简单。

10

一个月前艾芭吐槽:"我和女儿一家去欧洲五国旅行,钱都是我出的,尤其是我女婿,一分钱也不出。"

一个月后他赞美:"我女婿是香港人。文明礼貌,真好。没有他,我们在欧洲连门儿都找不到。巴黎有个博物馆,门儿就在一个老百姓家的后花园里,要不是他懂法语,就错过了,那是个非常重要的博物馆……"

听者以为他说的是两个女婿。

11

艾玖对她说,这个城市曾经发生过各种惊天动地的大事件,其中之一就是他们违反了摩西的戒律,曾经释放过所罗门王羁押在胆瓶里的魔鬼。魔鬼在他们那片土地上到处游荡,再也回不去了——它走进了他们每个人的心中,那片土地上的人群早已被毒化了,什么也救不了他们。

可是她说,是艾玖太悲观了。在这方面,她是个乐观主义者,可他觉得她之所以乐观是因为她没有真正在 B 城生活过。而她坚持说,她之所以乐观,是由于她看到的是没有喝掉的那半杯水,而他看到的,永远是被喝掉水的那半截空杯子。

12

深夜还有微光,微弱无比。有几只蟋蟀在叫。它们其实活在与人不同的时间里。逃离赌场那种古怪的声音之后,山拾并没有觉得轻松,而是第一次感到了深深的孤独。

可是,当他看到微信中许多个"孤独"的时候,就觉得连"孤独"也拥挤得孤独不起来了。好比太阳,画一千个太阳也没用,太阳,只能是一个。

他觉得自己就是那个太阳——被后羿射过之后幸存的唯一的太阳。由于太过优秀而孤独。

但是今天在赌场他输了个精光。胜者说,这是对他的降维打击——原来胜者也把自己视作唯一的太阳。

13

年龄真的很神秘,跨越了那一道年龄界限,突然就变成了另一个人。

有很久,三思已经不笑,也不哭了。他觉得自己已经丧失了这些功能。他不再关心过去珍视的一切。他只看吃播、吐槽大会、脱口秀大会……

但是突然有一天,他发现自己竟然还会流泪——一个别人感觉无聊的场景:脱口秀大会上一个因为小时候大脑缺氧,而患上神经疾病的孩子小佳念广告——那是小佳心心念念盼来的商务!

他的眼泪夺眶而出。

三

1

"花语",是这些花朵特定的含义。最早起源于古希腊,希腊神话里记载过爱神出生时创造了玫瑰的故事,于是玫瑰从那个时代起就成为爱情的代名词。花语真正盛行其实是在法国皇室时期,当时贵族们收集了民间的花语信息,然后让那些具有特殊花语的花朵在他们的后花园里生长。19世纪的社会风气还不是十分开放,在大庭广众下表达爱意是难事儿,所以恋人们赠送的花就成了爱的信使。

鸢尾花是恋爱的使者,欧洲人认为它象征光明和自由,古埃及人觉得鸢尾花是力量与雄辩的象征,不同颜色的鸢尾花有不同的花语:白色代表纯真,黄色表示友谊永固,蓝色是破碎的激情,紫色代表爱与吉祥,深宝蓝色的德国鸢尾代表神圣……而金玫瑰代表真心,虞美人代表安慰,雪球花代表青春美丽,至于传说中彼岸花,也就是曼珠沙华,它代表的是分离与死亡。

她没见过彼岸花,她认为彼岸花根本不存在,那是幻想中的花。

但是在520这一天,她收到了一束花,黑色的,镶着金边。花蕊是银色的,细看像是一只骷髅。她的手一抖,花朵落在地上,瞬间化成灰烬。

他告诉她,这就是彼岸花。

你知道它的花语吗?灾难、分离、死亡之美!它也叫曼珠沙华,我就叫它曼珠沙华,比彼岸花这名字美多了。在民间传说中,它只开在黄泉路上,所以我拿不到它,只能把它按照传说中的样子画出来。那些守候着男人的傻女人,纯粹是假装幸福的守候,实际上她们守候的是通往黄泉路的彼岸!这彼岸其实是永远到不了的距离,除非死。

她的心剧烈地跳了一下,然后听见另一个他说:"不对,这是比彼岸花更毒的花,叫尸香魔芋。"

她窒息了。

2

她学到一种新的摄影方法。她想拍摄一系列的春日花卉。

她以为依然像以前一样,花季有花,雨季有雨。

但是突然发现,今年的花好像忘记开了。

四月,她大病一场之后,终于有小雨降临。

她撑着一把伞出门儿,突然发现,有一朵不知名的白色花朵沾在了伞骨上。

她欣喜若狂地拍摄,用舞台光把花朵拍得妖艳,周围的光暗下去,越发显出花朵的洁白。

她把照片发在朋友圈,赢得一片点赞。

但是她被那种纯粹的雪白弄得有点晕眩:这样高度污染的空气指数难道对白花没有一点侵蚀吗?

她开始怀疑,她感到虚无。

她跑出去再度找到那个地方,空荡荡的哪有什么白花?连野草都没有。

3

多年前有段时间,她觉得每天的生活都非常美好。即使是有一点波澜,她也会觉得是微风吹皱了彩虹映照的水面,白雪在远山上的阳光里闪耀,面对美景她会榨一杯雪梨汁,但她不会喝,她怕喝下去后甜蜜就会消失在肠子里。她走到院落中,看着百叶窗上的白漆已经在剥落,太阳耀花了她的眼睛,这时她会和邻居的女孩一起打网球，网球在天空中飞得很慢，如此辽阔的天空下，有了太多的静默。

4

天空是彩色的，就像她家门前的院落，即使是凋谢的大丽菊，也会泛出令人意想不到的衰败的紫红色。她会在阳光充足的时候，把一瓣盛开的夹竹桃夹进羊皮书里，做成植物标本。她喜欢植物干枯的过程，她不觉得那是一个凋谢的过程，相反，她觉得越枯澹越美丽。

5

他看到海边从前是树林的地方现在变成了工厂和瓦斯槽。夜的芳香没有了，他必须捏住鼻子。海面上有油污、氯和甲醇化合物，当然，还有粪、尿与死去的精液。一定有人造的着色剂毒死着海生物。而从前港湾的岸边长满了灯芯草。被毁弃的机器、石灰和砖变成了一片铁锈色，代替了过去原野的纯粹碧绿。那里充满了一种化肥的味道，鸟和昆虫似乎已经绝迹，他默默地站在那儿，为之哀悼。

6

这个男人已经多年不知爱为何物了，女人对他来说无非也就是一种商品，二十几岁的青涩了些，还有点哄抬物价的意思，三十岁以上的就可以贱卖了，而且她们还常常自降身价。现在傻瓜才去找什么处女呢，又难弄又危险，一般的熟女也不行，时间长了之后她们就会恃宠而骄，要这要那的，好像男的欠了她们什么似的。比较理想的就是像她这样的女人，这种女人傻就傻在至今也没能把爱和性分开来，由于她们那傻乎乎的带有献身精神式的爱，她们在交往过程中不会提出任何条件，还常常倒贴。而一旦腻了之后甩她们也很容易，因为这类女人的内心是骄傲的，伤她们是很容易的，一旦受了伤，她们出于自尊，还不敢揭露真相，总是自欺欺人，不了了之，因为她们貌似坚硬，实际上是最好欺负的一族。

7

清醒的时候她觉得自己卷入了一个无聊的故事，她甚至怀疑神的品质：因为神并没有为善良的人增添一点什么，也不从卑劣和虚伪的人那里剥夺什么，神似乎采取的是隐藏的策略，面对现代人，他从不现身，也许连他也感觉危险。

而她，更希望碰上一只可以假装成诺亚方舟的纸船，那样的话，起码可以骗骗自己……

8

他喜欢夕阳落山时的文化广场。在广场不高的台阶上，每一层都星星点点地站立着人群。他喜欢这样的不规则的透视感，很像一个电影里的场景，也许就像迈克尔·哈内克的惯用手法那样，最后的结局来一个莫名其妙的全景——全景中叠印着熙熙攘攘的人群——最近他一直看影碟，记住了很多细节。

一个醉汉歪歪倒倒地跑到台阶上，脱掉上衣光着膀子，然后突然地吼出一嗓子："大河——向东流啊，天上的星星参北斗哇！……"热心观众们立即喊一声好！醉汉多少有点"人来疯"，立即东倒西歪地接着唱下去，文化广场上人头攒动，有喝彩的，有笑的，有跺脚的，连广场边上讨饭的瘸腿老太太都咧开没牙的嘴乐了。怪不得说这是个全民娱乐的时代，是个娱乐至死的时代。但是他又突然想起鲁迅写过，许多年前，这个民族也有种娱乐节目：看处决犯人，据说那时的闲人们也很多，也有很多热心观众，还有的人用馒头蘸了犯人的血拿回去治病。

9

尽管她刻意避让，但岁月已经使她清澈的血变得混浊，时间逼着她从一个善良的女子变成满怀恶意、密谋复仇的人。时间逼一切人变成别样的人。

她的笔本来长着枝叶，满覆着花朵，可现在被一种拥挤可怕的气味熏死了。

10

《坡道上的家》这部片上映，引起无数日本女性痛哭。——这部片说了一个简单的道理，即母亲这个定义并非一成不变，不一定都是母慈子孝或者慈母爱女的画面，不是所有人都适合做母亲的。不适合做母亲的那类女子一旦做了母亲，会觉得自己一下子坠入阿鼻地狱。

11

小孩子很可爱。小孩子很可怕。

她和小孩子搭厨房，里面有各种锅具各种食品，她把假煎蛋放进小锅子里，她说煎好了，你吃吧？小孩子说："烫！"

她惊奇地看着只有两岁多的小孩子,好奇这个小女孩的想象力。小孩子得意地露出两排极美的乳牙,于是她也跟着笑起来,但是倏忽之间,小孩子就变了脸,一双眼睛阴沉沉地盯着她。

她发现小孩子是天生的演员。

难道是她的基因创造了她?

12

他的内心极其骄傲。因为他出道很早,出道即巅峰,拿了一个文学大奖。

但他不知道自己什么时候落到了门前冷落鞍马稀的地步。

突然有一天,他接到一封私信,私信高度赞扬他的小说,无比热情地要拜访他。他接受了,也许是因为太寂寞。

她来了。长得有点儿怪:左脸依然年轻,右脸却已沧桑,实在是不好看。但是很真诚,说起话来密不透风。她说她是他的铁杆粉丝,是个写作初学者。

"你的问题在于:人家都是拼命地想提升自己,通过各种可能的方法,而你,因为起点太高了,你需要的不是提高,而是降低。你停下来二十年,现在的这批写作者才有可能追上你……"

她的话说得情真意切,他完全丧失了警惕——这话就像是灵魂被抚摸一样舒坦。他到底是没修炼出来的,特别是:完全不知道世界上阿谀的方式有千百种,更不知道,天空上哪块云彩会下雨。

于是,他就把她当作了知音——这时他正是身陷困境需要知音的时候,她的演技太高超了,以至于让他忘了有时面具可以用人皮做,笔墨可以借用他人的骨头和血。在那个晚上,他相信了她，他向这位知音坦白了一切写作的秘密。他说他童年时就喜欢眺望天空，他把自己的眼睛挂在天上，然后，用天神的神情，藐视无知与粗鄙，然后拐弯抹角地咒骂这个世界，最后用悲剧来自虐。

而这位坐在对面的知音，温柔地充满善意地看着他，说出一番让他深深感动的话："零老师，你的眼睛要从天空上落下来，你的姿态要放低，再放低，最好低于你的读者，你得隐去你自己，那样，你才能享有更多的读者，你的天才作品才能更富于肉感，让我们这些凡夫俗子能够想办法贴近你。"

"你也别把我的小说说得那么高。"他认真地说，他每逢听到夸奖总是自作多情地很认真，"为这个事我想了很久了，是像老鼠那样贴近地沟，还是像凡·高的向日葵那样贴近天空？也许贴近天空的结果一无所获，可老鼠能在地沟里扒出足够它子子孙孙享用的残羹，尽管这样，我仍然愿意用浓墨重彩去掩埋读者的双眼和呼吸，让向日葵对着天空说话，让风会哭也会笑，让雨会流泪也会流汗，而人类，对着这样的画面，必须哑口无言。"

他把自己的一些藏稿拿给她看，他喜欢她别出心裁的赞美。

他夜以继日地写，但是"翻红"谈何容易。焦虑和无人喝彩让他加速衰老。直到数年后他进入临终关怀的病房，有一天，他忽然看到电视上一位大红的文学新秀在接受采访，他依稀记得见过她。

她出版的轰动之作，正是他辛苦数年的藏稿。他暴怒，挣扎着起来，却被护工狠狠地按下了。"瞎折腾什么呀老头儿？给我好好躺着！"

他自认为自己一生是钢铁战士，但是现在，他彻底被岁月打败了。

13

她和他十多年未见,两人都老了。

她憋在心里十多年的话语一泻千里:

"咱们从小被教导要追求真理,可是我现在倒是觉得,从现实出发,还不如学习如何制造比真理更合逻辑的谎言呢!那样的话大家都会轻松得多。"

她说别爱这个星球,这个星球早晚会灭亡。别爱城市,这个城市不久就会破碎。别爱人群,人群不过是一些恐怖的大多数。别去看你小时候经过的小溪,不然那水里出现的脸肯定会让你自己吓一大跳!当然,也别爱男人,别爱女人,甚至……甚至别爱自己的儿女,总之除了自己谁也别爱,不然,不然的话会受重伤!内部所有的脏器都会毁坏,就……就像她现在这样!

"而且你发现没有:这个时代的幽默也变成了谄媚者的幽默。人们只热爱死人,只有当人死后才能获得一丝真情。说穿了也不是什么真情,只是把死人当作提升自己的工具人而已……"

他一直冷冷地听着,一言不发。

最后他说:"十几年没见,你怎么变话痨了?"

"什么?……"

"你看过《王冠》吗?那个英剧?"

"看过,怎么了?"

"女王对查尔斯说,告诉你一个秘密:'没人想听你表达自己的想法。'查尔斯怔了:'你是在说这个国家,还是在说我们家?'女王淡淡地回答:'所有的人。'"

所有的人!

她呆了。

四

如每年一样,雪花飘飞的季节,依依大包小包地带了一大堆东西,来到那棵大榕树下。

当然,还有一株盆栽的腊梅,黄黄的一点点花苞。

如每年一样,把包里的供品围着大树放了一圈儿。然后靠在大树的树身上,碎碎念。

数十年内容雷同,满满的都是思念之情。盼着他转世再生。

她闭着眼睛默默地念着,但是等到她再睁开眼的时候,奇异的事情发生了:他就站在眼前!严格地说,是变老的他!

他真的转世再生了?!

可是他已经多么苍老了啊:脸瘦得像一根窄条儿,两个大眼袋耷拉下来,下颌骨缩了进去,侧面一看,简直就像是历史博物馆里的"北京人"!

岁月真是屠刀啊!当年那么英俊的年轻人……

她怀疑自己是在做梦。

"亲爱的,我回来了……"

她听到那个熟悉的声音。

"可是你走的时候,还那么年轻……"

"那时候我们都很年轻。"

"可是……"

"我在另一个世界活着,另一个平行世界。"

有一双手在抱她,她下意识地躲开了。

"不要!……"她听见自己近于惊恐的声音。

等再度睁开眼睛,眼前只有白茫茫的一片雪。

她一直悬着的心好像突然踏实了。然后,充满了对自己的鄙夷。

多年来她一直认为自己是对爱情始终不渝的人。

但她终于明白,那只是一种幻觉。

当天晚上,她反复照着镜子,突然发现:她的白发中间竟然长出了几根黑发!

她望向窗外,雪仍然在飘。

那个冬天的雪,如同椰子油一般黏稠。

(《北京文学》2024年第9期)

徐小斌　当代作家,国家一级编剧,自1981年始发表文学作品,当年获首届十月文学奖。主要作品有《羽蛇》《敦煌遗梦》《双鱼星座》《德龄公主》《徐小斌经典书系》等。在美国国家图书馆、哈佛大学、耶鲁大学、哥伦比亚大学等均有藏书。
曾获首届鲁迅文学奖、中国首届、三届女性文学奖、中国青年散文大奖赛创作奖、第八届中国图书奖、加拿大第二届华语文学奖小说奖首奖、2015年度英国笔会文学奖、2023年度人民文学奖等。代表作《羽蛇》成为首次列入世界著名出版社 Simon & Schuster 国际出版计划的中国作品。有部分作品译成英、意、日、西班牙、葡萄牙、巴西、希腊、土耳其等十余国文字,在海外发行。

许多树

叶 弥

气候、食物、房屋的高度，甚至路上铺什么样的石料、长什么样的树，都会影响一个城市的格局与人的身心。小城里的姑娘一望而知，她不仅出生在小城里，还祖祖辈辈生活在一条小巷里。此刻她正走在一条非常古老的小巷子里。经过两座石桥，她从巷子的最深处走到了巷子前部。巷子外面是一条大马路，自行车川流不息。今天这个日子对她好像有着特殊的意义，她穿着新的连衣裙，脸上浮现出傻乎乎的笑容，一副见识少的纯真模样。连衣裙的料子不错，是真丝乔其纱，米色的底子上印着一大堆线条轻浮而平庸的紫玉兰花。拘谨的浅V领，浅得把领口两边轻轻一提就能变成圆领。北京姑娘的裙子下摆已经短到膝盖以上了，可这个小巷姑娘的连衣裙长长地拖到小腿以下。巷子里铺着的石块凹凸不平，长年累月地走在这种路上，让她养成了谨慎的小碎步，眼睛还时不时地瞅一眼地面。这样一来，她的长连衣裙更显得累赘了。此时一阵风吹来，把她的连衣裙下摆吹得翻了起来，一直翻过膝盖。洁白的大腿在裙裾边若隐若现，就像玛丽莲·梦露那张著名的站在风口的照片一样，不同的是小巷姑娘慌得把包扔在地上，两只手在风中乱挠一气，想把裙子抓回原位。

站在二楼的小伙子看见这一幕，一边抽烟一边笑着说："这还差不多。"

小伙子站着看风景的地方是一幢私家小楼。低调的小小木门，里面是深宅大院，院里停着上海新出的"桑塔纳"轿车。民国式的两层楼，上面爬满野生的老薜荔。院子里绿树成荫，有一棵名贵的百年紫玉兰。院子外面也绿树成荫，但都是寻常的香樟树。私家小楼和巷子外面的大马路隔着一条小河，站在二楼，河、船、石桥、自行车、汽车……四周围的热闹或寂静的光景一览无余，当然被大风吹开的大腿也被他看得清清楚楚。这时候他又说了一句话："这座小城缺少时代感，需要一阵大风吹开保守的樊篱。"

大风掠过地面几秒钟后一跃而上，蹿到马路边的香樟树上，把树冠吹得倒向一边。随即大风发出一声尖啸，遁入虚空无影无踪。巷子回归寂静，姑娘的裙子也复归原位。但她惊魂未定，弯下身子摸一摸裙边，确定裙子不会再翻卷开来后，直起身体，朝后面偷偷看了一眼。

还好，后面的巷子空空荡荡，没有人看见她被风掀起的裙里风景。当她的眼光不经意地瞥向那座宅院里的小楼时，她发现二楼上有位小伙子正看着她。他抽着烟，脸色温和平静。和她见过的所有的男士都不同，他目空一切，好像掌握着这个世界。

她看到小伙子扔掉香烟，那香烟头带着暗示抛过来，在空中画出一个大大的抛物线，落在院墙内。紧接着小伙子从楼边的紫玉兰树上摘下一朵花，也朝她抛了过来。和香烟头一样，紫玉兰花带着暗示画了一个小小的抛物线，落在院墙内。今天是五月一日，这棵紫玉兰树上还开着不少花。

她加快步子走了，抛香烟头也好，抛紫玉兰花也好，她只知道二楼这位小伙子看到了她的大腿。

　　这座宅院里的保姆每天都要上菜市场购买活的鱼和虾，她认识保姆，看见了彼此微微一笑。保姆浑身都透着大户人家的神秘气息，手腕上戴着手表，大热天上菜场都穿着皮鞋而不是拖鞋，从不与路人搭讪。宅院里那棵百年紫玉兰开花的时候，巷子里有头有脸的人偶尔会上门要求观赏一下，可她只能远远地看一看露出白墙的紫玉兰树梢。她家住在巷子底的大杂院里，大杂院中间长着一棵百年板栗树。邻居们平时相处还算和平，大家努力保持着脆弱的平衡。可每到收栗子的时候，院子里就开始明争暗斗。为了多分点栗子，那些女人动足了心思，好像少了几颗栗子就要死一样。她不喜欢这种生活，可也不知道如何改变。

　　这就是他和她最初的相遇。一个是北京男孩，五一劳动节期间来到姨母家里小住。一个是江南小巷姑娘，常居此地。他们相差一岁，但显而易见他们在任何方面差别都很大。他今年春节在家里从彩色电视里看了央视的首场春晚，而她住的大杂院连一台9英寸的黑白电视机都没有。不同的人，处在同一条时间之河，所处的环境不同，时代也是不尽相同的。他所处的是大时代，她所处的是小时代。

　　他们第二次见面的时候，已经过了四十年。时间到了二〇二三年的初冬。温暖的早晨，她早早起床，在湖滩的栈道上看风景。薄雾笼罩湖面，雾气缭绕。湖边的山坳里也飘荡着白雾，这种雾有着另外的名称，叫岚。岚烟蒸腾，比湖面上的雾更白，也更凶猛。太阳已从东边安静地露出了半个脸，水面上开始洒上金光，晃动着的波涛变得明亮耀眼。他也在湖岸边看风景，离她不远，站在一棵古老的大麻栎树下。他来得比她更早，站在大树下如一幅剪影。也许他喜欢太阳没出来之前的神秘，当太阳渐渐升起时，他就走了。她回身看一眼，把他看得明明白白：年龄与她相仿，或许比她大一些。穿着藏青色的套头毛衣，搭一件米色薄呢夹克衫。靛蓝色牛仔裤，运动鞋。他步伐稳健，腰板挺直。

她看了看手表，随即也离开了栈道。湖滩上的芦苇被割得干干净净，露出大大小小黢黑的湖石，湖水永不停息地冲刷着它们，徒劳地想改变什么。她看见那人走进了山坡上的五星级宾馆，她住在山坡下的民宿里。区里组织退休教师来此休养两天，她跟着来了。她是一所小学的数学老师，退休了。这几天天气晴暖，他们吃饭都在院子里。早餐期间，整个民宿里全是这帮退休教师们的欢声笑语。他们的声音从院子的矮栅栏中传得很远，吸引了不少游客的注意。

退休教师们吃完早餐没有离开的意思，他们商量着要把愉快的气氛延续到中午。很快就有人拿出二胡拉了一曲《梁祝》。小提琴、笛子也依次上场，京剧、昆剧轮换着唱。看来他们都是有备而来的。就这样你方唱罢我登场，不知不觉太阳升到了天空当中，阳光也暖和得像是五月天。她换上一件真丝米色印花连衣裙，手持羽扇，在一台录音机的伴奏下跳了《橄榄树》。这件连衣裙是她四十年前穿过的，如今还能穿上，不得不说，她的身材保持得很好。连衣裙上的紫玉兰花平淡无奇，连衣裙式样保守，裙摆又大又长，舞动时却一扫平庸，显得她身姿曼妙，光彩照人。

他站在围观的人群里津津有味地看着她跳，心里有一股浪潮拍过，就像湖里的浪花拍打岸石。当然他根本认不出眼前跳舞的女士就是四十年前看到的小巷姑娘，她连衣裙上的紫玉兰花也没让他想起姨妈家里的那棵百年紫玉兰树。姨妈一家早就搬走了，那院子也卖给了一家企业做办事处。里面的格局早就被打乱，唯独紫玉兰树还在年年开着一样的花朵。他什么都没想起，却不妨碍他看得津津有味。他把手拍得比任何人都要响。

她跳完就到了午餐时间了，这样消磨时间真奢侈，也真美好。她正要进屋去换衣服，和她同住的孙姓女同事喊她：

"汪海英，有位先生盯牢你看。"

孙老师刚喊完，那位先生就走了过来，伸出手对汪海英说："我叫雷兴东。"

四十年后两人相遇，知道了彼此的名字。

孙老师又说："雷兴东，汪海英还是独身一人，没结过婚，没谈过恋爱，你不要没事找事哦。"

汪海英听了这话也不恼，看着雷兴东咧嘴一笑。没想到雷兴东比她更大方，主动抛来橄榄枝，说："我也是独身一人——离婚五年了。"

他话音刚落，周围的人就开始起哄。汪海英还没来得及进屋换衣服，就被急于做红娘的同事们推着和雷兴东一起走出去了。孙老师把自己身上的风衣脱下来披在她身上，热乎乎地对她说："你孤单了大半辈子，愿你碰到一个好姻缘。"

两个人沿着湖边找到一家小而精致的餐厅，选了靠湖的窗边坐下。窗外的草地上飞舞着成群的蚊蚋，海棠开着花。一位本地中年男食客气呼呼地说："该死，今天21℃。十一月二十二号了，农历也十月十号了，真正热得不像话。"汪海英点了一份煎牛排，五分熟。她问雷兴东："五分熟，你可以吗？"雷兴东说："没关系。"她再点了一条清蒸白鱼、三两水煮河虾、一份蔬菜拌沙拉、炖蘑菇汤、两小碗胡萝卜丁焖米饭。她说："AA制好吗？"

雷兴东说："好。我喜欢AA制，有时代精神。"

这句话说到汪海英的心坎上了。她说起自己怎么努力接受AA制的过程。说完以后，雷兴东说："是啊，活到老学到老。你是本地人吗？"

汪海英对他这句问话掂量了片刻，语气有点暗沉沉的："是的。"她也问了雷兴东一句："你是北方人吧？"

雷兴东说："我是北京人。我这次是来参加一个会的，北京已经冷到了零下五六度。这里温暖如春，我就多待一天，明天走。"

汪海英说："北京是首都，我们这里是小城市，不好和你们比的。"

她以为雷兴东会客气一下，夸夸她的城市，毕竟这座城市的格局与以前大不一样了。就说她出生的那条小巷吧，早就拆掉变成了一座市民公园，只有那棵大板栗树还在。但雷兴东只是不置可否地微微一笑。

她有点害怕他的微笑。他的微笑里有一股不可阻挡的底气。这份底气来自他的城市、他的学识、他的仪容。底气中应该还有他的家庭出身和生长环境，他不知不觉地把这些底气都漏出来了。

为了自尊心，汪海英决定不问他的底细，除非他自己说出来。

水煮河虾端上来了，汪海英把虾盘朝雷兴东面前推了推，雷兴东又把虾盘朝她面前推了过来。一来一回地推，把他们之间刚刚形成的无形障碍暂时消除了。他们相视一笑，说出的话也轻松多了。

汪海英说："我的同事们都是好人，心直口快，也爱开玩笑。"

雷兴东说："我开得起玩笑。我们都这个年龄了，该怎样就怎样，不用扭扭捏捏。嗯，你很会点菜。你让我改变了对这座城市的印象。"

汪海英想了片刻，还是没好意思问他以前对这座城市的印象，这样显得与他针锋相对。她说："我以前不会点菜，后来我跟一位营养师学习了这方面的知识，知道什么样的人该吃些什么。"

她开始说起怎么和那位营养师认识的，她怎么抽出时间去学营养方面的知识。说完以后她意识到她的话太多了，于是抱歉说自己可能太紧张了，所以不停地说。雷兴东的话打消了她的顾虑。他说："我也紧张得很。你说得越多我就越轻松。"

汪海英说："原来如此，你是喜欢看我出洋相啊。"

两个人默契地笑起来。汪海英问："你抽烟吗？想抽烟的话可以去湖边抽一会儿。"

雷兴东说："我上大学的时候抽烟，后来和我的妻子结婚，她不让我抽，我就戒掉了。我们没有孩子。我年轻的时候不想要孩子，所以我们就不生。"他说完就沉默了。

"你继续说下去吧，不能总是我一个人说。"汪海英说。

雷兴东问："你想让我说什么？"

"说你想说的。"汪海英回答。

雷兴东抬头想了一想，眼睛看着她说："你出生在什么地方?"

这不是汪海英想听到的。她不希望和雷兴东一问一答,虽说她是数学老师,但生活的程式化是她不喜欢的。可雷兴东好像有一种天生的魅力,他的问话让她不可抗拒。

汪海英回答道:"我出生在市中心一条小巷子里。我家十几代人都出生在那条小巷子里,那里很静的,可惜老院子拆掉了,不然的话带你去看看。城市变大了,变亮堂了,老巷子越来越少。"

雷兴东赞叹道:"你是小巷子里走出的姑娘,可是你的身上太有时代的气息了,完全可以和北京这种大城市的姑娘相比。"

汪海英的脸上一阵红,心一下子跳得非常轻快。她恍然觉得自己真的成了雷兴东嘴里所说的大城市姑娘。

不出所料,她激动起来,开始吐露真心话。她讲述那条老巷子如何破烂不堪,邻里关系如何差。她住的大杂院里有一棵大板栗树,每到收栗子的季节,院子里就开始上演由女人们主导的勾心斗角大戏。所以她后来不吃栗子,因为她一看到栗子,就想起那些支离破碎的市井生活。

说完这些,她又重点介绍了她年轻时怎样立志离开这样的生活。有她的日记为证,她十三岁就在日记上写下要离开陈腐的市民生活,她绝不做碌碌无为的小市民。她十九岁那年,不顾全家反对,在大杂院众人异样的眼光中,她从小巷子里搬走了。

她说到大杂院众人的异样眼光时,动情地长长叹了一口气,仿佛回到了四十年前她搬出大杂院的那天。回首往事,她有点佩服自己,十九岁离开家独自住到外面,在一九八三年,是一项大胆开放的举动。雷兴东对她这个行为很感兴趣,问:"搬出去一个人住，是你自己决定的吗？"

她一愣，没有反应过来。

雷兴东把她的一愣看在眼里，心里明白，说："我知道了，不是别人替你决定的。如果是你自己决定这么大的一件事——哦，对十九岁的女孩子来说，那时候是一件大事了。你很了不起。我比较好奇，想问问你，到底有什么原因呢？"

她从嘴边拿掉一根虾的细须，慢慢地放在桌上的纸巾里，低着眼睛，克制住内心的急躁，再说下去，恐怕就失控了。她回答说："我刚才说过了，是想改变生活，追求进步。褪去陈腐观念，避免成为新的小市民。"

雷兴东不再追问，对她的话礼节性地点点头表示同意，还求饶似的深深看她一眼，并且说："我懂了。"她看得出来，他不懂，他也不相信她说的理由。或者说，他相信这是一个理由，可这个理由是浮在表面上的，更深刻的理由在表层下面，他想要知道的是更深层的理由。

为了让他真的懂，于是她继续说下去。

她说她搬出小巷子后，在一所大学边上租下六平方米的一个小房间，开始报考会计员。当时她的女友们有学绘画的，有学服装设计的，有考大学的，还有去了美国、英国、日本发展的。可她报考了会计员。

她说得很详细。提起她最初的奋斗史，她努力克制着情绪。她从种种细节发现雷兴东是个沉稳的人，他来自大城市，他一定不会喜欢容易激动的女人。小家子气的女人才会情绪失控。

就这样，汪海英坐在那里波澜不惊，脑子里的想法却一个连着一个。她一瞬间有点忘了这顿午饭的目的。当她再一次从自己的过往生活中清醒过来时,鼻头上渗出油汗,脸上露出了羞涩的笑容,嘴上忙不迭地抱歉,低下了头。雷兴东善解人意地及时给她解围:"在我看来,报考会计员是最好的选择。生存总是大于一切。"

听话听音,雷兴东的话总会让她感到一丝不安。其实她的故事还没讲完。她不是把生存看得高于一切的人,很多时候她为了理想而活。考上会计员后,她迷上了数学。那时候有个说法叫:学好数理化,走遍天下都不怕。她想走遍天下。于是她一边工作一边报了夜校数理化班。一年学完,考上了省里的师范院校,毕业后回家当了中学老师教数学。可她觉得自己还是需要进步,就辞职去了深圳创业,感受时代的浪潮。四十多岁时,她决定今后的目标要放在培养孩子上面,一番折腾终于进了小学当数学老师。她的人生起起伏伏,不论是输是赢,她都在努力地活出精气神……

她抬起头,想说些什么,欲言又止,决定不再说了。她的咽喉处开始痉挛,伴着一股紧扼的酸楚。她喝了两口水,咽喉才慢慢松弛下来。然后她就想到一个问题,雷兴东一直在夸她,对她赞许有加。但不知为什么,每一次的夸赞,都与她的期待背道而驰,都会让她不由自主地自卑一下,使她的叙说像一种自我证明,也像是一种迫不及待的浅薄的炫耀。而说得越多,无奈的意味也越明显,对自我越发不能肯定,而他的附和更多的只是表达一种礼貌。她忽然感到自己说的话没有价值,甚至觉得自己以往的人生也没有价值。她有了哭泣的冲动。

当然她忍住了。

面对雷兴东这样的人,她不甘心一无所获。这种不甘心,关乎她的自尊，和爱情无关。

她试探性地说了一句："谢谢你。我觉得你对我比较肯定。"

雷兴东想也没想就说："肯定的。"他回答得太快，太快就有点敷衍。

她心里对自己失望极了，不该这样试探他，难道无数个辗转难眠的夜晚并没有让自己得到有益的启发吗？

她看看手表说一点半了，风有点凉，她还穿着丝绸连衣裙呢。虽说孙老师给了她一件风衣，到底是冬季，一过十二点，空气就慢慢地凉下去。

这顿午饭就这样结束了。值得一提的是，雷兴东体贴地把她的羽毛扇从桌上拿起，放在她手中，然后去结了账。她也没有再提 AA 制。她有点兴味索然，第一次觉得自己与进步、前卫、年轻这些词有着不可逾越的鸿沟。哪怕每天都 AA 制，也无法扭转这个局面。怎么会这样呢？她问自己，昨天还没有这么脆弱。难道爱上雷兴东了？好像没有。

回到民宿里，她的同事们已经睡完了长长的午觉，准备去镇子里逛一逛。镇子在山的后面，他们必须从山脚边绕过去才能走到镇子。这座山并不高，山体却庞大，从民宿绕到镇子里要走一个小时。虽说交通便利，有公交车，也有民宿区专用游览车，但他们还是决定走一走，活动活动筋骨。汪海英现在最想休息一下，她脸色苍白，眼睛无光。孙老师把她拉到一边问："怎么样啊？"

她打了个哈欠说道："他说我有时代精神。"

孙老师说："那是给你打上一百分了。你不是就喜欢这种话？"

她说："他让我摸不着头脑。"

孙老师说："不是我说你，你和男人交往，老是抓不住重点。"

她说："谁说我抓不住重点？我这大半辈子的重点和别人不一样罢了。"

孙老师说："好了，你不要自我表扬了，你回房休息吧。我们可能要在镇子上吃了晚饭回来。你一个人不会孤单的，因为雷兴东会来找你一起吃晚饭。"

孙老师把汪海英埋怨了一通，最后问道："他是个什么样的人？"

汪海英没说话。

孙老师说："这个人给我的印象是稳而狠。不是我一个人这么说的，我们大家都这么认为。"

她最想说的就是这句话，说完她才安心地走了。

汪海英的脑子里就一直想着"稳而狠"这三个字，这三个字好像在吞噬她长年累月积攒起来的自尊心。

她琢磨个不停，想得头都发昏。

到底是冬天了，白天虽说很暖和，却很短。下午的太阳留不住，眼睛一错就掉入西边的无尽云窟里，只留下一天空的晚霞。她闭上眼，和衣躺在床上，似睡非睡，心里一点也不踏实。醒来后，她脱掉连衣裙换上毛衣和灯芯绒长裤，却对着连衣裙长吁短叹起来。这条连衣裙是有故事的，她忘不了这些故事。

听到敲门声，她打开门，果然是雷兴东来找她了。他也睡了一觉，精神焕发的样子。他说：

"我觉得我们应该一起吃晚饭。你说呢？"

她马上答应了。

"我想在吃晚饭之前，我们一起去温泉里泡泡。我的宾馆里有温泉游泳池。"雷兴东说。

她又马上答应了。但她其实不会游泳。她说没带游泳衣。雷兴东说不妨，他也没带，宾馆的小卖部里有游泳衣卖。她跟在雷兴东后面走了，从民宿到宾馆也就十几分钟的路程，这一路汪海英心里老在埋怨自己为什么不学会游泳呢。她这一生学会了许多东西，唯独没有去学游泳。因为她觉得游泳这一项技能并不能给人生增添多少光彩。

雷兴东很高兴，嘴角一直带着微笑，他指着天空说："看，晚霞。这是我见过的最美的晚霞。"

粉红的晚霞动人心魄地横亘在天空上。

雷兴东要回房间拿拖鞋，他不习惯穿宾馆里的拖鞋，他出差从来都是带着家里的拖鞋。

他们在小卖部里买了泳衣，来到温泉更衣室。汪海英换上泳衣，在花洒下冲了身体，来到泳池边，这是一个室内温泉游泳池，现在是傍晚，里面除了雷兴东在游泳，一个人也没有。她不会游泳，但以前也下过水，知道扶着池边的扶手，把身体慢慢浸到水里，这样就不会头重脚轻地漂起来。她站定以后，不好意思观看雷兴东，就仰头朝窗外看了一会晚霞。晚霞中灿烂有力的粉红色正在高歌一曲，洁净透亮的冰蓝和粉蓝如花一样绽放。

雷兴东朝她游过来，他的自由泳看着特别帅气，她不看也不行。她发现她以前想得不对，游泳这项技能是可以给人生增加光彩的,雷兴东现在的状态说明了这一点。他在水里像鱼一样灵活,看得汪海英心里一动,心脏某个地方掉下一片陈年老垢,双脚也不听话地漂浮起来,身体像只葫芦一样在水里翻。吓得她一把拉住了游过来的雷兴东。雷兴东说:"原来你不会游泳。我来教你吧。"

汪海英惊魂未定,赶紧说:"好呀。"

语声娇嫩,话一出口,她自己也吓了一跳。雷兴东对她的语声很敏感,慢慢贴近她,紧紧地盯着她看。他们的脸上都挂着水珠,在泳池炽热的灯光下,显得神采飞扬。汪海英想:"他不会就在这里亲我吧?要是他亲我的话,我怎么办?我要是没反应,那就是个傻子。我要是迎上去,会不会显得像个没见过世面的土包子?"

雷兴东朝后退了一步,对她说:"你身材保持得很好,我知道自律是不容易的。"

她松了一口气,然后她忘了对自己的警告,控制不住地说:"是呀,大家都说我身材保持得很好,这很难的。我十九岁那年的连衣裙,现在还能穿上。为了保持身材,我吃了许多苦呢。我有二十年没有吃过晚饭了。一天只吃两顿。三十岁开始,每星期跳三次有氧操,再做两次瑜伽。五十岁选择地中海饮食,吃了九年了……"

雷兴东一如既往,还是很有耐心的样子,对她的话不停地点头表示赞许,然后教她如何潜入水里,如何憋气。她抓着扶手,勇敢地把头埋进水里,就像她对待生活那样一往无前。可是她忘了闭上眼睛,一进水里就看见雷兴东健壮的身体。他中午吃饭时说过他六十岁了,但他的身体一点也不像六十的人。她从水里冒出来，闭上眼睛，擦掉脸上的水。再次睁开眼，还是不敢看雷兴东，转头又去看窗外的晚霞。晚霞还在改变，妖娆的紫色覆盖了粉红和蓝色。雷兴东凑近了问她："你不高兴了？"

她说："没有。我就是生自己的气，怎么不会游泳呢？"

"你会的很多了。你对自己要求太严格了。"雷兴东说。这句话，他用了一种客观的口吻说出来，是对她的评价，却不是表扬。

她说："我看着你游吧。你现在浑身散发着光彩。"这是对雷兴东的表扬，却不是客观评价。雷兴东当然听得出来，他当即"呵呵"一声笑，一个鱼跃窜出去老远，而后他潜入水中，正当汪海英四处找他时，她的脚丫被人抓了一把，她吓得一声惊叫，雷兴东浮出水面，哈哈大笑。他这个玩笑开得冒冒失失的，不得人心，汪海英生气地推了他一把。他说："游泳池里就我们俩，水又这么清，你怎么会看不到我？你真奇怪。"

汪海英抓着扶手爬上岸走了。她换好衣服出来，雷兴东在外面等着她。说："现在吃晚饭太早，那边大榉树底下有一张椅子，我们就坐着看看晚霞再走。你看晚霞，各种深浅不同的紫色，还有黄色、灰色……就是没有绿色，哈哈。你走慢一点，我穿着拖鞋跨不开步子。"

汪海英说："谁和你一起吃晚饭？"

雷兴东脸上讪讪的，停下脚步看着汪海英走了。她走过老榉树，树上的白鹭们一动不动，对她恍若不见。她狠狠地盯了它们一眼。雷兴东嘴里自言自语："她是有点奇怪。她可能有过很不好的经历吧。"

两个人就这样分开了，没有在一起吃晚饭。

晚上临睡前，汪海英在电视机前面做了一套瑜伽，做完后心还是纷乱不堪。突然她心念一动，推开门走了出去，看见一轮清冷的月亮悬在头顶，月光清清楚楚地映照在大地，她甚至能看清每一棵树的叶子。也许是山地的缘故，这里的树真是不少，柏树、白皮松、蜡梅树、老槐树、黄杨古树、大梓树……她围着民居走了一圈，纷乱的心有些定了。回到屋里，孙老师对她说："你不要慌，明天雷兴东会来找你的。"

她说："我才不管别人找不找我，我继续走我的路。明天回家，我就去重新学英语。我以后要一个人去国外旅行、居住。我要去看看国外的人工智能，我要见识更大的世界。"

孙老师说："你总是能化悲痛为力量。雷兴东这样的人，不要也罢，他一看就是优越感很强的人，表面上对人客气有礼，骨子里有一种傲慢。"

汪海英和雷兴东第二天也没有互相告别。雷兴东一早就去了高铁站回北京，汪海英一觉睡到十点钟，脸上和心里都很平静。离开雷兴东，她又恢复了内心的平衡。下午，她和大家一起坐车回到城里。她住的地方是一个环境优美的小区，她住在二楼的平层里，面对着外面的湖水，最主要的是，楼外有两株老树。一株是大板栗树，一株是紫玉兰树。它们都挂着牌子。紫玉兰树换了一个名字，叫辛夷。只要在家，她每时每刻都能看到这两棵挨在一起的树。

她刚回到家，四点多，突然阴天。暗无天日，狂风大作。她想起十九岁那年夏天，在巷子里碰到的那阵狂风。她庆幸昨天天气暖和，让她有机会在冬天里穿着十九岁的丝绸连衣裙跳了一曲《橄榄树》。她的世界里有许多树，它们都挨在一起。挨在一起，一时就分不清它们的高低。

时间再回到四十年前，五月一日这天上午，她从巷子底的大杂院里走出来。她十九岁，高中毕业，已经在丝织厂工作了。今天她不上班。她穿上了新做的米色真丝乔其纱裙子，裙子内衬的料子也用了丝绸。裙子下摆那里印着紫玉兰花，她准备去相亲。丝织厂的师傅给她介绍了一位机修工，独生子，家里有两间房子，还有一小间厨房。缝纫机、自行车都有，听说马上要买黑白电视机了，条件很好的。她高高兴兴地走在巷子里，没想到快到巷口时，不知从什么地方刮来一阵大风，她的裙摆被刮得掀了起来，她的大腿暴露在风中。

那阵诡异的风瞬间就跑得无影无踪，她也在这时候看见路边那所民国式大宅里，一位小伙子站在二楼看她。小伙子向她抛来香烟头和紫玉兰花，她不反感这种暗示，她甚至心里很高兴。高兴之余又心有不足，她不喜欢他抛来香烟头。不管怎样，这位小伙子与她见过的任何男士都不同，他带着一股见多识广的骄傲，他的身上打着前途无量的印记，他好像天生就属于大江大海，而她是小河小沟里的人。可是没关系，她有决心从小河小沟里游到大江大海里，成为一个与他平等的人。

这天她没有去见师傅给她介绍的对象，以后也没去见。她给不出拒绝的理由。大家看不上她这么不讲道理，都不给她介绍对象了。

而她开始了小巷姑娘的跋涉之旅。从十九岁那年到现在，她从没有停止过前进的脚步。她从大杂院搬出来，她参加过许多门类的考试，会计、数理化、天文、地理、电脑、经济管理、舞蹈、绘画、写作、服装设计、中医、营养学、心理学、园艺园林学……她不断换工作，她紧跟时代潮流，她永远在学习和充实。她谈过两次朋友，一次也没有动过心。所有这一切，都是为了小巷里的那次相逢。那位小伙子是她前进的情感动力，也是她停滞时的鞭子。因为只见过一次，她很快就忘了小伙子的面容。他对她来说只是一个崇高的象征物，一个神圣的目的地。这种感情有点像爱情，又有点不像爱情。有点像竞争，也有点像人生的阴影。有点像无价值的某种自卑执念，有点像价值连城的自我实现。她塑造了自己，也限制了自己。无比矛盾的人生，源自小伙子当年向她抛出的两样东西：一样是香烟头，表明两人之间的差距，这差距让她的自尊心受了伤害，所以她要用尽全力拉平差距。另一样是紫玉兰花，花朵表明他对她的爱慕。来自高处的爱让她感到无比荣耀……在这卑微的情感中，她过了四十年。她今年五十九岁了，还穿得上十九岁那年的连衣裙。连衣裙下摆印着紫玉兰花……

她不知道，雷兴东就是四十年前把香烟头和紫玉兰花抛给她的人。四十年的岁月，一切都改变了，一切都没有改变。

(《小说月报·原创版》2024 年第 3 期)

叶弥　　本名周洁，1964年6月出生。江苏苏州人，祖籍无锡前洲。1994年开始小说创作。江苏省作家协会副主席，中国作家协会第九届、第十届全国委员会委员。代表作品有长篇小说《风流图卷》《美哉少年》《不老》，中短篇小说集《成长如蜕》《桃花渡》《亲人》《香炉山》《对岸》《天鹅绒》等。曾获第六届鲁迅文学奖、江苏省委省政府第四届"紫金文化奖章"等多种文化艺术奖项。现居苏州太湖边。

平静的海

艾 玛

街道上空荡荡的。

她从阳台望出去，小区外的那片工地上什么动静都没有。这片工地在去年夏天停了工，推土机、挖掘机撤出后，留下几个深坑。后来有人用绿油油的围挡板将那片工地围了起来，任由野草在里面疯长。一条灰白的马路从围挡边绕过去，爬到了工地另一侧的山那边。

山的那边是海。

她站在阳台上一盆枝繁叶茂的绿萝后面，目送儿子越跑越远，他穿着黑色运动衣的身影在绿色围挡板的映衬下很打眼。

自从儿子从都柏林回来后，他每天都会顺着围挡边的那条马路跑步，在清晨，或是傍晚。下楼，出小区，穿过路口，走到马路的另一侧后，他才会跑起来。尽管那条路上来往的车辆很少，过马路时他还是会左右看看，非常谨慎的样子。她看着他小心翼翼穿过马路，便想起他们刚搬来时的那个夏天，那时他还很小，她常带着他出去散步，在清晨，或是傍晚。只不过，那时门前这条马路还没有铺上沥青，路边没有绿色围挡板，被围挡板包围起来的那块地上，也还没有深坑，几户农舍和菜地舒缓地铺开，农舍前后有杏树、桃树和樱桃树，清晨常传来鸡鸣，入夜则偶闻犬吠。

她一直盯着儿子的背影看,总也看不够似的,直到他跑到山那边,消失在那条马路在山脚下的拐弯处。儿子刚去都柏林留学时,还是一个单薄的少年,回来时他变成了一个孔武有力的成年男子。她转身回到室内。但她无心去做别的事,隔不了多久又走到阳台上张望。每次都是这样,要一直等到他的身影重新出现在山脚下,她才会变得轻松起来。

儿子回国的时间比原计划晚了一个多月,好不容易找好的工作也因没能如期报到泡了汤。不过,现在她最担心的不是工作,工作可以再找,她担心的是另外的事。有几次,她想跟儿子聊聊那件事,那件使他滞留都柏林未能如期归国的不幸的事。她没能说出口。临近毕业季的一个清晨,一个都柏林当地女孩离开她位于都柏林十八区的家,去四区的一家咖啡馆上班。这家咖啡馆在早上八点开门营业,女孩一般会在七点五十五分到达,但那个早上她一直没出现。她失踪了。有目击者声称在145路公交车上见过她。女孩的父母告诉警方,她去咖啡馆上班时会乘坐145路最早的那班公交车,在赫伯特公园那站下车,然后她会穿过公园一角,步行四百多米后抵达那家咖啡馆。警方根据这条线索,锁定了她失踪的时间和地点,也锁定了五个嫌疑人,她的儿子是那五个中的一个。她最初知道这件事时吓坏了,尽管儿子跟她说这件事和他一点关系都没有,他只是去跑步,凑巧路过那个地方。他语气平静地说会尽自己的义务,"配合警方调查,多待几天"。实际上他多待了一个多月。他回到家时,暑假都已过了一大半了。那个女孩,她再没听到任何跟她有关的消息。不过,她好歹是放下心来，儿子最终能顺利归国，说明这件事确实与他无关。她这么想。但那个女孩，那个她连名字和长相都不知道的年轻姑娘，却自此进驻了她的心里。走在校园里，看到那些花朵儿一样的女学生时，她的心就会揪起来。她搜不到关于都柏林的新闻，不知那个女孩回家了没有。她想问问儿子，她觉得他应该能打听到，他在都柏林有老师、同学，也应该有朋友的。可她不太敢跟儿子提这件事。不知为什么，如今她在孩子面前变得有些胆怯了，她简直有些，怕他。"也许是上年纪了吧。"有时她会这么想。都说人老了会惧怕自己的子女。也有一次例外。那是个雨天，儿子没出门，他心血来潮，教她烤他在都柏林常吃的苏打面包来着。面包烤得很成功，满屋子飘荡着温暖的麦香味。儿子很满意，掰下一块面包塞到嘴里，又掰了一块递给她。她高兴地接过面包，鼓起勇气问道："那个……女孩，有什么消息么?"儿子嚼着面包，把头扭向一边，看向窗外。过了一会，他回过头来看着她，脸上很平静，看不出任何情绪上的波动。后来他耸耸肩，起身走开了。那以后，她再没跟他提起过，她宁愿相信对儿子来说，那也不是件愉快的事。想想吧，时常去跑步的公园里，一个女孩失踪了……

这个早上，她要离开家去图书馆上班了，儿子还没回来。山脚下的那条马路上空荡荡。

那山是座小山，不大，也不高，山上树木茂密。

这个清晨，尽管有南风吹拂，但白而轻盈的海雾还是淹留林间不散。

二十年前,她带着儿子搬来这海边小镇时,儿子还在上幼儿园。那年暑假,她和儿子的父亲分开了。他们夫妻在同一所大学工作,儿子的父亲是材料科学学院的教授,学科带头人,她作为人才家属被安排在学校图书馆工作。一直以来,他们各司其职,过得简单、充实。只是,有了孩子后,教授好像有些不太适应,她发现,孩子的啼哭会让他紧张,他在家里待的时间越来越短。她一直想着,等孩子大些,就好了。可是,大了些后,却又有了大了些的烦恼。安静、乖巧的儿子,有时很容易被什么东西激怒,就像一场突如其来的风暴裹挟了他,片刻之后,风暴平息,他会重新变得安静、乖巧。她至今不明白,到底是什么东西,潜伏在儿子的命运里,时不时偷袭他、使他失控。绝望之余,她便把这当作一个顽劣幼童的可纠正、可教育的坏行为,这么想能让她好受些。她也曾严厉惩罚那个恢复平静后变得无辜的小男孩,许多个深夜,他睡着后,她看着他脸上未干的泪痕,也流下了自己的眼泪。她从未跟儿子的父亲探讨这些,他们避而不谈,以便让生活显得平常、可持续。直到那次,儿子在幼儿园把一个小朋友从滑梯上推了下来。他的父亲知道后气急了,他离开实验室,和她开车去医院看望那个受伤的孩子,一路上他一言不发,脸上愁云惨淡。以往发生这样的事情,都是她一个人出面摆平,从未打搅过他。那次有点不同,那孩子摔得很厉害,双腿骨折。他们第一次见面的时候,她就知道他这辈子是要献给科学研究的,她曾在心里发誓要做他有力的后盾。那天她开着车,看了坐在副驾驶座上的丈夫一眼,她下定了决心。夫妻俩分开后,她主动申请调来刚建成没两年的分校工作,还是在图书馆。那所大学位于炎热的内陆城市,分校在一个海边港口城市的郊区,距热闹的市中心有点远，大约五十分钟的车程。但距一个小渔港很近，刮南风的时候，在校园里也能闻到淡淡的鱼腥味。夫妻俩分开的方式非常体面，没吵没闹，两个人最后还一起带儿子去了趟动物园，印象中这也是孩子父亲唯一一次陪孩子逛动物园——不是说他有多不爱孩子，而是他实在是没有空。所以，那天她像是带着一大一小两个孩子逛动物园。大的那个对动物园的一切都很陌生，动物的气味也使他有些厌烦。从动物园出来后，他们去吃了比萨。虽说那时儿子还小，但他一定是察觉到了什么，所以那天他出人意料的安静，有点没精打采的，小脸蛋看上去甚至有些忧伤。不过，儿子好像很快就接受了现实，后来他很少问起父亲。这也难怪，平时他的父亲总是很忙，父子俩在一起的时间本来也不太多。她还记得，那年她开着她那辆老旧的小 polo 车，带着儿子从省城来分校，途中要路过一座跨海大桥，建造这座大桥的桥墩所用的防腐涂料就是儿子父亲的发明，这种新型的防腐涂料能将大桥钢梁的防护寿命延长近一倍。她路过那座雄伟的大桥时，很确定自己在做正确的事。她开着车，挺直了身子，简单地跟儿子说起了这场家庭变故，无非是"爸爸妈妈今后不住在一起了，但爸爸妈妈还是会像从前一样爱你"之类的话。儿子一声不吭，坐在副驾驶座上撕开了一袋薯片。吃了两片薯片后，他开始用力搓揉那袋薯片，细小的手指颤抖着。她没有制止他，一袋薯片而已。鼓胀的薯片袋子瘪下来，在他手里成为比鸡蛋还小的一团。他打开车窗，将它扔了出去。他出了一头的汗。后来他安静下来，打开收音机，连台都没选就一直听下去。是交通频道，主持人声音低沉地通报一起重大交通事故，一辆小汽车在高速路上超车侧翻，一死两伤。儿子表情平静地听了一会儿收音机后，很快就小脑袋一歪，睡着了。

新家在分校教师宿舍区，虽然看不到海，但步行十多分钟就能走到海边。家里没有学科带头人了，母子俩在家里不用踮着脚尖走路，看电视时她由着他把声音开得很大。从海边抓回来的小螃蟹在地板上爬来爬去，儿子光着脚，"咚咚咚"从一个房间追到另一个房间。她带儿子去看心理医生，也寄希望于教育。她遵医嘱，尽可能多地带儿子到大自然中去，"以便去掉他性格中的不良成分"。那个暑假，他们几乎每天都去海边，游泳，散步，或是在沙滩上挖城堡，逮小螃蟹。海边总是有很多小朋友，她希望儿子能尽快交到新朋友。儿子的父亲生性冷淡，为人孤傲，他的才华和成就像是两堵愈砌愈高的墙，他没什么朋友。她不希望儿子像他。令她欣慰的是，那时儿子好像对新环境适应得很快，他能和任何人玩到一块儿，不管是男孩还是女孩。但她也发现，儿子和谁的友情都不能持久，有时他正和几个小朋友挖沙坑呢，突然间他就会站起来走开。有几次他冲到海里游起来，带着一股怒气似的，小胳膊奋力击打海水。有两回他游得太远，让她害怕起来，不得不跳到海里去，拼尽全力把他带回到岸边。那时学校四周还有点荒凉，通向市里的地铁正在修建中，入夜后，站在阳台上只能看到校园外零星几点灯火。许多个深夜，儿子睡着后，她清理完地板上被踩成烂泥的小螃蟹，站在阳台上看向远方。在她觉得无路可走的时候，那几点稀疏的灯火，给过她慰藉，还有勇气。艰难时辰都深藏于深夜，白天，她的白天看上去和别人没什么两样。她常和有差不多大孩子的同事相约，开车进城，带孩子们看电影、逛博物馆、看画展、听音乐会什么的。那时她还想着培养起孩子对友情、艺术等美好事物的兴趣。这么多年过去了,她看不出自己当初的心愿是否达成,但也不能说没达成。如今儿子已变成了一个很有教养的年轻人,虽然不善言谈,看上去有些孤僻,但对人彬彬有礼,让她也颇放心。他应该也是有自己的朋友的,有两个周末,他进城去了,跟她说的是和同学聚会。后来她问他,都是什么时候的同学,都有谁。"您不认识。"他面带微笑,客气、简短地回答了她。

她把早餐还有水果端到餐桌上后,出门往图书馆走去。家属区在校园的西南角,这一片都是生活区,食堂、超市、咖啡馆、游泳馆都在这儿。她穿过生活区后,在足球场那儿与期刊社的周老师汇合。

每天早上,周老师都在食堂吃早餐,吃完早餐后,会在足球场远离路口的拐角处等她一起去上班。期刊社办公室也在图书馆内,一楼东北角,非常僻静。周老师办公室的窗外是一道高耸的土坡,为防止雨天滑坡,在坡底又砌起了一道一人多高的石墙。坡上长着些野生丁香、毛白杨、洋槐之类的树木,林下灌木丛生,野蔷薇从墙头上倒垂下来,初夏时节,推门可见满窗红红白白的小花,她喜欢,便常去。

这个早上她出门有点晚,周老师等她有一阵子了。周老师也是单身,他的女儿硕士毕业后,在家复习考公三年,去年终于考上了南方一个小县城的公务员,离家远了,难得回来一次。待她走近了,周老师便笑着把一块黑巧克力递给她。自从她的儿子回来后,他们俩在一起的时间就不像从前那样多了,刚刚过去的这个暑假,他们没能一起出去游玩。这让他有些失落。她含笑接过,放进了自己的小包里,打算到办公室后再吃。周老师举起手里的一只纸袋冲她晃了下说,午休还是去我那儿吧?新买的红茶。她胃不好,只喝红茶。她在心里叹了口气,没说什么。周老师小心翼翼地看着她,问,孩子跑步还没回?语气亲昵。她点了点头。周老师说,跑步是个挺好的习惯。她"嗯"了一声,这已经是第三个早上了,儿子晨跑晚归,她没敢问他去哪了。不过,她也觉得,对一个成年男人来说,这很正常,有时她也不明白自己到底在担心什么。周老师看着前方,过了一会儿,又说,孩子大了,不要太担心他们。她又"嗯"了一声,心知这话他应该常拿来安慰他自己。周老师的女儿自打去上班后,忙得很,父女俩鲜有联系。周老师给她看过他和女儿的聊天记录,大部分时候都是周老师在说话,问女儿怎么样,忙不忙,叮嘱她好好吃饭。他的女儿偶尔才回一句,"还好",或是"嗯嗯"两个字。以前儿子倒是经常和她联系,通常在晚上十点半左右,都柏林时间是下午三点半。如果下午没课,又正好有空,儿子就会找她。一般他会给她发条语音,问她在干吗。一种短暂,但经常的联系。偶尔他还会随手拍张照片发给她,一杯咖啡,或是草地中央的一棵树,但他从不拍他自己。这点她倒是理解的,她也不太喜欢照相,面对镜头她会紧张、不自然。有时儿子和朋友喝下午茶,也会拍张照片发给她,照片里没有他,也没有朋友,通常只有看上去就很好吃的点心,精致的杯碟,铺着亚麻桌布的小圆桌或是方几,上面摆着清新淡雅的瓶花,温暖、宁静的光线透过高大的窗户,斜斜地落在这些美丽的事物上。一个人的时候,凭窗远眺,或是走在海边,波涛由远而近涌来,常有那么一瞬,会让她觉得儿子照片里的一切都有些不真实,像是他给她造的一个梦。但那一瞬很快就会过去。她都是开心的。想到在一个遥远、陌生的国度,儿子生活得不错，她便感到欣慰。

她原本计划儿子毕业时去参加他的毕业典礼，为此她还在周老师的参谋下买了条做工考究的连衣裙，一双质量上乘、柔软舒适的小羊皮玛丽珍鞋，谁知道后来会出那档事呢？她听说后，马上盘点了下手里的钱，并退掉了已订好的去都柏林的机票。她想的是，万一……万一需要交保释金，或是请律师呢？那一刻她没顾上想别的。接下来的一段日子她彻夜不眠，脱发厉害。好在那段日子很快就过去了，保释金和律师也都没用上，真是万幸。那件事，她猜儿子应该是不会告诉他父亲的，就像当年她不敢在他面前提心理医生——她也不允许自己为这样的事去打扰他，他是个学者，一个科学家，他有更重要的事情要做。至于毕业典礼，那件事发生之前，她倒是提醒过儿子，要他邀请一下他父亲，不知他邀请了没有。那年儿子拿到都柏林一所大学的录取通知书后，很高兴地打电话给父亲，他的父亲在电话里说，"……文学？"然后就是令人尴尬的沉默。他应该不是看不起文学，可能就是有些莫名的失望吧。对儿子，对她，他总是有些失望的（这曾经让她在心底对他深感抱歉）。他对大多数事情大约都是失望的，这世上应该很难有什么是能令他完全满意的，可能对他现在的年轻妻子，还有女儿——一个脸色苍白、有些瘦弱的小姑娘，他大约也是这样失望的。不过，最终她和他在是否参加儿子的毕业典礼这件事上没有分别了，反正都没去。但儿子发了几张照片给她，那真是一个隆重的典礼，照片上儿子穿着学士服，和同学们在一起，个个器宇轩昂、意气风发，青春如此美好，令人动容……怎么可能跟那件事扯上关系呢？

两人快走到图书馆门口时，周老师扭头看着她，笑道，"我想请孩子吃个饭，不知……"她抬起头，像是被惊到了。她正想着不知儿子回家了没有。她看着周老师，有点惊讶，又有点困惑地问，"为什么？"周老师红了脸，迟疑道，"我是想着，孩子这么多年都没回来过。当然，如果不方便的话……"她扭头看着前方，眉头微微皱了起来。她想起他给她看他和女儿聊天记录时的伤感表情，觉得他对她的了解不可能再多了。他不知她的生活里有什么。于是，她说道："没什么不方便的……"有同事从他们身边经过，跟他们打招呼，她回应了一个迅疾的微笑。她看着前方，语气有些冷漠地道，"是没必要"。

从新学期开始，她就在给暑期新进的书做编目索引。这个活并不是什么着急的活，她一直按计划慢慢做着。但这个上午她加快了进度。伏案久了，她的眼睛、脖子都有点受不了时，她便起身找点事做，帮同事整理书架上的书，或是推着小推车，把学生们还回来的书分门别类放回到书架上去。整个上午她一刻不闲，她不敢停下来。

中午她急匆匆回了家。家里非常安静，餐桌上的早餐还在。一扇窗没有关好，窗帘被风吹得飘起来。她关好窗，敲了下儿子房间的门，没有回应。她推开房门，儿子不在里面。房间收拾得很干净整洁，就像走进一家宾馆的房间时所看到的那样，床单牵过，没有褶皱，被子铺得很平整，靠床头的一端翻过尺许，露出洁白的衬里，枕头被拍得鼓起来，端端正正地摆在床头正中，就像没用过。靠窗的桌上有一台笔记本电脑，在家的时候，儿子总是坐在这台电脑前打发时间,他戴着耳机,一点声音都没有,拒外面的世界、拒她于千里之外。衣柜里的衣服,分门别类,由短到长挂得很整齐,大多是她最近给他添置的。儿子从都柏林回来时,箱子几乎是空的,他把所有的东西都留在了都柏林,没带回什么。

她走到阳台上,看向山那边。山那边的渔港有几家渔家乐,还有家由一个叫小万的瘸腿女人经营的民宿,躺在民宿的床上能看到大海。有一年中秋,她和周老师是在那儿过的。民宿也提供咖啡和餐饮。点杯咖啡,或是柠檬水,就可以坐在门前小露台上看渔船在海面上来来往往。涨潮时渔船靠岸,带回渔获,海鸟也尾随回港,那是渔港一天中最喧闹的时光,喧闹里混杂着喜悦,汇成一种腥甜,空气里都能闻得到。她看着山那边,猜想到底是什么使儿子逗留到现在。以前儿子即使晚归,也总是赶在吃午饭前回家,下午他或是在自己房间里玩电脑,或是去校园里走走,长时间呆坐在一张长凳上看别人打篮球。"可能在那儿喝咖啡来着。"她有点心烦意乱地想。要说渔港有什么能让人坐下来喝点东西、发个呆的地方,也就是小万那儿了。

她回到室内,在餐桌边坐下来,她仔细看了看自己的手机,怕错过儿子打来的电话,或是发来的信息。没有。周老师倒是打过两通电话,大约是约她一起去吃午饭的,那时她正走在回家的路上,没有听到。她拨打儿子的电话,未能接通。她放下手机,开始吃儿子没吃的早餐。豆浆凉了,面包和鸡蛋也都是凉的。儿子回来后,她给家里添置了一台胶囊咖啡机。她的手机里有张儿子在都柏林时发给她的照片,是一杯咖啡。儿子常发这张图片给她,当是问早安。这也给了她一个印象,儿子是爱喝咖啡的。不过，儿子回来后从没用过那台机器。每天早上，她问儿子喝什么时，儿子像是怕麻烦她，总是选择更便捷的白开水，或是茶，要不就是豆浆、橙汁。那个在都柏林喝咖啡、喝下午茶的儿子，仿佛是另一个人了。

她蜷缩着身体，在沙发上躺了下来。那些冰冷的早餐在她的胃里翻腾。她知道这时候应该给自己弄杯热水喝喝，像是为了惩罚自己，她躺在沙发上，没有动弹。"到底是哪里不对呢？"她问自己。很快她又在心里责怪起自己的敏感与焦虑来："这不就是生活嘛！"生活就是这样，虽总有不尽人意处，但不外乎是平常的一天天。她这样安慰自己。

她从沙发上爬起来，决定到山那边的渔港去看一看。她给同事打电话，说胃病犯了。她的胃确实也有点不舒服。她喝了杯热水后出门。午后，天变得有些阴沉，风从海面上吹来，带着点凉意。她记起来，白露刚过了。往后的日子，只会一天比一天凉起来。"世界真是变暖了。"她记得刚搬来这儿时，过了立秋，海风里就有这样的丝丝凉意了。她看了看路边那座小山。山上多是松树、洋槐，这些树常年经受海风吹，树干都弯曲匍匐，给人一种铁干虬枝的感觉。转过山脚，映入眼帘的是一大片开阔、平坦的金色海滩，海水退得那么远，只看得到远处灰暗的天空下那一抹轻盈的浅蓝。海滩上有很多赶海的人，他们在挖蛤蜊。儿子小时候，她也带他来挖过，拎着小桶，拿着小铲……有时也能挖到蛏子。现在她想不起来儿子对赶海这样的事到底有没有兴趣，过去在她的记忆里变得模糊了，包括那些她和儿子共同流出的泪……也许不是模糊，是因为对自己的怀疑，而导致的对记忆的不确信。午夜梦回，她常会陷入焦虑、担忧的情绪里，未来的每一天都让她心怀畏惧。白日里，阳光普照，她亦有份，加上琐碎、有条不紊进行的工作与日常事务，这又使她觉得一切都再寻常不过，和别人正在过的日子并没什么两样。她看着海滩上赶海的人，觉得儿子目前的状态，可能是没有工作导致的迷茫。"有份工作做，就会好起来的。"她想，"年轻人嘛。"她又想着得找个时间给儿子的父亲打个电话，让他看看能不能帮帮儿子。"毕竟是孩子的爸爸啊。"她在心里给自己打气。

一路上她没遇到什么人，旅游旺季过去了，游客少了，渔码头不像假期时那么喧闹。那些为游客准备的巨大的遮阳伞收了起来，临海的栏杆上晾晒着鱼干，还有串在一起像绳子一样长的鱼卵。一群包头巾的渔村妇女在做虾酱，她们围着一台绞肉机忙得不亦乐乎，一桶桶的小虾被倒入高耸的漏斗，绞肉机喘息着，颤抖着把草莓色的虾肉泥重新吐到刚被倒空的小桶里。一个上了年纪的渔民在距她们几步远的地方清理渔网。

她走过渔港，来到了小万的民宿那儿。民宿位于一处伸向大海的尖角上，前面便是一道悬崖，大海在底下涌动。小院的草坪刚修剪过，空气里飘荡着青草的气息。露台上的小圆桌上有几个别人用过的马克杯。她走进小院，在桌边坐了下来。沿着矮篱笆种着的爬藤月季，旺季过了，只有零星几朵开着，娇艳的黄色花朵，明亮得像盏小灯。大海距她近了，现在它变成了深蓝色，无比宽广地在她眼前铺开。在深蓝的大海的映衬下，海中那两个小岛被勾勒出来，清晰可见。

小万闻声从屋内出来，她麻利地收拾桌子，笑着跟她打招呼："您来了？"

以往她和周老师来这儿时，要喝什么，都是周老师说。那次在这儿过夜，也是周老师预定的房间，所以小万不知她姓名。她笑着点头，对小万说："我想喝杯咖啡，现在方便么？"小万笑着说方便的，有客人来，高兴还来不及。她问她想喝什么样的咖啡。她想了想，点了拿铁。小万进屋去做咖啡。她听到从屋内传来咖啡机的轰鸣声。她把手机从口袋里拿出来搁在桌子上，手指哆嗦着把桌面都摸了一遍。她不知儿子今天有没有在这儿发过几小时的呆。他曾经消失的那几天真的是去见同学了吗？

小万把咖啡端过来时，她正低头看手机里儿子的一张照片。她低着头，把照片撑大了给小万看，问她今天有没见过这个人。小万歪过头来，瞧了瞧，说一早来过，他来这儿喝了点东西。小万问，是您的孩子么？她没敢看小万，只是笑着说是的，是我儿子。

"他出门总忘带手机。"她感到自己的脸热起来，不仅仅是因为谎言，更多是担心让小万觉得她是一个对孩子有强烈掌控欲的母亲。

小万说："他上了老张家的船，和几个城里赶来的年轻人一起去看鲸鱼了。"

"鲸鱼？"她抬起头，满脸惊讶之色。

屋内传来一个孩子的啼哭声。小万"呀"了一声，小跑着进屋去了。她有点意外，小万跑起来时，竟一点也不瘸。

小万抱着一个肉乎乎的小女婴出来，在她对面的椅子上坐下来后，便撩起衣服给那孩子喂奶。哭闹的婴儿闭着眼，迅疾、准确地咬住了一只奶头后，马上就安静了。小万却弓起身子，嘴里"嘶嘶"吸气，她被孩子咬痛了。她看在眼里，双肩一缩，后背

059

也不由弓了起来,仿佛也有张小嘴咬到了她的胸部。

"多大了?"她问道。

"马上十个月了。"小万笑着,轻拍孩子的背部,好使她吸吮得不那么厉害。小万低头看着怀中的婴孩,用一根手指轻轻拨开孩子额头上细软的头发,满脸温柔之色。小万抬头看着她,说:"您孩子,长得可真像您。难怪我每次看到他,总觉得有点面熟,好像在哪儿见过。"

她笑了下。这让她有点意外,儿子小时候,人人都说他像他的父亲,一样浓密的黑发,一样细长的单眼皮。

"这附近,有鲸鱼么?"她问。

"怎么,您没听说?"

她摇了摇头。小万轻轻摇晃着怀里的孩子,说这一带很少见到鲸鱼,但前几日,夜里出去捕海蜇的船回来,说是在岛外不远处看见了一条鲸鱼。这条鲸鱼的背上还插着一把渔叉,这消息不知怎的就传到城里,这两日总有无所事事的年轻人跑来,想看看背上插着把渔叉的鲸鱼。

"如今的孩子……"小万说。

"……渔叉?"她看着大海,一时没反应过来,神情有些茫然。

小万说,是的,渔叉。也不知在哪儿扎的,想是不好受,指望人帮一把呢,就尾随着渔船到了岛外。可怜,扎它的不也是人?!想来也怕人的,不敢靠太近。这一带呢,又多是普通渔船,也不敢太靠近它,远远望一望罢了。

她看着大海,胃里有什么东西翻腾起来。她将胳膊撑在桌子上,双手抱住了自己的双肩。

那小婴儿吃完奶，在母亲的怀里睡着了。小万怕吵醒她，压低声音说话。小万告诉她，为了分摊租船的费用，她的儿子在码头等了两天，今天凑到足够的人数后才上船。

她每个月会给儿子一笔零花钱，手机银行转账。儿子收到钱后，会很客气地说谢谢。她也在门厅的一张矮柜的抽屉里放了些零钞，儿子没从那里拿过钱。他没跟她要过钱。他们也从不谈论钱。

小万看着她，说："晚些时潮水涨上来，就该回来了。"小万低头去亲怀里的孩子，那孩子做出了回应，在睡梦中露出了甜美的笑。她看着眼前这对母女，也被小婴孩睡梦中的笑打动了。

"……放心吧。"小万抬头看着她说。语气里满是安慰的意味。

她笑了下。她倒没觉得有什么不放心，这一刻，她也并没在担心什么。她看着大海，想起了从前那些令人落泪的夜晚。她仿佛看到了站在船上的儿子，和那条背上插着渔叉的鲸鱼，他们互相打量，隔得很近……而大海出奇地平静。

（《上海文学》2024年第2期）

艾玛　湖南澧县人，法学博士，青岛文学创作研究院作家。2007年开始小说创作，出版小说集《白耳夜鹭》《白日梦》《浮生记》《路过是何人》，长篇小说《观相山》《四季录》（再版名《漫长的正义》）。

心的形状

二　湘

1

那盆绿色多肉植物就摆在 HEB 超市结账的地方，叶子丰盈，是一种浅浅的绿，每一片形状都像一颗心，团在一起，又成了一颗硕大的心。阳光照在上面，每一片叶子都变得通透，甚至能看到细细的脉络。施一白看了好几眼那盆像叶子又像花的小东西，又看了下价格，19.99 美元。不痛不痒的价钱，再便宜一点他大概就下手买了。

结账的墨西哥小姑娘按惯例问他，"一切都好？你要买的东西都找到了吗？"他回说都找到了，眼睛却又落到了那盆多肉植物上，他拿了一盆放在结账台上。

星期一上班的时候，施一白把那盆多肉植物带到公司，就摆在电脑旁边。程序有很多问题，他一直调不出来，就看着那盆花非花、叶非叶、透明剔透的小东西入了神。他总觉得那肉质的叶片有些像家乡的茶泡——茶树上结的畸形的叶子，透明的，可以吃，味道很不错，多汁，甜脆，爽口。他盯着那盆多肉植物，竭力阻止自己想吃一口的冲动。他发了半天傻，终于把眼睛转向计算机。

下了班回到家,他在准备一个人的晚餐时接到女儿丽莎的电话,周末她在学校有个才艺表演,问他去不去看。

"你妈去吗?"他是半年多前从一家三口住的那个大房子里搬出来的。

"我妈说够呛,她那天下午有个国内来的客户,她得陪客人看房子。"

"哦,那我去吧。"

施一白放下电话,炒了个洋白菜,又从冰箱里开了一盒从超市买的沙丁鱼。米饭水放得多了点,软塌塌的,他吃得无精打采。他拿起那瓶喝了一半的红酒,对着酒瓶闷了口酒,嘴里才觉得没那么寡淡。

晚上他在电脑上逛了半天,终于头昏脑涨。他洗了澡,躺在床上,空荡荡的房间,空荡荡的床,连他的身体都是空荡荡的,他心里也生出了一种难以言喻的空荡,那空荡似乎一直柔韧地蛰伏在他的心底。他辗转反侧无法入眠,便坐了起来。床对面的桌子上摆着一个圆形的金鱼缸,里面有一条小金鱼懒洋洋地游来游去。他原来那个大房子里玄关的地方也有一缸金鱼,缸子比这个大许多,长方形的,是他妻子盛月买的。她几年前改行做房地产经纪人的时候买的,都是金色的,说是可以补运,招财进宝,金生水,水旺财。他那时候搬出来住进这个小公寓的时候,屋子里空洞得令人窒息,没一点生机,最难受的是没有一个人可以说话。他于是买了一个小鱼缸,几条鱼。也不知道什么缘故,没几个月就剩了这么一条。他给这条仅存的鱼取了个名字:旺达。

"你丫整天游来游去也不累?"他习惯性地对着鱼缸说了句话,站了起来，把窗户打开，迎面一阵暖风，他只好又关上窗，把空调调得更低。

周六他开车先去大房子接了女儿，然后去西木高中。他打开车门，热气扑面而来，人立刻像是走进了一个蒸笼。"这鬼天气。"他嘟囔了一句。奥斯汀什么都好，除了热得要命的夏天。学校礼堂里已经有不少人，乍一看，倒是亚洲人面孔多。又或者因他是亚洲人，就只注意看亚洲人，就像胖子只盯着胖子看。不过，这个奥斯汀市数一数二的高中已经有三分之一是亚洲人，周围的学区房房价一路飙升。他妻子原来和他一样是工程师，后来被裁了员，开始做房地产经纪人。没想到塞翁失马，越做越大，比原来做工程师赚得多两倍还不止。

他找了个角落，静静地坐在那。周围吵吵嚷嚷的人群好像和他无关，他没有什么人可以聊天，远远看到几个熟人，眼睛故意避开，也不和他们打招呼。他缩在角落里，像个局外人。他有些无所适从，这种无所适从的感觉如此熟悉，像个影子一样无所不在。上中学是这样，大学还是如此，大学毕业在杂志社上班也一样，后来它跟着他漂洋过海，至今依旧如影相随，像个老友。

演出开始了，前面的节目无非是钢琴、小提琴，有美国孩子表演魔术，还有中国孩子表演抖空竹。有孩子表演时，那家父母就跑到前面拍几张照片。他想，这个世界上每个人关注的永远只是自己，或者是自己的敌人。他没有敌人，准备看完了丽莎的表演就溜走，女儿会搭她的好朋友的车回家，他们一早说好了。

丽莎终于上场了，她和几个孩子表演舞蹈，他拿出单反相机，给女儿照相。他把镜头拉近，透过镜头看女儿，发现女儿已经发育完全了，十七岁了，是个大姑娘了。他这大半年没和她住在一起，没怎么留心。他心想，时光真是不饶人，他记得她还是一个小婴儿的样子，在他怀里咿咿呀呀地哭，还拽着他的无名指，那个身上有着奶香的小娃娃怎么一下就成了有模有样的青春少女了？

丽莎表演完了，他把单反收好，拿了东西往后门走。他打开后门，门只开了一条小缝，一束刺眼的阳光从那细缝里钻了进来，刺得他眼睛有些疼。他不由闭上眼，却在黑暗中听到一阵吉他声，那一刹那，他整个人像是被什么击中了，呆在了那里，那是一首他熟悉的歌曲 Shape of My Heart（心的形状），是斯汀的代表作。他有一张这首歌的 CD，曾经无数次聆听，尤其是一个人开车的时候。

"He deals the cards as a meditation. （他把打牌当作一种沉思）

He doesn't play for the money he wins.（他打牌不是为了钱）

He doesn't play for respect."（也不是为了尊重）

他转过身，看到台上的一个少女，一边弹着吉他，一边在唱这首歌。

他呆呆地听着，突然意识到自己一个人孤零零站在那。他有些不自在，忙在最后一排找了个座位，坐了下来，身体淹没在人群里，眼睛却一直看着台上的那个少女。她穿着浅绿的裙子，外面套着件黑夹克，帅气中透着妩媚。她看起来像个混血，黑棕色的长发略微有些卷，皮肤白皙，白得有些透明，鼻子挺直，鼻尖稍稍有些翘。她的眼睛很大很圆，眼神里带着点忧郁。台上灯光很亮,他看不清她眼睛的颜色。她站在那,身上挂着一把吉他,唱着那首他久违了的歌曲,声音婉转又低沉。她像一束光,穿透黑暗,击中了他。他浑身发热发涨,然而那歌声又让他无端地伤感。他在这伤感和燥热的交替蹂躏中听到了一句话。那句话从某个久远的时空,某个遥远的角落飘过来:

"Lolita, light of my life, fire of my loins. My sin, my soul."

他大学修的西方现代文学,老师是个戴着深度近视镜的老先生,说话有很重的江浙口音。他讲到小说经典开头,最先举的例子就是纳博科夫的《洛丽塔》,他用吴侬软语念着这几句英语,声音有些尖细,轻巧回旋,头也跟着轻微地晃动,倒像是在唱黄梅戏。底下有同学在偷偷地笑,他没有笑,他觉得老先生念得跟戏文一样婉转,比戏文还多了点异域的风情。他记性不算好,这么多年却一直记着这一句话。

台上的少女已经唱到最后了,她一直在吟唱最后一句

"That's not the shape of my heart.(那不是我的心的形状)

That's not the shape.(那不是)

The shape of my heart."(不是我的心的形状)

心的形状,是的,《心的形状》。他第一次听到这首歌还是二十年前,也是在奥斯汀,那时候他刚到美国,这个南方的城市还很小,Mopac从来不塞车,西木中学附近的房子只要十几万美元。盛月先出的国,他是拿着学生配偶的F2签证出来的。不忙的时候,他们会去Mopac尽头的那家打折电影院看电影。放的都不是最新电影,但是便宜很多。盛月有时候还带上条毛毯,说是洋鬼子的空调放得太足。

那部电影英文名是 *Leon, the professional*,中文译名却是非

常不搭:《这个杀手不太冷》,二十年前他看到那个电影眼睛一下子就不转了。电影最后的歌就是斯汀的这首《心的形状》。电影放完了,他还坐在那不动,沉浸在电影的悲情和片尾曲忧伤的旋律中。"洛丽塔。"他喃喃自语,脑海里一直回味着电影里那个小姑娘的样子,黑头发,大眼睛里满是忧伤,挺直的鼻梁,鼻尖有一点点翘起。他觉得她才是他心目中洛丽塔的样子,倔强,深情,帅气,妩媚。她的眼神让他凛然,忧伤又冷静,全然不像个十二岁的姑娘。

"走了。"盛月对他说。他不作声,继续盯着银幕上的黑屏蓝字。

"我先出去上个厕所。"盛月说着把手里的毛毯扔在他手里。他还是没有作声,继续听歌。整个放映厅黑漆漆的,只剩下孤零零的几个人零星地散落在偌大的房间里。他突然就哭了,眼泪止不住流了下来,他庆幸盛月不在身边。

曲终,灯亮,那种熟悉的无所适从的感觉又抓住了他。他的眼睛更习惯了黑暗,光亮让他找不到方向。

回家的车上,盛月说,"不喜欢这个电影,太血腥了。"

"嗯。"他说,挣扎着从那部电影的情绪里走出来。

回到他们住的学生公寓,他总算缓过劲来,"其实这个电影和《洛丽塔》很像。都是说的中年男人和青春少女的纠结,但是我更喜欢这个电影。"

"什么《洛丽塔》?"盛月问。

"哦。"他突然就不想说什么了,"没什么。"

盛月是学计算机的,典型的理工女,做事按部就班,有板有眼,一切都安排得井井有条。她和施一白是大学同学。施一白刚进大学时的专业是计算机。他脑袋其实灵光，勉强学下去，应该也能毕业，找个工作混饭吃。他只是觉得自己和周围的理科生不搭，那些同学写代码快得像喝水，自己半天写不出一行代码，人家那边早就码了一堆。最后摧毁他信心的是算法那门课。二分查找，归并排序，他觉得脑子里进了糨糊。他决定转系。他高中的时候语文成绩不错，作文有几次还被当作范文念。他便去参加中文系转系考试，居然勉强过线。

他没想到他和文科生也不搭。那些人整天就是在宿舍里打双升级，要么就写一些酸诗。上的课也全不是他想象的，中文系的全名是中国语言文学系，那些语言方面的课，汉语音韵，汉语语法化的历程，他一概不感兴趣，觉得比算法还枯燥，唯一感兴趣的是文学课，最喜欢的是西方文学。毕业后他分在一家文学期刊杂志社做编辑，杂志社他资历最浅，别的编辑去找那些名家约稿，他分到的任务是看那些盲投的稿件。他每天看读者投稿看得都要吐了。写得那么差也好意思投稿，他心里愤愤。有一个读者每隔一个月投一首酸诗，到后来他看到那个读者的来信直接就扔废纸篓。他奇怪自己怎么总是和周遭的事情格格不入。

2

礼堂里轰然而起的鼓掌声把他震醒了，那个少女唱完了。他的眼睛一刻不转地盯着她，她下了台，坐到一个亚洲面孔的中年女人旁边，那个女人轻轻地拍了拍她的肩膀。

台上是另一个节目了。他的眼睛穿过一排排的座位，只捕捉到一抹淡绿的背影——她已经把她的黑色夹克脱了下来。

他又看了两个节目,看看快结束了,站起身。他得赶在整台节目结束之前离开,不然丽莎一定奇怪他怎么还不走。

他推开门,德州的阳光还是那么刺眼,明晃晃地灼着眼。他闭上眼睛,眼前还是白亮亮的一片。车子里温度高得像是要把他焖熟,他赶紧开动引擎,把凉气打到最大,过了好一阵,吹过来的风才凉下来,他深吸了一口凉气。

第二天上班的时候,他看到那盆多肉植物,"洛丽塔"这个词突然就涌入他的脑海,他觉得给这盆花取名"洛丽塔"是最合适不过的。它像极了昨天那个绿衣少女,多汁,清脆,甜蜜,充满了诱惑,让他有忍不住想吃一口的冲动。他被自己这个念头吓了一跳,身体却不由自主有些冲动,有热热的东西从下面涌了上来,他有些难受。

晚上他想起了那张光盘,大概还在大房子的某个角落里,又想起网上大概有这首歌,就上网去搜。他敲了"Shape of my heart"几个字,顺手点进第一个 YouTube 的链接,是几个年轻人在唱。他听了几句,还算顺耳,但是根本不是他的菜,"见鬼,怎么会有两首歌叫这个名字。"他重新搜索,这一回是了。是斯汀自己唱的,有个男人弹着吉他伴奏,斯汀坐在弹吉他的男人旁边,眼神里透着孤寂。那孤寂穿过二十年的时光逆流而上,在他心里细细地泛起泡沫,像他年轻时常喝的燕京啤酒,细细的淡黄的泡沫,他闭上眼静静地听着,他的心沉溺在这凄迷、忧伤且低沉的歌声里,整个世界仿佛都陪伴着他陷入了这一曲伤感的老歌:

"He may play the jack of diamonds. (他也许会出方块 J)

He may lay the queen of spades."(他也许会放下黑桃 Q)

是的，多么奇妙，命运之神手里拿的到底是怎样的一张牌？是方块，还是黑桃？

他和盛月是在大四快结束的时候开始约会的。一个周五的晚上，他闲得无聊，一个人去图书馆四楼的放映间看录像，是个老片子，《罗马假日》，一部浪漫唯美的片子。他看着电影里相拥的恋人，眼角却瞥到旁边的一个男生偷偷地掐了一把他恋人的胸脯，他心里有些燥热。散了场，他看到了盛月，盛月也看到了他。他们同过一年学，半熟不熟。两个人一起走出了图书馆，外面居然是满天的繁星。盛月脸上的雀斑在夜色里也没了影，不大的眼睛也像天上的星星闪啊闪。那天他陪着她一直走到女生宿舍楼，还没到熄灯的时间，两个人又绕着宿舍楼转了一大圈，终于要分手的时候，他问她，"要不要明天一起去颐和园玩？"她点头，笑起来，眼睛成了一条缝。多么好，多么巧，就要毕业了，两个孤单的人凑在了一起。两个人都像是要抓住最后一根稻草，需得不辜负了这美得一塌糊涂的校园才是。

毕了业他去了杂志社，盛月去了文化部。一个学计算机的去文化部就像是去餐馆里跑堂打杂当服务生，就是看人眼色打下手的角色。盛月不爽，她心气又高，偷偷地考托福，GRE，拿了奖学金，又拐弯抹角找了个美国的远房表亲给她做担保，居然在第二年就拿到了去美国的签证。盛月出国一个月前去了他单位的男生宿舍。正好那天他同宿舍的出差了。两个人说着说着就抱在了一起，衣服也没脱利索，他就把她压在了床上。两个人都是第一次，都有点笨手笨脚，他一使劲居然把铁架子床头的一根小细柱子给拽了下来，她笑了一下，笑得他有些心慌，下面就软了。好不容易又恢复了元气，却怎么也找不到门路。她抓着他摸索了半天总算是找到了门路。完了事，盛月光着身子勾着他的脖子说，"咱们结婚吧，我都是你的人了。你跟我出去。"施一白想了想说，"好啊。"他实在是腻味了看那些读者来稿，大概也是有一些向往新大陆。

施一白是半年后到的奥斯汀。飞机上他看到了一个大坝和一片幽蓝的湖水，湖水之外到处都是绿，绵延起伏的绿，倒是有些像他家乡的丘陵地形，一个接着一个的绿馒头。

他慢慢悠悠地晃了半年，总算是考了托福和 GRE，准备申请东亚文化系。盛月说你学那些无用的专业做什么，又找不到工作。"那我学什么。"施一白皱了眉头，"总不至于又回去学计算机吧。"盛月不说话了。

盛月是在他上学一年后开始工作的。她动作快，拿了个计算机硕士就毕业了。计算机科班出身的，技术底子好，没毕业工作就找好了，是家大公司，可以给办绿卡。工作没两个月就买了辆本田，原来那辆老熄火的尼桑也转手卖了。那天盛月上班捎带他去学校，路边看到邻居老田在等校车，盛月说老田你上车，我捎你一程。老田坐在车后面，喜滋滋地摸着新车，"鸟枪换炮啊。施一白你好福气，媳妇这么能干。"他呵呵地讪笑。

施一白在德州大学东亚系吭哧吭哧念了两年半，好歹拿了个硕士，他倒跟脱了一层皮似的，这美国的文科专业压根不好念。硕士是拿了，工作是真找不着。施一白在家赋闲了半年，盛月说要不你再去念个计算机，你也不用发愁，作业不会有我呢。他硬着头皮又去申请计算机系。德州大学门槛高，没要他，他申请了南边 San Marcos 的一个州立学校，给录取了。总算磕磕绊绊拿了个计算机硕士，正巧赶上高科技的泡沫破灭之前，计算机工作好找。就这样,他还是颇花了些工夫,半年后总算在一家小公司找了个工作。兜兜转转他还是靠计算机吃饭。他心里哭笑不得,到底拧不过命运的胳膊,老天给他的还是原来那张牌。

"I know that diamonds mean money for this art(我知道钻石对这件艺术品意味着金钱)

But that's not the shape of my heart"(但那不是我的心的形状)

屏幕上两个老男人还在唱着最后几句,斯汀的鬓角有些花白,施一白伸出手,像是要触摸到他花白的头发,又像是要触摸他的心跳。心的形状,心是什么形状?

转眼到了秋天。天气总算是凉了下来,这是奥斯汀最好的季节。夏天太热,春天太冷,冬天还有些寒,唯有秋天,沉静安稳,让人捉摸不透。一缕秋阳照在他窗前的枫树上,几片叶子随风而落,露出一丝款款的凉意。周六中午他吃了饭,坐在沙发上闭着眼睛打盹,电话铃响,是女儿打过来的,说是她下午有校队的网球训练,要他送一下。他说好。他以前也送过几回。扔下她,就去附近的沃尔玛买点零碎东西,或者去湖边购物中心里坐坐。

他把丽莎送到学校,刚要开车走,旁边的一辆凌志车门打开,一个青春少女下了车。上面是件白T恤,下面是条女孩子打网球常穿的运动短裙,淡绿色,窄窄的裙摆,露出一双长长的腿。他先看到那双长腿,忍不住抬起头,然后看到了那张脸。是她,那个唱《心的形状》的少女。他觉得心脏猛然一跳,像是要从他的胸腔里跳了出来。这一回,他看清了她的眼睛是浅褐色,似乎还带着点墨绿。

她手里拿着个网球拍，向球场那边飞奔而去。他坐在车里，看着她的背影奔向了湛蓝的天空和碧绿的草丛之中，像是在那幅静止的风景画里添了一笔，整个画面就灵动起来。旁边的凌志已经开走了。他没有发动车，而是下了车，向那幅画走去。他觉得自己成了一个败笔，存心要破坏这画面的美感，但是他顾不了那么多。他一直走到网球场，隔着铁丝网眼，又看见了她。

　　她已经开始奔跑起来，长发梳成了一个马尾，在风中有节奏地一荡一荡。她跑起来像一只小鹿，手中的球拍忽上忽下，动作轻巧而灵活。他没能管住自己的眼睛，目光停留在她的胸部。她的胸脯在奔跑中也荡漾了起来，一起一伏，像大白兔。"动如脱兔，静若处子。"他想起了那个词，喉咙突然有些发涩，身体也紧了起来。

3

　　他没敢久留，去了湖边购物中心的星巴克咖啡店，他坐在那，看着周围人来人往。他看到一家三口，是华裔，父母亲牵着个小姑娘的手，那个小姑娘大概八九岁的光景。他想起丽莎那么大的时候他和盛月也是常牵着她的手，一家三口，一起逛街，或者去公园玩，一个幸福的小家。从什么时候开始，日子突然变淡，然后又变得无法忍受了呢？

　　是那次自己被公司裁员了以后吗？他在家待了一年多。盛月一开始还照顾他面子，后来就开始使唤他。也许"使唤"这个词不够精确。盛月说话是很讲究逻辑的，到底是学理的，讲究前因后果，凡事都有个 because。

"你中文系的,去帮丽莎辅导一下中文。"盛月跟他说。他说不出拒绝的理由,只是心里老大不舒服。

"你闲着没事,把衣服叠了。"她好像是习惯性地喜欢下指令,他后来找到了个词,control freak,控制狂。

有一次她有个亲戚来美国玩,顺道来奥斯汀。"你是男的,去机场接一下我大舅。"

他心底突然升起一种莫名的厌恶。他讨厌她总是指手画脚,左右他的生活。他觉得气闷。

"要接你自己去。"他忍住气说。

"客人要来了,你没看到我正在忙着做菜吗?"

"我可没答应接。你自己答应的你自己去,再说他是你的亲戚。我在家做饭。"

"就是因为是我家亲戚,才要你去。平常你没给我争脸,现在你不给我点面子?"盛月声音高了起来,脸上的雀斑就更明显了。

"是啊,我没本事给你争脸,就只配让你使唤。"施一白的脸上露出了鄙夷。

"怎么了,没本事挣钱你还牛气了。你每天饭来张口,衣来伸手。我又忙内又忙外。你倒长点本事多赚点钱啊。"盛月一生气说了重话。

他心被刺得生疼,是的,自己是个无用的人,没本事,靠着老婆出来,还靠着她拿了个计算机硕士。他悲从心起,突然就有了主意。"好,我去接。"他不再和盛月争吵,开了车去了机场,一路上没怎么和盛月的舅舅说话。晚上几个人吃饭,他也是阴着个脸。

施一白打定了主意找到工作就搬出去住。他们现在的房子很大，房间也多，后院更是宽敞，后面有许多橡树，沿篱笆种了一圈的鸢尾花，还常有小鹿和兔子出没。有一次他还看到了一只红面狐狸。只是他觉得再大的房子如果不自在也就没意思。他想不通为什么无论他做什么盛月总能挑出不是，他害怕她在近旁。多么荒谬，这样精美的大房子他居然想逃离。他唯一有些舍不得的是女儿。但是他发现小丫头独立得很，跟盛月简直如出一辙。她们像制作精良的机器，一个齿轮压着另一个齿轮，高速高效运转，一步都不拉下，什么都安排得妥当。丽莎学习好，打网球、跳舞，样样都好，根本不需要他操心。他觉得自己不过是这个家的一个保姆。做做家务，打个下手，家里没了这个保姆或者是换个保姆一点也不妨碍正常运转。自己不过是个多余的人。他这么想着，心里有了一份凄凉。

他总算是在政府的 IT 部门找了个合同工的工作。他突然又觉得自己要搬出去的理由有些矫情。大房子，能干的老婆，优秀的女儿，自己该知足了。不就是老婆瞧不上自己吗，谁让自己就是没本事呢？他这样想着，就把搬出去住的想法往心里塞。可是到了下一回，盛月一使唤他，一挑剔他，他心里又难受起来，下了决心不能再这么耗下去，人生在世，不就图个自在吗。如此反复多次，他心里真有些瞧不上自己，都四十好几的人了，为什么还是又迷糊又黏糊？

这样混混噩噩地又过了几年。丽莎上十年级的时候，盛月的公司准备把奥斯汀这个分部关了。大部分人都裁了，只有一小部分公司答应换到硅谷。盛月干得不错，在那小部分准备搬到硅谷的名单里。可是盛月有主意，她觉得丽莎刚上高中，这时候换学校对她不利。再说硅谷房子那么贵，自己工资没加多少，施一白又赚得少，到了那边就成了贫困线以下的技术户。盛月可不愿意。她心想还不如裁了，还可以拿些遣散费呢。她去年就考了房地产经纪人的证，心里打算开始做房产中介。这么想着，她就鼓足胆子跟公司说了。老板也遂了她的愿。她做事有效率，马不停蹄地就自己注册了个小公司，开始印名片，打广告，和国内的亲戚朋友同学联系。正好赶上新移民的大潮，奥斯汀那时候房价还不高，她下手狠，自己就买了好多套投资房，又圈了一票的朋友来买投资房，生意就跟小雪球似的，一路滚起来。

她缺人手缺得厉害，就劝施一白干脆辞了职，和她一起干。反正他那个政府部门也是清水衙门，钱不多，还是合同工，工作也不稳定。施一白不答应，给她帮忙，自己不是要受更多气，更多被使唤吗？两个人为这事大吵了一架。他和盛月的关系早就有了裂痕，慢慢地就像后院的橡树皮一样都皴了，七裂八皱的，只是因为女儿，也因为或多或少的惯性和残存的一缕亲情穿插其中，两个人还能勉强过下去。这一架吵得把那层老皮老脸也剥掉了。

那之后没多久的一个周五的中午，施一白去一家中餐馆吃饭，一进门看到盛月和一个男人坐在餐馆的一角。那是个陌生的男人，秃了顶，看穿着像是从国内来的。他笑起来放肆得很，连牙龈都露了出来。大概就是普通的客户吃饭，但是施一白没听盛月提起。他心里又难受又别扭，忙从那家餐馆退了出去，他不知道盛月有没有看到他。

施一白终于在一个月之后搬了出去，住在一个临时租的小公寓里。盛月气得直发颤，只是她事情多，人又好强，两个人就这么分居了大半年，她也不喊他回来住。好在他就住在附近，丽莎的活动接送他随叫随到，倒还真跟他住在家里没多大区别。

那一家三口早就走远了，施一白叹了口气，想想过往的日子，心里有些空落落的感觉，日子怎么就过得没知没觉了。他又想起那个绿衣少女，身体突然有些膨胀，他好像很久没有这么冲动了。他和盛月太熟悉彼此的身体和味道了，熟悉得像运算一个程序，每一步，每一弯都差不多，连姿势都不变。他们其实也没有太多心思做这件事情。尤其是盛月做了房地产经纪人后，每天忙得一分一秒都排得满满的，到了晚上还要和国内的客户联系。他在想，怪不得叫做爱，爱他妈都是做出来的，他们那么久都不碰彼此的身体，还有什么爱？

他看看表，还差半个小时要接丽莎，他把桌子上的冰咖啡一口喝尽，站了起来。他又把车开到西木高中，又下了车，走到网球场。队员们正在休息，他的眼睛迅速捕捉到那个绿衣少女，她正仰着脖子喝水，他顺着她长长的脖颈往下看，又看到了她的胸脯。她满身是汗，白T恤贴在身上，他一眼看到两个凸显的红点，像两颗樱桃。他的喉咙又干涩了，下面也不听使唤地硬了起来。他有些慌张，忙转开眼，看了看天。天上的白云居然是一片一片的，像鱼鳞，也像心的形状。天上有很多颗心在游荡。他转过身，慢慢地向停车场走去。

过了一阵，丽莎和她一起走过来了。近了，近了，他慌张得像个小学生。

"爸爸，我们可以走了。"丽莎说。

"噢。"他看了一眼那个少女。

"这是我同学劳拉。"丽莎说。

"噢。"他又应了一声。劳拉冲他一笑，像是一朵出水芙蓉在他面前慢慢绽放。他有些目眩。他从来没有近距离地靠近过她。她的脸上有一层细细的绒毛,那种花季少女特有的绒毛。额头还有一丝细细的汗珠。他想她一定是混血,皮肤特别白,肌肤如雪,比雪还要滑腻。她的眼睫毛真长,又黑又浓。她怎么可以生得这么美,像很多年前他看过的《这个杀手不太冷》的女主角一样美。不,比她还要美十倍,因为她是如此活色生香地站在他眼前,他都可以闻到她少女的芬芳。

白色的凌志不合时宜地开了过来。

"我妈来了。再见,丽莎!"那个少女冲丽莎一笑。

"再见,劳拉!"丽莎和那个少女挥手。他看着她绿色的短裙闪进了白色的凌志。

"走了!"丽莎喊他。他回过神,坐到车内。他一直没有说话。到了大房子,丽莎要下车了。他想问点什么,到底什么也不敢问。

"不进去坐坐了?"丽莎问他。

"不了。"

"爸爸,你还是搬回来住吧。"丽莎看着他。

"嗯。再说吧。"他应了一句。

丽莎重重地把车门关上,转身走了。他待了半天,终于发动了车子。

4

晚上他忍不住在网上搜索,劳拉+西木,第一个出现的是一个叫 Lauren Westwood 的女作家,她写的一本书就要出版了,

《找寻回家的路》。家，他的家在哪呢？在太平洋的那边，还是几英里之外的大房子，还是……在她的身体里？怎么会有这么无耻的想法，他心里有些慌，继续看搜索结果，西木高中的劳拉！她居然有一个Facebook的账号。他连忙点开小头像。是她！还穿着那件熟悉的绿裙子，乌溜溜的眼睛，高高的鼻梁，小巧的鼻尖，小胸脯挺着像两个绿馒头。神奇的谷歌，他心里暗叹，难道谷歌真的有读心术，这么快就给了他要找的人。

可惜他和她不是朋友，除了头像，她其他的相片讯息他都看不了。他找来找去，搜不出更多信息，心里悻悻。他突然意识到如果是朋友的朋友是可以看相片的，他灵光一现，马上给丽莎发了一个好友申请。那边半天也没有动静。时候不早了，他上了床，一个人躺在黑夜里，她起伏的胸脯又浮现在他眼前。他已经有大半年没碰女人了，他心里痒得难受，怎么也睡不着，隐隐能听见远处183高速的车声，不停息，像河流一样。

周一上班的时候，他发现女儿终于接受了他的好友邀请。他连忙点进劳拉的账号，果然可以看到她的好多相片和好多信息。原来她是今年春天才从北卡罗来纳州搬过来的，怪不得他以前送丽莎去打网球时从来没见过她。她有一张和她父亲的合影，她父亲是个白人，果然她是混血。她有一张中西合璧、完美无缺的脸。他一张张翻看着她的相片，心里怦怦直响。他突然看到老板走了过来，忙慌慌地关了Facebook。老板看了他一眼，他是来找另外一个同事的。两个人在不远处说说笑笑，施一白觉得自己也插不上嘴，就尴尬地坐在那，眼睛看着计算机旁边的那盆多肉植物。

晚上他吃了饭就打开电脑，跑到她的Facebook看。房间里只有他一人,他一边听着那首《心的形状》,一边翻看着她的相片,无须顾忌被人撞见。他不慌不忙地看着。

"I know that the spades are the swords of a soldier. (我知道黑桃是士兵的剑。)

I know that the clubs are weapons of war." (我知道梅花是战争的武器。)

斯汀忧伤的曲调回旋在他小小的公寓里。

她的相片不少,站着的,坐着的,打网球的,跳芭蕾舞的。有一张是在海边,她穿着件暗绿色的吊带小衫,下面是牛仔短裤,是张侧影。从长长的腿,到胸,到脖子,到她的鼻梁,凸落有致,勾出了一张美丽迷人的剪影。她的胸部不算丰满,但是曲线圆润。他伸出手——那只早已不再年轻的手,触摸着屏幕。他的手停在她的胸部,在那绿色的小丘上来回摩挲着。像是一下子摸到了青春的脉搏,又像是有加速器在他体内打了一枪,他一下子变得心血偾张,欲望之火从他的身体里弥漫出来,弥漫到黑黑的夜里,浓稠得不能自已。他忍不住把手放在下面。她的相片比毛片管用得多,他很快劲头就上来了,像是喝了烧酒,一阵阵热流灼得他发热发烫。"洛丽塔",他轻声呼唤着,手里已然是黏稠的一片。

床对面的鱼缸里,那条名叫旺达的鱼游到了头,碰到了玻璃壁。它没有停息,尾巴摆了摆,转了方向,向另外一个方向游去。他突然就起了诗兴,用黏稠的手指在电脑上敲了几行诗:

"每一个灵魂都是一个深渊

阳光和氧气早已抽空

窒息的鱼儿不停息地游动

穿越那一千层的孱弱
抓住那兀自游弋的水草
深呼吸"

"旺达，这首诗如何？"他对着鱼缸嘟噜了一句，嘴角露出一丝似有似无的笑。

接下来的好几个星期，他都像是发了痴一般，几乎无时无刻不在想着她。他觉得自己一定是着了道。他努力告诉自己这多么荒谬，多么龌龊，多么无耻，但是他还是忍不住想她，她的歌声，她的样子，她的身体。

她像是暗夜里的一束光，这光亮照亮了他寡淡的人生之路，让他重新又活了过来。只是这光亮仿佛来自另一个宇宙，远得遥不可及。但是他居然想靠近那光亮。他想告诉她她是他的女神，是他的生命之光，他需要光，需要这光来填充他空旷的胸口。这念头像一根小草一样在他的脑海里顽强地扎了根。

"神说，要有光，于是就有了光。"他躺在空荡荡的床上祈祷人间有神灵。

神一定是听到了他的祈祷。

周六上午丽莎到他住的小房子里拿一本书，突然想起了什么。"下午的网球课是不是取消了？我得问问。"她看到他的电脑开着，"爸，我用一下你的电脑。"

他打开电脑，她坐在那上了 Facebook，是他的账号，她大概是懒得退出进自己的账号，搜到劳拉的账号，顺手发了个信息：

"我是丽莎，这是我爸的账号，我就是问问下午的网球课有没有取消。"

过了没多久，劳拉回话了，"没有取消啊。对了，你可以顺道接我一下吗？我妈下午有事。"

"没问题啊。我在我爸这，回头要他去接你一下。"丽莎回了话，她果然是盛月的亲生女儿，问都不问他一下就给他派了个差事。他笑了。

她穿了件红色的T恤和一条白色的短裙，像一团火。他心想，她穿什么都好看，但还是绿色最衬她的白皮肤。他一边开车，一边听两个小姑娘说话。她和丽莎一样，满身都荡漾着青春的朝气。自己居然会对女儿的同龄人着迷，他心里暗暗鄙视了自己一番。只是他还是忍不住从后视镜看她，她浅褐色的眼睛有一丝绿，圆圆的，杏仁一般，水汪汪，清波流转，还有一丝似有似无的忧伤。她笑起来，小胸脯就会跟着起伏。她少女的清香塞满了整个车厢，他有些贪婪地吸了口气。

下车的时候，她对他说，"谢谢你啊。"她是个懂礼貌的好孩子，好人家的孩子，他想。他笑了，他想说很喜欢她唱的那首《心的形状》。看看旁边的丽莎，就忍住了没说。他看着两个人一起跑进了蓝天白云碧草的画框里。他等到她们的背影都消失后，自己又慢慢地走进那画中，走到网球场旁边。这几周他都是如此，他找到那个熟悉的隐蔽的角落，透过铁丝网看她像波浪一样起伏，像小鹿一样奔跑。他身体里的利比多又奔腾了起来，他需要这奔腾，这奔腾让他又找回了活泼的生命力。

晚上他又打开了Facebook，上午丽莎用过的通话窗口还在，他心里一激灵，像是有一双无形的手牵引着他，他给她发了个信息："很喜欢你唱的那首《心的形状》。"

她大概在用Facebook，很快就回了个信，"真的啊！好高兴，谢谢。"

他心里惊喜,她居然回了,她知道我是谁吗?他接着又写了句,"我没想到你会喜欢这首《心的形状》,照你的年龄,你该是喜欢另外那首《心的形状》的。"

"噢,你是说后街男孩那首吗?那首我也喜欢的。"她又回了话。

他感觉到了那一束光,他在那光亮中继续前行,"你喜欢斯汀吗?"

"喜欢,有谁不喜欢斯汀呢?"她居然打了个笑脸。

那天晚上他们颇聊了一阵。夜深了,他辗转在空荡荡的床上,久不能入睡。他回味着他们的对话,眼前浮现出她的笑容,她凹凸有致的曲曲折折,像他家乡的丘陵山坡,绿馒头一般温润柔软。他坐了起来,坐在浓稠而寂寥的长夜里,兀自说了一句:"旺达,这小妖精会不会要了我的命?"

他们时不时会在 Facebook 上聊一聊,说音乐,说电影,说斯汀的歌。他也说起那部电影《这个杀手不太冷》,她却没有看过。"是限级的,我妈不许我看的。"他们说的都是些不痛不痒的话题。他很小心,他很怕她看出自己的心思,更怕她会突然就不和他说话了。

5

那天晚上他刚躺下,突然听见有人敲门,他迷迷糊糊去开了门。居然是劳拉!她穿着那件绿色的裙子和黑夹克,眼里似有隐隐的泪痕。他好不诧异，忙把她请进来，问她怎么回事。

她走了进来，坐在沙发上，带着哭腔说了起来，原来是她的男朋友，最近变了心，喜欢上丽莎了。

"你一定要帮帮我。"她水汪汪的眼睛看着他。

他心里无比妒忌那个小伙子，又看她楚楚可怜，正要答应她，突然又起了邪念。

"要我帮忙也可以，只要你答应我……"他的眼睛毫不掩饰地看着她像小山丘一样起伏的胸脯。

她嘴角突然露出了一丝诡异的笑："你想我想了很久了吧。"她像是突然变了一个人，变成了《洛丽塔》里那个性感妖娆的少女洛丽塔。她站了起来，把外面的黑夹克脱了下来说："来啊。"她巧笑嫣然，声音柔媚。他吃惊地看着她，简直不敢相信自己的眼睛。他身体的欲望早已勃起，脚下却动不了。

"怎么，怕了吗?"她的眼波如秋水，她看着他，又迅速把她的绿裙子脱掉，然后是里面的内衣和三角裤，一样一样丢在脚下。她一丝不挂站在他的眼前，她的皮肤白得有些不真实，像梦一样不真实。她像极了那颗绿色多肉植物，透明，剔透，清脆，可口。欲望在他身体的每一个细胞里升腾，他迎上去抱住了她，把她按在了沙发上。"一树梨花压海棠"，他想起来了《洛丽塔》的另一个名字。"洛丽塔!"他如痴如狂地亲吻着她，抚摸着她。她的鼻尖，她的眼睫毛，她的红唇，她长长的脖颈。她的皮肤充满了弹性，她的身体充满了少女特有的芬芳。她柔顺得像春天的柳枝，缠绕着他，她的手指在他浓密的头发里穿过。

"来啊。"她又轻轻地唤他。

他捕捉到她的两座山丘，他的手轻轻地拂过山丘，然后到达山丘顶上的两颗红樱桃。他的手伸向了那诱人的红樱桃。他的手还在继续探索，向下向下，那里已然湿润如春泉。"真是个小妖精。"他喃喃地说。

"来啊，吃了我。"她勾着他的脖子。她的身体像一颗青杏，还带着一丝生涩。他心里陡然就生出了一丝犹豫，这当口，门突然响了，是盛月的声音："快开门！"

他心里一惊，怎么是她！他一惊，就醒了过来。

原来是个春梦。春梦了无痕。他躺在那，黑漆漆的夜，没有一丝光亮，什么都看不清楚。他心里还在回味着梦里的她，似乎她还在他的怀里，柔软芬芳，香甜可口。可惜是个梦，即便是在梦里，他亦未能痛快地如愿。夜黑如墨，秋夜寒气入骨，他怅然若失，长叹一声，再也无法入眠。床的那一头，是那个鱼缸，和鱼缸里一条名叫旺达的鱼，游啊游，不停地游啊游，后面跟着起了一串薄薄的水泡。他怔怔地看了阵，又迅速地躺下来。他怕自己再多看一眼，就会变成一条鱼。

一转眼就到了年底。

那天他刚到公司，老板就找了他去说话。说是现在资金紧缺，政府部门砍了很多项目，他在的那个项目也在其中，他的合同就不会再续约了，以后有了资金一定再找他云云。他心里一丝丝苦涩涌了上来，表面上还是客气地谢谢老板这几年的照顾。

他回到自己的小隔间，把东西收拾好放在一个纸箱里，那盆多肉植物放在最上面，晃晃悠悠的。他上了电梯，旁边站着一位圆脸的白人大妈。"你不觉得外面的世界很好吗？"她说。他勉强朝她笑笑，眼神有些空洞。外面的天空是浅灰的，远处有一抹暗哑的淡黑，云层堆在那，闷闷地，茫然一片。他心中也似这天气，尽是拂之不去的茫然。要下雨了。雨在后半夜下了起来，淅淅沥沥，没个完。他本来就睡不着，听着雨声，更是无法入睡。一种被整个世界排斥在外的孤寂环绕着他。他下了床，打开窗户，雨丝飘到了他的脸上，他的脸一下就变得湿漉漉的。

第二天他本来准备去社保中心报失业记录，看到外面潮湿灰暗的地面就很颓丧。他硬着头皮上了车，下了高速，等在一个红灯前。车灯变绿，前面那辆车却不开。他等了好一会，终于忍不住鸣了下笛。前面车门打开出来一个肥胖的黑人妇女，对着他大吼："你没看到我车坏了吗！！"

"Fuck you!"他在心里骂了一句脏话，恨恨地看了一眼那个黑人妇女，把车子从旁边车道开走，心里无端又添了一肚子的气。雨又下了起来，天空又成了青灰，奥斯汀的冬天其实下雨不多，这真是个古怪的冬天。雨刷单调地打着车玻璃，雾气蒙蒙，前面的路也看不清楚了。他觉得自己像是在和这个世界掰手腕，而他总是输的那一方。

他什么都不想做，整天待在家里，甚至都不想和她在Facebook上交谈。连自己的生计都成了问题，哪还有心思去想遥不可及肥皂泡一样不真实的洛丽塔。

他浑浑噩噩地睡了几日，终于打开电脑。她放了张新相片，他没有去点赞。过了几天，她在Facebook里给他发信了："你好像很久不说话了。"

他突然心里一暖，就忍不住告诉她："我失业了。"

"噢。没关系，振作起来，再找吧。"她说。他想，她到底是个单纯无心机的孩子。

"谢谢你！我就知道你是个好姑娘。"

他把自己第一次见到她的感觉告诉了她："你就像一束光一样照亮了我。"

"真的吗？我不知道自己还能给别人信心。其实我是个很自卑的人，我在学校里成绩一直不好，是个典型的B等生。"

他没想到心中的女神居然也和自己一样充满挫败感，心里竟有了丝"同是天涯沦落人"的凄楚，就忙去安慰她："你是个聪明的孩子，成绩不能说明什么。"

"可是大学申请GPA很重要。我妈妈总让我去上数学的补习课，可是我一上补习班就头大。我大概就是没有学数学的基因，要是有丽莎一半聪明就好了。"她的语气里很是颓丧。

"不一定非得靠数学吃饭啊。"他说，马上又想起自己，靠着计算机吃饭，又因为学得不精，都被炒了鱿鱼，不由又心虚又难过。

"谢谢你安慰我，我父母其实早就离了婚，我父亲那边又结了婚，生了个弟弟，其实很少管我。我妈妈一个人带着我过，整天就盯着我。她不准我喝可乐，说是不健康。不准我去聚会，说是怕有毒品。家里的气氛总是压抑。有时候，我甚至想逃离那个家。"劳拉像是找到了一个倾诉的人，一下子说了好多话。他想起了女儿丽莎，父母亲分居，她嘴上没说什么，是否心里也是一样难受，自己还能算一个称职的父亲吗？他心里暗自惭愧，不由对劳拉心生怜惜，便如宽慰自己孩子一般说了一番道理。

"人生为什么会有这么多烦恼。"劳拉还是郁郁。他不禁哑然失笑，她这样的苦恼也算苦恼，又一想，为什么不呢，这样的烦恼在她这个年纪就是天大的事了。人生的烦恼其实是和人的年纪一起膨胀变大。年纪越长，烦恼越多越痛，只不过人的承受能力也是一点点变大，所以烦恼中的人痛苦程度倒是差不太多了。他这样想着，不由又想起了那个电影，小女孩问男主人公里昂："人生只有小时候才是那么苦的吗？还是一直是苦的。""一直是苦的。"里昂说。

他不知道该不该跟她说人生的真谛就是苦的，想想还是算了，总得给她一个想头吧。等她到了他这个年纪，自然就会明白这个道理，现在不告诉她未尝不是一件仁慈的事情。他这么想着，就跟她说那个电影最后的一幕，小女孩在操场上种下里昂留给她的那盆万年青，她跪在那盆万年青一旁，神色冷峻，没有一滴泪，一字一顿地说："Leon, I think we are going to be okay."（Leon，我们会没事的）

"是的，we'll be ok。"他跟她说。他这么安慰着她，自己好似也振作了一些。他想，明天就开始改简历，多试试几个地方，车到山前必有路。他觉得自己多少有些自欺欺人，但是，又能怎样？

他们那晚在 Facebook 里聊了很久。

"我得休息了，我妈妈催我了。"劳拉在 Facebook 上敲了行字。

"睡吧，我亲爱的小姑娘。"他说。

他沉下心，开始认认真真改简历。到了第二年年初，还真有几个公司打电话过来询问，虽然最后都没成。二月初的时候居然有家公司要他去面试。他把这个消息告诉了劳拉。

"真是好消息，我周日去教会，会给你祈祷的。"劳拉说，"把你的愿望大声说出来,全宇宙都会来帮助你的。"

他很有些感动,眼眶有些湿。她有一颗透明的心。她的宽慰虽然孩子气,多多少少给了他一丝慰藉。像是又看到了一丝光亮,一切似乎都有了些微茫的希望。

那天他在网上看到斯汀要来德州开演唱会的讯息。二月初会来休斯敦的丰田中心开一场演出会。他给劳拉发了个信息:"斯汀的演唱会,我们一起去看吧!"他兴奋得很,语气竟然像一个孩子。

"好啊!我一直特别喜欢斯汀。"劳拉显然也很兴奋,"不过那天我得想个法子溜出来,我妈最近老盯着我。"

"演唱曲目单里就有《心的形状》。"他一边说一边顺手在Facebook上发了几行《心的形状》里的歌词给她:

"If I told her that I loved you.(如果我告诉她我爱你)

You'd maybe think there's something wrong."(你会不会觉得有问题)

他买了两张票。说好了去她家附近的一个公园接上她,然后开车一起去休斯敦,不过三个小时的车程。

"你可以穿那件绿色的裙子吗?就是你唱《心的形状》那次穿的裙子。我喜欢你穿那件裙子。"他说。

"好啊。"她高兴地回答。

多么好,他想,下周有一个面试。这个周末正好放松一下,和他的洛丽塔一起去听他喜欢的斯汀。他想象着和她在一起的好时光,车子里就他们两个,什么都不说,空气里满满地流淌着美好和柔情。也许她还会唱起那首歌,他开车,她唱歌,那样就有了欢乐。到了丰田中心,他会小心翼翼地护着她,宠着她,给她买她爱喝的可乐。她还是个孩子呢,是个没有心机,纯净,带着点忧伤的孩子。他兴许能弥补一些她父亲的空白?他对她怀揣着一种复杂的情愫,苍老又鲜活,既像是对情人又像是对女儿。他这么想着的时候,心里充满了温柔,心悸和一种莫名的伤感。

他出了门,突然想起了什么,折回家,又拿了那盆多肉植物。耽搁了一点时间,他到公园的时候她已经到了,他远远地看见了她。

她穿着那件浅绿色的裙子,露出白皙的长长的腿,正是他心目中洛丽塔的样子。风吹起她的裙裾,鼓鼓的,她站在阳光下,闪亮着,像一颗绿色的通透的心。他看了看手里的那盆多肉植物。他笑了,快步向她走过去,他要把它送给他心中的洛丽塔,他的光亮,他生命力的源泉。

他还差两步就要走近她了。周围突然跑出来三四个警察,向他直奔过来,他们迅速地把他双手反铐,动作之快,让他瞠目。他手中的那盆"洛丽塔"摔在了地上,一瓣一瓣的心的形状的叶子摔了一地。

"施先生,我们得到举报,你涉嫌猥亵诱拐未成年少女。"其中一个老狗熊一样的警察对他说。

然后他看见了劳拉的父母,他们也从附近跑了出来安慰惊慌失措的劳拉。她的眼睛里都是慌乱,像是被猎人追捕的一头小鹿。

他的手被扯得生疼,没有来由的,他想起了那条名叫旺达的鱼。那鱼没人照顾,会饿死的吧,它的灵魂会真的坠入深渊的。"旺达。"他轻轻地说着,眼角不自觉地有些湿。

地上破碎的心型多肉植物早已被踩成了一摊绿泥。一分钟之前它还是一颗透明纯净，充满光亮的心。那是他的洛丽塔。

"洛丽塔，我的生命之光，我的欲望之火。我的罪恶，我的灵魂。"

他听到了那句话，从某个久远的时空，某个遥远的角落飘过来。

(《心的形状》(小说集)，河南文艺出版社，2024年)

二湘　毕业于北京大学，德克萨斯大学奥斯汀分校计算机硕士。小说、散文、诗歌曾多次获北美汉新文学奖，小说曾获头奖。小说发表在《当代》《江南》《芙蓉》《天涯》《科幻世界》等。小说曾被《小说选刊》《小说月报》《中篇小说选刊》《北京文学·中篇小说月报》转载。《重返2046》获第八届华语科幻星云奖电影创意入围奖。《白的粉》入围第三届华语青年作家奖。作品曾进入中国小说学会小说年度小说排行榜。著有中短篇小说集《心的形状》《重返2046》和长篇小说《狂流》《暗涌》。

白日月光

王海雪

黑

  刘加开着二手破皮卡，穿过树木围起来的管道般的路，眼前豁然开朗，宽阔的街旁散落着稀疏的白房子，在几片绿叶中被风喷绘成巨型广告牌。冬日似乎拖着夏天烧焦的气味，混在俗气的日光之中。拐过废弃的拱桥，几条岔路都通往同一个方向——塘县县城所在地。这些路都是塘县近年扩大的延伸，如同为了迎新而加了滤镜的人像照片，又像一张为了让肤色看起来更好而敷上昂贵面膜的面孔。

  刘加把车窗全摇下，两侧的风吹散毛茸茸的阳光，车内丝丝冷，她想着先把货物放到店里，再回家吃刘阿姨做的饭。她上了老旧狭长的海水街，开得缓慢，离合没控制好，熄过一次火，她仍旧不急不躁，这是被破车训练出来的耐心。

  店是一处木制的旧宅，一楼是铺面，二楼是生活室，附带一个要弯腰爬进去的小阁楼。隔壁杂货店的女老板周延一见到那辆墨绿色的皮卡车，就背着小皮包走过来，告诉刘加她卖了两瓶洗面奶，并说看了数字标签，大概知道进货价，应该不会看错。刘加接过她递来的钱,说:"进货价是十五块,对的。"刘加站在车尾,说:"这利润都堆在货里了。"周延顺着她的目光望向车厢里的纸箱:"可不是嘛。"

刘加从自己的小挎包里拿出一管口红,流行的豆沙色,递给周延,说:"新产品,好用。"周延一边接一边说:"客气什么。"刘加说:"这不是客气,为了让你生意兴隆,红红火火。"周延笑盈盈,说:"一会儿涂给你看,帮你宣传。"周延三十岁出头,一张雀斑脸,原来素面朝天。一年前,刘加的美妆店开张,一回生二回熟,她每次都爱来店里涂涂抹抹,遮瑕膏将她的雀斑变没,妆容阴影下她的宽颌骨变窄,整张脸一只手就能托住似的。

刘加理完货,全身臭烘烘,到隔板后面的灶台洗了手,出来,又托周延有空瞅瞅店里,她要回去吃饭。周延说没问题,又凑过来,低声问刘加她母亲身体还好吗。刘加鼻孔哼一声,说:"废人了,能折腾什么?"周延又问起钟晓——刘加的男朋友。

周延人热心,就是嘴碎。她卖日常生活用品,停电缺蜡烛、灯泡坏了要换、锅碗瓢盆差一个,人人都爱来她这买。她帮着人们挑选,这锅用的什么材料,那盆是哪个牌子的……又会帮人断家务事,人们争先恐后把知道的隐秘送给她。隐私有兴奋剂的作用,用久了,后遗症跟出来,动作表情都夸张,眼圈黑,眼袋重,还好一双眼睛大,看起来还是很有神。跟她处久了,刘加的秘密压都压不住,也被她生拉硬拽了去。

刘加不情愿,词语却一个一个往外蹦:"钟晓昨天出差了。"然后,刘加扫了一眼店内,玻璃长柜台,装满货,右边墙上的一排木架,摆着她推荐的祛痘产品、美发用品,基本都是省城化妆品批发市场淘来的,小品牌,也不知好用不好用,反正她给客人讲得天花乱坠的。进回来的假冒迪奥香水摆了一年，至今一瓶都没卖出去，只好拿来喷简陋的厨房与厕所。几张一级美容师证书牌交叉着放，有中文的，也有英文的。她是绝对想不到有一天她会在自己长大的地方谋生，成为一名美容技工。

波罗蜜树大张的枝叶抽走冬天，周延站在波罗蜜树下，和路过的行人攀谈。刘加走开，心里想杭州冷，不知钟晓带够衣服没。

钟晓回到塘县比刘加早一年。他后来告诉刘加，回来那年的冬天最像冬天，证据之一就是他穿上了厚厚的毛衣。那天晚上，他迫不及待去那家最出名的大排档要了一盘河口螺、一份炒粉、一瓶冰镇啤酒，吃得餐盘精光干净。刚刚下过雨的路面很潮湿，他看到老板趿拉一双橡胶拖鞋，在冷风里一只手拿锅，下油起火。他把穿白球鞋的双腿伸到小桌下，觉得自己像是镇上格格不入的访客。

刘加告诉他，自己回来也是一样的心情。

刘加与这个幼年好友久别重逢，是他不知听谁的介绍，说她是一个治痘专家，代理的某个化妆品牌治痘很有疗效，他便过来了。他戴着口罩，露出戒备的眼睛，像一位执行任务的忍者，隔着柜台使劲地瞪着她。刘加觉得他面熟，他吞吞吐吐："你是刘加？"刘加说："是。"他又说："加减乘除的加？"刘加喊出来："你是钟晓！"他尖叫："加加！"他把口罩摘下来，露出一张白净却满是痤疮的脸，难看。

那天，刘加叫他到隔间的美容床上，手指温柔地绕过他的眼睛与嘴唇，将他的面颊细腻打理，给他挑痘、消炎。他放松的身体满是信任。刘加说他是开店以来的第一个男客人。他说："我也不想，但是这痘突然出来，实在受不了。"他在北方待了好几年，除了待出一身细皮嫩肉，一无所得。被父亲喊回来，跟着家人做绣花加工生意，没料到一回来，绣花生意还没开始，痘痘先绣满了他的脸。塘县服装加工业发达，处处是小工厂，连带相关产业也跟着兴旺了几十年。南区最新的那条街，一爿一爿的针线店、绣花工作坊，机器喳喳叫，压得水泥路面都喘不过气。

刘加一边给他涂上面膜泥，一边说自己学的考古，钻过墓地，被凸起的土堆绊倒，跌在皑皑白骨上；也去过大西北辽阔的荒漠，魔鬼城的呜咽至今仍在梦乡游荡……走在那种地方，总像走在另外的朝代。他惊骇，这个跟白骨打过交道的人，会不会把自己这张脸也当成了没有筋肉和肌肤的骷髅？这想法让他后背一冷，打了个抖。刘加说："手重了？"钟晓说："没。"

那次调理，刘加没收他钱，说第二次来了再收。他不好意思，推辞不过，说干脆就拿这钱请她吃饭。他们去河目街街心那家新开的炸牛排店，据说牛肉都是从岛屿中部山区运过来，纯天然无污染。味道确实美。刘加吃得毫无节制。他震惊于她的食量。她说："你亏了吧。"他夹起一块香味四溢的牛排放到她碗里，说："亏得起亏得起。"吃到满街灯火，他们才结账走人。

两人走入夜色，话突然像街上的行人一样变得很少，默契却随着夜色的加深而无限延长。更多的回忆被挖出来，摆在那刻，像自助餐一样随意挑拣。不知不觉，走到拱桥处，拱桥是旧时盖的，日晒雨淋，吃了许多土，长出飞机草。刘加站在路边，皎洁的月光照出半裸的天空，炼出一地水银。钟晓蜻蜓点水地在她面颊上一吻，一辆摩托车飞驰而过，年轻的司机怪叫一声。她扭过身，往回走，心里特别快乐。这是一个远道而来的吻，这吻走了多少年？

钟晓追上来,与她一起回到繁华的商业中心。印度紫檀枝叶繁茂,五颜六色的灯丝绕了它一圈又一圈。两侧的茶店摆起桌椅,过一会儿将人头攒动。她借眼角余光看他,脸上是痘痕,就像一把小刀子乱挥,有密集的刺痛感。这夜晚太好,完全不像是真的——好就好在,有些梦幻,又有刺痛。该回去自己所在的那条街了,那里白天有人气,晚上冷冷清清,没有月亮的晚上,就是去往黑暗的甬道。母亲声嘶力竭的叫声,就是那黑暗榨出来的。

红

母亲的身体突然掉了个螺丝,多米诺骨牌效应,哗啦啦散架,经过手忙脚乱的拼贴,只抢回半边,她半身不遂了。如今,她躺在床上,身上笼罩着浓烈的阴郁。刘加洗一盘圣女果,端进来,坐到圆桌边,堆起来的那盘红,让房间生机勃勃。她拿起一颗放到嘴里,瞅了母亲一眼。母亲假寐,宁愿在自己逐渐消失的梦境中张望,也拒绝看一眼熟悉的世界。

刘加叫一声:"妈。"

沉默。

刘加望向那扇窗。窗像严密的墙剪破的一个大洞,日光从紧挨的房屋缝隙中费劲地跳进来。正午的光像一床暖好的棉被,铺在母亲的身上。她想,母亲真是命好,要是扔村里,估计全身都发臭了,哪还发得了脾气?自从母亲得病后,无论她做什么,都吃力不讨好。母亲三番四次叫她把水果扔出去,说污染了房间的气味。她回嘴,药味需要被水果味冲刷冲刷。母亲说这味堵鼻孔,出不来气,看来她是想让当妈的赶紧死。母亲的骂声像膨化食品被咬破。

多次争吵后，母亲换了对付她的招数——沉默。而她，完全适应母亲造出的逼仄。

刘阿姨端着饭放到小圆桌上，一般是白米粥或者粉汤。刘阿姨的到来，才能真正让母亲醒来。母亲衣服领口垫一块白方巾，左手拿汤勺，慢悠悠地往嘴巴送。刘阿姨问："需不需要喂？"母亲冷冷地说："不用，还没彻底残呢。"

刘阿姨是刘加雇的看护，之前在县医院的临终病房当过护工。这些年，得病的人很多，县医院临终病房的几张床位从来不缺人。这些年，天气热，什么东西都经不起高温的暴晒，人也是一样的，那仍然活着的躯体加速腐烂，哪怕是最亲密的人，口罩手套防护到位也不一定愿意贴近那个跟自己有过长久朝夕相处的人。所以，刘阿姨是很抢手的。

周延跟刘阿姨有点沾亲带故的关系，便叫刘加去找她。刘加忐忑地在病房外见到她，她戴着白手套，头微微侧着，认真地听，不时点头。刘加一直没法说出低廉的月薪。她觉得月薪就像水里的小鱼，再小的网眼也捞不起来。最后，是那些字强行撬开她的唇齿："工资一个月两千，如果少可以再商量。"刘阿姨一口应承，一周后就收拾包裹过来。刘加用了很久才消化掉这个意外之喜。

刘阿姨来刘加家没多久，就问能不能给一间房住下。空的就只剩刘加父亲的那一间。刘加说："我爸那间闹鬼，你敢住吗？"刘阿姨面色一阴，说，那房间她收拾过，干净得很，如果同意她就借住下来，她在这主要是方便照顾她母亲。

最后一句让刘加彻底答应她。

刘加经常看到，刘阿姨不是正忙着拖地，就是搜寻各个角落的遗漏物。刘阿姨说，没有声音，房子就是死的——她在制造各种声响，让房子活起来。刘加对她所知甚少，但不影响和她说一些事。通常，都是在父亲死去的那间屋子，那里还保持着父亲生前的原样。刘阿姨带来一床棉被，夏天她把棉芯取出，叠成方块放在床角内侧，身上就盖一个被套。有时刘加看到她倚着枕头，盖着那床花色错综的俗艳被套闭目养神，总会想起父亲。父亲的遗物是她与母亲一起清理的，父亲的被套与刘阿姨的一模一样。他们这代人，物资匮乏，连被套也没得选择。

有时刘加独自到阳台上，望着挤挤挨挨的海水街，心底晃荡的水声便奔涌而来。她想，取这名字的一定是一个有知识有涵养的人。据说那是塘县唯一出过的一个秀才，众星捧月似的，名字与生平都被隆重地写在塘县县志里。刘加翻过那本厚厚的书，却发现上面记载的东西都乏善可陈，和内陆那些有着古老文明的古城没法比。这或许是一种职业通病，就算不干考古的工作——她自嘲是盗墓的活——这比较也是在心里的。

从前父亲也喜欢来阳台上，蹲下来摸那些花墩，说海水街下面的市场街一带，有很多很多的故事。这花墩便是故事的一部分，那些死去的匠人留下的东西。可是父亲却不多说了，再然后，父亲死了。生活似乎没有改变，白天依然是白天，夜晚依然是夜晚。父亲去世那年，正是菠萝大量上市的时节，几乎每一个走过海水街的人都一手拿着辣椒盐，一手抓着金灿灿的菠萝，吃得整条街甜中泛酸，酸得她的眼泪落在地上，惊吓日光。那时，刘加就见过刘阿姨，她记得刘阿姨站在街边，穿一条苎麻长裙，脚上是一双布鞋，绣了一朵花，看起来像北方春天常见的芍药。这花色在塘县极少见。刘加觉得刘阿姨就像古代的人，不属于这里。这是她一眼注意到刘阿姨的原因。她还记得，刘阿姨接触到她的目光时慌里慌张的躲闪样。可能看出殇，总有那么一点不厚道。

刘阿姨一直未婚，年龄大，生不了孩子，又不愿意嫁给拖儿带女的鳏夫，便一拖再拖，成了人们口中的老姑娘。按理说，老姑娘应该会有一些怪癖，但认识她的人却找不出她乖戾的一面。周延对她也是赞不绝口。刘加觉得周延说得夸张，但也承认刘阿姨确实与镇上的妇女不一样，可能是没结婚，人又爱干净，照顾濒危病人，见惯生死，便什么都看开了。

刘阿姨的声音在门外响起来："刘加，菜凉了，要不要热一热？"刘加把一个圣女果塞到嘴巴，像含一口甜甜的血，边嚼边出去，说："不用了。"母亲的房间出来就是客厅，顺着客厅过去，辟出来的一角放了一张餐桌，四把棕色木椅成双成对，每次刘加坐上去，都觉得自己像一个第三者。这是几个月前，她让刘阿姨去家具店买来的。这新家具，让这宅子老木抽新芽。她从电饭煲打了碗米饭，饭温着。刘阿姨过来坐在她对面，看着她一口一口地吃，问她味道怎么样。

她夸张地说："你要去开饭店，客人绝对挤爆。"

刘阿姨心思却不在上面，那掠过的笑容被下一句话取代，说："你要理解你妈妈。"

她手一停，刘阿姨往她碗里夹了一块瘦鸡肉。

从她有记忆以来，母亲就是疯疯癫癫做事乖张的人，稍不如意就和父亲吵闹。父亲的关节贴满膏药，瘸着腿反驳——这反驳也一瘸一拐的。父母在屋里吵，她就在阳台上坐着，对吵架的内容漠不关心。对面的小楼古老得发霉，木头被过多的雨水抓出一条又一条伤痕。楼下的行人挎着菜篮子,在不那么热烈的太阳底下说着话。父亲矮矮墩墩、横向发展的声调像母鸡啄食;母亲不同,母亲的声音像一只半夜的猫发情,恐怖里夹着可怜与忧伤……

她垂眼看碗里,说:"有时我真想你是我妈妈。"

刘阿姨双手叠在桌面上,看着她炒的两盘菜堆得很满,凉掉,油脂凝成透明胶。沉默让周围的物件都有窟窿,连空气都被钻孔。刘加知道刘阿姨的专注是空心的,不在谈话上,不在房子里。刘加吃着饭,说起日货店女老板,说起自己的货物,说起在钟晓面前不轻易流露的寒碜。刘阿姨用她一贯的表情默默地听着。刘加曾问过她的一些事,她说,她的人生就是俄罗斯套娃,从小到大都是一样的,没什么可说。刘加问她从哪里知道的俄罗斯套娃。刘阿姨说以前父亲给她寄的,她父亲是从前极少的到外面闯荡见过世面的人之一,可惜很早就死了。

蓝

刘阿姨给母亲熬药。

她把罐子放在火上,慢慢地熬,将药性从植物的枝叶里逼出,从烟雾中扩散,像缤纷落下的香水。她看了一会儿火,听到水的沸腾,将火调小,便去给整栋楼做卫生。她在三楼的杂物间翻出一只蓝色拖鞋,拖鞋沾满灰和蜘蛛网,是流行一时的"双鹅牌"——鞋面上两只鹅叠着,成双成对。她拿去冲一遍水,又用刷子里外刷干净。刘阿姨拿破布擦干那只鞋,便拎着去见母亲,询问另一只在哪里。在一些小事上,刘阿姨喜欢让病人做决断。母亲也很享受这个过程,这让她觉得自己不是废物。

母亲撑着床，慢慢坐起来。刘阿姨要扶她，她摆手不让帮忙。这是罕见的事。母亲的眼神有寒光，匀过来，冻白刘阿姨的脸。母亲说，这是男鞋，应该是刘安的。母亲的目光是一个谜，让人猜不透。刘阿姨垂下头，挪步坐到平日母亲吃饭的椅子上。刘阿姨听见自己的心像海浪，拍打悬崖般的身体。两个人的眼光就像玩游戏，一东一西，对话也是沿着线，分叉走。她说："刘安是你先生？"塘县就像凭空从海面浮出的一座城，没经过驯化，多粗人，"先生"一词是罕见物，像挖到宝一样难得见一回。

母亲两耳像刀片，把话切得丝丝响。良久，母亲说："他不中我意。"

刘阿姨松口气，海浪退了潮，复归平静，语气像捆来一束风，把她的话吹成一个圆："当年谁不知你俩好不起来。"母亲往后躺，刘阿姨赶紧把枕头垫在母亲脖子底下。她们聊起旧日污水横陈的街道，聊起街口的老牌杂粮店蒸的毛薯真是好吃。现在卖的，不知是太多化肥还是土地不再好，再也吃不出过去的味。刘阿姨问母亲，想不想吃，想吃的话她现在可以去买。毛薯不好，番薯却粉得很。母亲说，不用了，倒些水吧。

刘阿姨拿起杯子，走到外面的饮水机旁，把杯子放在底下。她环顾四周，这栋房子是旧的，从这户人家的祖辈那里传下来，箱子、案几、柜子，陈年的旧木被油漆包住，在经年累月里失去原本的颜色。它是这街区颓废的象征，却又在并立的新式建筑中有着顽强的意志。她按下键，接一杯温水，突然想起要去看一看药罐子。她跳起来，跑到厨房关了火。

母亲突然问："现在外面还有红糖块卖吗？"

"过年才有了。"母亲说。

以前生刘加时吃得可多了。她对过去可以自由掌控的身体与时光产生怀念。那时她像现在一样躺在床上，但躺下与起立的主动权在她手中。在她的意识深处，她仍然拒绝相信自己的瘫痪，她也拒绝照镜子，她的头发涂满白色，脖子很皱很细，仿佛随时可以截断呼吸。如果她坚持，她还是可以在别人的帮助下起来走上几步，但是，她拒绝任何有益的复健。

母亲的睡裙几天没换，黏糊糊的汗化到单薄的料子里。刘阿姨想让她换掉，她说时间不到不换。她只用舒肤佳香皂，洗澡也洗衣；她告诉刘阿姨衣服从几点晾晒到几点就要收；她吃完饭要把碗碟放上至少半个小时，让味道飘满屋子，洒溢出去——那味道能让邻居知道她活着。

母亲歪着身，刘阿姨知道母亲要独处，她拿起那只鞋走到自己的住处，放到鼓鼓囊囊的大麻袋里，下楼。那日，是一个特别晴朗的天，刘阿姨很久没见到这么湛蓝的天空，整条街都变成浅蓝色。她倚着门口，望着行人搅拌着天空落下的蓝，这种蓝就像那双鞋子还新的时候的颜色吧？

她发誓一定得把另外一只鞋找出来。

黄

刘加靠着廊柱等钟晓。钟晓出差回来，说要去她家看看，认识这么久，还没来过。他盘算着上门要买什么东西，烟酒必不可少，水果几箱是有必要的，鸡鸭可能需要一两只……刘加让他什么都不带，她母亲烟酒不沾，她也不沾，刘阿姨是一个单身女人，为了有一个稳妥的晚年，更不沾。他说这迎来送往的到她这里就转不动了。

赶早集的人三三两两地走,冬日带来的热度超乎想象,他们预测来年的清明又将是一个天干物燥的难熬之日,觅食的亡者们又会和往年一样,拖着嶙峋的骨架,咒骂天气想将他们烧得毫无影踪。钟晓的车慢吞吞,左躲右闪,老街路窄人多,很不好开。刘加看着它慢慢靠在房前。钟晓下车,绕去副驾驶座拎下一箱饮料。刘加扫了一眼周围,隔壁走廊里含饴弄孙的老奶奶正往他们这边看。刘加熟悉这种看似慈悲却想刺探一切的目光。她曾长久地活在这种目光的抚摸中,让她的发育远远跟不上年龄,因此,她长得不算高,大脑门,很瘦,唯一值得称赞的就是那头浓密的乌发。成年后,她对穿搭有一些研究,懂得用衣服掩饰身体的小缺点。回到镇上,倒是让人们刮目相看几天。

他们进屋。刘阿姨对大堂不重视,不常扫,大门日日开着,风一刮,路边的尘土就飞进来。刘加让他把饮料靠墙放着。钟晓放下,目光被墙上两幅炭画像吸引。先人的遗像挂在墙上以供铭记,但是上面的男人肖像太年轻,眼睛犀利,少见的剑眉,似怒非怒。刘加说,那是她爷爷年轻时候的样子,她奶奶找人画的。她爷爷与朋友下南洋谋生,最先在一个叫槟城的地方,寄过一次钱回来;后来再没消息,有人说他在印尼被砍了头。奶奶拿着爷爷寄回的那笔钱,藏了好久,还是拿出来给外墙贴了砖,又修了走廊外那两根柱子。

她带钟晓上楼,在二楼拐角处的鞋架上拿一双女式拖鞋给他,叫他换鞋,说男客少,将就一下。

刘阿姨正在拖地板,房间湿漉漉。刘阿姨将拖把水桶收起,叫他们去到客厅,给他们沏茶。两三个人住一栋楼,空间填不满，背阳的阴鸷便在房里长。

他们喝了几口热茶，钟晓就从二楼一路看到三楼。他进入久未居住、成了刘加储物间的客卧，目光掠过架上奇奇怪怪的东西：玻璃瓶里粗糙的沙子、某种生物硕大的骸骨、一比一复制的青铜方鼎、某条古老河道边捡回的鹅卵石……最后，他还看到墙上有张完整的狼皮。他问，为什么买一张狼皮？刘加说，父亲以前想做一件皮衣，问了店家很多细节，摸三摸四，最终还是没有买，留下了一脸遗憾。后来工作，有一次出差去蒙古国，她冲动之下就买了，过海关的时候也是费尽心思。

他说："你爸都过世了，还买？"

刘加说："想起他了，一时冲动。"

钟晓里里外外看了一圈，唯独刘加母亲的房没有进。她问他："视察完了没？"他说："从前和你玩，却没来过你家。"她说："你说过了。"他说："没有。"她说："那我怎么好像听过好多遍了？"他们往阳台去，街上的声音像一根刺，一路飘过来，从阳台翻身进屋，把屋子的紧绷挑破了。

钟晓倚着栏杆，老式的阳台，没防盗网，自由的视野，想往哪看就往哪看。他的车就在街边，刘加就是见了他的车，才确定成年的钟晓与她是同类。此时的街上拥堵不堪，小贩叫卖声此起彼伏。刘加盯着钟晓修长洁白的手指，他的手颇为女性化，为什么不是她有这样一双手？

钟晓说："你家有股中药味。"刘加说："我妈每天都要吃药。"他问："开销大，钱够吗？"刘加说："不够你给我吗？"

他说："这根本不是问题。"

刘加说："还没到危急关头。"

实际上，她攒下的积蓄已所剩无几。美妆店的生意虽然稳定，但利润也仅够支付日常开销。周延有时会跟她打听，钟晓是不是在店里入了股。她说，小本生意根本不需要。周延狐疑，觉得她说场面话，却不好再追问。换谁都会那样想，毕竟这个小家庭的支出稍微一算就知道开销巨大，一个瘫痪的人，月月吃药，还雇了个保姆，这一个小店怎么能撑得起这么庞大的支出？

她勾住他的小指。

他问："看电影吗？"

刘加说："什么时候？"

他说："现在。"他拿出手机，把小花盆当手机支架，点了下载好的电影，是一部超级英雄电影，轰轰烈烈的。刘加说看过，故事忘了，可以再看一看。他把一只耳塞递给她。

刘阿姨给他们拿来两瓶矿泉水，问这样不累吗。刘加说，年轻人不怕累。刘加似乎听到母亲醒来的声音，瞥了下钟晓，准备独自去看看。刘阿姨朝她努嘴，示意她安心陪客人。看完电影，太阳高升，给对面那排房屋抹上胭脂，插上头饰，让它们看起来像一群咋咋呼呼赶着去演出的小姑娘。

聊了一会儿电影，钟晓说："站累了，有椅子吗？"刘加进去拿了两把出来。他坐下，抬头看倚着阳台的她，抓起她的手闻了闻，说："用的什么护手霜？真香。"她说，原来用欧舒丹，现在是批发市场上进的杂牌，几块钱一大瓶。他说："改天我送你。"停了一会儿，他轻轻问："你喜欢和我一起看电影吗？"她说："我喜欢电影，如果电影好，我就喜欢和你一起看。"他说："有一件事我想告诉你。"她说："好事还是坏事？"他说："对于我来说是坏事，对于你来说……"他停顿了一下："很有可能也是。"

她说:"不想。"他说:"可我还是要说。"她说:"那你说吧。"

他站起来,靠近她,又后退:"我在安宁疗养院住过一段日子。"

刘加未想到,她与钟晓的沉默,久到可以长出老年斑。

……

她往后退了几步,手肘碰到花盆。那盆黄菊从没有围栏的阳台掉下去,砸在钟晓的车顶上。那朵黄,像车顶上的裂纹。

他说:"我不想骗你。"

她说:"你走吧。"

他低着头,双手插到裤子的口袋,东张西望几下,消失在楼梯口。

白

那盆花被钟晓放到柱子旁,除了洒掉一些土,盆没碎。钟晓的车顶却可能要修一修。刘加在阳台上俯视现场,想,要是他叫她给修理费,她是不会给的。她坐了一会儿,感觉自己像没收拾过的屋子一样乱糟糟。她决定去找刘阿姨,就去了父亲的房间。她在安静中看到显眼的大袋子,之前她从没注意到它。她走过去,看到一双蓝色拖鞋,旧的,却被洗得一尘不染,她把鞋拿起来,扔到地上,把袋子里的东西都倒出来。有两本《佛山文艺》,破了封面,父亲清瘦的钢笔字似乎刚写上去,这让她觉得父亲死而复生。

有人叫她。

她回头,那瞬间,刘阿姨脸上的皱纹挤在一起,像一朵开得过久的花,层层叠叠的花瓣风干了,掉不下来,只能半死不活地吊着。刘阿姨把东西往袋子里面捡。刘加说:"这是我爸的。"刘阿姨的声音很陡峭:"你妈让我随便处理。"

刘加是个聪明人,突然意识到,那段感情并未随着父亲的离世而消失,而是从多年的众生喧哗中冒尖。

刘加慢慢站起,说:"你是不是刘朝颜?"

《佛山文艺》的目录页上有这三个字。父亲把她抱在大腿上,教她读,她稚嫩地念:"刘朝颜。"那时她并不关心拥有这个名字的人。父亲的笔迹,将这三个字在印刷品的空白处无中生有,终于,生成了眼前这个人。

刘阿姨说:"是。"

她留着他的东西,包括她们丢掉的遗物,全部被她捡回去,保存在她独居的房子里。

刘朝颜坐到床沿上,把鞋子脱下,搓着脚,说:"刘加,如果你不信,我不干也没关系。"她不觉得愧对任何人,她称心称职。她面庞柔和,脸上闪耀着动人的光辉。

床上的被套,是父亲的。刘加无法说话,只能摇着头,流着虚汗,她依靠这些汗,把房间里遗留的爱情痕迹洗刷。

刘朝颜说:"我现在走吗?"刘加依旧只是摇头。刘朝颜站起,取过角落的东西,说:"你想清楚再来找我。"

刘加眼睛发痒,拼命地揉,模模糊糊之中,她看见一个完整的父亲。累像一个茧,把她包住。她躺到床上,床角的棉被芯刘朝颜没取走。她也不想盖。新闻说明天开始降温,最低十八度,提醒人们做好御寒准备。这天气,突然就坠落十几度,看来是下决心让冬季回到正轨。她小憩一会儿,还是挣扎起来去刘朝颜经常买早餐的饭店打包了两碗粉条汤。

她叫母亲起来。母亲还是如往常一样，拿起汤勺吃了一口，却说味道不对。一天中为数不多的起身，让她的苍白褪色，面容看起来舒服很多。刘加坐在她对面，往前倾，看着上面浮着一层油，几根青菜吸满油水，像在一个大池子里畅快扑腾，说："是那家早餐店买的，怎么会不一样？"母亲问："刘阿姨去哪了？"她说："请假了。"母亲说："不是她买的，味道不对。"

她象征性地吃了几口，又回到床上去。

刘加实话实说，刘阿姨不干了。母亲说："为什么？"她说："她以前和爸爸在一起过。"母亲漠然地盯着她，说："那又如何？你爸都死了。"她说："你知道？"母亲说："我坏的又不是脑子，去叫她回来。"

刘加将食物收起，拎着下楼。楼很空，空得她使劲走路，也踩不出超过房子面积的声响。她把食物丢弃到楼前的垃圾筐，隔壁的老奶奶仍旧用警惕的目光打量她，身体里的骨头习惯性躲躲藏藏。

她避开老奶奶，两手空空去了店里。

周延拿着一袋"猫耳朵"过来，放在柜子上，拿一个放到嘴里清脆地咬着。虽然周延老是嚷着怕变胖，可就是爱吃热量高的食物。

她掏出钱给刘加，又是帮她卖货的钱。

刘加觉得把刘朝颜的事迁怒于介绍人周延是不对的，但她还是忍不住把事情说出来。周延的笑容从脸上往后退，慢慢地，只剩下端正而严肃的五官。周延不知道刘朝颜与刘加父亲在一起过。她只是听说刘朝颜的父亲去过国外，好像是一个叫印度尼西亚的地方，比塘县还要热。刘朝颜父亲刚去时，觉得自己也是热带的人，很快就能适应。谁想到，那里的树木比这里更加繁茂。这里有火山，人家那里也有火山。刘朝颜父亲不知在外待了多久，反正回来后就得怪病死了。

周延又说，钟晓的女朋友在青岛冲浪被大海卷走的事在镇上早已众人皆知，钟晓的隐疾估计就是因那事患上的。她见刘加与钟晓好，觉得过去的事不该告诉她，何况这也都是听来的，不一定是真的。

粉

海风从遥远的地方过来，奔跑过密林，来到这里时气势已弱，却仍是热的。刘加却丧失掉了对热烈的知觉，这是一种感官麻痹症。她穿一条粉红Ｖ领衫，一条到膝盖的蓬松的欧根纱灰裙子，看起来微胖。

钟晓打开车门走出来。刘加在里面喊："往前开一点，你这样全拦着没法做生意了。"钟晓只好又钻进去，以墙柱为中心，横跨两个门面房。刘加说："你来干什么？"他说："来看看你。"刘加说："这不看到了？"他又安静了。刘加转向外面新栽的树，铺上水泥的路面跟它争土地的营养，让它难以真正深入地下，不知能活多久。钟晓说："我们一周没见了。"刘加想，是有一周。作为俗世中人，感情也是以柴米油盐做主食的，一周不见好比一周不吃，面黄肌瘦。

钟晓说："给我洗下脸吧？"她把他当客人，叫他去床上躺好，便过去，在脖子底垫了块毛巾，叫他闭眼，拍他的脸。她把洁面乳倒在手上，起泡，往他脸上涂，心里想，他家有没有精神

109

病遗传史？她把两个人的结局想了许多遍，次次不同。她觉得如果是她得病，一定会被母亲藏起来。钟晓的话像细水长流，在刘加娴熟的指法中出来，他觉得自己的内心有大洞，再厉害的机器都缝不密。他依靠心理治疗，才学会如何面对这个洞口。

刘加帮他洗完，问他要不要敷热毛巾。钟晓说不了。他睁开眼睛，看到刘加伸过来的脑袋。四目相对，刘加有些意外，眼睛真是一个奇妙的世界。从眼睛钻进去，能抵达神秘莫测的人心？

钟晓坐起，把自己的手掌放在她手背上。她有生理上的暖，内心却毫无感觉。这双一年四季都保持温润的手，多少次触碰过在北方海边死去那个女人的身体？北方的冬天那么冷，他们又喜欢去海边，那边的海和这里的海是不一样的，那里的海冷峻无情，寒冷席卷一切，就算他有这双热乎乎的手，也无法抵抗吧。

钟晓说得很诚恳："我有压力，不过我想可以克服。"

刘加说："你知道人们都怕什么吗？"她没说将来可能会被他杀死。这种虚构出来的后果不仅仅让她，也让每一个人都感觉到害怕。他说："你的手能让我安静下来。"

刘加抽回手，把隔间的布帘拉开，取了薄荷香水喷雾，往四周喷了一圈。她不想让自己闲着，人一闲，脑子就乱动，许多好的坏的念头就四处奔腾，她控制不住。她看到周延往这边探，就喊周延过来。她俩面对面，钟晓站在帘子前，听着她们说一些不相干的事。周延说刘加太操劳，身上的肉都跑光了。刘加才想起，要去找刘朝颜谈一谈。她问钟晓，车子能不能借她开去找人。钟晓把钥匙塞到她手心，说："送你都可以。去吧，我帮你看店。"

刘加一路往刘朝颜的村里去，说是村，其实是县中心不远的城郊。那村庄似乎是未赶上城镇化的进程，偏安一隅，人却都一个一个往中心挤，所以，满目的楼房看起来却像一个掏空的南瓜，虚有其表。

路越开越宽，车渐渐稀少起来，大片的农田两侧都是波罗蜜树，夹着一些木麻黄，各种叫不出名的野花野草漫山遍野。刘加从路边的加油站往右拐，看到雄伟的村门，觉得就像古代的贞节牌坊，有种不伦不类的感觉。

刘朝颜家是一栋两层小楼，中间敞开的厅堂只有逢年过节才会有人烟香火。宗族人不怎么待见她，叫她挪到偏室，她性子倔，死活不搬。刘加在门外叫了几声，没人。

她打听好一会儿，才知道她给市郊小学的一名老师帮忙照看中风的老人。刘加在人家屋外把她叫出来。刘朝颜跟主人说了几句话，就对刘加说："来，去我家吧，那儿方便一些。"

刘加怀着心事，步伐便有些虚，想，反正没仇没怨，她收集的东西也是家里不要的，母亲都不介意，作为小辈，自己何必斤斤计较呢。

推门而入，那栋宅子干干净净，明明亮亮，和刘加想象的压抑完全不同。刘加坐在堂屋的炕案上，觉得刘朝颜这么快就找到了活，可能不回去了。她正寻思一个更好的开头，刘朝颜却主动提起正在照看的老人，她的口气既不生气，也毫无意外，刘加来找她仿若在她的意料之中。她说，那老人快死了，人临死时，都要把身上的脏东西排干净，也就这礼拜的事了。

在自己家里，她很轻松自在，刘加也不时附和几声，气氛渐渐融洽。刘朝颜自己照顾过的濒危病人，一个挨着一个，留着最后一口气，被亲属手忙脚乱地送回祖宅。有些撑不过，半路断了气。据说若过了时辰，灵魂离了身，迷了路，招魂幡也招不回。刘加也跟她说起自己以前在外晃荡的经历，跟她讲沙漠里的骆驼棘，讲鬼故事，两个有巨大年龄差的人又唏嘘了一番生生死死，这态度也是极为罕见了。

刘加不知道的是，刘朝颜从老人的身上想到二三十年后的自己。如果有一天，她动不了，会不会独自在床上饿死？刘朝颜清楚记得，这种念头第一次出现是在父亲死那天。父亲把流言从国外带回，有好事之徒跑来告诉她，说她父亲是一个叛徒，为了活命，出卖同乡。刘加的奶奶来过一次，想证实一些传闻。父亲颀长的身体躺在窄短的床上开不了口，没有人知道父亲的舌头被剪断了。她给父亲喂饭，父亲张嘴，她看到空洞的里面，不知道父亲是否还能享受到食物的美味与快乐。

她没再说话，屋子很静，静得放大了穿堂风。

刘加摸了摸自己的脖子，不知为何出汗了。

她们走到屋外的空地上，四周都是零零散散的果树，阳桃的酸味飘飘荡荡。刘加油然而生一种亲切，这亲切像一个秘密，只有与刘阿姨相处时才体会得到。于是，她把钟晓的事告诉她，她感觉到疼痛就像这村子那样空荡宽阔，愈合都不知从哪头开始。刘朝颜她都知道。

缓了好久，刘加才说："我妈还是希望你回去。"她说这话时心里很没底气，仿佛是利用她对父亲的余情未了勒索她。刘阿姨盯着郁郁葱葱的树林，说："过几天我就过去——得等那老人走了……快了。你妈也是一个可怜人。"

五彩

钟晓向刘加求婚,是在他把店里的玻璃柜砸碎之后的第七天。

有个怪念头忽然从钟晓的头脑冒出,他很想试一试这玻璃是不是坚硬到足以防弹。拳头捶打下去第一下,并未立刻碎掉。他捡了一块石头,和另外的拳头一起冲锋陷阵,玻璃碎了,显出一柜子晶莹剔透的货品。各种色号的口红、粉饼、四合一的化妆盒,五彩缤纷的颜色被他手上滴下的殷红覆盖,像一床缩小版的大红喜被。

他还给刘加一个更新的店铺。

刘加穿过一楼那排机器,熟练的工人正把布片放在机器上压花。钟晓家安在五楼,三百多平方米的空间被隔成四室两厅。这是她第一次进入钟晓的房间,一张床,三面墙放满可移动的木衣柜,却都是空的,到处都闻到浓郁的巴宝莉香水。原来他对香水有一些癖好,可能是死去的女人培养起来的一个爱好。刘加决定回去后把架上的香水全扔了。塘县的人都很不喜欢香水,真是奇怪,可能常年的风把人的体味都刮走了。

钟晓的手伤得不重,除了留下一些疤痕,活动自如了。刘加坐在软皮沙发上,看着他在她面前演示石头剪刀布,做得很灵活。

他收紧拳头,作势朝她出拳,说:"我要给你钱。"她面不改色,说:"好啊。你屋子什么都没有,就是为了把钱省下来给我呀?"他说:"是啊,我什么都给你。"她说:"好啊。"他说:"我要娶你。"她照旧面不改色,说:"好啊。"他语气有纯真与惊喜,说:"这么快答应了?"她说:"没反应过来。"他说:"不得反悔。"

钟晓张开双臂,用升高的体温抱住她,她则像个偷窥者,双手插入他浓密的黑发,她看到他的缺陷,看到一个活生生、有血有肉的人。他们一起下楼,走去店里。钟晓换了一个全新的玻璃柜台,给她添了个激光美容仪,摆在美容床旁边。周延说刘加因祸得福。

刘加说:"还要不要和玻璃比拼一下?"他摇头,吃了药,他与常人无异。

这晚,钟晓在店里留宿。星光从小窗上透过来,刘加却失眠,她摸了一把他熟睡的脸蛋,掀开被子,坐起来。钟晓的钱包放在桌子上,她拿过来翻了下,许多张卡片,还有一张小照片,一个女人跳在沙滩的上空,洋溢着欢乐的神情。前段时间,他们去城郊一家有名的酒店泡温泉,东南亚风格的园林温泉池,私密性很好。黏滑的水在她的轻拍中四溅,对面的钟晓,有云蒸雾罩的朦胧。他有些慌张,叫错了她的名字,虽然立即改口——这照片,就是他不经意喊出的那个人吧!

钟晓迷糊地叫了一声,是梦话。她在昏暗的光中看他,这是一个她认识很久的人,拥有一副与她亲密无间的身体。她回到床上,把被子拉开,他只穿一条黑色内裤,赤裸着褐色的胸膛,他比不上那些运动健将,但她仍能在他呼吸中感受到男性的力量。她的指尖从他的脖子一直滑到肚脐,沾了他的温热。

他感觉到痒,伸手一挠,抓到她的手。

刘加心里想着这一年,所谓的日复一日,年复一年,对于她来说,却只是重叠的一日而已。是白天耗光了宝贵的意志,把他们本该七拐八弯的情欲拉成一条直线。他察觉到她的异样，醒过来，温柔地问怎么了，她说大姨妈要来了，情绪不好。他搂紧她。她终究问出口，他是真的想跟她在一起，还是只想跟一个女人的影子？

他松开她，仰面躺着，睁大眼睛，并未立刻回答。这犹疑让她不舒服。她翻身坐到木地板上。他把脸转向她说："不是影子。那天，你知道，在温泉里，在水中，我想起一些事。"她把窗户打开，对面的破楼有影影绰绰的光，两具人形纠缠在一起，似乎察觉到什么，分开，其中一具把灯熄灭。她的目光落入夜色下的街道，一片斑驳与灰暗中。

他把她的脸扳正，说："我喜欢你乌黑的头发，它们像夜晚一样漂亮。"她说："我喜欢你如夜晚危险的身体。"他说："我喜欢你的真实，虽然真实不一定让人舒服。"她说："我喜欢此刻一切都死了，只有我和你活着。"他说："我喜欢你胡说八道眼不红心不跳的傻样。"

绿

刘加用刀子给自己削一个青苹果。她是讨厌吃苹果的。但是，在母亲的骂声中，她无事可做，只能连皮带肉地把苹果当成一个新鲜的玩具。刚刚，她把打算和钟晓结婚的事告诉母亲，母亲反对。

"你怎么能和一个精神病患者结婚？而且……而且……"她喘着气，说不上话。空气停止流窜，悬在半空成了一名认真的旁观者，期待着母亲窒息的演出。旁边的床头柜上有几块赏玩的鹅卵石，母亲拿起一块，朝窗户扔过去，玻璃裂开，但没有碎。她那口气终于缓过来，倒在柔软的床垫上，一切似乎都是为她这一跌做准备。

刘加瞅了一眼母亲，刘朝颜在门边，露出上半身，轻轻叫："刘加，出来。"

母亲吼："都给我滚。"

刘加把刀子、苹果都放到桌上，走出去。刘加想，没有人能阻止她的任何决定。夜晚未彻底遁去，太阳却即将从河目江上升起，昼夜交替，出现了白日月光，真是难得的一天。

母亲自生病后第一次起身，拄着拐杖沿着楼梯慢慢下来，去见钟晓的父亲。她目睹了他变成现在这个模样，岁月对他太宽容，他胖了，可看起来更高大。刚开始做生意没多久，他便学会了开车。那时，她总是算准时间走到河目街去，河目街还破破烂烂，却有兴盛萌芽。她看到他弯腰钻进车子，摇下车窗，一路沿着河目街开开停停，把往省城做生意的人拉上满满一车，驶离了看似毫无尽头的去往外边的路。他会在傍晚回来，哪怕背对着街，她也能听出哪辆车里有他。或许，喜欢一个人时，会调动所有的感官像对付猎物一样对待心上的人。可他从没正眼看过她。唯一的一次，是她终于拦下他的车，花了几块钱跟着一车人去了省城。那时真傻。母亲惊异于自己这段刻骨铭心的记忆，这让她有些欣慰，虽然身体坏了，但脑子还没有破损。

一双花卉刺绣的尖头平底黑鞋，在她的脚上走得歪歪扭扭。她停下，颇为慌里慌张，觉得这样的面目去见他不合时宜。他会不会看不起她？这日头多么明亮，她却活得昏昏暗暗。不过，他有什么资格嘲弄她呢？他的儿子是个神经病，她的女儿是一个正常人——她占了上风。反正，他儿子是不能娶她女儿的。旧日爱而不得的绝望激发了她的求胜欲，她要赢。她又开始艰难地往前走，一个人走出大军压境的气势。她能感觉到路人诧异的目光肆无忌惮地扫射她，歧视与好奇在浓厚的空气里并存。她构思着见到他应该怎么说，她准备许久，走到那里时已胸有成竹。那栋很大的楼房，有笨重的铁门虚掩着。她进去，看到一排工人忙忙碌碌，报出老板的名字，得来的是冷淡的回应：老板不在。

这时，她才想应该给他打个电话。于是，她问管理人员要他的电话。人家推脱不肯给，她便破口大骂。管理人员怕她一气之下发病，死在这里，软下来，说："我给你打。"电话接通后，管理人员把电话递给她。她听到他的声音，心里一颤，那是少女才有的心情。她的嗓音几乎要把空气咬破："我是杜眠琼。"接着说起刘加和钟晓的事。

那边惊诧地问起情况，她回着。

最后，像打了一场艰难的战役，像度过了两个截然相反的季节。在忽冷忽热中，母亲把电话扔给管理人员。

她心中涌上一股热，毕竟，在这一点上，钟晓的父亲和她是意见一致：反对。

母亲全身疼，这种疼是久未行走的疼，匍匐在全身的皮肉里。半边身子毫无知觉，让她对另一边的疼痛更加敏锐。刘朝颜拿着经络油，帮她涂抹，问是不是血脉又不通了。母亲没答话，而是望着那扇将碎未碎的窗户，经络油的味道给房间浇上压抑与沉重。

刘加望着窗户，想着过两天要找人来换上，不然碎了到处都是玻璃碴。母亲说："你还是要和他在一起吗？"无声即是回答。母亲见她丝毫不理，叫她滚出这个房子。刘加毫无怒气，她看着手机，下楼。钟晓说他父亲叫他即刻去广州，认识一些合作的客户。很突兀。她知道怎么回事，她相信钟晓也会很快知道。刘加边走边打量每一个行走的人，每一栋静静伫立的房子，每一棵高耸骄傲的树，每一辆泊在路边被阳光打扫的汽车……它们都变成母亲身体废墟上的张牙舞爪。

还是在店里安全，那里是堡垒。从周延的口中，她知道，镇上人人都已知晓母亲去了钟晓家。

周延说："反对你们结婚，又不是反对你们在一起，两回事。"

刘加想，钟晓会不会因水土不服头痛？他说脑袋面积太小，挤得痛。每次一痛，他就躺在美容床上，刘加用中医指法给他按摩头皮、揉太阳穴。结束后，他给她钱，她接过，说这是服务费……她的手指忍不住跳动，她问周延："你想做面部清洁吗？我给你洗，免费。"

周延惊喜地撩开布帘，躺到美容床上。

此时，屋里只有刘朝颜与刘加的母亲，两个同龄人，气氛相宜。刘朝颜说："你有私心。"母亲已经重新变回一个冷静的老妇人，她说："至少在这件事上，我与他是一致的。"刘朝颜知道她说的是钟晓的父亲。刘朝颜见过他，青年时是瘦高个，现在是一个壮硕的男人，理着平头，开一辆商务车，早上出去，傍晚回到镇上。刘朝颜不觉得他好，看似友善，内里藏着戾气。

刘朝颜坐下来，摸了一下小圆桌桌面，每天擦，还是落下油污。母亲的目光也死死盯着那张桌子，好像它能把她带到她想去的任何地方。她想起自己引人注目的样子，那是畸形的注目，幸好没被他看到，不然就破坏了她在他心目中的形象。母亲想，如果刘加与钟晓结了婚，她就没了希望。她一定要熬到他也残的那一天。如果那时她还走得动，她可以去找他，给他削一个梨，不，不能削梨，要削苹果，再用榨汁机打成汁，用吸管吸，他会念起她的好来。

刘朝颜说："你们不同意也没用，年轻人想在一起你们也拦不住。"母亲说："没有父母祝福的婚姻能幸福吗？你就等着那小子发疯吧，我看刘加怎么受得了！"刘朝颜绕开话题，去给母亲煮一杯热牛奶——刘朝颜觉得喝热的能散火气。

看着喝完牛奶的人重新躺下后，刘朝颜坐在椅子上，什么也不想——其实，她也想，只不过，她觉得她想的无人能懂。在别人眼中，她永远温和，永远懂得人心与世故，可她连自己的心都不懂。她住到刘加父亲的房间里，把那双旧鞋找齐。他曾在杂志上写上她的名字，她住在他早已不在的空房间里，盖着他曾盖过的被套，总会有那么一刻，她感觉他是在的。她和他沉默相对——其实，是镜子的反光照出的幻觉。她和这镇子上所有的男女一样，都是一只只蜗牛，一辈子爬不出小镇四周遮天蔽日的绿。

（《白日月光》（小说集），济南出版社，2024年）

王海雪	文学硕士，有作品发表于《十月》《花城》《钟山》《长江文艺》《山花》《芙蓉》等文学期刊。部分作品被《新华文摘》《北京文学·中篇小说月报》《长江文艺·好小说》转载。曾获第四届"紫金·人民文学之星"中篇佳作奖、"海南省文学双年奖"中篇小说奖等。出版有中短篇小说集《漂流鱼》《白日月光》等。

初雪

蒋 在

> 随它吧　随它吧
> 反正冰天雪地我也不怕
> 留一点点的距离　让我跟世界分离
> 　　　　　　　　——《冰雪奇缘》

1

"没有脚印的地方，孤立国度很荒凉……"

她刚过地铁安检，电话又响起来。

人潮如蚁一波一波涌动，挤上去像是插进了一个缝里难以动弹。她在夹缝里抬起手机看一眼，来电地区显示还是贵阳。她的心动一下，又动一下。来北京这么多年，跟贵阳没有丝毫联系，不祥的预感有点像呼啸而过的声音，在脑子里嗡嗡回旋。

又是《冰雪奇缘》的声音，旋转，穿过冰雪的脚不停地旋转。阴湿黑暗的情景一次一次，在声音里晃动。雨水在脑子里滴答滴答地落下来，阴暗的巷子里，她光着脚跑起来，摔下去，又摔下去，巷子两边高高的墙上爬满了粉色的蔷薇，笼子里的拉布拉多用头顶翻食钵，转来转去地翻弄。她正看得出神，甚至想伸手帮它将食钵翻过来，屋门吱嘎一声开了，她转身开跑，踩进污水里，空气中臭气熏天。

妈妈穆芬芳的声音在风里旋转，"小小！小——小！"，如风如电如雨，她又摔下去，膝盖上摔出了两个青色的大包，灰色的刮伤的皮肤下面开始渗出血来，一瘸一拐往前走，雨水遮住了世界。

贵阳不仅仅是个词语，但也许仅仅是一个词语。

不，不，它不是一个词，是一张潮湿的黑白胶片，被她设计在游戏的隧道里。昏暗的浪花一朵朵迎着满天的星光，人物赤着脚奔跑在猝不及防的雨雪中，一幕幕拉伸跃动，欲罢不能。市西路护城河的灯光污浊闪烁，麻灰猫在屋檐下的雨声里叫，来来回回地蹿动。雨声落在河里，她的妈妈穆芬芳侧转头，玻璃的窗框映不出人的影子，星星点点的雨水，那溅起小水花，远处红红绿绿的灯光，闪出一片晶莹。

一天两天，雨像是不会停下来。她们的衣服湿透了又焐干，白天来来往往的人和声音，她坐在打湿过的被子上。房屋墙上写着大大的"拆"字，从污秽的颜色里冒出来，像一团火。

穆芬芳隐没在人群里，手里的垃圾袋在雨中哗啦啦响，声音落在了瓦楞上。他们离婚了。穆芬芳带着她来到市西路，贵阳最繁华的服装批发市场，那是条无人不知、无人不晓的街道，也如同一颗石子落入护城河中沉寂湮灭。

爸爸叫卫建民，记住这个名字并不是因为恨，而是因为对父亲这个词的想象。卫明建踢打穆芬芳的声音，家里的杯子飞来飞去摔在地上的声音，永远留在脑海里。

她跟在穆芬芳身后离开家时，天也在下雨。本来妈妈说要给她绑上眼带，不让她看清他们到底在什么地方，让她不知道回去的路，但是出门的时候，妈妈并没有给她绑上，或许她已经取得了妈妈的信任。

不知道走了多久，她们来到市西路，原本那儿穆芬芳有个小摊，卖小孩的玩具，最后也被卫建民收了。也是那天他看见她站在那儿眼泪汪汪地看着他，他就送给她一个塑料的长颈鹿，他拿在手上朝她走过来，递给她时捏了两下，长颈鹿就发出"咯吱！咯吱！"的声音。混在细雨中的声音，像冰雪世界里的光，她止住了哭，看着他将摊位上的东西鼓鼓囊囊地装进包里挎在了身上。她不会知道那个微弯的、渐渐缩小的背影，就那样成了永远。站在河边，她感到自己也像小雨点落在河水里。

雨水闪烁在脑海里，让她感到心悸。

2

她从拥挤的地铁里出来，走上人行天桥，初冬的阳光从白桦树后面照过来，金光闪闪让人眩晕。她想手机如果再响一次，就该接这个电话，不管是谁打来的。

可是手机又响了，她在天桥上与人擦肩而过，落叶萧萧飞扬。她看见手机上的号码倒是换了，但地区还是显示的贵阳。几片树叶从头顶上飘落下来，图书馆深色的钢化玻璃，树木和天光都在闪动，阳光扎在上面，街道行人流光溢彩。

有人从图书馆里出来，顺手帮她拉了一下门，她侧身走进去，熟悉的寂静一下让她平息了许多。落座时她将手机调至静音，打开电脑，将口罩重新戴上。已经不强制戴口罩了，她还是习惯性地戴口罩，病毒依然肆虐，她已经感染过了，病毒像时间一样涌来流去，她深知自己病不起。新一轮的裁员如浪如潮，她虽然业绩很好，工作也非常卖力，没想到还是被裁掉了。早已习以为常的她，这一次感觉到了与以往的稍稍不同，以往很快她又能找到下家，而这一次似乎没有那样幸运。

坐在图书馆里的人大概都跟她有同样的经历，他们都神色凝重，眼盯电脑，目不斜视，如入无人之境。裁员、失业、投递简历、发邮件、等待。图书馆不动声色地接纳了这一切。无论你带来怎样的仆仆风尘，在相互陌生的焦虑里，这儿都能寻得片刻的安宁。砰！谁的手机掉地上了，稍纵侧目又迅速回转到自己的电脑屏幕上，那个声音很快就像没有发生过一样。

早出晚归，行色匆匆，即使是到图书馆坐着，也都会如期而至。她身材瘦小肤色蜡黄，头发用棕色的毛线发夹拢在脑后，一双脚杵在没有后跟的白色皮鞋里，矿泉水瓶子被她拿捏的次数太多，变得乌蒙蒙的，像灰色的眼睛，迷茫模糊，被揉了又揉。

她喜欢坐在图书馆的角落靠窗的位置，从那儿可以看到马路对面那家大商场的招牌。光影叠加的大楼映在玻璃上，好像身处在一片楼中楼里，这扑朔迷离的幻象，她只要抬起头稍稍侧转，就能在那片幻象中沉迷。虚幻的楼中楼，虚幻的人生和游戏。

被裁之前她在一家游戏公司做市场，负责品牌推广以及广告投放，但是她更想做的是游戏策划。她也试着在下班回家时，构建关卡设计及故事情节的文字脚本与草图。她建造的空间几乎来自她幼年的记忆，逼仄的巷子，破败的自行车，铃铛锈迹斑斑的声音。

阴雨绵绵、河流蜿蜒，树木是灰色的，小鸟是灰色的，树下的房子里住着一家三口,爸爸总是挽着裤腿在地里种菜,女儿在开满花的草地上,远远地看骑着自行车被雨水打湿的人。妈妈在厨房做饭,她的身体随着炒菜的声音晃动,女儿即使在雨天也在给一棵白菜浇水,画面上有大片的白菜,麻灰猫在屋檐上蹿,叫声里全是雨堆砌起来的声音。

3

她起身去接水,手机在桌子上闪亮,又是那个电话。

她拿起手机走到窗边的过道上接通电话,她没有说话。那边"喂"了两声说是派出所的,她还没有来得及反应,那边就问是不是穆小小。她的心怦怦地跳起来,窗外的阳光在地上闪动,扎进眼里金光四射,那片如同幻象的楼中楼在光影中移动。

"卫建民是不是你爸爸?他死了。"

她站在那儿不说话,她抬头看向对面的楼,那片蓝色的反光玻璃中印着另一栋从她站的角度看不见的楼。缕缕阳光抽丝剥茧,雨的声音从大脑深处的记忆里涌出来。

"你们找错人了,我没有爸爸。"她挂断电话,刚一转身电话又响起来。电话那边在下雨,警察说,"穆小小,希望你积极配合片区民警的工作。"

她不说话,看向光影中的幻象,电话那边的雨声渗进她的脑子里,变成了一片模糊的河流。河里有一个提着编织袋的老头,两只脚深深陷进水里。他弓身拾起矿泉水瓶子,她站在河岸上看他,手里拿着玩偶,她认出她的塑料长颈鹿捏在他的手里。

她问老头能不能把长颈鹿还给她。老头沉默,递给了她。她的手不小心捏了一下,"咕吱"一声,长颈鹿发出响声,她也被这突如其来的声音吓住,转身就往灰底红字写着"拆"的破屋跑。自行车的声音,叮叮当当在身后。她摔下去,塑料长颈鹿也甩飞出去,自行车轮碾过它,无数双脚踏上去,"咕吱!咕吱!"长颈鹿不停地发出声音。

一双在河里捡瓶子的,沾着污泥的手将她抱起。她哭,反身朝向地上的长颈鹿,两只小手在雨里,雨水清凉。臭气熏天的老头,胡须里藏着腐烂的食物,他把她抱回家,在她的小脸上亲来亲去。老头也住在断墙根下,屋顶用油毛毡遮挡,雨水打在上面滴答滴答,他将长颈鹿藏在腋下逗她。她夺过来抱紧长颈鹿,麻色野猫从断墙上跳过,满身雨水的老鼠顺着墙根溜到另一处。老头问长颈鹿是从哪儿捡来的?她朝后退哭着说,不是捡的,是爸爸买的。老头朝她逼过去说:"爸爸买的?你哪来的爸爸?"老头一把抓住她,她哭。

穆芬芳的身影出现在断墙边,她将大袋的垃圾堆在一起,然后走出来。门是空框,穆芬芳个子矮小,墙即使只是半截,她也看不到他们,看不到那个整天在她们住的屋子周围转悠的老头。他就住在她们的隔壁,他比她们来得早,这儿刚刚开拆,他就住在那个拐角处。他们是邻居,穆芬芳不愿搭理他,不仅仅是因为他们是同行,都靠拾荒度日,主要还是她不喜欢老头弯腰驼背的样子,走起路来还咳嗽。有两次他送鸡蛋给穆芬芳,都被她拒绝了,她把他推搡出去。

穆芬芳嘀嘀咕咕地骂着:"又跑到哪去了?下这么大雨。"老头将长颈鹿放回她手里,她跑回家,老头提着袋子离开。穆芬芳问她跑哪去了?她回头朝老头那边看,老头又往河堤上走。穆芬芳说你再敢跟老头说话，我就打死你。贫穷限制的不仅仅是想象，就连本能的防范也会丧失。穆芬芳可以拒绝老头的鸡蛋，但是她没有拒绝老头送过来的破旧电视机，他给她们装上天线。坐在破屋里看电视，嗞嗞的电流声和屏幕上的雪花，她学会了听声音。

4

图书馆外面的街灯亮起来，五光十色光影交错如梦如幻，身边的人起起落落，声音像退潮那样黯淡下去。她起身收起电脑，电话又响了。这一次她没有犹豫，她"喂"了一声。

派出所的警察没有说叫她回贵阳去，而是在确定她是不是能回去。

是的，我之前说过了，真的没有时间。

但她万万没有想到对方会说，那我们去北京找你，这样行吧？

死亡医学证明书。财产。分割。每一个词现在都像一个小盒子，放在火化炉里，如同分裂的时间一样，被火拆解、分散还有重组。

她记得她上四年级时去找过卫建民，穆芬芳说他跟新找的女人住在相宝山。相宝山也是他们曾经的家，从街道上走过去，要爬很大很长的一个坡，除了相宝山，旁边还有一座山，叫什么来着她忘了。山上茂密的树丛，飞鸟的声音清脆透亮，每一个清晨都烟笼雾绕，卫建民还在林子里给她逮过一只鸟。

逼仄的楼梯间，楼道里满满当当地堆着各种各样的废品，她上了六楼，过道里她曾经坐着吃饭的塑料小凳子，被人塞进楼梯的空心砖墙上。她停下来敲门，边敲边朝那个落满灰尘的塑料凳子看。敲了很久，来开门的是个陌生的男人，他问她找谁？她说卫建民。他说我们老板不住这儿了。他的身后冒出一个女人的胖脸，两个人站在门口，女人从后面抱住男人，将下巴颏放在男人的肩膀上，他们一直看她走到五楼，才关掉门。

她打开游戏《冰雪世界》，雪花在阳光的照耀下闪闪发光，仙女冰晶消融在洁白之中，手里的魔法法杖让冰雪更加耀眼美丽。冰雪的世界晶莹透亮，她在冰雪中飞舞，她在冰雪中迷失。

"你得在死亡证明上签字，同意火化。"警察语气温和，不像她理解中的警察。她继续在冰雪世界里滑行。她又开始画游戏草图：潮湿的阴雨密布，雨过天晴，太阳在树木阴影外面闪动，雾气混在雨水蒸发的气味里，爸爸挽着裤腿在泥湿的地里挥动锄头，一下又一下，他的汗水变成雨水，光影移过来，照在一棵又一棵的白菜上。

玩偷白菜游戏的妇女们津津乐道，半夜不睡觉起来"偷白菜"，同学小红妹的妈妈就是这样，白天炸油条，半夜起来玩偷白菜游戏，只有晚上大家都睡了，白菜最好偷。她站在小红妹家门口，看小红妹玩"幸福家园"。小红妹的爸爸走过来，他靠在门边抽几口烟，把烟从嘴里一口接一口地吐出来，一只退出拖鞋的脚踩在门槛上。他斜眼看着她，招手让她过去，他蹲在地上将她抱起来夹在自己的大腿间，然后回头去看一眼专心玩游戏的小红妹。他问她要不要一起玩游戏，她点头。他牵着她走到屋里，坐下来把她抱在自己身上，让她近距离地看小红妹玩游戏。她感觉到从他嘴里出来的气息，像一条狗或别的什么动物，跟捡垃圾的老头一样，让她有些害怕。

电闪雷鸣，雨水哗啦啦顺着护城河翻滚。小红妹爸爸身上的油条味，在屋子里弥漫，他说明天来，我给你吃油条，他亲她的嘴巴，她用手擦净留在嘴里的烟臭味，挣脱他跑掉。街道的出口，他站在那戴顶油污的白帽，围着深蓝的围腰，用两根长长的筷子在油锅里翻炸油条。他的头发里嘴里，都有烧煳的油味。

穆芬芳叫她的声音，从断墙那边穿过河面，她踩着雨水，穿过巷子，蔷薇花落了一地。捡垃圾的老头迎面走来，帆布包里的半导体收音机在播放交通新闻。他给了她一根棒棒糖，她跑过去了。回头，老头站在原处，身体佝偻笑脸漆黑，收音机里的声音在雨水里乱轰轰地响。老头有一天栽到河里死了，她跟在看热闹的人堆里，只有她觉得老头死得好。

放学不回家，跑到哪去了？又到同学家玩去了。给你说过多少遍了，不要跟一个不学习的人玩。穆芬芳把她拉过来，她背着手站到墙边，雨水从搭出来的塑料篷布上滴下来，她脱掉雨衣。雨没有她听见的那么大，滴答滴答落在墙上，书包里的长颈鹿在她移动身体时咕吱地叫了一声。不要把这个东西装在书包里，长颈鹿随穆芬芳的手飞到墙外去了。雨滴答滴答打在墙上。为什么要把这个破玩具带在身上？这是穆芬芳的疑问，而她的疑问从来没说出来，爸爸为什么不要我们？

她趴在纸箱上写作业，穆芬芳在断墙外面炒菜。"幸福家园"里的妈妈围着白色的围裙，小女孩扎着花蝴蝶，穿着粉色的裙子在草地上旋转，阳光闪烁，蝴蝶飞舞，鲜花盛开。棒棒糖有股腐泥的味道，穆芬芳短胖的身体也有一股腐泥的味道。

5

后街电线交错的巷子里，隐隐约约的灯光，涂了蓝色油漆的房屋，一溜排过去幽深绵长，人走在灯光下，像在颜色里漂浮。骑车的人从身后哧溜一下钻过去，让挤压和逼迫感混在颜色里难以喘息。纵横在半空中的电线，像是让电杆拖拽倒了一般。她感到一阵眩晕，眼泪在不知不觉中流了一脸，歌声在脑子里响起："没有脚印的地方，孤立国度很荒凉，我是这里的女皇……"一个人在外打拼，背负多了，眼泪也是重量，压垮一个人的意志。

老远她就看见穆芬芳在路灯下摆放垃圾袋，穆芬芳花白的头发，因为染发水褪了色在灯光下显出杂草般萎枯，像是风一吹就要燃起来，她在后脑上捆了个疙瘩。左边那条巷子朝西，是她们租住的屋子，十多个平方，她们在屋里摆了张高低床，几个装衣服的塑料箱子紧靠着床。每天穆芬芳在过道上做饭做菜，天气热的时候，两个人也坐在门口吃饭。她在游戏公司的收入，完全可以租间大一点的屋子，穆芬芳却认为她们不是来北京享福的，她们是来一起打拼的，为的是将来有个更好的安身之处。她让穆芬芳不要捡垃圾，穆芬芳说随手捡的，也费不了什么事，自己总不至于整天睡在屋子里。穆芬芳有时候可以干点小时工的活，每天早早就出去，回来时拖着废纸箱可乐瓶，这样一个月也能挣上千儿八百的，穆芬芳觉得这样的日子有滋有味。

穆芬芳朝她走过来的那条路上侧了侧头，一辆送外卖的摩托车快速地驶过去。她看见穆芬芳朝前匍匐时，从衣服里露出来的赘肉，像是也要燃起来，一丝难过从她心里掠过。七年了，不长也不短，穆芬芳几乎忘了许多事，每天拼命地劳作。偶尔也会提起她小时候不听话的事，两个人很快就会收回说出来的话，沉默一阵又立马扯到别的事情上去。

　　她走到她跟前喊了声妈，穆芬芳又朝她看了一眼，跟在她后面回了屋。穆芬芳不问她怎么下班这么晚，饭菜摆上来，娘俩在十平方米的小屋里吃饭，不声不响。其实贵阳那边的派出所，先是给穆芬芳打了电话，他们跟穆芬芳要她的电话，穆芬芳得知卫建民死了，就推脱说记不得她的电话，派出所的民警挂了电话，让她去找一下穆小小的电话。过一会儿，他们又打了过来，穆芬芳跟民警说不愿意这件事打扰穆小小的生活，姑娘在外面打拼不容易，二三十年没有往来的关系是不成立的。

　　民警说穆小小是卫建民唯一的直系亲属，按法律程序只有她有资格签字，才能火化。穆芬芳说他有那么多亲戚，让他们签一下字就行了，何必非要穆小小。

　　他们左说右说，穆芬芳不得不将穆小小的电话给对方。自从将电话给他们后，穆芬芳的心就没有平静过，因为女儿用的是自己名下的号码。死了，你也会死？并且死在相宝山那个他们曾经住过的老房子里面。你不是曾经发达了吗？自己开个工厂就抛妻弃女，好呀，好呀，狼心狗肺的人都会死得难看的。她的心扑哧扑哧跳不停，过去的仇恨一股脑儿涌来，剜心之痛潮汐一样时而剧烈时而平缓。继而穆芬芳哭起来，像是憋了一辈子的眼泪和恨，终于在这个时候涌出来。

6

穆芬芳偷偷观察她的脸色,她进屋前叫了一声妈,然后就再没有开口说过话。她还抽烟,穆芬芳从来没看到过她在屋子里抽烟,抽得那么自然随意,屋子里烟笼雾绕。穆芬芳扇动两只手驱散烟雾,手白天拆纸箱时划破了皮,这会儿她举起来说,手破了,白天流了很多血。

她像没听见,穆芬芳哼哼两声,用一只手将盆支在腰上抬到外面去洗碗。回来时穆芬芳双手抬着盆,忘记了刚才装手痛引起她的注意,她站在屋门边递一张创可贴给穆芬芳,什么话也没说,爬到床上又埋头伏在电脑上。很快她又反身下床,从一个长得像维生素C的白色小瓶子里倒出"劳拉西泮",抬着杯子从穆芬芳身边擦过,仰头喝药。穆芬芳只有小学文化,她不知道她吃的是什么药。从她们生活在一起那天开始,她就看见她吃各种药,没有间断过。有时候穆芬芳也拿起那些小药瓶,好奇地看来看去,她不会知道焦虑症、症抑郁症意味着什么。

有时候穆芬芳会把她的烟藏起来,假装不知道,看着她找烟,她找不到就知道是穆芬芳藏了起来。

"我的烟呢?"她问。

穆芬芳把她的烟连同烟盒一起泡在水里,她认为这样女儿就不能再抽了。烟虽然被水打湿了,但是穆芬芳却没有扔。她从茶几的小盒子里拿出被水泡过的烟说:"小女孩家家的,还没有生小孩就不要再抽烟了。"她将打湿水的烟拿在手上看着穆芬芳说:"你故意干的?"穆芬芳连忙否认,"不是我,不小心掉进水里了。"她不说话冷笑一声，转身出门，回来时又多买了几包，故意扔在吃饭的桌子上。穆芬芳看一眼，也不敢多说什么，将烟放进一个之前装过糕点的盒子里。

穆芬芳来了之后，她就给穆芬芳划出来了一个区域，那里面放着穆芬芳的东西。如果穆小小在这个城市里的容身之所只有这个房间这几平方米这么大的话，那么穆芬芳的空间就只有这个小盒子那么大。

她很想发火，不用你动我的烟，我只是想告诉你，我的任何事情都不用你管，你只管活着，不要消耗我的精力。看着穆芬芳躲闪讨好的样子，她的心也就软了，她们相依为命，彼此为镜。有时候，她能从穆芬芳身上看到自己的影子，也许老年后的自己还不如妈妈，至少穆芬芳还有她，而自己能有什么呢？

7

穆芬芳一直在等她开口说话，直到躺到床上，她从她的头那边踩着梯子爬到上铺，穆芬芳都睁着眼睛。穆芬芳想跟她解释，是派出所的人说不行，必须是穆小小签字，否则无效。

"人死了拖火葬场化了就是，何必那么麻烦。"

民警说："这是法律规定的，不是我们说了算的。"

"那就让他那个女的签。"

民警说："穆小小是他唯一的直系亲属。"

穆芬芳感觉到头大而混乱，怎么跟女儿说呢？穆芬芳在床上翻来覆去，不停地干咳清理嗓子，就是想让穆小小先开口，如果自己先开口，会引来她一阵狂怒，这么多年穆芬芳习惯了回避冲突,不该问的不问,不该说的不说。

她们两人之间的关系,不知道什么时候就颠倒过来了,也许是从穆芬芳来北京之后,或许更早一点。穆芬芳在女儿面前就显得低三下四,小心翼翼,如果搁到从前自己年轻的时候,她早就发火了,穆芬芳的火气大到房子都会燃起来。而现如今倒是女儿的火气大到"冰寒于水",照样燃起来。

她躺在床上,焦虑一阵阵袭来,她不停地咬手指,从小咬到大的手指已经变形了,一个女孩的手怎么会长这样?

"没有脚印的地方,孤立国度很荒凉,我是这里的女皇,漫天飞霜,像心里的风暴一样,只有天知道我受过的伤……"她一遍一遍地听这首歌,其实即便不点开手机,这些声音也会在她焦虑的时候,自然回响。

然后她下床来拿水喝,穆芬芳又咳了几声,希望她能先说话。她只看了一眼蜷成一个肉团的穆芬芳,就爬上床继续伏在电脑上,顺手点开邮件,之后还是《冰雪世界》闪耀的雪光,澄黄红蓝青绿紫,一圈又一圈地荡开……

她好像睡了一会儿。声音温和的民警说他后天来。

她说:"后天我没有时间,要开会。"

民警在电话那边沉默,他在等她说出时间。

她不是没有时间,她不想面对千头万绪的恨和欠缺还有伤害。二十多年了,那些扎在心里的玻璃碎片,已经深深地溶进了自己的血液,布满每一根血管和神经。贫穷、死亡、挣扎、侵害、猥亵,没有人告诉她为什么。以她弱小之躯又怎样去对抗强大复杂的外部世界?没有恋爱过的她,在时间里已经习惯混沌和错乱,活着就是一切。

为什么要来找她,让她忍受这么多,揭开疮疤之痛,无异于赤足行走在荆棘中。揭开她的疮疤,是为了将另一个不相关的人的疮疤合上?

放弃签字权,让他们家任何一个人签字,我没有异议的。穆芬芳想过的她也想过。民警说:"你是他女儿,你就让死者入土为安吧,没有你的签字,他就没办法火化,就会一直在那放着。"

她说:"好吧,就后天吧。"

"他们给你打电话了?"穆芬芳终于开口。这句话一出口,房间里的空气突然就凝固了一般。她也没说话,穆芬芳等了一会儿,听见她将电脑放在一边,然后她关了灯。黑暗里风吹着树梢,吹过电线的声音呜呜响。过了很久她说,打了。穆芬芳紧张起来,侧侧身子以便更好地听见她说话。

又是一阵沉默。穆芬芳说:"他们一定要你的电话。"她说:"睡吧。"穆芬芳说:"你要回贵阳去?"她说:"不用,他们后天来北京。"

8

见面那天她早早出了门,前一晚她没有睡好。她无法想见面的情形,他们是不是还会带上执法记录仪,会穿警服吗?路人怎么看她?以为她犯了罪?他们会不会带死者现场的照片?这些问题反反复复在她脑子里,像一群鸟飞来飞去。

她朝外面看了好几次,天色还暗淡,不过现在已经透出蓝色的微光。天要亮了。她打开灯。站在穿衣镜前,特意在内里穿了件白衬衫,黑色的羽绒服,背上黑色的小背包。电脑在背包里显得有点沉,就像要把她的身体拖垮一样。

她先到了约定地点,一家西式咖啡馆,这样也方便两个远道而来的民警吃东西。民警打上车,她告诉司机确切的地址。然后打开电脑,她还想做点什么,却无法安静。

他们来了,站在门口给她打电话,透过玻璃她看见他们穿着便装,两个人手里提着东西,在落雪的雾气里四处转身。他们看见她说的咖啡店名,推门走进来。她欠欠身迎他们,两个便衣警察朝她走来,年轻一点的警察将手里提的东西放在桌子上,说,"给你带了点家乡的特产"。她说谢谢就让服务员给他们加了柠檬水,其中一个年老一点的警察作了自我介绍,他说:"我姓江,是派出所的副所长,这位是我的同事刘警官。"

两个人主动出示证件。她静静地坐着,没有看他们的证件,她似乎不想进一步证实他们的身份。他们拿出医学死亡证明,她只动了动身子,眼睛还是没有落在那张纸上。年轻的警察拿出一个笔录本,拧开笔盖在他们还没有开始正式对话时,就往上面写下时间地点。

江所长在开始笔录前,表达了对她支持他们工作的谢意,于是正式的笔录开始。他问:"卫建民是不是你爹?你们是不是父女关系?"

她看见另外一个警察身上的执法记录仪,心跳的速度加快。

她迟疑不决双唇颤抖。

江所长温和地说:"我们是在例行公事,你只说是或者不是。"她点头说是的时候,浑身开始颤抖。他说:"你对卫建民死了这个事实,有无异议?或者他的死因,是否要求法医做更进一步的鉴定?"她还在发抖,像是有点难以控制。

她抖嗦着拿出一支烟，刚点上火服务员就走过来说："对不起女士，不能抽烟。"她的身体随着手向前倾，然后她灭掉烟。

"你爹死在家……"她突然抬起手，做了个阻止的动作，将头深埋在桌子上说："什么都别说，我只想配合你们完成工作。"两个警察相互看了一眼，江所长转面对年轻的警察说："简单写在笔录上。"

后来，对于他们问的是不是，她一律点头。他说："你爸爸的财产，一套位于相宝山电台街的房子，你要不要继承？"她正要点头，像是突然明白过来，立马，"说不要不要"，像逃避瘟疫一样。接着她对他们说："他的债务与我无关，我不会替他还债。"两个警察又相互看了一眼说，他没有债务。

"你确定不继承房产？"她点头。她当然不知道她的叔叔姑母们，正坐在她爸爸那间破房子里，等着赶紧将卫建民火化了，他们好分财产。她的叔叔接到电话，瘸着腿连滚带爬上楼梯，站在门口，还没见到人就捂着鼻子对现场的警察说，立马就火化，立马就火化。警察问她的叔叔家里还有什么人。他说还有两个姐姐，她们在路上了。他们对卫建民的死，甚至死了几天一点不关心。殡仪馆的人还没来，他们就在恶臭难闻的气味里，嘀咕怎样卖掉房子，在过道上走来走去，争执不休。

做完笔录，年轻的警察将笔录本递给江所长，他认真看完笔录，然后递到她面前，又递过笔说："请在这儿签字。"她缓慢地接过笔，在死者那栏看到了卫建民在家中死亡，邻居报警。

她在笔录上写下自己的名字，然后她站起来，两个警察也站起来说："如果你没什么要求的话，我们现在就通知殡仪馆火化。"

她又坐下去,坐在那没动,看着两个警察离开,他们穿过人行天桥,她的心动了一下,想着北京那么大,他们能否找得到路。她想跑出去问一声他们要去哪里,要不要陪他们吃午饭。可是她还是没有动,她第一次深深地体会到,"君自故乡来"是多么深切的孤苦、忧伤,难以言说的他乡漂泊。

她打开邮箱,收到一家公司的面试通知。

她继续在电脑上画游戏草图:风雪、阳光、花开、奔跑、生长……游戏里的小女孩给白菜浇完水,朝着开花的草地跑,爸爸还在地里锄草,抡起胳膊汗如雨下,大片的红色康乃馨,她坐在树下,阳光如飞瀑……

从咖啡店里出来,雪花落在脸上,她仰起脸,眼泪流出来。踩在雪地里,她想,明天去新公司面试时,交上这个游戏设计草图,会不会给自己加码?

9

老远她就看见穆芬芳站在岔路口,横七竖八的电线在雪花里晃动,路灯下的穆芬芳,像一尊笨重朽坏的泥塑。她看见女儿走近,转身往家里走。穆芬芳走到门口,站在那儿的黑影里。

她走过来,穆芬芳推开门,半边身子抵住门小声问:"签了?"声音细小如飞雪。她说:"嗯"。声音同样细如飞雪。

娘俩走进屋里。穆芬芳的饭菜早已摆在桌子上,她走过去揭开那些扣菜的碗,然后蹲下身在准备好的两碗米上插上蜡烛,点燃摆到桌子上。

她看看穆芬芳,什么话也没说。她们什么话也没说。她们第一次如此平静，如此心照不宣地站在那儿，注视着两支小小的红烛，一闪一闪地燃着，蜡油顺着往下淌。

　　她从箱子底翻出塑料长颈鹿，又是咯吱一声。她把它抱在怀里，抱住二十多年来对父亲这个词的想象。

　　她抱着它，头埋在它身上，像小时候那样，哭起来。

（《作家》2024年第10期）

蒋在　　小说见于《人民文学》《十月》《当代》《钟山》等。出版小说集《街区那头》《飞往温哥华》，诗集《又一个春天》。曾获"山花文学双年奖"新人奖，"《钟山》之星"文学奖，西湖新锐文学奖等，牛津大学罗德学者提名。目前为北京老舍文学院合同制作家。

Secret

秘密

春江水很暖

林那北

一

丹梅拨出手机，对方接起，是个女声："你好。"

丹梅心想，我不太好。她伸出食指正要摁下屏幕下方那个红色圆圈，又猛地停住。"您哪位？"她问。对方有五六秒的沉默。"我叫珊珊。有事？"声音明显提高了一些，居然有几分亢奋。丹梅长吸一口气，又悄悄吐掉，然后挂断了电话。

长到四十二岁丹梅才发现自己对数字有特殊能力，现在六十二岁了，中间这二十年，她数次错愕，但也没深究，就丢脑后了。比如她最早也学别人用小本子记电话号码，到需要拨打时，先习惯性地拿出本子，刚动手翻，脑中立即有一串数字非常清晰地划过，还一闪一闪地亮着。算不算雕虫小技？她觉得是。偶尔一两次丈夫陈德恰好在旁边，似乎有点意外，但什么都没说，应该也没太在意。倒是儿子曾很不解，为什么每次期末成绩出来，刚把各单科分数说出，丹梅在一秒钟内就把总分报出来了。儿子以为是老师告诉她了，她摇头。儿子不信。她不认为这有什么好解释的，笑笑。儿子初中毕业后去新加坡读高中，本科以及硕博都在美国读，如今在硅谷工作，几年才飞回来一次，嘻嘻哈哈说起往事时，如果调侃起自己小时候读书不上心，考试很渣，丹梅就会随口道出某次某科的成绩。儿子不承认曾考过那么丢人的成绩，一旦较真了，丹梅就翻开樟木箱，那里专门收集儿子用过的旧物，课本、作业簿、日记本之类，找出刚刚说的试卷，标在上面的成绩一分不少一分不多。陈德好歹是本科毕业的，她只有高中学历，全家学历最低。跨出中学校门时十六岁，还不知数学中的正负数为何物。从小学到中学她一直在文艺宣传队跳舞，各种民族舞都跳，芭蕾也跳，《北风吹》她是喜儿，《洗衣歌》她是小卓嘎，《草原女民兵》她是旗手，总之都是领舞，每天被要求加练，演出又连绵不断，时间都被占满了。当时玩得爽，报应最终却来了，大学想都不用想，两年后招工进市漆器厂，当起一个月十八元工资的学徒工。刚进厂时，她鼻子没法接受樟脑油的味道，喷嚏一个接一个打。但稀释大漆都得用樟脑油，逃无可逃，慢慢就接受了，吸进去渐渐一口口觉得香。但没香几年，厂却倒闭了——这是后话。

　　进厂第八年，当她可以非常熟练地坐在车间工位上给花瓶和果盘贴蛋壳、刷底漆时，忽然在妹妹丹桃的婚礼上认识了中学美术老师陈德，他是新郎庄明的同学，深栗色头发，微卷，皮肤白得像欧洲人。丹梅纤细高挑，小头小脸小肩小屁股，但黑。她羡慕白，那天就多看了陈德两眼。婚礼过后第二天，丹桃夫妻回娘家时，就把比丹梅小三岁的陈德也一起带来了。庄明认为，丹梅多看的那两眼是有春意的。丹梅辩解说没有。庄明说那现在有了。转过身他问陈德的意思，陈德笑笑，说听你的。新婚的丹桃比丹梅小四岁，这时站一旁满脸红扑扑地起哄，说那太好了，就定下来吧。后来真的就定了，按庄明的说法，陈德对丹梅是一见钟情，陈德却辩解道庄明对他说的正相反，是丹梅对他一见钟情。事已至此，最终的结局反正都是洞房。也可以说，丹梅的婚姻其实是庄明和丹桃一手缔造的。现在丹桃已经病逝，庄明已经再娶，沧海桑田，那场火热关系早就鸟兽散，剩下丹梅和陈德的婚姻，就像个遗址。

陈德大学时学的是国画，后来才改画漆画。漆器厂倒闭时，陈德说挺好挺好，所谓的好就是丹梅下岗后可以专职给他打下手了。漆画是新兴画种，那时还不普及，很小众，路上挤的人比起国画要少很多，它除了画技，还讲究工艺性。画技陈德不缺，而工艺丹梅拿手。陈德用粉笔直接在上好黑底漆的木板上画好线稿，余下的贴蛋壳、做纹理、髹漆、打磨、推光、揩清都归丹梅。闲着也是闲着，丹梅没推辞，帮陈德是应该的。其实陈德的画一年卖不出几张，一平尺最多叫价一万块，打对折也出手，总之挺难的，他很焦急。以前儿子在国外上学需要钱，现在儿子有工作，正打算在美国买房，这又是一个大坑，多少钱都不嫌多。算起来，陈德真是个尽责的父亲，至于是不是称职的丈夫，这个丹梅已经很久不去想了。年轻时两人好像情也没多浓过，结婚生子，然后合力育儿，关系渐淡，大框架却没散。别的漆画家一般会雇几个助理打下手，陈德没有，他的助理只有丹梅，这是两人新的平衡。陈德把工资卡交给丹梅，虽没说透，理解成给丹梅开助理工资也没有错。丹梅没什么大消费，最多买些股票。K线图她不看，也看不懂，买与卖全凭直觉，居然这么多年能略有盈利。个别股也猛跌过，她从不割肉，而是耐心做T，高抛低接，把成本降低，等新一波行情来了，再一把甩掉。总的说来日子很安稳,至少比丹桃幸运。有时从手机上看到那些贪官被抓的新闻,她也会庆幸陈德是本分的中学老师。既没病没灾,又不偷不抢,这辈子还有什么不知足的?

家中只有两姐妹,五年前丹桃死了,前年底父亲发了场高烧死了,一周后母亲也死了。陈德说丹梅这一两年情绪变得比更年期时更不稳定。丹梅想,何止情绪,父母死后她一直胸闷心悸,睡眠也非常糟糕,总是担心下一秒还会发生什么。

换以前她不会注意到那个手机号,更不可能拨过去。确实有点奇怪,一连好几天了,有时一晚上会响起几次,手机屏幕上却没有显示人名,也就是说陈德没有把对方存进通讯录中,这说明什么?说明陈德特别不在意,或者故意隐蔽。有时正洗澡,放在外面茶几上的手机响起,丹梅正要往里递,陈德已经裹着浴巾忙不迭冲出来了。不在意的人至于这样?

趁陈德不在家,丹梅就拨了那个号码。

原来那个女人叫珊珊。

二

现在丹梅站在春江边。

这是全省最大的一条江,江面近百米宽,水流丰沛,从未枯过。五六十幢欧式别墅沿江北岸呈扇形错落排开。每天上午和傍晚丹梅都会出门,走上三百多步就到了江边。那里有个不大的码头,青石台阶一直延伸到水面。今年冬季拖得久,都三月了,天还有寒意,但南方的树木不会偷懒,这会儿已经竞相葱茏,每一处看进眼里都非常有画面感。

房子是三十多年前买的，当时这里还是郊区。建筑商敢在又荒又乱的地方建起别墅区，曾被普遍嘲讽。那次是丹桃带丹梅来看的，第一眼丹梅就喜欢上了，回家说服陈德把市中心的房子卖了买这里，三层楼，三百多平方米，才三十多万元，一楼做画室，二楼打通了做厨房、餐厅和茶室，三楼住人。陈德正愁缺个画室，就同意了。丹桃却没买，庄明嫌偏僻。后来市区扩大，把这片别墅圈进，房价涨了十多倍，庄明很后悔，大呼亏了。

大学时陈德专业成绩在班上数一数二，本来可以留校，但留的人最后却是庄明。庄明在母校当了四年辅导员，第五年调到市教委，从普通科员做到副主任，分管后勤，官不大，权大。从个人运气上看，庄明一直很顺，从没亏过，亏的人其实是丹桃。

一楼有一百二十多平方米，却只隔了一大一小两个房间，小的是用红砖和杉木板围出来的阴房，只占四分之一面积。大漆需要阴干，控制温度和湿度的阴房是必备的。余下的大开间中央摆一张五米长、两米宽的大桌，四周一排长短不一的小桌，正平放着十二张一米乘一米即将完成的漆画，这是两个多月前有人订的。近些年书画市场不好，突然被订十二张，丹梅很高兴，陈德更高兴。"春江图"，这是这组画的题目，内容比站到春江边举起手机随便拍出来的画面更简单，江面、岸树、远山、飞鸟，每张都是写意的，构图也很接近，变化的无非是早中晚和不同的季节。木板是现成的，之前请人制作过一批，但大漆、金箔、螺钿、瓦灰、鸭蛋壳之类缺，丹梅连忙在网上挑一些放进购物车。陈德提出用腰果漆，丹梅不愿意。腰果漆是合成的，大漆则是纯天然的，同样一罐的量，后者要比前者贵八九倍，工期却长得多。丹梅进漆器厂第一天就反复听师傅说"慢工细活"之类的话，做过大漆的人，眼里是装不下合成漆的。画卖不出去时，尚且肯下成本用大漆，如今有钱赚了，怎么能敷衍？她这辈子都不想碰合成漆。陈德很恼火，丹梅不理会他的恼火，连用细瓦灰打捻做纹理，她都只选大漆。这样用时自然就长了，原先陈德打算一个多月就把画交付出去，结果紧赶慢赶，到现在最后一道透明漆才罩过，等干透了才能打磨推光。丹梅没觉得不对，大漆是讲漆性的，它必须按自己的节奏走。

她在十二张"春江图"前走一遍，用指尖轻轻摁了摁。已经起一层漆膜，但硬度不够，还得再等几天。

这时她想起了珊珊。

那天拨通那串号码有点鬼使神差，知道对方名字后，她就挂断了电话。说到底这不是她擅长的，电话一通她就后悔了。这事本来就这样过去了，没想到第三天对方回拨过来。丹梅犹豫一下，没有接起。不知道该怎么描述当时的心情，不像惊也不像喜，都在边缘模模糊糊地滑动。然后微信"新的朋友"出现了红点。点开，是珊珊。显示的来源是手机号搜索。

丹梅的微信号就是手机号，搜一下，不难搜到。有没有加微信通常可以说明彼此关系的疏密，加了未必成密友，但不加绝对就是路人。理性上丹梅觉得该拒绝，但手还是不听使唤地通过了验证。"你好小梅姐。"珊珊马上发来一句话，还拖着一串笑脸。

丹梅没回。她只有一个妹妹，丹桃死后，已很久没人喊她小梅姐了。

珊珊又说："前年一个饭局，您和陈老师一起来的。您走路的样子真好看啊。"

丹梅没印象。她很少跟陈德出去吃饭，即使去了，满桌不是教师就是画家，她文化低，谁的话都不敢接，更不记得哪个人叫珊珊。走路的样子？年轻时可能真的好看过，跳舞的人嘛，差不到哪里去。现在老了，身体松弛，背都已经微驼，还能有什么样子？

微信铃声又响起，珊珊发来一行字："小梅姐，能把陈老师那十二张画拍照发我看看吗？"

丹梅很意外，愣愣地盯着看。

微信又响："它们真的值那么多钱吗？"

丹梅眉头拧起。做这组画时，陈德叮嘱过她不要发朋友圈。画在成品和展出前，怕被抄袭，谁也不会把整幅公开出去，最多晒个局部预热一下。这次既然不让晒，她就一直缄默着，陈德自己也没吭声，珊珊为什么知道？丹梅点开珊珊的朋友圈，发现是空的。

当天陈德回到家已是深夜。丹梅还没睡，正坐在一楼画室长条桌旁看手机。汽车停好了，门响了，脚步声进来了，她仍然不动。陈德去画前看看，很不满，说："怎么还不磨？你不磨回头我就自己磨。"

丹梅马上闻到酒气。陈德嗜酒，刚才估计是请了代驾。漆画打磨是二度创作，磨掉什么，留下多少，都有讲究，但这些年这个讲究都由丹梅把控，陈德很少沾手。她没答，陈德也没等她答，就径自上楼去了。一会儿丹梅也上去，三楼只有一个卫生间，陈德的卧室在左侧，丹梅的在右侧。他们分房睡已经很久，具体哪天想不起来，大致儿子出生后就断续开始，起先只是偶尔，渐渐就理所当然。陈德正站在洗漱盆前刷牙，丹梅觉得还是应该问明白，她倚在栏杆上，说："这次画谁买呀？"

陈德说："嗯。"

丹梅问："一平尺多少？"

陈德说："嗯。"看上去牙刷像是被牙齿粘住了，无法从他嘴里抽出，牙膏泛出浓厚的白泡沫挤在唇边，使陈德的皮肤一下子晦暗了。一个人的丑陋总是会这样突然到来。她转身走进自己房间，过一阵陈德房间的灯暗了，她才出来洗漱，然后再进屋关上灯。黑暗中她耳边一直响着陈德的两声"嗯"。傻子都听得出他在应付，为什么要应付？

三

在城里的一家茶楼，珊珊正坐在对面。

早上醒来，丹梅又点开珊珊的微信朋友圈。很意外，竟能看到内容了，也就是说之前不让她看，现在又让了。一条一条往下翻，内容杂芜，去其糟粕后，得到的精华是：一、珊珊三十岁出头；二、个子不高，五官平常；三、她在市教委上班，是庄明的同事。

丹梅很久没跟庄明联系了，但微信还在，点开，显示"朋友仅展示三天的朋友圈"。很奇怪为什么有人要这样半掩半藏，好像只能活三天似的。她在床上又躺了会儿，眼睛盯着天花板出神，然后给珊珊发了微信，问："有空吗？"珊珊答有。丹梅没有马上出门，而是等陈德先动身。上午有课，陈德得去学校。汽车轰鸣声远去后，丹梅才叫了车。

她订的茶楼就在市教委边上，走路十五六米。

珊珊化很浓的妆，假睫毛有点夸张，穿白卫衣、黑牛仔裤，戴黑框眼镜。这是一张陌生的面孔，丹梅不记得之前什么时候见过。回忆了一下，在朋友圈的照片中，并没见到戴眼镜的珊珊，那么这会儿是故意戴？"有事？"珊珊问。丹梅笑笑，摇头，马上又点头。她问："你知道陈德最近在做漆画？"

珊珊端起茶杯喝两口，放下时脸朝窗外看一眼。路边的杧果树已开出密实的花了，黄中带粉，一串串丰满地坠着。"噢，是十二张，叫'春江图'是吧？"

丹梅马上问："画是你买的？"

珊珊用食指推推鼻梁上的眼镜架，没有答。丹梅注意到珊珊眼光这时正定定地落到她手指尖。她一惊，低头看到自己指甲缝里有几星深咖色——其实是漆渍。平时干活时她都戴上乳胶手套，但漆无孔不入，真是防不胜防。她把双手从桌面垂下，搁在腹前，用一手的指甲隐蔽却有力地抠另一手的指甲。那天上过透明漆后，她记得曾用花生油洗过手，当时没打算出门见人，可能洗得潦草了。

手机铃声响了，是珊珊的，她马上接起。丹梅起身，到收银台先把账单买了。回来时珊珊已经站起，说："有急事，我得先走。"

丹梅点点头，跟着往外走。珊珊比她矮大半个头，脖子微微前倾，背往后拱。有一瞬，"把背挺直"这句话已经滑到舌尖，这是当年跳舞时，老师经常冲她们喊的。老师还要求她们脖子拔长，肩下沉。"你在教委是做什么的？"她问。

珊珊说："办公室做文秘。"

"结婚了吗？"

"结了。"

"有孩子吗?"

"有。"

在茶楼门外要分手了,珊珊说:"小梅姐,你不要把我们的接触告诉陈老师和庄主任好吗?"

丹梅笑笑。怎么会呢?何况陈德打死都不会想到她居然会记下电话号码,然后拨打过去。

珊珊说:"你妹我也认识,很可惜。要是拖到今天,乳腺癌治愈率就高多了。庄主任现在的妻子就是你妹当时的主治医生,你知道吧?"

丹梅点头。丹桃病了几年,庄明带她去北京、上海都治过,最后大半年在市肿瘤医院,能用的药,就是自费的也都用最好最贵的,很尽心了。没救回,是命。正是因为丹桃,庄明才跟大龄未婚的主治医生认识,之后重组了家庭,生下一个儿子。这事虽然母亲曾很不满,叨叨过多次,丹梅却觉得合情合理。丹桃卵巢也有问题,不孕。庄明跟陈德同岁,马上六十岁了,要是丹桃能生,子女早就成年,现在儿子才三岁,庄明也不容易。

珊珊说:"庄主任儿子有先天性心脏病,你知道吧?"

丹梅一怔,她不知道,只听说那小孩身体弱。

珊珊说:"刚在上海动了大手术。"

丹梅问:"很严重?"

珊珊唇动了动,又抿住了。摆摆手,说:"回头再聊。"话音未落,她已经走掉。丹梅站在原地看着,发现珊珊是平足,整个身子向后微仰,每一步都仿佛被谁扯了一下,多少有点笨拙。走路的样子根本不影响活着的质量,但能走得好看,当然更好。

她又叫了车,路上想起母亲。母亲被丹桃死后没多久,庄明就跟女医生结婚气得不行，怀疑两人早就暗中勾搭上了，丹桃肯定是被活活气死的。如果母亲还在世，此时丹梅会给她打个电话，告诉她庄明的儿子患先天性心脏病，刚动过大手术。母亲会怎么答？"那跟我们有什么关系？"丹梅用母亲的语气把这话在心里说了一遍，然后长吁一口气。庄明的儿子不是丹桃的儿子，确实没什么关系了啊。

已经临近中午，下了车，远远就听到窸窸窣窣的响声，原来陈德已回家，正把那幅夏季的春江画搬到垫有毛毡的石板上，边用水冲边打磨。丹梅有点不放心，问："你用几号的砂纸磨？"陈德说："刚才500号，现在800号——我看可以了，不用再磨。"

丹梅俯下身子在漆画上仔细看着，又用巴掌在画面上摸一下。罩透明漆之前，丹梅已经用360号和500号砂纸把贴蛋壳和撒漆粉的地方打磨过，这会儿平整度差不多，但光亮度不够。这个活儿还是她干得更顺手。她把陈德推开，取过打磨板，垫上1000号砂纸。

陈德开始不耐烦，说："可以了可以了。"

丹梅没有停下来，1200号、1500号，一直磨到3000号砂纸。用水再冲几遍，酞青绿和海洋绿渐变的芦苇，群青和天蓝渐变的天空，以及60目熟褐色漆粉撒出的树干和几只用鸭蛋壳贴出纹理的展翅白鹭，都湿漉漉泛着光。构图虽简单，却还是难以言说的悦目，鲜丽中有内敛，明净中有拙朴，只有大漆才能有这种通透且厚重的力量啊。

把磨好的画搬到一旁晾干，丹梅又搬来另一幅准备打磨。这个过程中她突然开口："这批画卖得很贵吗？"

陈德好一阵才从鼻孔里含糊"嗯"了一声。

"一平尺五千还是一万?"丹梅仍不看陈德,她俯着身子,已经重新拧开水龙头,用砂纸一下一下在画面上推着。

"一万!"陈德大声答,边说边往楼上走。

丹梅手没有停,头转过去,看到陈德的后脑勺正一个台阶一个台阶向上升去,当年深栗色的卷发已经所剩无几。平时出门他都扣顶棒球帽,回家取下帽子,五十九岁男人白花花的头皮就醒目地秃在那里了。活到这个年纪,他终于可以把自己的画以最高价一把卖出了,这不单单是钱的问题。

丹梅悄然叹了口气,她心里还是很替陈德高兴。

四

现在丹梅在陈德卧室里翻找着。她下手很轻,所有动过的地方,都小心地重新归位。这些年这个屋子除了拖地板,她一般不会进来。陈德起床自己铺好被,收下的衣服自己挂进柜,总之都不需要她。这会儿走几圈,强烈的陌生感堵在胸口。柜子里正常,床铺下是空的,抽屉也清爽干净,没有她要找的东西——她要找什么?

她愣愣地站会儿,然后下楼。

一大早陈德接到一个电话就匆匆出去了,走时交代她抓紧把昨天磨好的画推光揩清,最好明天就能把它们交给买家。果然是急,不急陈德不会让她用腰果漆,也不会自己动手打磨。

往画上倒花生油和推光粉,按下掌,用鱼际那块肥厚的肉用力推着,然后用细棉纸擦干,重复再来——正常她会反复推光五六次,把画上所有肉眼根本见不到的小毛孔密闭起来,让漆面又平又光又亮，呈现珠宝的质感，可是现在只两次，她就懒得往下做了。够了。真的够了吗？她突然意识到自己不知不觉间竟也在敷衍。

按常理只有委屈贱卖，才会憋着一肚子不甘草草应付。

一阵心悸，气仿佛喘不过来。她停下手，一屁股坐到椅子上，把沾满油和白色推光粉的右手搁在膝盖上愣愣地出神。过了一会儿她站起，洗过手，然后背起包出门。

是个晴天，阳光有力地倾倒而出，有一股久违的明媚。小区大门旁就是银行，她进去，把陈德的工资卡插入自助机，输进密码，查了明细。所有进项都是工资，余额只有一万多，之前为了方便买股票，每个月她都及时把钱转入自己卡上了。而早上她在陈德卧室也没找到现金。陈德还有其他银行卡，这个她知道。

回家的路上，她边走边看手机，手指在屏幕上胡乱拨动，就拨出一个对话框，是珊珊的。还没回过神，她就把"能见见你吗？"这句话发了出去。

珊珊秒回："可以。"

丹梅一下子站住，愣了片刻才回过神来。她立即紧起身子扭过头快步走出小区，叫了车。半个多小时后，她和珊珊又面对面坐在上次来过的那家茶楼里了。

这次珊珊没化妆，不戴眼镜，与上次比，又像个陌生人了。"小梅姐，你想知道什么？"

丹梅嘴张了张，又闭拢。她想知道什么？她什么都不知道啊。

珊珊问："画完成了吗？"

丹梅摇头。

珊珊说："不是明天交画吗？"

丹梅又摇头。

珊珊抿起嘴，半晌才缓缓开口："春江的发源地是海拔一千多米的春山，离这里五百三十多公里——我是那里人，山上生山上长，好不容易才考上大学，水一样弯弯曲曲流到这座城，终于有家有孩子有一个稳定的工作……小梅姐，你们不会明白我是多么珍惜现在的生活。"

丹梅微微皱起眉。她没听懂珊珊的意思。

珊珊端起杯子喝一口，说："这茶也是我家乡带来的。我们那里是茶乡，山上大半年的时间都雾气缭绕。如果还留在老家，这会儿我肯定正在山上摘茶。"

丹梅口渴，也喝了一口。真是好茶。她说："摘茶其实也挺好啊。"

珊珊笑起："当然，无论什么生活，走正路都很好。我女儿才一岁，我希望能陪着她长大，这辈子即使没有成就让她为我骄傲，也不能给她抹黑，让她瞧不起，是不是？"

丹梅心里一沉。"怎么啦？"她问得急促。

珊珊脸转向窗外。微黄的杧果花已过了花期，细看会发现比米粒还小的细果正一串串挤到树梢上，如果中途没有风吹雨打，也不被虫子咬噬，它们会渐渐茁壮，渐渐饱满成熟。

丹梅想到儿子。她没上过大学，从没给儿子抹过黑，在儿子眼里不是骄傲，却也不是祸害。而陈德呢？她吸一口气，身子往上拔了拔。"什么事？你直接说吧。"

珊珊又喝一口茶，抿抿嘴。"小梅姐，你知道陈老师这些画是谁买吗？"

丹梅摇头，心跳猛地加快了。果然是画。

珊珊掏出手机，拨弄几下，递过来，食指仍伸长了往上滑动。屏幕上显示的是一长串的对话，内容倒也不复杂，基本上都是关于见面地点和"你到了吗？""一起吃个饭"之类的闲话。往屏幕顶端瞥一眼，对话的人叫"余峰虫"。收回手机后，珊珊说："这个人从不跟我在电话里谈事，有话都见面说。"

丹梅说："噢。"

珊珊说："我出面跟他接触……其实他们早定好了，我只是走个过场。"

丹梅心里一颤。

珊珊手臂横在桌上，身子前探过来，小声说："一开始我真没想到这么复杂。听话惯了，一吩咐就往上冲……"说到这里她闭上眼，又猛地睁开，看着丹梅，"这几天我下班回家，一看到女儿心就缩紧了。"

丹梅问："陈德让你去的？"

珊珊摇头："是庄明，庄主任。一直以来我都是他手下最本分最老实听话的一个。"

丹梅没明白过来："画又不是庄明的。"

珊珊说："但买画的人是冲着他的。庄主任儿子手术愈后不太好，他还在上海陪着。过几个月他要退休了，儿子却还小。他老来得子，太宠了，担心以后没钱儿子过不好日子……我也是猜的。以前庄主任不是这样的人，以前他干干净净……"

丹梅打断她："现在不干净？"

珊珊从背包里掏出一沓纸推过来。"合同。"她用指节叩叩。

之前陈德的画大多是参展时被人看中，一手交钱一手交货。

偶尔也拟个合同，都只有薄薄的一张纸，简单写明一平尺多少钱，订金和余款什么时候付，等等，而这份合同却有厚厚的十三页，条款共三十六条，绕来绕去都是废话，提到钱的只有一条："每平尺九万，预付十万，余款在交画当天全额付清。"丹梅不敢相信，反复盯住这行字。单从字面上看合同没问题，程序都对。春江图每张九平尺，十二张共售出九百七十二万？

"陈德说他一平尺只卖了一万……"丹梅仿佛站到高空的钢丝上，声音有点颤。

珊珊身子又往前探了探，说："余峰虫是建筑商，他接手了下面一所小学和两所中学的扩建工程……工程是庄主任给的。"

丹梅重重吁口气，胸口咚咚咚响。

珊珊说："合同的买方和卖方是余峰虫和陈老师，出面代签的人是我。"

丹梅问："陈德确实一平尺卖一万？"

珊珊点点头："到时候余峰虫转账给陈老师，陈老师留下画钱，余下的转我，我也可以赚十万，然后陆续转庄主任老婆……你懂了吗？绕了这么一圈，把我推在前面哩！我傻乎乎的，这几天才完全回过神。吓死了。我打电话给陈老师，让他自己找余峰虫。陈老师不理，合同也一直留在我手里……小梅姐，您帮忙把合同带回去吧。钱不要转我，那十万，我肯定不要！"

丹梅低下头。每平尺九万，十二张画一百零八平尺，陈德拿走一百零八万，珊珊分得十万，余下的八百五十四万都归庄明？丹梅把合同推还珊珊，双手撑桌慢慢站起，说："陈德也不能要。"

走两步她停住，扭过头，加重了语气："不要！"

半个多小时后她回到家，进了门就直接拿起钨钢斜头刀，一刀下去，再两刀三刀四刀下去。春夏秋冬的春江，晨光暮色的春江，风过鹭起的春江，十二张画十二个春江的美丽瞬间，很快就在刀下出现一道道横七竖八的刮痕和凹陷。大漆坚硬得抵挡得住几千年岁月侵蚀，却也脆弱得经不起一瞬的故意伤害。

爿梅把它们逐一拍了照，先发给珊珊，再发给陈德。

看看时间，中午两点，股市还没收盘。接下去她做了下面几件事：

登录股票账户，挑几种股票以低于现价一两分挂售，马上成交；

从证券转二十万现金到银行账户；

把银行卡单笔支付限额解开；

点开庄明的微信，把二十万转账给他，附了留言：给孩子用。

做完这些，她长吁一口气，立即关掉手机，然后转身出门。她走到江边，坐在码头的台阶上，脱了鞋，又脱了袜，把脚慢慢往下伸，并拢，绷直脚尖，脚弓高高拱起，像两座跨在水面的小桥。

被太阳晒了大半天，水是暖的。这一刻她对江水和自己的脚都很满意。

（《人民文学》2024年第9期）

林那北　　全国文化名家暨"四个一批"人才，国务院政府特殊津贴专家。已出版长篇小说《每天挖地不止》《锦衣玉食》、小说集《燕式平衡》《仰头一看》等作品31部及九卷本《林那北文集》。

无事

何玉茹

不幸的消息总是传得最快。不到一小时，大家就都聚到京剧活动室来了。

京剧活动室设在小区门外的底层商铺之间。商铺们都装饰了花花绿绿的招牌，有的甚至安装了震耳欲聋的音响，相比之下，京剧活动室倒格外素朴、安静，两扇厚实的干干净净的玻璃门，门上不见任何标识，门里的陈设，却可清晰地一览无余：棕色的木地板，地板上靠墙一排木质沙发，沙发对面是几个黑颜色的谱架和十几个木凳，凳子之间有只鼓架，鼓架上一面圆墩墩的单皮鼓，虽说已有几分破旧，却犹如众星捧月一般，有种难以言说的威严。墙和房顶是白色的，用了隔音的石膏板，门也是隔音的玻璃，里面的乐声响起，外面的人走近了才可听到。

这活动室不过20平方米，靠里的一个角落放了只仿实木的柜子，柜子里放了京剧所需的各式乐器。

打鼓的老谭，习惯性地打开柜门，去拿装了檀板、鼓槌的袋子。这时，拉京胡的老陈阻止他道，算了，今儿不唱了。

乐声响起时，老谭是大家的总指挥；乐声停下来，大家就都听老陈的了。

是啊，人都没了，还咋唱得出来。大家压低了脑袋，个个一脸的哀伤。

消息是刘健儿的儿子在刘健儿微信的朋友圈里告知的,说刘健儿因突发心脏病去世,享年65岁。还说刘健儿是个好母亲,含辛茹苦把孩子们拉扯大,却没能多享几年清福。还说刘健儿一生热爱京剧,她唱过,也扮过,并得到了大家的喝彩。刘健儿的儿子在南方工作,因父亲是南方人,便在南方为父母买了墓地。父亲在买墓地的当年就去世了,做母亲的对那墓地很是抵触,许多年都拒绝儿子的邀请执意住在北方老家。可这一回,在儿子那里只过了个春节,终究也没逃过南方的劫难。劫难是刘健儿自个儿早就说过的,她说一算命先生要她60岁以后不要去南方,去南方必有劫难,说着就呵呵地笑起来。大家都明白她是不信这个的,包括对墓地的抵触,一切不过是在强化她不去南方的理由。她喜欢从小长大的地方,喜欢从小就热爱的京剧,喜欢从小就熟悉的人群……所有这些,南方一样都没有,因此在她60岁退休之后,便从市里回到了从小长大的市郊。可正由于不信,她这回到底还是去了。

大家沉默着。

除了那条微信,再没有其他有关刘健儿的消息了。

这时,不知哪个忽然就问道,李瑞呢,李瑞咋没来?

大家这里看看那里看看,好像不相信李瑞没来。谁不来,李瑞也不该不来的呀。

就听老陈说道,照顾老娘去了。

有人问,他说的?

老陈点点头。

那人说,可怜的人儿。

有人问，可怜什么？

那人说，这都看不出来，刘健儿没了，李瑞得大哭一场，他能当着咱几个哭吗？

一有人说话，大家的话就多起来，有人回忆起刘健儿种种的好，说人长得好，唱得也好，除了性子直点，真是没挑儿了啊；说那程派唱的，听一回眼圈儿就红一回，不看人还以为是张火丁呢；说李瑞有眼不识泰山，人家年轻时就追他，这老了，老伴儿又都没了，李瑞就是不接茬儿，今儿可好，人家俩眼一闭不理你了，就是哭死又有个屁用啊！

老陈和老谭的年岁最大，说话却最少，他们紧闭了嘴巴，只管听，不执一词。老陈不说话是因他是大哥的角色，不好说；老谭不说话则是因知道得太少，他是从市京剧团退休回村的，多年在外，家乡于他已是个陌生世界。

说来说去的结果，大家还是像对待其他人去世一样，落实到了份子钱上。当下这也许是唯一对刘健儿有所表示的方式了。大家纷纷将钱从微信转到老陈的微信，然后由老陈转到刘健儿的微信上。其中两个退休金少的，包括没在场的李瑞，老陈都一并代交了。那两个太了解老陈，便也没再坚持。直到看老陈给刘健儿转账成功，大家才缓缓地吁了口气，心里的哀伤像是多少减退些了。

这时的李瑞，果然正在老娘那里动心动肺地抽泣。

这是个83平方米的两居室，两室和客厅都在阳面。卧室的飘窗，客厅的落地窗，每天都能接纳太多的阳光，让一整个家都变得金灿灿的。房子是李瑞的母亲自个儿出钱买的，李瑞几次劝说她与他住在一起，她却执意不肯。老太太是很早参加工作的离休干部，有足够的退休金，所以也有足够的底气独居。离休后，她已经南方北方地居住过不少城市，养老院都尝试住过几个，直到86岁，才卖掉城市的房子，来郊区买了这套与儿子相邻小区的房子，精装修，拎包入住，为的是不麻烦别人。在她看来，儿子也是别人。

李瑞是一声不响地走进来的，他有房门的钥匙。

老太太坐在客厅的沙发上，脸朝着闹哄哄的落地窗。落地窗上像是有千束万束的光线，每一条光线都似在呲呲地发声。她一点没发觉儿子的到来，直到儿子发出她极不熟悉的怪声，她才吃惊地转过脸来。

原来儿子在哭，哭得满脸是泪，哭得泣不成声，就像一辈子的委屈都洒到这里来了。

老太太定定地望着他。

他坐在餐桌前的靠背椅上，胳膊支在餐桌上，身体像个孩子似的不停地抽动着。

许久，李瑞终于停了下来。他避开母亲的目光，看着餐桌上那束插在玻璃瓶里的粉色百合花说，刘健儿，刘健儿没了。

百合花是春节前刘健儿送来的，老太太格外喜欢，拉了刘健儿的手说，健儿是这村里头一个舍得花钱买鲜花的人吧？刘健儿说，不是，年轻人买花的不少呢。李瑞说，买花算什么，30万的商铺才叫钱呢。老太太问，啥意思？李瑞说，我们京剧社活动的地儿，是刘健儿花30万买的。老太太看了看刘健儿问，可是真的？刘健儿点了点头。老太太说，就为了京剧社活动自个儿花了30万？刘健儿笑道，房主是我的名字，又不怕被京剧社抢去。说到底还不是为了自个儿，现成的乐队，天天可以唱，不像村办的活动中心，一星期才能活动一次。刘健儿一笑，露出的牙齿整齐、白净，头发也是全黑的，还有舒展的额头，发亮的眼睛……老太太看着，不由想起刘健儿小时候，走路蹦蹦跳跳的，嘴里哼哼唱唱的，就像只闲不住的小兔子……那时自己在这村的小学校当老师，不久就调到郊区所属的另一所小学去了，直到后来当了校长，她都没再调回来，李瑞多半都在村里跟着奶奶……刘健儿走后，老太太对李瑞说，刘健儿的大气，你们没一个赶得上。李瑞笑了说，她是大气了，弄得这伙人个个都欠了她似的，争抢着对她好。老太太说，不是舍得花钱就大气，是她身上自带的，不花钱也有。

这时，老太太也望着那束百合长长地叹了口气。老太太说，天啊，还真让我猜对了。

李瑞疑惑地望向母亲。

老太太说，你这么个哭法儿，除了对她还能有别人吗？

李瑞从抽纸盒里抽出张纸巾，蒙在眼睛上，纸巾立刻就被洇湿了。

老太太问，大伙儿都知道了？

李瑞说，知道了。

老太太说，咋没的？

李瑞说，心脏上的事。

老太太说，还在南方？

李瑞说，还在南方，回不来了。

老太太说，那算命的，还叫他诌对了。

李瑞说，刘健儿自个儿从没信过。

老太太说，是啊，她这样的人怎么会信。可惜了，好好的个人儿。

李瑞将餐巾纸拿下来，鼻音重重地说，我总觉得时间还长，什么都不会变，就像文场武场，谁拉琴谁打鼓谁敲钹都是固定的，不好改变的……

老太太说，你呀，你的觉得总有问题。不过就算没问题，你还想跟她咋着啊？

李瑞说，没想咋着，就想这么我拉她唱的，永不改变。

老太太说，我觉得她也不会有啥想法。

李瑞不吱声。

老太太说，她身上有种东西，你不懂。

李瑞说，京剧社的人都说我俩天生一对呢。

老太太说，那是京剧社的人也不懂刘健儿。

李瑞说，不懂，都不懂，就您懂，您老人家才见过几回刘健儿啊。

老太太说，不服气？

李瑞说，服气，天底下最服气的人就是您了。可刘健儿她要真有什么想法……

老太太说，真有想法，那就是她也没把你看懂。

李瑞说，妈呀，从小您就低估我，我们社的武场文场，都是全郊区甚至全市最好的呢。

老太太说，那是唱戏，我说的是人。况且你们那最好，也是业余的最好，跟专业的没法儿比。

李瑞说，妈，要是……要是她因为我才去的南方呢？原来她并没打算去的。

老太太看了一会儿李瑞，忽然抬手拍了拍身边的一人沙发说，这儿来，坐这儿来说。

李瑞站起身，向那一人沙发走过去。

春节前的一天下午，京剧社的活动室里，李瑞比其他人早到了半小时。紧跟着，刘健儿也到了。这段时间，刘健儿在学《春闺梦》里的一段唱，希望李瑞帮她跟跟弦儿。

跟弦儿的事，李瑞不只帮刘健儿，其他的唱者也没少帮，哪个学了新段子，总会找到李瑞说，辛苦会儿呗。李瑞就说，不辛苦。大家从不找老陈，老陈有一张严肃的脸，而李瑞的脸是喜兴的。

李瑞通常拉京二胡，但京胡也拉得好，月琴、三弦甚至中阮也能摸，哪里缺了人，他都能顶上一阵。他这样的人，大家自然是喜欢的，但喜欢归喜欢，老陈的话，大家还是听得最多。

李瑞手里拿的是把自制的京胡，琴弓一拉开，声音金亮金亮的。社里的月琴也是他自制的，音质跟买来的不相上下。他喜欢跟人讲述制作的过程，每回讲述完都会说一句，不信你问专业拉琴的，这音质咋样。大家都信，没一个不信的，拉琴就不易了，还能制作出来，无论如何都是了不起的事。

刘健儿看李瑞摆好琴谱，调好琴弦，就说，开始吧。

《春闺梦》是一古代女子的一场梦境：被强征参战的丈夫忽然回来了，两人先是恩爱缠绵，后又听战鼓惊天，丈夫重又消失，所见之处却是"箭穿胸，刀断臂，头颅目未瞑……"

刘健儿要唱的是两人缠绵的一段：

被纠缠陡想起婚时情景，
算当初曾记得几晌温存。

> 我不免去安排罗衾绣枕，
> 莫负他好春宵一刻千金。
> 原来是不耐烦已经睡困，
> 待我来再与你重订鸳盟。

刘健儿唱得投入，李瑞拉得也投入，一板一眼，严丝合缝，柔婉又充满张力，深沉又明净洒脱。

近年来，他们就是这么过来的，之间的默契，非任何人能比。每次唱完，李瑞立刻就洋洋自得地发感慨：听听，专业水平啊。刘健儿却通常沉默不语，仿佛仍沉浸在刚才的旋律里难以自拔。

偶尔老陈也会为刘健儿吊吊嗓儿，两人也可以严丝合缝，但刘健儿可以不沉默，唱完张口就能说出与刚才的唱不相干的话来。

这微小的分别，刘健儿从没说过，李瑞也从没在意过。倒是老陈，有一回忽然就说，李瑞，难得啊。李瑞说，什么难得？老陈说，刘健儿啊。李瑞说，我难得什么，人家是南方的媳妇。老陈说，眼下你单身她也单身，琴瑟和鸣正是时机呢。

老陈这话，李瑞只对母亲说过，见了刘健儿，不知为什么就说不出了。两人都是落落大方不藏着掖着的做派，但内心里有没有藏着掖着，他们自个儿怕也说不清楚。好在每天的见面，就仿佛一份契约，将那与京剧不相干的话都推到了身后，有什么比铁定的每天见面更可信更放心呢！

唱完《被纠缠》，李瑞如同以往一样说道，听听，专业水平！李瑞的语气自然、喜兴，就像当了全社的人说话一样。刘健儿依然沉默着，内心回响着方才的旋律。她早已习惯了李瑞的反应，但她又总有种错觉：拉胡琴的李瑞和说话的李瑞不是同一个人。拉胡琴的李瑞和她是相通的，契合的，说话的李瑞像是一下子跑出去好远，加入到了许多许多人的队伍，令她几乎都要看不到他了。

刘健儿没回应李瑞的洋洋自得，只说，另唱一段吧。李瑞问，哪段？刘健儿说，还是《春闺梦》里的，《一霎时》。李瑞说，好啊。

李瑞翻动戏谱，找到要拉的一段，开始起弦。刘健儿则调整身形、气息，做着准备。他们跟社里所有人一样，很少有多余的闲话，聚在一起，永远是一段唱紧接了另一段唱，赶时间似的。

这时，李瑞忽然就问，你确定唱这段？

刘健儿望望李瑞，说，确定啊。

李瑞说，没听你唱过。

刘健儿说，刚学的。

李瑞说，换一段行不行？

刘健儿说，为什么？

李瑞说，嗯……快过年了。

刘健儿笑道，不吉利是吧？

李瑞便也笑。

刘健儿说，刚学会，得及时跟弦儿练练。即便换，哪段又是"吉利"的，《荒山泪》《女起解》《霸王别姬》，哪个里头不是又悲又苦的？

李瑞说，这段就这段，你还不怕，我怕什么。

李瑞拉响琴弦，刘健儿开口唱道：

一霎时顿觉得身躯寒冷，

　　没来由一阵阵扑鼻血腥……

　　李瑞忽然停了琴弦，说，还是换一段吧。

　　刘健儿沉默片刻，决然说道，那就不唱了，说会儿话吧！

　　李瑞看看刘健儿，说，没不高兴吧？

　　刘健儿说，没有。

　　李瑞说，大家来之前，你还能唱上两大段呢。

　　刘健儿说，两大段两大段，以为我跟他们似的，在意多唱一段少唱一段的？

　　李瑞说，看看，还是不高兴了。

　　刘健儿说，没有不高兴，我是在说"两大段"这种话。

　　李瑞无辜地说，唱的人哪个不这样，盼着多唱一段。

　　刘健儿说，我就无所谓，难道你看不出我无所谓吗？一年一年的就是唱啊唱啊，又不是机器人。

　　刘健儿说着，脸上已不由自主收敛了最后一丝笑意。

　　李瑞见状，心里不由一沉，以往刘健儿可不是这样的。便问，没什么事吧？

　　刘健儿说，有什么事，除了唱戏就是唱戏，能有什么事啊？

　　刘健儿说着说着嗓门儿忽然高了许多。李瑞急忙松了弦，将胡琴装进琴盒里，说，好好好，随你随你，不唱了不唱了，咱说话，说话还不行吗？

　　刘健儿转身坐向沙发。李瑞也搬了张木凳过去，坐在刘健儿的对面。

刘健儿打开带来的水杯,一小口一小口地喝了一会儿,忽然扑哧笑道,李瑞呀李瑞,看把你吓的,倒像我真有什么事似的。

李瑞却仍疑虑未消,说,还真吓到我了,刘健儿啊,有事就说出来,跟我不必客气。

刘健儿说,你天天看着,不是好好的,能有什么事。

李瑞说,真没事?

刘健儿说,真没事。

李瑞说,就说嘛,天天都在这儿,有事也早看见了。

刘健儿说,不过,要是心里的事呢?

李瑞笑道,心里的事还能叫事?

刘健儿说,心里的事也有死人的呢。

李瑞更笑道,别人可能,刘健儿不会,刘健儿的心事都化在戏里了,一唱什么愁事都没了。

刘健儿说,也太高看我了,眼下我就有件事化不到戏里。

李瑞说,说说,什么事?

刘健儿看了会儿李瑞,又去看门外,目光有些迷离恍惚,仿佛那事在很远很远的地方。然后说道,我……我一直想不明白,当年的你,为什么会说不。

话来得突然,李瑞不由一怔,转而笑道,这叫什么事。看刘健儿仍认真地等待着,又说,多少年的事了,还耿耿于怀呢?

刘健儿说,没有耿耿于怀,就是想知道。

李瑞笑道,这才叫无事生事。

刘健儿说,不是无事,是实实在在的事呢。

李瑞说,实在在哪儿?不过就是年轻时的一个念头罢了。

刘健儿说,什么念头?

刘健儿的眼睛盯着李瑞，让李瑞无处可逃。李瑞只好说，那时候就觉得，这种事女方主动总是……

刘健儿说，总是什么？

李瑞说，主动了总会……被人轻看吧。

刘健儿说，那我是被你轻看了？

李瑞说，没有没有，不过是男方的一种偏见罢了。

刘健儿说，还有呢？

李瑞说，还有……还有就是对熟悉的人没感觉。

刘健儿说，到底说出来了，没感觉。

李瑞说，不是对你，是对所有熟悉的人。

刘健儿说，就是对我。

李瑞说，对不起刘健儿。

刘健儿说，没什么对不起的，一个没感觉的人，可以理解。

李瑞的目光从刘健儿的眼睛移到沙发，又从沙发移到地板上，说，其实……其实也不是没感觉，对你的主动……也没那么轻看。

刘健儿说，什么意思？

李瑞的目光又从地板移向门外，透过玻璃门，可见到走动的行人和来往的车辆。一个小孩子走到门口，新奇地向里张望，一只小手和一张苹果脸紧贴在玻璃上。很快地，小孩子的小手被一个女人拉起来拽走了。

李瑞望着那小孩子的背影说，那时候，我其实是被一群人左右了。也可以说是，随波逐流。

刘健儿也随李瑞去望那小孩子，小孩子很快就望不到了。刘健儿说，这我倒想到过，人多嘴杂。不过我一直不让自个儿这么想,我更愿意相信你和别人不一样。那会儿你就开始玩儿乐器了,我也是因为你才喜欢京剧的。

李瑞仍望了门外,像是有意在躲避刘健儿的眼睛。他说,你不了解我,我跟别人没什么不一样,也不想跟别人不一样,除了玩儿乐器。

刘健儿说,玩儿乐器还不够吗,乐器可不是谁都能玩儿的。

李瑞便笑,说,两码事。说完李瑞仍笑着。

刘健儿说,我说的像是让你觉得很好笑。

李瑞说,没有,我是想起我妈对你的评价,她认为我们都比不过你。

刘健儿说,那就是这说法好笑?

李瑞说,没有,我是觉得,她不了解你就像你不了解我一样。

刘健儿说,她认为你们都比不过我,就是不了解我吗?

李瑞急忙说,不是,不是那意思。

刘健儿说,老人家了解不了解我,我不知道,但你不了解我我是知道了。

李瑞看着刘健儿,不知说点什么。

刘健儿说,以为戏上合拍就说明一切了,心里一直都这么以为。唉,原来也是一场梦呢。

说着,刘健儿忽然呵呵地笑了几声。

李瑞还没待分辨出是冷笑还是好笑还是别的什么笑,就见玻璃门外已经出现了老陈的身影。很快,老谭和其他人也出现了,老陈推开门,一行人一个接一个地走了进来……

老太太坐在沙发上,一直眯了眼睛听着,直到儿子的声音停下来。

老太太睁开眼睛，问李瑞，完了？

李瑞说，完了。

老太太说，完了赶紧走吧。

李瑞说，去哪儿？

老太太说，活动室啊。

李瑞抹一把通红的眼睛说，我跟老陈说过了，今儿不去了。

老太太说，我估摸着，老陈正挨个收份子钱呢。

李瑞说，很可能，老陈办事一向靠谱儿。

老太太说，靠谱儿？你也不想想，刘健儿这样的人，临了是你们拿点份子钱的事吗？

李瑞说，那咋办，总得有点表示嘛。

老太太说，李瑞呀李瑞，难怪刘健儿说你不了解她，你是真不了解啊！

说罢老太太侧身在沙发上躺了下来，要李瑞拿件小被子替她搭在身上，然后说，你走吧，我累了，我要躺会儿。

李瑞多么想听母亲多说几句啊，可母亲就是这样，越老越有点任性了。在他的印象里，母亲一直是知书达理的老派人，可有些事上，她却显然不那么老派。比如过年，她从不串来串去地拜年，也不希望别人登门拜年，很多年的大年初一，她都是独自在学校的图书馆度过的。还比如她当校长，从没收过任何礼物，她喜欢和她谈得来的人，贵重礼物办不成的事，一场会心的谈话也许就能办成。可哪个想办事的人，能找到和校长谈话的机会啊，就算找得到，那谈话岂是想会心就能会心的？

同样是老人，奶奶就从不任性，他跟奶奶跟惯了，两人心平气和却也乏味无聊地过到了分手的日子。奶奶是73岁去世的，正是刘健儿向他表白的那一年。没有奶奶可以商量，母亲也整日在学校忙碌，他只有请玩儿乐器的一帮弟兄拿主意。结果，阻拦他接受刘健儿的是他们，如今怪怨他对刘健儿态度不积极的仍是他们。他们和他一样在郊区农村长大，和他一样被困锁在农村十几年无书可读无处可去，和他一样直到改革开放才有机会走向城市……他没有理由怪怨他们。

从母亲家到活动室，不过七八百米，李瑞却觉得格外漫长，他快步走着，几乎赶得上小跑了。时而会遇上相熟的面孔，那些人无一例外地问他刘健儿去世的事。他表现得很不耐烦，一律回答不知道。人们奇怪地看着他，不明白这么喜兴随和的一个人为什么会莫名地黑起脸来。

活动室终于到了，李瑞觉出他的鼻尖上沁了汗珠，他举手擦了一把，手心也湿漉漉的。他就用那湿漉漉的手打开了玻璃门。

大家一齐望向他。他的眼睛果然通红通红的，一张脸却又苍白得少有血色。

他也望着大家。老陈走上前来，跟他说的第一件事果然是给刘健儿上份子。第二件事是活动室的钥匙，老陈从口袋里掏出来，递到李瑞手上，要李瑞有机会转交给刘健儿的家人。最后吩咐大家，立刻动起手来，擦地板的擦地板，擦玻璃的擦玻璃，收拾家伙什的收拾家伙什，刘健儿虽然不在了，咱也不能顾头不顾尾，要干干净净地搬走，让刘健儿的家人高高兴兴地收房。

大家都点头称是，老陈的话永远都在理上。

可唯有李瑞，在大家分头行动时却直奔衣柜。衣柜里一排溜儿挂了几把京胡几把京二胡，他毫不犹豫地选择了京胡，然后坐到一只木凳上,将京胡架在腿上,头一低,胳膊一用力,一条亮闪闪的音儿就在这小小的空间里回响起来。

大家都听出来了,程派《春闺梦》里《被纠缠》的过门儿。大家就都停了手去看老陈。老陈沉吟片刻,无奈地挥挥手说,先停了干活儿,跟李瑞吧。

于是,司鼓,大锣、小锣,京二胡,月琴,三弦,中阮,各就各位,对好琴弦,展开戏谱,跟随上了李瑞的琴声。

一旁的几位唱者,没有一个会唱程派的,但程派唱腔他们是熟悉的,他们用手打了拍子,以表示对乐队的助力。

被纠缠陡想起婚时情景,
算当初曾记得几晌温存……

李瑞拉得如痴如醉,刘健儿那柔婉又稍显沙哑的嗓音,就仿佛与他的京胡同步响在其中。他听到司鼓老谭兴奋的声音说,这才有点意思了!他不知老谭指的什么,但一旁的老陈显然有些心不在焉,他的京二胡先是少了一拍,后又莫名地多了两拍。老陈的京胡不如李瑞大家是都知道的,但既是玩儿乐器又何必太认真呢,多少年来大家就这么认可着老陈,都成习惯了。

拉完《被纠缠》,又拉了《一霎时》。拉《一霎时》时有人说,大过年的,换一段吧。李瑞说,不能换,换了刘健儿就听不到了。再说,《荒山泪》《女起解》《霸王别姬》,哪个里头不是又悲又苦的?一向不大说话的老谭竟也支持说,《一霎时》,李瑞说《一霎时》就《一霎时》吧。

这时,不知怎么玻璃门外趴满了一群小孩子,他们的小手紧紧依贴在玻璃上，眼睛里闪烁着新奇的梦一般的光亮。

  活动室的这拨儿人，好像还从没有被人围观过，虽说都是小孩子，却莫名地添了兴奋。手下的琴弦，多么美妙啊；程派的唱腔，又是多么牵动人心啊！

  门外的人越聚越多起来，不只小孩子，还有了不少的大人。门里的乐队，也仿佛有些入梦，旋律起起伏伏，就如同一条闪闪发亮的河流。

  京剧社的一班人，都觉得此刻有点不一样，好像发生了点什么，却又实在想不出那是什么。唉，想这种事，到底不像乐器熟门熟路，还是不去管它了吧。于是在李瑞的京胡的引领下，大家齐心协力，让那旋律越发地奔腾不息，一发不可收了似的。

(《长城》2024年第3期)

何玉茹　1952年生于河北石家庄。1986年毕业于廊坊师专中文系。曾任河北省作家协会副主席、《河北文学》编辑、《长城》副主编、河北省作协创作室主任。已出版长篇小说《冬季与迷醉》《葵花》《前街后街》《瞬间与永恒》等7部、小说集《天外之音》《楼下楼上》等。发表中短篇小说200余篇，散文随笔100余篇，《小说选刊》《小说月报》《新华文摘》及年选书刊选载小说、散文60余篇，其中《楼下楼上》入围第二届鲁迅文学奖，《太阳为谁升出来》《素素》入中国小说学会中国小说排行榜，长篇小说《葵花》获第一届孙犁文学奖，多篇小说获河北省文艺振兴奖和十佳优秀作品奖。《三个清洁工》《扛锄头的女人》等分别被译介至美国、日本。

看见盐柱的寻常一天

张怡微

1

圆桌工作坊只来了 9 个人。除去主讲人戴博士、主持人、助教,还有零星几位研修学生,凑一桌都留了不小的缺口。会议室的话筒坏了,好在空调还在运转,发出有节奏的噪音。不知为何,当看到手表指针行进到活动开始前的一分钟,林妮的身体深处突然有一支熟悉的乐曲响起,是周璇唱过的《钟山春》。林妮略感不自在,因为这支乐曲于她来说是有些危险的,她于是稍微挪了挪屁股。这一突然的闪念,令林妮想起十多年前当留学生时常常去用餐的广生食品行"尔雅书馨"小馆。他们家做的江南菜一般,但有当地少见的葱烤鲫鱼、咸菜毛豆、梅干菜烧肉等等。餐厅的背景音乐常会播放这支悠扬的《钟山春》,以及随之而来的《划船歌》《种花曲》《春来了》《爱神的箭》……仿拟黑胶的"吱吱"声,让当时的林妮想念起故乡。"想念"一旦呈现出清晰的具身性时,就未必是高尚体面的外观了。例如从那时起,林妮的身体开始孕育起一些颇为极致的怀乡癖好。她到底喜欢那间餐厅什么呢?硬要说起来,她很享受连上厕所时都能听见"装点出江南新春，装点出江南新春"的吟唱，因为这能恰好地释放她内心深处不可名状的焦虑。在礼貌、温顺和怡人的背面，她得以一点一点从尿道挤压出、流泻出最真实的自己，作为一具活生生的肉身的自己。尿意与春意，看似完全不搭，却被林妮的身体感知包裹在一起，可惜这样的事无法与人细讲。当时林妮还太年轻，没想到这支曲子配乐的电影《恼人春色》并不那么和平愉快，说的是一个女骗子的故事。"春色"，是女骗子的假名字，她设计让自己的穷丈夫入狱，而后纵横情场。故事另一条痴男怨女的脉络，说的是"春色"的第二任丈夫兜兜转转遇到了原来的未婚妻，再续曾被"春色"搅黄的前缘，可见这命里有时终须有的道理，奉劝情路坎坷的观众们不妨随缘，尤其是切勿觉得遇到了命中注定之人是什么上帝的礼物。所谓命中注定的人，也许只是命中注定的恼人罢了。

假如正经地与他人讨论社会议题也是一种疗愈的话，林妮突然听到了这古早的冥冥之音，就仿佛唤起了沉潜的心声，是一件妙事，说明观念上的讨论已触发到她神秘的精神关隘。眼下令林妮感到轻松的（同样也是尴尬的），是她主持的工作坊根本没有什么人来，这增添了私密的意味。正如记忆深处那间尔雅餐厅，一直没有什么人气，虽然用餐氛围极好，可惜对于不在乎菜色和没吃过好菜的"易先生和王佳芝"们根本不够用。后来听说它倒闭了，挺可惜。记忆中还在那个遥远的伤心地，林妮最后一次听《钟山春》的唱片，是在前女友的破车里。林妮从跳蚤市场买到了一张CD，却苦于家里没有CD机，她用力砸了她的车窗，打开了老式的车门。当林妮终于将CD推入车载播放器的瞬间，一阵舒适的尿意袭来。她调大音量、松弛地笑开，一点点抵达周身舒爽的高潮,将满腔的情伤和"失恋"字面意义的冷峻都给爽碎了。这种尝试窝囊又激烈,林妮心想至少那个虚伪的疯女人在结婚时肯定用不上这台充满尿骚味的旧车来运送家什了。这让林妮有复仇的快意。尔雅倒闭,那个人结婚,对林妮来说,是丧气灰暗的一年,也是她博士毕业前的最后一年。那个人最后的来信,是一封关于膀胱过度活跃症治疗方案的手册,以及一盒欧洲陌生语言的药品。没错,是那个人婚后最后的来信。那个人一边和林妮保持联系,一边在社交媒体上轻巧地更新着自己的新婚生活和研究成果,她说自己最喜欢丈夫不自恋和没有存在感的个性,以及对女性而言孕育新生儿和写论文一样都是一种创造性活动……林妮压根听不懂(也不想细听),她原本还以为最终会由自己来承担一个孩子的诞生(那个人居然还剽窃了她备孕的小贴士),毕竟她们的学术成就并不对等,她永远落于下风。至于那个丈夫,他本来就不该存在,谁会在乎他存不存在,林妮心想,他就仿佛是被那个人租来的演员,维系那个人主流全能形象的要素。他甘愿做那个人的婚恋道具,真是伟大呀,死后要烧出舍利子了。不过当林妮打开那个人送她的包裹时,还是感觉到了一种扑面而来的、久违的舒适,她为这种舒适感而深深羞耻。她还是爱着那个人。不然事已至此,林妮摸着那个人的礼物,怎会还有汹涌的尿意和恨意。她的爱和自我厌恶是连在一起的。她知道其中的害处,可她没有办法。林妮实在无法分辨那个人寄来的所谓的"治疗"方案,是出于爱还是恨,还是出于了解和体贴。相处五年半,她居然无法确定那个人最后送来的药物是不是有毒。那个人不会误以为林妮是尿失禁才做的那样的事吧?不是砸了车窗了吗?砸不意味着生气吗?她看不懂林妮是恨她背叛吗?还有膀胱过度活跃症又是什么东西？真的有这种病吗？林妮早就治好了自己的非特异性膀胱炎症，医生还告诉林妮，这是一种女性的"蜜月病"。林妮反问医生，是别人度蜜月我得病吗？医生说哈哈哈还夸她很幽默。而后医生耐心地解释了多种菌群感染的可能性，会令林妮乏力、消瘦、腰腹有垂坠感、排尿有燃烧感。痊愈后，林妮已经很久没有听过"膀胱"这柔润的囊性空间中传来的清雅歌声了。深邃的寂静好似偷窥到情敌的蜜月告终，一切尘埃落定，哀莫大于心死。

回沪工作以后，林妮带着一个模棱两可的海外博士后项目和几篇仅差一年就不再被认定的国际期刊论文，有惊无险地度过了第一轮聘期考核，一晃六年，这六年是很辛苦的。在极致寂寞的日子里，尤其是身心俱疲的时刻，令林妮有些怀念曾经的自己，痛苦却欣欣向荣的自己，与此时心境已大不同。好在她们分开的时间，已经长于相处的时间。时间隔着时间，就显出距离，显出松弛。林妮很久不上 IG，尽管手机提示消息会告诉她，那个人后来真的有了一个女儿。那个人（和以前一样）非常喜欢过节。那个人带着全家人滑雪、潜水、游乐园。那个人甚至开始被粉丝追着骂她蓦然回首居然是个娇妻。林妮没有真正登录，她只在心底轻蔑那些热门评论："是你们都太小看她了。她岂止是个娇妻。要不是为了获得点什么，她又何必把事情做得那么满。"关于这些纷扰，林妮不堪其扰，却又不愿意彻底解除关注，最后只得将可能与那个人有关的 App 悉数卸载。效果很好，她换来了一时的平静。林妮一直都很努力，努力的不是事业本身，而是努力找回不被影响的、独立的价值。她林妮算什么呢？算是那个人论文的受访者兼生活助理？煤气灯下的白瘦幼学妹？还是那些论文受访对象言不及义时及时的补充？有些事，她自己都不愿意记得了，谁还会在意呢？来自远方的精神折磨，甚至远胜于任何繁重的工作。可她无可依傍，眼下唯有经由工作，才能让林妮和这个残酷的世界之间建立起体面的屏障。

由林妮主持的跨学科讲座还在散漫地举办着，无数明里暗里的议论来自同侪和前辈，暗示她做的那些事吧，对晋升毫无意义。林妮热衷讨论的话题围绕着特殊教育、养老照护、心智障碍融合就业、多元成家、疼痛管理、氮气死刑、人造子宫、药物滥用等等，正如业内聪明的朋友们所提醒的那样，真是毫无意义。林妮表面上看起来宛如一个理想主义者，其实那些根本不是她的兴趣所在，而是那个人的。林妮一点一滴地从时光的垃圾堆里拾掇起那位曾经的权威者充满心机的学思历程，甚至学得荒腔走板，演绎出一种迷人的钝感来，这是她预料不到的结果。如今，林妮已是副研究员了，依然无法脱离精神层面的寄生，她并不知道自己到底应该研究什么。她有时痛苦，不知自己还在坚持什么。有时又离不开对于聪明人奇异的艳羡。越是如此，她越羡慕那个人的自洽、强大和旺盛的表现欲，她羡慕那种她永远无法偷窃到的生机和活力。

无心插柳柳成荫。林妮操持的这些无厘头的系列讲座，意外获得了系友办的支持。以至于每次办活动，林妮都可以去领到足足两箱矿泉水。因为参与者有限，办公室里的矿泉水越积越多，从来没有喝完过。矿泉水是一位匿名系友 B 捐助的。B 毕业之后一直找不到理想的工作，后来回老家创业做超市货架，一度成为小商户仓库及沪漂出租屋家具的主要供应商。新冠疫情时更是生意火爆，B 的架子出现在大大小小社区和单位的门口，货架上堆满了不能被及时领取的包裹。在公开的微信号里，B说自己很感谢时代，感谢灵活就业启发智慧，让他能够实现最大的自我价值。一个普遍的公理是，男人到了这样的时候，就会想要为母校做点事。母校显然期望他能做更大的事，他又不会。他的致富之道在主流叙事中并不够格参与到公共展示。其实人们只需要一种故事，对不符合期待的那种故事，就表现冷淡。这样的荒唐事并不鲜见。林妮也曾在那个人的鼓舞下在异乡捐献骨髓，地级市的骨髓库希望给第1000个捐献者做个报道。她并不是第1000个捐献者，而是第1001个，那个人却对她说，"相信我，一定是你，因为真正的第1000名是个无业人员，第999名也是"。事实果真如此，林妮因其更良好的社会身份被调包了。她的照片登上了公共电视台的公益宣传，她成了热心公益的大陆留学生。林妮看了电视报道心有戚戚焉，她不喜欢造假。那个人却不以为然。林妮故作幽默地对那个人说，"那个……卵子我能不捐吗？我总觉得我最终会被你卖掉。"这并不是不可能的事，那个人访问了前999中的120人，林妮也在其中，她是一个不起眼的数据，言说着那个人需要的结论。那个人的专著令她拿到了某名人命名的学者称号，林妮则像个彩蛋般的存在于那个人真实的生活阴影和台面上的研究成品之中，是一个田野凑单货，一个学术供养人。总之，最后的最后，陌生人B不被学院认可的个人成就可能仅惠及了林妮和她简陋的工作团队，支持着林妮残存的爱和日益凋零的学业，每周更新、每周循环，逐渐开始型塑林妮的职业人格，搞得好像真的一样。林妮从没见过B，她不喜欢和男人打交道，只听说此人在校期间并不爱念书，学位证和毕业证只领到一本，另一本还在系里某间办公室里暂存，需要他补考两门基础课通过，以及发表两篇核心期刊之后,才能真正领到。学位证的最长保存时限是8年。B捐水时曾询问过系领导这件事,最后得到了一个明确且模棱两可的回应:"好的,知道了。"B人到中年突然想要领学位证,是因为听说女儿未来就读私立幼儿园和小学可能会需要提交父母的学位证复印件,这诱发了他的中年危机,他第一次觉得钱不一定处处有用了,那他还剩什么?这让他感到无力。再后来,疫情结束,私立幼儿园陆续倒闭。B的女儿在真正要入学时,父母之间的资质竞争已没那么激烈。B的学位证自然也就没用了,这突如其来的反转,刚好治愈了B的悔恨,学位证用不着了。虽然没有私交,林妮觉得,这也算好人有好报吧。时间的意义似乎开始欺骗林妮和B,只要再等等,一切就都可以不再重要。林妮每次想到这个故事,都觉得很好笑。此刻看到桌上的矿泉水,她又不自觉笑起来。仿佛能喝上这瓶水,正意味着际遇的不可言说,意味着现实荒谬,意味着人心的"千里江陵",意味着幻觉与实在,意味着深邃的尿意为何会于身体的洞穴深处悄然滋生。

2

上一期的工作坊,林妮和她的伙伴们讨论了日本电影《75计划》与安乐死的生命伦理,全世界对老年话题有兴趣的艺术家,都难以回避类似的话题,"没用的人就应该直接去死吗?"讨论从一开始的沉重,慢慢走上意料之外的歧路。从开始时争辩"75岁"作为没用的年纪是否合理,最后居然演变成了"35岁是一道生死关"。这个讨论场景是荒谬的,毕竟大家都没有超过40岁。林妮虽然37岁,看似已告别了"青年",成了"一般"的人,架不住我国社科青年项目今年突然修改了女性年龄限制，将女性申请者的年龄放宽到了 40 岁，她便又被踢回到"青年"的象限，解锁了已经失去了两年的申请权限。这反转仿佛是捡来的便宜，却只有真正捡过的人才懂得其中的代价。消失的枷锁又回来了，除了项目上的，还有性别上的。关于年龄的讨论太激烈，慢慢走向了灰心的气氛，可见"青年人"对年龄的焦虑并不亚于他们论文里企图要关怀和保护的所谓真正的老人。例如有一位友校的青年学者 A，35 岁，男，他已经不再是"青年"，他应该感到了压力。然而他不是今年才意识到年纪巍峨的负重，而是自从 32 岁入职双非高校的那一刻，他就觉得自己完了。他说哪怕早一年，他辉煌的履历都不会让他"落难"到此地步，尤其是当他发现，他看得上的学校所招聘的助理教授已是双博士，而他直系领导的本科学历还是自考时，他更觉得自己被"代际红利"吸干了。A 的部分观点很保守，例如他认为所有年龄焦虑都是建构的，除了东亚没人在意，都是幻象。年龄是"时间"概念的须臾，本来可以是忽略不计的，大家都只是宇宙中的一瞬。但如今，A 却为这扭曲的建构所苦，他无力挣脱，这枷锁较之所谓传统儒家伦理对他的威胁更致命。其实 A 说的不无道理，这与他根本的"时间"观念有关。例如他提了一个有趣的问题，"什么是老年？""体制内退休年纪是老年？还是女性停经是老年？还是农村人口的退休是老年？'老年'这个词是不是一个滑动的概念？"他振振有词，林妮倒很想问他，"老年怎么会是建构呢？老的感知是那么具体和明确的啊"。但她转念又想到自己申请项目的例子，不就刚好印证着 A 的观点，年龄是滑动的"建构"吗？她转头又成了"青年"，没有任何商量的余地，这真的是严谨的吗？反正她只感到荒谬。好在愠怒很快就会消散。会后的某一天,林妮在朋友圈刷到 A 新买了一台中古 NDSI 掌机重温童年时代,看来他情绪稳定多了。尽管自诩人生已经完蛋,A 还有逸乐的热情,想要重返过去的时光,这可是一种很高级的热情。发朋友圈时,A 还顺带问了一句,"《侠盗猎车手:血战唐人街》开场配乐的戏曲到底在唱些什么?"没人回应他,没人有兴趣。大家正对另一件事津津乐道着。听说南京的一位 S 姓高校教师因不堪考核指标放弃了生命,留下一对妻儿,享年 38 岁。A 在朋友圈中重温掌机的黄金岁月后,突然又在他们共同的聊天群针对殒命的壮士说了句莫名其妙的话,"可惜他本科一般"。隔了 2 个小时,他又补充了一句:"很难入职比本科好的学校,除非发生奇迹。硕博的学校再好也没有用,洗不掉的。"没有人附和,其实大家心里都想到了几位特例,尤其是那种冲破规则的特例,来反驳 A 的观点,但大家最终都保持了沉默。这显得只有 A 是心理意义上的年轻人,他口无遮拦,认知有限,显出稚嫩。稍微成熟一点的人,都不会在类似的争议事件中留下只字片语,例如那位 S 姓勇士,做了这么大的决定,什么话都没有留下。

"哼唔呵,哼唔呵,要收九秋的果,先做三春的工……"

奇怪的乐曲似隐隐约约从林妮的身体深处幽幽传来,尚未引起她的重视。

"……希望以后我们的讨论会不要总是放在早晨八点哈哈哈。"林妮听到主持人的开场,开场即抱怨。冬日早晨八点对于校园来说是很特别的存在。它意味着这个活动并没有"欢迎光临"的诚意,"欢迎"只是一种客套。但真实的情况是,只有这个时间段林妮还能借到教室。对于林妮所在的边缘学科而言,她们可选择的"资源"并不多。在公开平台，能堂堂正正自诩为"资源"并挂着让教师申请分享的，好像就只有"教室"。虽然谁都知道，真正的"资源"并不通过 E-hall 申请，它强大如巨兽，但现身时不留痕。拜《2025—2030 教育发展方案规划通知》所赐，林妮协同自己的工作坊加入了应用型专业学位项目的建设，算是得了一个合法的名目。项目建设的方针很多样，主要目标是开源节流。林妮被分配到的重点任务可能是节流。因为他们既没有学问的权威性，亦没有足够的经济转化，更像是一种公益场景的无道具练习。于是，他们就只能一直讨论一直讨论，互相讨论互相讨论。点评点评点评。吃饭（自理）吃饭。尚未到验收时，尚未需要讨论出什么结果。

今日，林妮老大清早筹备的讨论主题是"美国镇痛药物的滥用与疼痛伦理"。中国麻醉品类药物管制严格，没有社会土壤出现这样或那样棘手的问题，这场讨论因此显得悬浮。悬浮不是坏事。"医学人文"这样前沿的讨论方向落地高校，颇有些超前。社群会员每个月在一起讨论的问题，不是太抽象，就是太中产，主打一个与实际问题脱节。正因如此，林妮不费吹灰之力，就营建了自己的小天地。社会上对于医疗领域人文关怀的理解，还停留在"请不要刺杀医生""水滴筹"这样具有冲击力和实用性的想象中。要不就是无成本地在键盘上激情争论一下"早饭可以不可以喝粥"或者"肠漏算不算是伪科学"。林妮的圆桌会议从不讨论这些窠臼。他们只讨论那些在本地根本没有土壤发生的悲剧，例如伊波拉病毒与香港黑帮电影，比较安全（坏处是申请不到任何项目和基金）。许多次活动，他们都谈得太抽象，甚至直接对科幻小说和电影交流起动感情的看法。说话的时候，大家都很严肃,展现了阅读和观影广度,词汇量又大,每个月都能更新10个新造词。就仿佛那些虚构的事都是真的、棘手的、危机的,用词语可以克服的。但他们讨论不了真正的危机,他们连自己的危机都化解不了,他们害怕真正的危机。

"……众所周知,美国阿片类药物泛滥危害到七百多万人,也成了影视剧的大IP。讲述自己的遭遇,并将之修葺成为更符合'故事'要素的材料,对我们的疼痛管理有着启迪作用。但还有一些国家,他们会认为忍受一定痛苦也是完成治疗的一部分,例如德国。这涉及治疗观念的差异。中国也有'良药苦口'之说,仿佛没有味道的药就没有效果一样。拔火罐、刮痧,哪个不见血、哪个不疼痛?不过是以这种痛替换另一种痛,不是吗?"大家都笑。主讲人岔开了话题,又说"电击治疗的原理是什么?书里写的模糊。因为确实很模糊。我们只知道做了之后看起来有用,再倒回来推论原因。电击的痛苦算一种什么级别的痛苦?需要干预吗?"大家都沉默。因为大家都不想被电击。忍受痛苦的需要与减轻痛苦的需要是矛盾的,是委托他人决策实现的。委托就是赋权,病患的自由意志起不到太大的作用。林妮想着,权力不就是让人受苦的能力吗,却被建构成疗愈需要忍受的构成。他们这些人居然在一起讨论"减轻痛苦"被滥用的恶果,不知不觉就虚构了自己的权威。这或许也是圆桌气氛融洽的来源。她提了一个问题:"假如有一种药,效果奇佳,吃下去就能解决你最大的痛苦。但是代价是上瘾,且延缓痛苦的时间会越来越短,你们吃不吃?""假如有一种药,一吃下去就能让不爱你的人爱你,你知道是假的,需要一直吃药才能一直维持这种幻象,你又吃不吃?"一半以上的人选择不吃。又有人说,要看是什么样的痛苦,爱情的痛苦无所谓，吃不吃都可以，反正都是假的。大家就笑，于是开始讨论起自己最大的痛苦。

A说，我最大的痛苦就是跳槽，哦不对，是跳不了槽了，一步错步步错。

林妮说，国社科，第二轮再没有国社科，我有可能会失业。

戴博士说，降薪，我们今年月收入居然是2800。你们敢信？

研修生说，学费太贵，宿舍条件差，毕业了也找不到好工作。

主讲人说，我最大的痛苦在于我不知道什么是最大的痛苦。你们愁发表、愁钱、愁晋升，这些我都有，但我也痛苦。我不知道该看哪个科，不知道该吃什么药。

显然大家都没讲真话。或者说只讲了那种可以被调侃的真话，没有讲那种很真很真的真话。因为很真很真的痛苦，理应根本没法与人说，根本不想让人评论。大家果然都笑，又谈了一会儿失业了以后打算做什么。林妮没有听到什么有创意的回答。无非是回老家、到处旅行、再做一个博后……听起来一点不吸引人，还不如吃一颗药，等待腔子里那一朵祥云升起来的诱人。至于这颗毒药是用在事业上，还是恋爱上，林妮还没有想好。尤其是过了聘期后，几乎每一天，她都在掂量自己的新旧痛苦，掂量不存在的意义。"疼痛"话题过后，工作坊开始总结起叙事治疗的文学意义。林妮认为，这两者是有关联的。许多看不见的东西，会通过叙事被建构起来，和年龄的建构很像，甚至会显得更有意义。据说，癌症治疗时医生所提供的镇痛药物，在一定的修辞下，会起到完全不同的治疗结果。这种修辞，当然暗含着欺骗他人和自我欺骗的话术。例如医生可以尝试告诉患者，他服用的是一种新药物，专门针对术后疼痛。这样说的话，临床上的镇痛效果竟然会好过直接给药。为什么会发生这种事呢？林妮抛出了这个小话题，得到了几个人的热烈回应。有人认为这背后隐藏着权力和"PUA"，也有人觉得对于医患关系来说，可以换一套研究工具来理解这种不对等的叙事权力。茶歇后，工作坊寥落地继续，矿泉水也再度就位了，反正也喝不完。疼痛的话题非常抽象，每个人共情的尺寸都不一样。工作坊只是提供了一次继续聊天、维系友谊的平台。仿佛只要有个桌子，他们就可能结识到更聪明、更积极、更有干劲、更有想象力、还不用为生计发愁的年轻面孔，集思广益、百花齐放。表面上"大家努力向前程，看草色青青听江涛声声"，都挺好的，都还相信着未来可能充满希望。再沉重的社会问题，只要把聪明人聚在一起，就一定能想出纸面上的对策来，这是林妮组织工作坊时朴素的想法，也是她假公济私、安慰自己的路径。林妮以为讨论进行到这里，几乎已经要落幕，接下来是问答，却不想迎来的意外的惊喜，还不止一个惊喜。

今天来的新面孔是一位戴口罩的女生C，围着漂亮的围巾。她坐得离主讲人很近，却看不清大部分容貌，所以只能算添了半个新面孔。任何人说话时，C都认真地打字，她打字声音很响，令人很难不注意到她灵活的手指。她的新指甲起码需要做两个半小时以上，因为还没有长出被遮蔽的那部分。指甲上有完整的彩绘，也有3D图案。这意味着，UV烤灯最少要照射20多次。美甲是一种现代都市生活方式的象征，在社交属性中象征着不用做家务也不用亲自洗头，是个好命的女人。林妮听漂亮的女学生说过，换美甲就仿佛换发色，对心情好，对打字也好，可以很开心地打键盘，打出来的字，也许能沾染好运气。美甲仿佛代表着生活力，代表热情和审美的需要，也就是无用的需要。林妮是看不上的，她更喜欢有用的需要，人到中年以后，更难改正这坚固的个性。新人C突然示意开麦，可惜话筒是坏的。

"大家好，很高兴来参加活动。我是新闻系的博士后，刚做完甲状腺全切手术……"气氛一下子凝重起来。C解下围巾。于是10个人都看到了那一条明显的血痕。然后C又把围巾围上了。"我很喜欢你们的讨论，尤其是我在术后，好像解锁了新的人生。生病前不关注的事情，现在变得很关注。现在我更喜欢冬天，因为可以戴围巾。这样的小事，我很想找人聊聊，但是学校里为什么每个人都那么忙啊……忙到要早晨八点就要开会"。

她大声说道。有没有话筒似乎也无所谓了。此时有人推门进来。C被打断。

林妮认出进来的人是亚逊，居然是亚逊，还是老了一点的亚逊。真是好久不见他了。

林妮起身招呼他坐下，本想开口欢迎，又想起台上的C，只得收起笑意。林妮坐了回来，把节奏拉回原来的讨论中。林妮问："那术后医生给的是什么镇痛药物啊？"C回答："散利痛，英太青，很温和。"林妮笑了，说："那和我们今天讨论的主题不是一个量级啊。"大家也笑。随后纷纷聊起了自己吃过的最厉害的镇痛药。主持人提到几年前那些日子里买不到布洛芬时，曾感受过"戴芬"的强度。服用完的感受，是烧着烧着突然一个瞬间，感觉人轻松了。也有人提到，麻醉过了头，就会产生愉悦。当时麻醉师的权力很大，有通行证，可以出去买菜的，有头有脸有门路的人才能去麦德龙，还有麻醉师。也有人调侃，不要得罪麻醉师太太，也许会死于非命，阿加莎·克里斯蒂战时就是麻醉师，后来成了"杀人小说女王"。主讲人戴博士说,"对我们中国的普通人来说,麻醉可是一次少见的机会,让绝望的病人感受到一种出世的、蹊跷的愉悦。"C哈哈大笑,直说:"是的呢,我隔壁床说,好久没有睡得那么舒服了。但我很绝望啊,因为他夜里打呼。"看来C是个俏皮的人,她很需要观众聆听她的俏皮。如果说癌症让人联想起死亡的恐怖,令疲累的人终于能睡一个好觉……那么深度麻醉后醒来,则会有另一种新生的焕然。类似安乐死的药物出了变故,想死的人没有死成,但一切都变了。

　　林妮问:"做这场手术你感觉最难的部分是什么呢?"C回答:"最难的部分好像是现在,不敢考公、不敢结婚,不敢让同学知道做了手术。但是又间歇性地很想让导师知道,希望他最好不要布置太多的任务给我。我很想毕业又觉得空虚。看到人就想问,我这样的人,是不是已经完了?"博士C所谓的"我这样的人,是不是已经完了",与青教A抱怨的氛围完全不同,她的重点可能应该放置在"看到人就想问"。C在得病之后,显得非常如释重负。第一次与大家见面,她就这样带着苦难而来,她自来熟的反讽让人很难恰到好处地给出回应。林妮甚至觉得,C起个大早精心穿着来这里褪下围巾又戴上,是设计好的一种仪式。为的就是要用力地交上朋友。也许生病之后,她就有自己社交捷径。C很快加入了他们的讨论群,带来了新的气息,主要是把他们这悬浮的工作坊,接上了地气。大家后来才知道,C还在社交媒体直播了自己动手术的全过程。C是银川人,虽是在读博士,但已经离过婚,所以不存在"结不了婚"的选项,她已经走出了婚姻。至于离婚和甲状腺癌有没有关系,那就只有天知道了。能被人看出来的是,她并不为此忧伤。她是新闻系,本来也考不了公,她还在自媒体视频中奉劝过所有桥本氏甲状腺炎患者,都可以考新闻系,因为反正他们也不能考公。至于她会上说,不敢让同学知道她做手术,也是假的,她都直播了。C有一些奇特的生命观,兼具表演性,让林妮不禁想到那个人。例如固定时间吃药、半小时后固定时间吃早餐、中间那半小时刚好化妆,然而这都是假象。再如后遗症脱发、肩酸、荨麻疹、心率高……她开发了一些缓慢、无用又解压的爱好,例如美甲和种植假睫毛。C说,以前她只读书,当太太,想当妈妈,从不分心考虑活着到底是怎么回事。在经历了那一场蹊跷的愉悦过后,她对人生产生了新的看法。她更看重行动了,更觉得时间短暂。C的到来,令讨论会有了一些互助会的色彩,大家纷纷用自己的疾病经历或照护经历,来平衡C讲故事的烈度。例如A就聊得津津有味,A认为一切都是建构,包括疼痛,这很福柯。C认为疼痛之外,还有很多尚未被建构的患病体验,是值得被赋予解释的,也是各种量表难以企及的。A让C举个例子。C说,她是在术后考的博。她在面试时同样展示了自己的疤痕。虽然她不觉得这件事和考上博士之间有什么关系。但她觉得有些结果背后呈现出了看不见的力量,这决定性的力量编织出了需要被填空的文化意义和心理学意义。没有人经历过他人的疼痛,自然也就无法经历与这疼痛深度联结的愉悦。她生病前可没有这样的福利。

　　C说:"人为什么会上瘾?人会上瘾的东西就只有麻醉剂吗?为什么不能是撒尿?拉屎?做爱?当然做爱是可以的。为什么不能是出汗?挤伤口?出血?医生哪懂这些?他们没有得过和我们一样的病。不是吗?"

林妮仿佛被说中，突然感到周身不适，不适中又掺杂一点感动。她觉得自己快要难以自持，她示意退出一下，她想去洗手间。

3

这一日的恍然较之以往很不相同。

林妮很久没有类似的强烈感知，她深感自己可能从时间中来，却再也没找到走出去的路。尤其是洗手间里不雅的穿堂风，让她想起遥远的时光。排尿的声响难以遮挡，在风里，还有了嘹亮的回音。她从看到C的伤疤那一刻，就有了复杂的生理触动。她懂她的上瘾，对展示伤痛后那种收获他人眼神的瘾。这极不健康，但也许十分有助于康复，有利于打破旧的自己，以新的丑陋突破旧的自尊。

何况再见到亚逊纯属意外，很难说林妮心底没有涟漪。她甚至不愿承认，她在看到他的那一瞬间，是开心的。她应该嫉妒他才对，她是嫉妒过他的人。因为他聪明、灵巧，还比她更不在乎自毁。那个人结婚前，林妮和亚逊甚至还在尔雅吃过一顿饭。两人都很低落，又没有办法。林妮不喜欢那个氛围。十年过去了，尔雅已经没有了，很多人也没有了。

他们又坐在一起，吃了一顿饭。

亚逊开口即伤感："好久不见啊。其实我们已经被忘记了，是不是？彼此也快忘记了。"

亚逊有这样的感慨，是因为他们共同留学的城市，他所在的院校系所因为少子化的原因彻底关闭了。这一下倒好,让亚逊他们都有了台阶可以下,不必说是因为别的什么原因才再也没有学弟妹了。系所关闭之前,录用的助理教授最差的毕业院校是耶鲁,学风严谨,甚至有一种毫无必要的严苛,鼓励熬夜、鼓励深造、鼓励一辈子苦行僧式地献身学术,现在这些老师都要另谋出路,不知未来如何。林妮和她如今的伙伴们,也许正在走上同样的下坡路。这一日得知亚逊失业,这倒并不令人意外。好在对亚逊而言,失业并不算致命。他的本科学校足以让他随时重新开始,去世界上任何一个国家开启新的学业。但他说不想学了。这令林妮想到了矿泉水B先生。也许他们终于都走到了人生的这一阶段,像一座桥一样的阶段,前面有路,桥下有河,桥上有天空,看似很有选择,最后他们却选择了一动不动,仿佛是一种没有任何人在意的抵抗和警示。警示过往来人,不要选错。选错了会变石头。

"你和那里的人还有联系吗?"亚逊问。

林妮摇摇头。她问:"大家都好吗?"

亚逊说:"你可能不信,也许你是过得最好的人了。只看表面哈,别的也看不了。我听你们的工作坊,讨论得真好,真像学生,让我想起年轻的时候。"

林妮说:"也没有看起来那么好。看到的,也许是硬撑。"

亚逊又问:"那个……她的女儿有阿斯伯格综合征你知道吗?"

林妮摇摇头。谁?

"然后,她现在在写这方面的论文。"亚逊说道。

哦。林妮一点也不意外，她甚至觉得，若仅仅是这样的事，那个人并不会觉得太难过，她甚至会感觉兴奋。反正他们都是为了她的工作服务的。她不是人啊。

"她好像已经'田野'了七八十个人。她还来了上海。她跟我说，她对上海有特殊的感情。她留意到你也讨论过这个话题。你的工作做得很细，有两个区在认真做融合教育，因为区领导的小孩有类似的问题，所以是不讲道理地强推⋯⋯她去验证了一下，天知道她不会讲上海话却有这样的本事。"

"是她让你来的吗？"林妮打断了他，她感觉下腹有一些久违的垂坠感。

亚逊不置可否，又说，"是我告诉她的，你在做的事。她很感动。"

"你还没放下啊？"

亚逊和林妮都苦笑。反正都是被用完就扔的人。都上瘾。他们都没有提，那个人还有一个胸怀舍利子的丈夫。他去了哪里呀。

"反正，我们都不会出现在她的致谢里。"林妮说道，"你没有必要为了她的研究费全力。本来也是不靠谱的事。我也不一定能拿到下一个 tenure。我都是乱搞的。"

在上海，阿斯伯格综合征儿童的项目大多是特殊教育在做。林妮对这个话题产生兴趣，是因为戴博士曾无意间提到 2016 年前后，也就是林妮和那个人矛盾最激烈的那段日子，上海曾有一批有问题的新生儿诞生，却找不到原因，这些孩子如今刚好都到了义务教育阶段，不得不开展起融合教育的项目。找不到任何原因，那就只能归结于天命。她相信天命。那个人会对这个议题有兴趣,并不因为感情。可能来自盲目自信,她觉得自己可以驾驭一切,她坚信林妮智商和能力都不如她,何况还有一个死心塌地的帮手。遇到这样的课题,林妮只会觉得同情,并没有野心。这样的事并不是第一次发生,也许永远会发生。那个人一定是听了林妮和朋友们工作坊的播客。那个播客上线3个月,收听人数只有47个。没想到里面还有两个听众是这两位。

"我关注了你们的公众号。"亚逊说,"你进步有多大,也许你自己都不知道。"不过最能看破林妮的,的确只有亚逊。毕竟只有对手才知道你蠢在哪里。

"我很羡慕你。"亚逊说,"我已经完蛋了。"

"不要这么说。"林妮突然有些难过。这已经是她今天第三次听到这样的话。

不知为何,林妮的思绪突然剧烈跳跃,她想到了旧时光中某个十分寻常的日子。她正在租屋的客厅整理饭桌,炖菜正在炉灶上。她要加快一点速度煮饭,所以调大了火,多余出10分钟的时间,她盘腿坐在了餐桌旁,继续戴上耳机整理录音。整理着整理着,还不忘记悄悄地看一眼书房里的那个人在做什么。她不敢打扰她,她知道那个人吃完饭还要开车去火车站接一个业内大佬。这位大佬是教科书上的人物。那个人很赶时间,她从不打没有准备的仗,她一定能获得点什么,她绝不会白跑一趟。这些想法像湿润的面团一样沉重地压在林妮的脑海中,却不想她侧身看到的那个人的电脑荧幕,正在演示激烈的情欲影片。原来她不是在准备什么学术问题,这太离奇了,还有十分钟就要吃饭,还有二十分钟就要出发,她还有这等雅兴。原来她没准备任何正经事，她只是在准备一个夜晚的心情。高下立判啊，林妮即刻感到自己兢兢业业的可笑。炖菜沸腾了，她的围裙粘上了浓稠的奶油，手还烫到了。她居然还在帮那个人整理访谈录音，因为那个人想要节省下整理录音的费用给大佬买一瓶好酒。林妮很难受，尤其是膀胱，它似乎是在膨胀，仿佛一个变异的囊袋，还有一些隐约的乐声传来。她很想模仿那个人，尤其是痛苦的时刻，她更想成为她了。这种想法可能与林妮的童年经历有关，她为此累积了无数的教训。林妮童年时最熟悉的生活，就是那种短视的、朴素的、安稳的贫穷日子。她从小就很怕自己和那些"没办法"的人在一起生活、玩耍、经历生老病死。林妮总是竭尽所能地想认识"有办法"的聪明人，在他们身旁待着，死耗着。这样即使出了再大的事，自己是没有办法了，身边的人总还有办法。那时林妮还不知道聪明人会吸血，会吸别人的生命力。现在也是。她什么都知道了，又能怎样呢。林妮还迷信着在关键时刻能获得救助，她还在一直找人讨论讨论，讨论的全是她驾驭不了的领域。在情感上，她依然沉迷陪伴"有办法"的人，为他们付出，为他们服务。当然，陪伴聪明人是很辛苦的，需要付出许多看不见的东西。例如她总在这强烈的痛苦中，摸索着回到厕所。她曾上瘾的那一种看不见的能量刺激她舒适的尿意，有时意味着怀乡，有时意味着各种形态的爱。当时的林妮还在等，等这一夜过去，等下一周，等下一年。林妮在时间的深河中眺望了那么久，以为站得够久，总能看到希望。这样的事别人怎么也看不懂，林妮总在为一种只有她一个人才能感受得到的人生危机做准备。有时伤心和寂寞到了极点，只要回想起自己的情感履历，林妮总还是有点欣慰的。她会想起那首老歌，想起周璇颤巍巍的声音，仿佛她忽明忽暗的肉身。尤其是伴随着体液的释放，她才能找回一点点可被接纳的自己，听见不够聪明的自己喃喃：

"情网啊要轻轻地闯，爱神啊能有什么好心肠……"

可是这次的释放好像真的有些不同。剧烈的疼痛开始缓慢地噬咬她的身体。

林妮低下头便看到了便池里那一大片水彩般荡漾开的红。

(《小说界》2024年第5期)

张怡微　作家，文学博士。现为复旦大学中文系副教授，戏剧（创意写作）专业硕士导师。著有小说、散文集二十余部，近年小说代表作《四合如意》《哀眠》等。研究专著《明末清初〈西游记〉续书研究》（华东师范大学出版社）、《情关西游（增订本）》（上海古籍出版社）、《散文课》（华东师范大学出版社）等。主编论文集《散文的变身》（2024）、《写作知识的革新》（2021）。

曾获台湾联合报文学奖短篇小说评审奖（2013）、时报文学奖小说首奖（2013）、台北文学奖散文组首奖（2013）、"紫金·人民文学之星"散文大奖（2014）、香港青年文学奖小说高级组冠军（2014）、华东师范大学创意写作研究院"未来文学家"大奖（2021）、第四届茅盾新人奖提名奖（2021）、第三十六届田汉戏剧奖评论组一等奖（2022）等。

肾上腺素

辽京

一

小邱在那条盘旋的金属轨道下站着，仰着头，看过山车一遍又一遍从空中呼啸而过，听着人们不约而同的尖叫，直到脖子发酸，两耳轰鸣。绵绵细雨打湿了他的脸，钻进刚剪过的头发里，像一阵轻轻的抓挠，湿乎乎的，有点痒。雨下了大半天，磨磨蹭蹭地，渐渐收住了，太阳重新露出脸来，洒下淡淡的阳光。没有彩虹。

天气预报说，今明两天都有雨。游乐场的游客依然众多，外地的游客因为行程所限，冒着雨也来游玩，他们几乎都住在附近的一家度假酒店，酒店客人获赠游乐场套票，大部分是父母带着上学的孩子。一些十几岁的少年长得比小邱还高，身量像个大人，动作神气依然是小孩，好端端地走着，忽然跳跃起来。

路边卖冰激凌的小推车依然罩着雨布，静悄悄的，没有开张。雨布上也印着鲜艳的广告，一群长了翅膀的、彩色的冰激凌球，长着拟人化的五官，在蓝天上边飞边笑，字体圆圆胖胖的——意大利手工制造，进口牛奶，不添加一滴水……小邱有点失望,他很想买个冰激凌。或者别的什么吃的也行。小邱信步走去,想看看别的摊位有没有营业。下午,过山车的入口处还排着长长的队伍,其中有一对情侣,女孩穿着一件红色的防水外套,男孩穿牛仔服,后背星星点点的微湿。小邱看见他们已经来回坐了三四次过山车,女孩的红衣服在灰暗的天气里显得十分耀目,像一颗小火球掠过天空。她开心地大叫起来,听得出来,别人都在恐惧,只有她在大笑。

过了一会儿,小邱拿着一根烤肠和一杯热奶茶,边走边吃,回到过山车附近。一些游客刚刚从出口的栅栏走出来,那对情侣也在其中。穿牛仔服的男生忽然紧走两步,对着路边的草地呕吐起来。女孩从包里翻出纸巾,递给他,又拿出一瓶饮用水,让他漱口。

收拾完了,两个人走到一处长椅上坐下。这次约会印象很深刻吧,小邱想,从他们跟前走过,把空纸杯和烤肠的木签子丢进垃圾桶,听见那个男孩对他的女友说,我们去买冰激凌吧。

经过过山车的入口,排队的人比刚才少了一些,小邱只看了一眼,就继续往前走。天完全放晴了,太阳从回笼觉中清醒过来,打了个长长的哈欠,一阵暖风。一个中年工作人员挂着胸牌匆匆走过,胸牌上是一张很年轻的脸,看来已经在这里工作了很多年。这里原来是县城最早的儿童游乐场,小时候,小邱常常跟着父母来玩,有秋千、滑梯、电动飞机之类。前些年新添了很多新奇好玩的设备,换了老板,改了名字,脱胎换骨一番,成为远近有名的旅游景点。这一天,小邱一大早就到了,和小朋友一起坐环游世界的漂流船,钻进一座高高的假山,全世界的风物都在其中,肚子里装了电灯的南极企鹅有一人多高,排着队,尖嘴朝着同一个方向，洞内忽明忽暗，忽而非洲，忽而南美，跳跃如梦境，各种动物都稚拙可爱，南瓜鬼头却是硕大无比，张开的大嘴能吞进小孩。轮到中国，是红漆圆木搭成的高耸龙门，像唐人街的招牌，两侧悬着一串串红灯笼。到这里就该上岸，想再坐一圈，需要重新排队。上岸的时候，他又看了一眼工作人员的名牌，不是陈智雅。奇怪，小邱清楚记得陈智雅的名字，却担心自己认不出她的长相。

从囊括四海的假山里钻出来，旁边就是"激流勇进"的入口，一阵尖叫声和巨大的水声过后，一些人嘻嘻哈哈地走了出来。小邱迟疑了一下，走到另一边的队尾去排队。入场时，每个人领到一件防水衣。

海盗船慢慢地行过黑暗，耳边的人声骤然高亢，眼前忽然光明一片，也是模糊一片。小邱想到的是天堂，电影里的天堂总是白惨惨的，曝光过度。天堂大概是一览无余，没有分隔和边界，也毫无隐私。他想。

冲下来时，他闭上眼睛，屏住呼吸。加速下坠的过程转眼就结束了。回到地面上，下着雨，人们都没脱掉防水衣，往外走的时候，像一个个移动的橙色玻璃瓶。

小邱慢腾腾地走着，留意着穿制服的工作人员，犹豫要不要找人问一下，陈智雅还在这里工作吗？两年前我在这里遇见她，当时她在存包的地方值班，现在在哪个部门？这些问题随便找个人问问便知，小邱却怀着一种微茫的希望——也许可以像上次那样，偶然遇见智雅。

直接去游乐场的管理部门找人，可能太冒失了，他想，说不定智雅早已忘记他，或者不在这里工作了。陡峭弯曲的轨道像史前巨兽的嶙峋骨架,把天空分割成一块一块,小邱还记得那个最惊险的下坠,朝着地面俯冲,旋即上升,血涌向头部,天地倒转过来。

三年前,小邱遇见智雅的前一年,这家游乐场发生了重大的安全事故,游客们一动不动地倒悬在空中,整整一个多小时才解救下来。关于这件事的评论非常犀利,认为游乐场经营不景气,缩减了安全检查的频次和人工,结论是最近大家都不要去玩了,尤其是这种高危的项目,出事概率大幅提高,云云。

当时,小邱在国外念书,手机上蹦出这条新闻,几张照片,他反复看了几遍,想从那些照片中看到熟悉的家乡风景,然而只有一段鲜红的过山车印在碧蓝天空里,所有人头朝下端坐着,一动不动。他们在想什么?过山车卡住了,尖叫停止了,耳边只有风声,时间显得无比漫长。

与他们分秒煎熬的处境相比,救援动作显得过于迟缓。最后,消防队员搭着云梯,将游客一个个接了下来。小邱恐高,对他来说,即便是视频也够恐怖了,只看了个开头便退出来。外面窗台落下一只鸽子,低头啄小邱撒上去的面包屑。小邱不由自主地开始计算时差。

她在做什么呢?刚开始的时候,他们天天视频,话总是那些话,问候、玩笑、抱怨、思念,偶尔也拌嘴,或者什么也不说,只是连着线,各做各的事情,甚至躺在床上聊着天,没下线就睡着了。热恋中的人分开了,会使这热恋降温,还是燃烧得更炽烈,两个人亲身试验,却谁也说不清。后来减少到两天、三天,甚至一周才打一次视频电话,她越来越忙、越来越沉默。

你要是还在国内,或许我们早分手了。有一天,琳琳忽然这么说。是琳琳，不是智雅。琳琳是一个资深的过山车爱好者。每个周末，她都要来这里坐过山车。和小邱一样，她也在附近的县城长大。她和小邱是中学同学，两个人中学毕业多年后重逢，仿佛认识一个新人。上学时他们没说过几句话。

大学时期的某个暑假，两个人手牵手四处漫游。夏日少雨，多阳光，多树荫，小地方多的是僻静无人的角落。也许不是没人，而是恋人的感官只集中在对方身上，把其他人都省略掉了。游乐场是他们经常来的地方。那时候游乐场还没经历后来的改造，门票很便宜，各个单项要单独付钱，琳琳只坐过山车，轨道很短的、老旧的过山车。

"肾上腺素，会使人快乐。"扣上安全带的时候，她对小邱说。每一次，小邱都觉得自己要死了，每一次都死而复生。

冰激凌是另一种快乐，与恋人一起吃的冰激凌，滋味更是不同。小邱转了半天，终于在商店买到了一个冰激凌，质量比从前好得多，也贵得多，"不添加一滴水"，是浓郁甜美，也是陌生的味道。游乐场改造那年，关门停业，到处遮上彩色的幕布，幕布上写"敬请期待"，即将"快乐归来"。琳琳说，明年暑假，我们再来坐过山车，新的一定比旧的更好玩。

这么一个远离省城的小地方，将拥有亚洲长度第一的超级过山车，电视台和报纸都在渲染，显出非凡的野心。那几年，到处都充满了野心勃勃的气息，地皮不断地翻动，新的建筑、新的地标，生长得像植物那么快。"我们能把天捅个窟窿，"本地日报的评论员如此写道，"只要齐心协力。"

到处破土动工，游乐场只是其中之一。小邱的父母做建材生意，挣到钱了，送儿子出国念书，告诉他不用为钱费心。琳琳毕业进了银行,她父母也在本地的银行上班,很自然就安排女儿入职。游乐场翻新、扩大,换了崭新的招牌,琳琳经常一个人去玩过山车。出事故那次,她在上面,倒悬一个多小时,她对很多事情的看法一下子改变了。

"我讨厌银行。"她说,青春苦短,她要辞职。

"你高兴就好。"小邱说,虽然他觉得,稳定的工作也很好,又在熟悉的家乡,很多人挤破头想进去呢,但是琳琳的想法是别人无法改变的。辞职之后,她回到念大学的城市,找到新工作,租了一间高层公寓的卧室。搬进去的那天,她把一只毛绒玩偶放在窗台上,拍一张玩偶望着夕阳的照片,发给小邱。

"新生活。"她写道。

彼时小邱也面临着一种新生活。他父母做的建材生意,因为下游欠款不还,资金出现问题,几乎破产。小邱也不明白,怎么会说垮就垮,非常突然。爸爸说,"我们承担不起你的费用了,你看怎么办?"

还有两年。小邱想,怎么也要拿到学位。他把汽车卖了,换成自行车,搬到便宜的公寓,寻找打零工的机会,银行里还有一些存款,必须节省着用。这是过山车事故发生前后的事情,虽然相隔万里,小邱隐隐觉得,时代变了,天不会被捅个窟窿了。那个热腾腾的、像是着了火的地方,转眼被泼了一盆冷水,熄灭了。一连串的变化,父母的破产只是其中极小的一件事而已,也许跟老家前一阵子闹得汹汹的烂尾楼有关。小生意绑在大船上,随着一起沉没下去。

有时候,琳琳也流露出后悔的意思,大城市并不是天堂。因为辞职的事,她跟家里闹翻了。除了她妈妈悄悄补贴一点钱,剩下全靠自己。其实，连这点钱她也不想要，又没勇气拒绝。

"房租太贵了。"她举着手机慢慢移动，让小邱看她的房间，一下子就看完了，"就这么大，你猜房租要多少钱？"

小邱猜了几次没猜中。琳琳告诉他，惊人的数字。新冠疫情暴发，机票变得很贵，航班少得可怜，手续也很繁杂，原来计划的，放假时让琳琳来英国玩，无法实现了，也没有钱。最初的混乱和恐慌渐渐平息，第二年，小邱决定回国一趟。那次假期，他和琳琳一同在上海住了两天，然后乘高铁回老家，火车站是崭新的，但是人很稀少，洁净的大理石地面映出凉凉的影子。

出了站口，还是那些一口价的黑车司机们，三三两两凑在一起聊天。见一对年轻人来了，报出离谱的价格，小邱操起乡音，报价立刻就正常了。一路上，司机跟他们聊天，说自己给儿子买的婚房，烂尾了，一群人去找开发商，被警察驱散。路上车少，他开得很快，熟练地换挡，变速挡把又黑又亮。

经过开发区，一片片楼盘，一片片荒草，窗洞上没有玻璃，像空的眼眶，又像张开的嘴巴，有鸟儿一动不动地立在洞口。有的窗户里面挂着衣服，拉着窗帘，司机说，有人住进去了，没办法，房子太贵了，钱都投了进去，再买别处的，也买不起。

小邱想，这应该就是家里的建材生意出问题的原因。对他父母来说，这既是原因，也是结果，他们也是受害者。

忽然，眼前耸起一座五彩城堡，像迪士尼的电影封面。琳琳说，这是山寨的，正版在上海。是见过世面的口气。司机说，里面那个过山车，亚洲第一，很厉害的。

我上次来就出事了，一车人被吊在上面。琳琳说，这段经历于她是终生难忘的。前后的人都吓哭了，她说，我在上面听得清清楚楚，我想你们哭有什么用，又不是谁哭得惨就先救谁。

经过游乐场大门时，琳琳忽然叫司机停下来，对小邱说，进去玩玩吧。

行李怎么办？

寄存就好了。

琳琳总是突发奇想，小邱从来都配合她。车子停下来，两个人拿出行李箱，拖着走向售票口。在寄存包裹的地方，一个女孩子接待他们，胸前挂着名牌——陈智雅，帮助他们找到一个妥当的位置，并排放好，递过两个取行李的手牌。

"坐过山车的话，不要套在手上。"智雅说，"容易掉下来。"

公共场所的提醒，常常是有血的教训在前。琳琳把手牌放在随身的小包里，现在她打扮得很时髦了，墨镜大大的，皮包小小的。小邱还是个学生的样子。

那天游人很少，也不仅是那一天，那些日子，各处的游人都稀少。各个项目都不需要排很久的队，他们一个接一个地玩，还没到过山车，小邱已经吐了两次。

太可怕了，他说，我不行了。

因为你尝试得太少了，琳琳说，次数多了就不怕了，都差不多嘛，都是自由落体，就那么几秒钟。

小邱觉得自己一辈子也适应不了，但是他并不讨厌那种眩晕，因为琳琳在身边，琳琳很开心，他想成为她快乐的一部分。

你行的，跟我来。琳琳说，向他伸出手来，真实的、温暖的、有血肉的手。那只手无数次把他从梦里轻轻地拍醒，或者把他从黑暗中拉扯出来，好像是一个特别的标记，直到琳琳的面目模糊了，那只手的触感依然鲜明。

当过山车爬上最高点，周围一片寂静，尖叫升到喉头。小邱想去牵琳琳的手，抓了个空，别人拿恐惧当成欢乐，只有他，恐惧是真的恐惧。

又不会真的摔下来。琳琳说，递过一张纸巾，让他擦抹嘴角。虽然很难受，也很害怕，但是他并不讨厌过山车。这个游戏能使人忘记现实，片刻之间，虚空之中，只有琳琳，只有他，屏住呼吸，一动不动。落地虽然安全，却不得不回到现实之中，面对那些无解的烦恼。

琳琳提出分手，所以他咬牙买了高价机票，挨过入境隔离，无论如何都要当面说清楚。见了面，琳琳一如往常，并没对他冷淡，他一再地确认那只手的温度，是否还是属于他的，如果不是，那个人是谁？

这些杂乱的心思，焦虑，疑心，嫉妒，在晴朗的高空中一扫而空，好像回到了从前放暑假的日子。什么都变了，那块天空不会变。小邱一下子想明白了。

他接过纸巾，擦抹嘴角，说："是因为我们家没钱了吗？"

"什么？"

"因为我们家没钱了，你就说要分手。"

"你想找碴吵架，是吗？"琳琳笑了。

小邱不说话了。这个问题，是刚才在天上高速滑行时，突然涌上心头的，一下子点亮了许多黑暗的疑团。这样就说得通了，哼，女人。

琳琳是初恋。小邱从电视、电影、儿童故事、神话传说里得来对女人的印象，在琳琳身上进行推理。一定是因为钱，他想，疑问全消了，像呕吐后的一阵轻松。琳琳虽然在身边，却是飘忽的，似远似近。

你这个人，她低声说，真是无理取闹。她把方才收进皮包的墨镜拿出来，重新戴好。小邱意识到，琳琳带他来这里是为了告别。他万里迢迢地赶回来，就得到这个结局。刚才，在天上，别人都在尖叫，琳琳清清楚楚地说，我们分手吧，就像当初的表白一样，她总是冷静的、主动的，她是掌握节奏的那个人。

二

小邱和琳琳去游乐场的那天，也是陈智雅第一天上班的日子。因为疫情，她入职的时间推迟了。处处兵荒马乱，毕业典礼也没有办，匆匆忙忙地离校，好像被从学生时代一把抛了出去，还没回过神来，人已经到了这个偏远的地方，对这里一无所知，一个认识的人也没有，只知道有个亚洲第一的过山车。

轮不到她满意不满意，能找到工作就不错了，还有很多同学没找到工作，羡慕她有这个机会。第一天，被安排到寄存处，负责这里的老员工家里有事，交代几句就走了。她的工牌还没做好，按规定，工作人员必须要戴，那位大姐便把自己的工牌给了她，凭这个可以去员工餐厅吃饭。大姐的名字叫"陈智雅"。

这一天，就暂且使用这个名字吧。年轻的智雅坐在一个小房间里，面朝着窗外，负责递出手牌，让客人扫二维码付费，自己去把东西放进密码柜。来了两个人，看样子是一对情侣，拖着行李箱，问她能不能存箱子。

太大了，她摇摇头，密码柜太小，放不下的。

那两个人互相商量一下，男孩又过来说，请她帮帮忙，随便找个地方，放几个小时就行。

智雅第一天上班，遇见这种情况，无人可以请教，就说，那你们拿进来吧，放我脚边好了，我来看着。

两个人连连道谢。智雅递过一个行李牌，女孩接过去，套在手腕上。智雅叮嘱不要弄丢了，丢了很麻烦。两个人便走了。

中午，在员工食堂，智雅端着餐盘，找到一张没人坐的空桌子，她不太好意思往老员工的桌上凑，谁也不认识，人家聊得热闹，她一个人吃得很快。大姐发信息说，下午家里有事耽搁，回不去了，让她帮忙下班打个卡。

吃完饭，依旧回去坐着。今天游客不多，很清闲，工作人员有些百无聊赖。亚洲第一的过山车，甫建之初确实吸引了一些人，有人专门从省城坐高铁过来体验，但是游乐场玩一天足够了，游客们早来晚走，并不在这里多逗留。后来又兴建度假酒店、高层公寓，叫作开发区，很是热闹了一阵子。后来疫情开始，外地游客少了，只剩下本地人来玩玩，门票又不像改造前那么便宜，门庭就冷落下来。

提到这些事，本地人有一肚子话讲，谁和谁官商勾结啦，谁卷款跑了，谁倒台了，谁下狱了，拆迁暴富的，做生意破产的，外人听不明白，尤其是智雅这种第一天上班，担心迟到，早饭都没来得及吃的，饥肠辘辘，只顾着吃东西。那些本地人都知道的，如雷贯耳的名字，在她耳边就轻飘飘滑过，只是嘈杂，毫无意义。

吃完饭，她离开餐厅，经过三三两两站着抽烟的男同事，回到行李寄存处。过山车像怒吼的长龙从头上掠过。她念的是旅游管理专业，父母听说这个专业就业很好，家里有个亲戚也是学这个专业,在马尔代夫的某个小岛上班,带客人去看海龟产卵,童话般的生活。这两年听说也失业了。智雅能找到这份工作,已算非常幸运。她坐在椅子上,把面前的小桌子又细细擦拭一遍。从她的窗口向外望去,看得见开发区层层叠叠的高楼,连绵着伸向远处。她从桌子上的收纳盒里拿出一个行李牌,无意识地摆弄上面的弹力圈,拉长又松开,一些浑身湿透的游客从面前经过。

天气越来越热。昨天下过的雨,今天蒸腾起来了。智雅这里开着空调,时常有路过的同事进来借一借凉气,闲聊几句。智雅努力记住几个人名,通过对方的胸牌,忘记自己还戴着陈智雅的胸牌,然而同事也没问她名字。

"那些都是烂尾楼。"有一个年长的男同事,指点着远方的楼群,"看着外面很好,里面没水没电,窗户也没有。坑了多少人,唉。"

智雅觉得这些事离自己这个外地人很遥远,心想没钱也是好事,没钱就不会上这些当了。她只能想到这一层。男同事吹了一会儿空调,就出去了,蓝衬衫的背后依然洇着汗渍。智雅从皮包里翻出一罐西瓜味口香糖,倒出两粒,一起放嘴里嚼着,再重新戴上口罩。巨大的水声和人的尖叫声时不时传来。"激流勇进",夏天最受欢迎的项目。

行李寄存处的对面,冷饮摊子的生意比上午好一些。一个小男孩坐在推车里,手里举着一个冰激凌,吃得满嘴满胸都是,他妈妈忙着替他擦拭,嘴里不住地抱怨,最后拿过快要融化的冰激凌,一口替他吃掉,小男孩哇一声哭起来。

"吃得太慢啦,都化掉了。"妈妈说,"不要吃那么多凉的。"

妈妈推着童车走了,哭声渐远。那边又有笑声,两个中学生挤挤挨挨地走着,同享一份冰激凌,你一口我一口,口罩兜在下巴上,女孩的粉色背包挂在男孩肩上。智雅看看时间,开始盘算晚饭吃什么,以及吃饭的时候,看哪部剧下饭。她又拿出一个钥匙扣,用上面的指甲刀剪指甲,剪完了,小心地收拢碎屑,保持桌面整洁。亚洲第一的过山车,到底是什么感觉?

五颜六色的游乐场,在一圈烂尾楼的包围中,显得很不真实,像个飘浮的幻境。智雅住在老城区,上班虽然远了些,胜在生活方便。她和另外一个女孩子分租一套两居室,紧临马路。搬进去那天,她跟室友闲聊,介绍自己在游乐场上班,有最长过山车的那个,对方露出迷茫的神色,好似从未听说。

"你来玩,我给你用员工价打折。"虽然还没上班,智雅的语气已经像个老员工了。

"没时间,休息日只想睡觉。"室友在一家服装店当导购,一个月只有三天休息。智雅去那家店逛过一次,价格很高,想不通这个偏远的县城里,谁会花这么多钱买这么普通的衣服。网上便宜多了。

"就是有人买啊。"室友说,"有钱人的世界,我们理解不了。"

就像号称亚洲第一的过山车,浮夸而令人费解。它不停地运转,每一列都空着一半以上的座位,有时候一个人可以占一整排,甚至一整列,孤单地尖叫。口香糖的甜味渐渐消失,智雅摸出糖罐,想再吃两块,嚼着嚼着,下班时间就到了。她想着下一次轮岗要去哪个部门,能申请去过山车那边吗?

听说质检员每天自己要先坐一次,早晨的例行工作,多酷啊,像马尔代夫的海龟那么酷,那么值得炫耀。她还不知道,从去年开始，节约成本成了新的工作目标，比如，每天一次的安全检查减少为一周一次。有些岗位被裁，撤掉了；有些岗位，用新人替代旧人，新人便宜好用，比如智雅。炎热的夏天里，他们都感到了某种萧瑟与冷清，整体的情形都在意料之中，营收太差了，真正落到自己头上，又觉得很意外，不公平。那位年长的，真正的陈智雅，离职的时候跟老板大吵一架，走廊里都听得见。她是这里资格最老的员工之一，早在门票几块钱的 80 年代，就在这里上班了。

"我儿子是在这地方跑着长大的，"她大声说，"这游乐场就跟我家一样。"老板的年纪跟她儿子差不多。那时代早过去了，当然，人家不会这么说，只是语气温和地跟她解释离职的条件，公事公办，扯别的没用。

当然，此处的萧条还有另一个原因，过山车的安全事故丑闻，这就不能归罪于疫情了，完全是游乐场自己的责任。安全检查并没有从此恢复到一天一次，而是从一周一次变成了一周两次，他们认为已经足够了。新闻很快便成了旧闻，渐渐消失了，被其他更耸动的标题取代。

事故的原因，听说是一个游客把寄存行李的手牌套在手腕上，在半空中甩了出去，卷进机器里导致故障。这也是智雅听同事闲聊时提到的，那时候她已经有了熟识的可以一起吃饭的朋友，那些专业术语她没听懂，但是意思明白了。也是因为这次事故，存包处统一更换成密码柜，塑料行李牌过时了。只有偶尔遇到塞不进密码柜的大行李，才用得上。

"怪不得要我们强调不要把行李牌套在手腕上。"智雅说，"果然有危险。"

游乐场的逸事很多,一些小物件诸如丝巾、墨镜、钥匙扣等引发的意外和笑话,成为员工们午饭时的谈资。当话题转向别处时,智雅还想着那个行李牌,第一天上班时遇到的那对情侣,以及后来发生的事情。

琳琳再次出现的时候,显得神色匆匆,她说行李牌在她男友那里,自己有事先走,先取一件行李。智雅记得她,看着她把行李箱推走,独自朝着出口走去,白热的阳光一点点把她的身影吞没。下班时间快到了,游客们陆陆续续地往外走,密码柜发出此起彼伏的开锁声音。地上留下一些水渍,智雅隔几分钟就拿着拖把拖一遍,确保人不会滑倒。

渐渐地,人变少了,智雅把所有的柜子挨个打开,用消毒水擦抹,隔着口罩依然闻到刺鼻的气味。前一天晚上,她把工作手册上的内容全背了下来,装了一脑子的条条框框来上班,清洁消毒的标准、服务用语、服装、发型、安全事项,还有各种扣工资的惩罚条款。

做完规定的工作,智雅开始收拾自己的东西,准备下班,才想起还有一只箱子没有取走。小邱来了,站在窗口,说行李牌找不到了,但是那个箱子就是我的,你记得吧?

"掉在哪里了?能再找一找吗?"

"我觉得,好像是坐过山车的时候,从口袋里甩下来了。"

智雅迟疑了一下,想起工作守则里的条款,说:"那么要赔钱的。"

小邱点点头。他看上去疲倦而沮丧,掏出手机正要付钱。智雅说:"你确定这个是你的箱子吗?"

她忽然有点不确定,那个男生模样太普通了,衣服也普通,

211

到底是不是他？第一天上班，她不想惹什么麻烦。

"当然是我的。"小邱说，"那上面有我的名字。"

智雅回头，看了看那箱子，说："没有写名字。"琳琳和他的箱子，是一模一样的两只，两个人一起买的。

我们是一队的。琳琳说。他们还有一模一样的棒球帽，一模一样的牛仔裤和帆布鞋，像过家家，她不喜欢两个人打扮成情侣，喜欢变成双胞胎。我可不要穿粉色。她说。

小邱说："你再看看？"

"确实没有。"

"我能进去看看吗？"

小邱走进来，看看那箱子，说："这是她的，不是我的。"

"那么你把她的拿走吧，反正你们是一起的。"

"不是了。"他低声说。

离闭园时间还剩下五分钟，草坪边的音箱响起送客的音乐。行李牌丢了，箱子又拿错了，今天真是不对劲。

智雅说："不好意思，我们要下班了。你给你的朋友打个电话好吗？"

小邱却在那里一动不动，盯着那箱子，过了半晌，他说："我不知道行李牌掉在哪儿了，地上找了一圈，都没有，可能掉在轨道上了。"

"应该不会那么巧吧。"智雅说，她担心的是，回家太晚的话，楼下的菜市场就关门了，超市又贵，又不新鲜。

"你能陪我再找一遍吗？帮我做个见证，保证它没掉在轨道上。"

工作手册里没提过这种情况要怎么处理。同时，智雅对于小邱的印象更模糊了，不敢确定这个人真的是上午来过的男生。她犹豫着，送客的萨克斯风重复着同一段旋律。夕阳沉落，空荡荡的游乐场像庞大的废墟。

"好吧。"她没问他准备怎么检查轨道。和小邱一起走向过山车的时候，她抬头看了看园区的摄像头，摄像头静静看着他们。

我会被扣工资吧，智雅想，开始回忆那些罚款的情形，私自带客人攀登过山车轨道，触犯了哪一条呢？触犯全部。这个想法并没有使她担心，害怕丢掉工作，反而使她兴奋起来。

"激流勇进"的水道关闭了，黑色的洞口静悄悄的，悬挂在洞口上方的巨大骷髅头，代表着海盗，向下吐出一条倾斜的金属轨道，像长长的舌头。暮色半明半暗，色彩鲜艳的游乐设备高高耸立，伸展，静止着，仿佛在海底仰望海藻森林。各处都有摄像头，保安大哥这时候在吃晚饭吧？

几只乌鸦嘎嘎叫着飞过头顶，飞向远处的楼群，那里有它们的家，也住着一些人类，仿若回到穴居时代。一会儿就能看到他们的光，违规的电线，摇曳的灯泡，时不时吹进一阵风，人住在那里，既像反抗，又像顺从。智雅来不及阻止，小邱踩进一片平平整整的草坪。

无论在游乐场的哪个位置，总有种过山车就盘在头顶的感觉。它太醒目了，长长的轨道漆色鲜红，画在暗蓝色的天空里，弯曲而僵硬的影子。小邱径直走到钢架的下方，看来他先前已经观察过了。

"爬这个要挂安全绳。"智雅说，她并不了解正规的操作方法，只是本能地感到危险。一个实习员工，一个客人，她无法承担这份责任。同时，原本轻微的兴奋感变得强烈了，她期待着有什么事情发生。马尔代夫的海龟。

"有你看着就行了。"小邱说,他的声音轻轻地穿透薄暮,好像智雅是相识已久的、可以信任的朋友。智雅向前走了两步,也站在草坪上,脚尖踢到一个饮料瓶子,她弯身捡起来,丢进路边的垃圾桶里。回头再看,小邱已经升到半空。他的手心和脚底被硌得生痛,闻见淡淡的铁锈的味道。

四十分钟。他想起新闻报道里提到的安全检查。园方声称每天都会进行四十分钟的安全检查,检修员从头走到尾,检查每一处接口、螺栓和其他零部件,最后,他会独自坐在过山车上面,从头到尾运行一遍。检修员会失业吗?失业后,会想念天空和失重吗?当他往上爬的时候,开始想象别人的生活。

"你要是掉下来,我可接不住你的。"智雅大声说,声音像蛛丝在风中飘荡。

"不需要。"小邱回答,仿佛胸有成竹,仿佛很有经验。失落的经验,不被爱的经验,跌倒的经验,恐惧的经验,这一两年都经历过了。现在他想缓慢地、仔细地重温这一切,他想从一团混沌中揪出隐藏的答案。并不是谁对谁错的答案,而是,她,我,我们为什么会变成这样?

她是如何说出分手两个字的?别人在尖叫,她在说分手。人都坐好了,等待工作人员来检查安全带的时候,琳琳把行李牌塞给他,要他保管,他不明所以。在轨道的最高点,刻意静止的两秒钟之内,她轻轻地说出结局,然后快乐地下坠,像从前一样。她不会任自己在苦恼中纠缠,她做好决定,告诉小邱,向来如此。小邱来不及细想,已经被空中猎猎的大风裹进怀中。

我们用高速制造出大风,让它把自己都卷走,小邱想。只过了几个小时，关于琳琳的记忆变得摇荡、模糊、细碎，几句话，几个笑容，几次牵手，亲吻，几次从梦中醒来，几次有她，几次只有孤单。手掌越来越痛，双腿也疲惫了，离目标还有一段距离。那个叫陈智雅的女生，抬头望着他，等着看他何时掉下来。

并没有想象中那么困难，只要保持冷静。他努力回想在网上看过的检修视频，隔着屏幕也感到眩晕，时间仿佛放慢了，每一步都格外清晰。两个检修员甚至开起玩笑来。

"我们都买不到人身保险。"一个年长的师傅对他的徒弟说，"收入也不高。"

"保险公司不看好我们。"年轻的徒弟笑着说，"觉得我们早晚得摔死。"

"那你为什么来干这个？"师傅问。

"我喜欢高处。"年轻人说，扬起脸，满脸笑容，朝向天空。

看脚底下。

小邱摸索着，坐下来，从牛仔裤的口袋里掏出那个行李牌，面前是广阔无垠的夜色，半空升起疏落灯火，星星点点。此时他很平静，不会分泌多余的肾上腺素，和琳琳的故事仿佛成了别人的故事，与自己有关的，只剩下一个句号，一个空的圆圈。

入职的第一天，终身难忘，像在记忆中按下一枚图钉，那一天她叫智雅，小邱的姓名她始终不知道，但是每次经过这里，都会想起这个独自坐在高处的人。小邱改变了她对这个陌生地方的印象，偏远、荒僻、沉闷、无聊，笼罩在一种低落的空气中。人们你看看我，我看看你，终于免不了出声抱怨，声音很大，却没人听见。

而他在夜风吹拂中，安静地坐在一个惊险的位置，停留了快一辈子那么久。他望着远处的楼群，智雅望着他。有些窗口透出灯光，有些是漆黑的，乌鸦飞进飞出。有没有人点起火堆，像原始人那样唱着歌呢？动物、原始人、当代人、活人，说不定还有死人，浮现在半空中。

此刻，琳琳已经到家了，和她的父母坐在一起。他们的乖女儿，小事上虽然叛逆，大事上决不糊涂。她要把生活牢牢掌握在自己手里，像一盘珠算，任她拨弄，什么都不会打消她的自信与决绝。小邱想，此刻若有她在，她会说什么呢。

"你快下来吧。"智雅又在喊，"太危险了！"

在这儿过夜吧，琳琳躺下，面向天空道："这两年我们过的算什么日子？"她这个人是不会考虑保险问题的。

"万一摔下去呢。"他说，"快点下去吧。"

"万一没摔下去呢。"琳琳侧过身，眼睛亮晶晶的。

"万一没摔下去。"小邱重复了一遍，"你不觉得这很恐怖吗？"

"我觉得这很浪漫。"琳琳说，"要分手的两个人，不小心死在一起。"

她似真似幻。小邱一直相信自己是爱琳琳的，非常爱，深爱。这一刻，他发觉自己终于有一点点理解她了。

如同他开始理解这个世界的运行规律，原来跟过山车没什么两样，每一天都遇到同样的问题，都得重新确认安全、赚钱、吃饱、相爱、睡觉……每一天都是全新的一天，每一天都不作数。

过往统统化为一场空，留下的是生了荒草的混凝土。那些亮着灯的窗洞里，有一处是他父母的新家。他已经决定放弃学业，在得知父母为了还债，卖掉原来的房子，搬进烂尾楼之后。琳琳激烈反对，至少要拿到学位，不然前面的投入全部浪费了。

"我等不及了。"小邱说，"他们太苦了。"

"他们是他们，你是你，你解决不了那些问题，我们只能管好自己。"

手机倒扣在枕边，室内一片漆黑。人不应当在漆黑中做决定，小邱的脑子里突然冒出这句话，至少要等待天明。

可是那一天，他觉得天不会再亮起来了。妈妈在电话里提到的债务，惊人的数字，她的声音苍老而疲倦，小邱意识到自己不能再依靠他们，甚至要拯救他们。深蓝色的晨光中，鸽子叽叽咕咕地，期待着小邱的面包屑。

"你会后悔的。"琳琳说。

"我不会。"当时他还以为琳琳说的是学业。要是能在一起多好，他想，不要再相隔千万里。假如琳琳在面前，他一定能够说服她、安慰她、爱抚她，使她重新露出笑容，可是现在他什么也做不了，只能等待重逢。

在这里过夜，只有她想得出来，小邱笑了，时不时冒出的这一点疯狂，是琳琳最特别的地方。她把仅有的疯狂留在高空，为了在地面上拥有全部理智。小邱把手伸过去，她握住了，把行李牌塞进他的手心。机器缓缓启动，长长地低吟。

升到最高点的时候，会停留两秒钟，小邱想，那时候，我要大声地喊"我爱你"，像从前一样。

三

我爱你，大声地，仿佛一声尖叫或者一句诅咒。

琳琳猜到了，她决心阻拦他。并不是她不喜欢，而是她不需要了。过去这两年，她变得实际了，开始明白真正的困难是什么样子。独自一人在大城市，人人都听过这故事。

小邱说，他没办法继续住在有天花板、玻璃窗和暖气的屋子里，同时他的父母住在没水没电的地方。他很善良，琳琳对自己说，窗外，夕阳雾蒙蒙的，火柴盒般的楼房似乎一擦就着，只要轻轻一下，它们就会燃起火来。

琳琳亲眼见过一次大火，近距离的，真正的火。滚滚黑烟从窗户冒出来，一处、两处、三处、四处，仿佛七窍流血，受了重伤的躯体。她端着马克杯倚在窗台上，隔岸观火，好像在看一场实景的马戏。在这个城市里，她孤身一人，没什么朋友，只认识几个同事，有时跟楼下便利店的小哥聊几句，过几个月店员又换人了。她冷静地看着烈火的舌头从窗口伸出来，狂暴地舔舐着大楼的外墙，像在新闻里阅读别处的苦难一样，都是真的，都与自己无关。

"我爱你"，响在耳边，或者显示在深夜的手机屏幕上，究竟有何不同。她不想知道了，知道了也不再有意义。在机场，她看见小邱向自己走来，就知道爱情早已消逝，只有小邱还执着地想要一个答案。

"因为我家没钱了？"他只能想到这个。琳琳笑了，墨镜摘下来了，目光真诚地闪动着。迎着狂风飞速下降，接近死亡，接近尾声，本能的恐惧驱走一切胡思乱想，她喜欢那种纯粹感、空白感，过山车上每个人都像婴孩。复杂的世界消失了，被过滤了，剩下一个生死分明的、清清楚楚的时刻——虽然转瞬即逝，但是它可以一遍遍重来。

快乐可以重来，爱情不会重来。琳琳不知道怎么表达这些模糊的感觉，只能用"我们分手吧"概括一切。小邱啊，她把行李牌放进他手里，叮嘱他收好，不要掉下去，可能会卡在轨道上，造成危险，像上次那样。

这几年，她不止一次地体验倒悬在半空的无助感。过山车事故只是一个开始，像一个色彩暗淡的比喻，后来，比喻重重地跌进了现实。近几个月，琳琳开始参加一些城市里的活动，读书会、观影会、展览，有些她懂，有些她听不懂也看不懂，但是她想认识一些新朋友，想听听他们说什么，有没有人同自己想法一样，一样的害怕，一样的担心，一样的叹息。她想要面对面地听别人说话，听自己说话，她想与人分享一些迷茫，交换一些抱怨。迷茫和抱怨是年轻人社交的硬通货。

她经历这些的时候，小邱都不在身边。如今小邱还不愿放弃，琳琳已经不想解释，不必多说了。这是琳琳对生活的新看法——不去追根究底，你会快乐得多。

她没有回家，取了行李，直接叫车去高铁站，几个小时后就回到了自己的小屋，到家才发现拿错了箱子，已是深夜，小邱的几个电话她都没接，原来是为这件事。他还发了一些照片，好像是站在某个高处看夜景，远处，模糊的光圈像浸过了水，膨胀着，连绵着晕成一片。

总不至于因为失恋，打算自杀吧。她一下子害怕起来。去年，她住的小区附近发生了几起自杀事件，情伤、失业、破产、考学、家庭矛盾……给小邱打电话，没有接。当时小邱正顺着钢梯往下爬，速度很慢，小心翼翼。他已经想通了，放下了，决心同过去二十多年的人生彻底告别，同琳琳告别。

智雅陪着他走到园区门口，把行李箱交给他，说："这是我第一天上班，这么刺激。"

"我也是第一天，"小邱说，"第一天回家。"

"你是本地人？"

"你的口音一听就不是本地人。"小邱说，"这个地方我们从小就过来玩，现在大变样了。"一副沧桑口吻。

"以后你再来，我可以给你员工价折扣。"

"不会再来了。"小邱说，好像自言自语，"我要出去挣钱，将来把我爸妈都接走，离开这个地方。"他转向另一个方向，"他们住在烂尾楼里。"

"那，你们要好好的呀。"智雅说，她也不知道自己为什么会说这句话，也许是因为同事的那些闲话，也许是因为这几年积攒的情绪，也许是因为别的说不清的东西。一种广阔而温存的同情，像夜色降临，轻轻地围住他们。小邱看着她，好像透过她看见另外一个人，另外的无数人，见过或者没见过的无数脸孔。他把涌起的眼泪忍了回去。

"下次再来，我找你要折扣。"

目送小邱离开后，智雅才想起，他们并未留下彼此的联系方式，不由得一笑。她利索地换下员工制服，摘下胸牌。走出游乐场大门的时候，她回头看了一眼高悬的摄像头，对着它挤出一个鬼脸，脚步轻快地离开了。

一整天过去了，小邱没有遇到智雅。或许真是离职了。他把橙色的防水衣揉成一团，塞进路旁的垃圾桶。雨停之后，临近傍晚，阳光又明媚起来，好像时间倒流了一点点，这一点点就使人恍惚，分不清今夕何夕。雨后的太阳是他从小就熟悉的，一种朦胧的色调，罩着来来去去的人，像变了，又像什么都没变。他从地面蒸腾的水汽中闻见从前的味道。

疫情宣告结束。这里渐渐热闹起来，公共假日，附近的度假酒店住满了带孩子的游客。小邱本来也订了酒店，临时改了主意，昨晚就睡在父母住过的烂尾楼里。开发商的问题依然没解决，有媒体报道过，大家还抱着一丝希望。深夜，他站在敞开的阳台上，感受四面八方的来风，月有红晕，预告着第二天的雨。

屋子里还遗留着一些家具物件，最显眼的是一只又高又重的景泰蓝花瓶，肚腔大得能藏住一个小孩，瓶口小小的，望下去幽黑无底，是他妈妈多年前在北京买的，除了花瓶本身的价格，还支付了不菲的运费。后来有懂行的朋友告诉他们，这是赝品，你们被骗了。卖房子的时候，许多东西都丢下了，唯有这件假古董，他妈妈坚持带了出来，摆在这个凹凸不平的水泥格子间里，静沉沉的，是过去生活的一点残迹。后来小邱帮他们搬家的时候，妈妈还想带上它，被小邱死活拦住了，说他租住的房子很小，没地方摆这东西，这才作罢。

现在，最糟糕的时刻终于过去了。要是能再见智雅一面就好了，告诉她，我们都好好的。

最后，他还是找到游乐场的管理部门——一个外表装饰成蘑菇屋的粉色房子。门上贴着一张纸条，大字写着：此处是工作人员办公室，不是卫生间。下面画了一个箭头，指示卫生间的真正方向。

他推开门，里面是个普通办公室的样子，坐着四五个人。他问一个看起来较年轻的人，请问陈智雅在哪个部门上班？

对方抬头看看，摇头说不清楚，回头又问另一个年长的员工,"你认识陈智雅吗?哪个部门的?有人找她。"

那个人说:"陈智雅,她退休了吧,提前退休。"

小邱说:"她跟我差不多大,怎么会退休?"

"她回家带孙子去了。"那个人说,好像没听见小邱的话,伸了个长长的懒腰,对身旁的一个年轻人说,"过半个小时你再去巡一圈,今天人多。"又说,"什么提前退休,就是裁员,讲得好听。老的都裁掉了。"

小邱呆呆地站在原地,恍然若梦。阴雨,艳阳,夜晚,白天,荒草丛生与热闹繁华,年轻,年老,转瞬之间或者一步之遥。陈智雅到底是谁?他走出蘑菇屋,夕阳斜倚天边,恋恋不去。一个妈妈带着孩子走过来,大概又把这里错当成卫生间了。小男孩蹦蹦跳跳,手里拿着一把细长的水枪,在空气中比划着。小邱背对夕阳,踩着前方的影子,慢慢离开了。

他想,也许是梦,智雅是梦,与琳琳分手的记忆也是一场梦。或许琳琳仍在什么地方等着他,这幻想使他高兴起来,打算晚上给琳琳打个电话。而他不知道的是,一个女孩正在去往热带海岛的飞机上,满心期待,很快,她将亲眼见到海龟产卵。晨光熹微,一片静谧,仅有微微的浪声,她守在白而细的沙滩上,静候它们乘浪而来。

(《北京文学》2024 年第 6 期)

辽京　　小说作者,出版短篇小说集《新婚之夜》《有人跳舞》、长篇小说《晚婚》《白露春分》。

一个人的塔吊

庞 羽

刘珍剖开鱼肚,满满的鱼籽兜在透明的薄膜中。短视频里播放着百果园新品红皮软籽石榴的广告,刘珍深吸一口气,看向窗外。楼下停着卖西瓜的卡车,瓜农正一刀砍开一个大西瓜。小行星即将撞击地球,短视频里说,被撞击的地球会和小行星的残骸组成一个新的星球。卡车旁的空地上响起了舞曲,红马甲的妇女们走起了舞步。舞曲结束,她们停了下来。

看这里。刘珍习惯性地吊起了嘴角。她并不在照片里。拍集体照的人散去了,过一会,会有里面的人将借走的图书递入她的手中。她完全有不在这里的理由,她应该在烂尾楼旁缓缓移动的塔吊下慢悠悠地张大嘴巴,或者躺在铺满夕阳光的木椅上,任由行人的目光一遍遍抚摸她的肚皮,她朝上伸出一根手指,已经有那个生锈的塔吊高了,她再伸出一根手指,又一根手指,她的手掌爆破了一栋烂尾楼。无数红色的光从她的指头缝里射出来,她能看见手指的血管,这些血管就这么受孕了。一对学生模样的情侣借走了几本历史书,在某一本棕色皮的书里,提到爱情是某一种标本,文字是某一种木乃伊,用文字去描写爱情,类似于用一种人类成功制造出的东西去制造人类尚且无法成功制造的东西。远古时代的人坚信,似乎有能成功制造的可能,而现代人已经能批量化所谓的爱情标本，文字又成为一种有待未来唤醒的事物。她将一排文学书整齐地排成一排，玻璃窗外的天空紫得像静脉血管。脚步声匆匆忙忙起来了，在图书馆泡了一天的学生出门拿外卖了。她应该去十食堂，门口用一圈气球围起来的十食堂，天花板时不时往下掉白漆，混在白米饭里，偶尔有学生呕吐。学校说这学期重新装修十食堂，好久没动静，门口的气球炸了不少，五一节一到，围起了红色蓝色的假花。刘珍有一次经过十食堂大门，红色花瓣落在了她的肩膀上，爱情标本已经可以随处播撒了，刘珍忧虑，它们像阳光下最耀眼的尿液，被随便什么人的粉红色膀胱按等量输出。这是一个灾难不断消失的世界，每一天的早上，刘珍都会躲过287种车祸，16种地铁相撞事故，63种高空物体砸破脑袋，她还要感谢早餐店的菜包子忘了放砒霜，十食堂掉下的油漆没有氰化物的苦杏仁味。有时候耶稣会伪装成提醒她走斑马线的清洁工。刘珍默念对每日升起的太阳的感恩，要是她能转正就好了。她现在只能算图书馆的志愿者——如果学校通过了这次考试，她愿意让太阳随意抚摸她的肚皮。她就像一个在烤炉里隆起肚皮的烧饼，每天苦恼的都是些掉芝麻的小事，出了炉子还要被喷上油。图书馆门口的学生拎着外卖袋陆陆续续回来了，刘珍挨个地猜着，他们当中到底有几人，会过上真正烈火烹油的生活。图书馆台阶下的草坪扬起了草屑，刘珍一个台阶一个台阶往下走，直到草屑淹没了她的背影。

满街的霓虹灯像子弹雨一般射来。对付这种事，刘珍已经疲惫了，她宛如一头走了几十里路的骆驼，背着背包走入星空中。宇宙里的大型子弹互相碰撞着，刘珍闭上眼睛，这里没有声音，宛如装满了水的空间。刘珍听得到心跳，这里满是黑暗，悬浮着的事物由透明变成了具体——也不算是具体，只是快要挤破臭氧层的某种气体。礼品店的玻璃球停止了飘洒雪花。她盯着玻璃球里穿裙子的小女孩看。爸爸。刘珍盯着那个背着背包的男人背影喊。他要将这些东西背负到很远的地方。翁虹对女儿刘珍说。刘珍想象着老刘将这个背包背到了曼谷，背到了埃及，背到了看不见一头骆驼的沙漠中心，他要做一件非常正确的事，他要让这些种子在最贫瘠的土地上开满鲜花。刘珍想象着白的，黄的，黑的皮肤的孩子围着老刘叫爸爸。地球曾是一个被小行星射中的星球，里面的很多生物都没有了爸爸。她已经到达温暖舒适的家里，黄色的灯光射击着餐桌上的每一条圆形年轮。她手里还有一长条湿哒哒黏糊糊的鱼身，在半个小时前，它还能扭动身体，钻进水槽的黑窟窿里。葱。对，是葱。刘珍剪断了葱头，一段一段，对，给生姜刨皮。油锅烧热，透明的鱼肉成了白色。刘珍听着咕嘟咕嘟冒泡的声音，像是有什么敲击着她的肚皮。楼下卡车的喇叭没有修好，断断续续播放着"不甜不要钱"，瓜农摇着蒲扇，看着红马甲的妇女们扭动的屁股。她等待着范明的到来，他喜欢喝鱼汤，鱼汤要不多不少加两匙醋。不远处的商场下排出一条美食街，她能看见反复热了好几轮的蒙古大肉串上又腾起白烟，几个孩子赖在宇宙飞船下要坐上去。那是另一个空间。刘珍并不记得她在翁虹肚子里，翁虹有没有给她普及这个概念，肚子里是一个空间，肚子外是另一个空间。另一个空间，刘珍重复这个词组，空荡荡的房间里，刘珍看不到自己的影子。黄色的灯光射向她的头顶，她的另一个空间和这一个空间重合了。刘珍用手抚摸着自己的肚皮，无论如何，老刘依然和她和翁虹在一个空间里，他坐在哪个过路的粥店喝粥时，烫到了舌头，会想起她们这两个让他如同烫舌头般说不出话的女人。刘珍知道，老刘背着背包出走，就是为了说话。他有很多很多话要和特定的很多很多人说，说累了，他会从背包里拿出水和干粮。范明喜欢在楼下的便利店买两瓶气泡水，刘珍呕吐得厉害时，气泡水的碳酸可以中和她的不适。有时范明会拎两袋水果，里面装着蓝莓、葡萄和香蕉，刘珍开了门，他还低头做错了似的站着。刘珍会给他理一理领子，问他今天课讲得怎么样。"没什么大不了的"，范明给她讲班上一个学生的口头禅。即使是不及格，他也会说没什么大不了的。范明和这个男孩在十食堂吃过饭，男孩的父母很早就离异了，他现在觉得自己已经看透了人生，"下雪咯，"男孩用筷子指着米饭上的油漆块，你呢，老师，你悲伤的时候会不会笑出来？听到这句话，刘珍的脸上浮起了微笑，她理解这个男孩。人的后背长了皮疹却挠不到时，人就会大笑，笑得乐不可支。即使皮疹越来越厚，人也会因为自己像塞满了食物的冰箱一样发笑，那些食物注定会腐烂，而人那冰箱一般的身体装满了时间。范明又像做错了事似的站在门口，手里拎着塑料袋，塑料袋里的小番茄像大颗的血珠子一样要往下滴。今天课讲得怎么样？刘珍掸去范明衣领上的头发。我有点渴，范明说。喝完鱼汤的范明把想说的话都咽下去了。今天便利店的葱都卖完了，我放的昨日存在冰箱里的葱，刘珍边收拾过季的衣服边说，昨天的东西并不一定是坏的吧？范明突然笑了起来。刘珍看着他。这是一个好问题，范明说，人悲伤的时候会不会笑出来呢？刘珍熨烫好了范明的毛衣，整齐地叠在衣橱里，你明天还吃黑鱼汤吗？范明一个人坐在沙发上，他的身影逐渐变薄，他只是他母亲产道里寄出的信件，是寄给刘珍的吗？刘珍在黑暗的房间里默默摇了摇头。范明不会像她的父亲一样背着背包说走就走，他的很多话在课堂上已经说完了。咔嚓一声，全部的灯光的重量落在了刘珍的头上。我真的很需要这个副教授。范明说。

刘珍走下了共享单车，她放下了报复范明的念头。从地下通道到图书馆，有好长一段路，刘珍狠狠地骑车，她想向肚子里的小东西传达她的愤怒。经过十食堂，她亲眼看到食堂里正在地震，一对正在吃台湾卤肉饭的学生情侣被压在了巨大而沉重的油漆块下。图书馆门合上的瞬间，她看见了烂尾楼上的塔吊。范明和她讲过摘除子宫的女人，"就像一棍子戳进了虚空里，空得整个人都要掉进去"，刘珍想象着无数男人在烂尾楼里举起了他们的男根，他们掉进了一个没有子宫的女人身体的虚空里。塔吊似乎往左移了移，或许他们会为这栋烂尾楼重新安装一个子宫，一个机械子宫，一个电子子宫，一个可有自由选择父亲的钢铁子宫。翁虹后来做了一个产后修复师，她为别的女人排又黄又黏稠的残奶，听她们讲她们的爱情故事和烦恼。有一次刘珍推开了卫生间，翁虹正在挤弄自己的乳房，这么多年的残奶还能排得出来吗？刘珍问。好多年没人摸过了，翁虹说，我也需要男人的好吧？翁虹给刘珍讲各种各样的家常故事，什么公公拿刀逼儿媳妇跳楼啦，什么年轻女孩做人家小三帮人家生儿子啦，还有更乱的，哥哥去世后他的老婆嫁给了弟弟，前后生的两个儿子既是亲兄弟又是堂兄弟。翁虹说话时总会讲几句脏话，她总说，在这个世界上，讲了脏话才有人听你说话。✕他娘的，翁虹会这样对刘珍说，把它给我做了，我伺候你小月子。刘珍知道翁虹知道这件事会干什么。翁虹见过红脸的胎儿，见过未成形的胎儿，也见过一双鸭蹼般的手的婴儿。"✕他娘的。"翁虹低声嘟囔，"✕了他娘才这么些小东西。"有一个流产的孕妇血流不止,回家时,翁虹领口袖口全是血迹。话虽这么说,翁虹说,当女人确实比男人辛苦,生一个孩子多累啊,翁虹在黑暗里摇头,世界上怎么会有爱情这玩意呢?刘珍感觉大地的胎动越来越频繁,这个星球一直在孕育着什么,太阳灼热的光芒宛若注视着自己深爱的人。这个宇宙源于一场爱情,刘珍想,源于一场求而不得的爱情。人身体所有的成分都源自宇宙,所以,人的爱情很难求之而得。刘珍想起范明做错了事似的站在门口,眼神回避着与她的对视。大部分的他来自一颗沉默的白矮星吧,刘珍想,一个无限压缩、只有自己知道自己的空间在哪儿的星球。范明出门时,将门口的垃圾带走了,刘珍恍惚地以为,这是过去十年间的一个平常日子,也是未来四五十年的一个平常日子。桌子上凌乱地排着许多待还的书本,她已经无法爬梯子了,她蹲了下去。她听见了许多鞋跟敲击地面的声音。精子落在卵泡上时,是不是也是这种叮叮咚咚的声音?会发光,翁虹对她说过,第一个跑赢了的精子,与卵泡结合时,会发出耀眼的光芒,照亮女人身体里的空间。刘珍想起了老刘,他背着背包从曼谷走到了埃及,从埃及走到了沙漠,当他撞上了他一直寻找的那个大卵泡,会发出怎样耀眼的光芒呢?一定是很大的那种,刘珍分明看见了烂尾楼所在的平地上升起了蘑菇云。世界上爱这玩意杀伤力很大,刘珍自言自语,可它又促成了和平。放你娘的狗屁,翁虹对着电话讲,要是你有个小鸡鸡,老娘早就撒手不管你了。刘珍只是告诉了翁虹,她还和范明住在一起。翁虹不喜欢范明,范明总是不喜欢和人对视,翁虹形容范明的那副眼镜是他的百叶窗,鬼知道在那扇百叶窗后面,他是想拉屎还是想放屁呢。妈,刘珍喊了一声,声音有些沙哑,其他话再也说不出来了。咋的了？翁虹问她。爸爸的背包里有没有你的东西？刘珍也不明白自己为什么问这个问题。有也腐烂了，翁虹骂骂咧咧地说着，他带的是背包，又不是冰箱。刘珍说，你说的是食物，有没有属于你的比较恒久的东西呢？狗屁，翁虹说，我送了他一个屁，永远尾随他，他投了胎也得闻着。刘珍有时候很喜欢听翁虹骂娘。她觉得，范明的问题在于他不喜欢说脏话。刘珍撑着扶椅的把手站了起来。空调上的丝带上下跃动，如果能出声的话，空调已经把世上大部分人骂了个遍。

刘珍想象着范明的反应。已经快有一个小时了，范明还没有回消息。桌上的图书三三两两摆放着，刘珍没有兴致把它们弄整齐。也许他会在课堂上结巴得说不出话来。刘珍还有点为他担心，那个总是说"没什么大不了"的男孩，会不会一把把课桌掀了，站在讲台上说"没有老师也没什么大不了的"？刘珍突然感觉范明也走了很长时间的路。很久以前，他背着背包离开了一些人，走啊走，走到了这里，敲响了刘珍的家门。刘珍将双腿拢了起来，稍稍托住自己的肚子，她看到了室外的塔吊，日复一日地背负着这么重的包袱。翁虹经常说自己是修房子的人，有的房子即将倒塌，有的房子需要装修。刘珍问她，为什么不修修自己的房子。住不了人了，翁虹说，住不了人的房子就爆破吧。刘珍有点印象，她在翁虹肚子里的时候，翁虹就喜欢骂人，不是把男人骂成半身不遂，就是把管不住下半身的男人骂成公共水龙头。肚子里的刘珍听得很享受，抓着脐带想象着公共水龙头长什么模样。那是一个曾经离她无比近的地方，也是一个现在再也回不去的地方。妈妈，"贪"字怎么读，刘珍指着杂志上的字。翁虹啪地把杂志合了起来,我要是认得那么多字,哪轮得到生你。翁虹差使刘珍读背《新华字典》了。刘珍拿眼瞧着翁虹,她站在纱窗前,日光照亮了她的前半身。人啊,一生能被照亮一次就已经很不错了,翁虹叹口气说。刘珍问她什么时候被照亮过,翁虹把眼一瞪,拍照片的时候。有一次翁虹拿着一张照片摩挲,照片上有老刘,和大着肚子的翁虹。翁虹的眼里泛起波浪一样的光。刘珍没问她。那个肚子里或许是刘珍,或许是她的兄弟姐妹。刘珍看到了电脑桌上方一块三角形的光,射在了地板上,地板上已经拉长成160度的三角形了,尖的角顺着地板缝往前爬。够了。刘珍似乎听见翁虹在对她说,这种光不适合给你拍照片。刘珍没有和肚子里的小东西一起拍过合照。这种光太尖锐了,会刺伤你和胎儿的,翁虹说。范明还是没有回信息,或许他已经看到了,刘珍反而舒了一口气,地板上三角形的光跑了起来。短视频上说,人类最伟大的发明之一就是日晷,描绘了时间。

孤独有时会像水龙头滴水一样让人日渐无望。刘珍很想去教室门口堵范明。可是他想当副教授哎,可是她也很想转正哎。考虑这些,去教室门口堵范明不是一个明智的选择。刘珍去十食堂吃了一碗不知有没有油漆块的炒饭。煎鸡蛋盖在炒饭上,是溏心的,筷子一戳,金黄的蛋液流了出来。刘珍抱着胳膊哭得双肩耸动。那块三角形的光已经跑没了。在毕业旅行的沙滩上,刘珍看见过她的爸爸,老刘背着黑色背包,沿着沙滩走着,刘珍一步一个脚印走在老刘的脚印上,忽然脚印不见了,刘珍看见黑色背包如一个黑点在波光粼粼的海面闪动。已知三角形的第三边一定不会大于两边之和,酷似范明的老师在讲台上讲着课。海面上有三角形，有椭圆形，有多边形，有一望无际的半圆，有人从水面浮出了脑袋，一个三角形被冲碎成了无数小三角形。爸爸。刘珍张口对自己喊着。因为有人要从生活中浮出脑袋，老刘这样的三角形分裂成了无数像刘珍这样的小三角形。在人的一天中，人会经过多少种形状呢？太阳的圆形，楼房的长方形，鸡蛋的椭圆，还有范明做错了事似的站在门前，那一脸陷入黑暗的弧度。是数学构成了我们，酷似范明的老师继续在讲台上讲着，宇宙的基本构成便是数学，数学可以解释宇宙。坐在讲台下的刘珍想举手发言，问他人的情感如何用数学解释。光，老师讲着，宇宙的最大速度便是光速。刘珍想象着自己在翁虹的肚子里，从产道出来见到第一束光，她是用宇宙的最大速度来到这个世界上的。刘珍用食堂提供擦嘴的纸巾擦了擦眼泪。防盗窗仿佛囚禁了外面的光。刘珍低头看着自己的肚子，这何尝不是囚禁，将一个从未见过面的陌生人囚禁在自己的肚子里十个月。那杀人也是如此吗？刘珍问自己。将一个陌生或者不陌生的人永远地囚禁于黑暗之中。刘珍不禁畏惧起她出生前的无边黑暗来，140亿年，刘珍咀嚼着这个数字，因为老刘开了一次水龙头，这个数字便对于刘珍的生命来说，由透明变成了具体。眼泪。刘珍对着湿润的纸巾自言自语。140亿年，眼泪。140亿年让她睁开眼睛，眼泪让她闭上了眼睛。刘珍在回图书馆的路上蹒跚地走着。一会儿就行了，刘珍对140亿年的宇宙说，我只需要一会儿就行了。太阳在塔吊上露出了毛茸茸的肚皮。刘珍加快了脚步，她要回图书馆去，一个不允许人张口说话的地方。喂，刘珍想象着接到了范明的电话，我有事想让你出来一下。手机屏幕黑得能让刘珍掉进去。不知哪里响起了水流声。图书馆前的草坪上，工人们正在浇水。刘珍小心地跨过了水管，保证自己的裙裾没被弄湿。回头看向草坪，阳光下，水流落在草叶上，如同精子落在了卵泡上，发出巨大的耀眼光芒。翁虹也有过这样的高光时刻吧，夜晚的电视屏幕的荧光映射在她的脸庞，她给身边的老刘讲她小时候捉蚱蜢的事，他们的话题成功地达成了一致：两个人一会弯腰，一会直起身子，在半人高的草地上忽上忽下，捉蚱蜢。两人的脚腕上沾满了尚未汽化的草露。老刘的黑色背包里可能有蚱蜢，这么想的刘珍有点闷闷不乐，他完全可以带上她，即使过两天老刘要独自远行，他也可以给刘珍买一张回程的车票，她不必到达曼谷或埃及什么地方，她只想知道老刘的背包里是不是有一只饥饿的蚱蜢。范明。刘珍心头一动。她不知道范明和一只蚱蜢对视，是蚱蜢先跳还是范明先跳。这不怪他，刘珍听见翁虹说，老刘是大姑娘生的，谁也不知道他父亲是谁，大姑娘苦了一辈子，翁虹叹气。手机屏幕依旧是黑色的。刘珍抬眼看天，月亮像未擦干净的吻痕。一切都结束了。把它擦去。

呼吸声在整个图书馆飞来飞去。刘珍觉得震耳欲聋。眼下有个陌生人正在她的肚皮里呼吸——那种粉红色的，肉嘟嘟的，薄如蝉翼的呼吸。到底错在哪里了，刘珍问自己，是她肚子里的小东西来错了时间，还是她不该出现在翁虹的肚子里？她对她的子宫过于陌生，也记不起翁虹的子宫是何模样了。老刘把属于他的空间背负在了后背，而刘珍把属于她的空间留在了体内。她在翁虹的肚子里，有没有触摸过时间的存在？从一个"小蝌蚪"到一个胎儿，她体验过时间吗？翁虹从别人的乳房中挤出又黄又臭的奶水，原来时间会发臭。刘珍轻轻靠在了电脑椅椅背上，她在归类历史书籍。手机屏幕亮了。并不是范明，是淘宝的优惠促销。范明还是想把自己埋在黑暗里埋得更深一些。刘珍听他讲过那个女孩，叫俞红，是文学院副院长的女儿，年纪不小了，出国留学回来的，长得不难看，只是稍微胖了点。胖点的女孩手感好，范明曾经说，看要看瘦的，娶要娶胖的。刘珍感受着自己肚子上的腹直肌正一天一天地微微撕裂，有个小东西努力抬起头来。太阳正一步步地往下坠，塔吊渐渐高过了太阳。范明带她去过海洋馆，环形玻璃里全是鲨鱼，从左边窜到了头顶，又从头顶消失不见。有个男孩捧着鲜花，单膝跪地，向一个女孩求婚，头顶上，一头鲨鱼张开了大嘴，如果没有玻璃，它能够吞下女孩的头。两人在企鹅馆里买了两瓶气泡水，企鹅摇摇晃晃地走着。你知道企鹅的嘴里全都是锋利的牙齿吗？刘珍问范明，范明笑到一半突然不笑了，刘珍正惊恐地看着他的牙齿。两人租了一辆观光车，路两旁是参天的梧桐树，阳光照射在马路上，马路披上了豹纹的皮衫。两人的衣角被风吹得扬出了车外，刘珍伸出手去捉自己的衣角，突然她咯咯笑了出来，范明问她为什么笑，她说，原本在海底的鲨鱼，居然跑到了人的头顶上去，原本在南极的企鹅，居然和北极熊做成了邻居。范明跟着也笑起来，衣角烈烈地响着。刘珍抢过范明手里的冰淇淋。那时他还不是一个经常认为自己做错了事的男孩。窗外的塔吊也在低头，一阵狂风起，刘珍能够听见烂尾楼里穿堂风的呼呼声。一棍子捅进虚空里，这辈子该有多无聊啊，范明手抱着头说，就像看书一样，我还是喜欢写实派。一个个学生将书本放在了台上，台上很凌乱，已经快摆不下了。你还有大把的生命,不要把青春浪费在我身上了,范明这样对刘珍说。我去,翁虹在刘珍耳边哀号,男人对你动之以情,那是想"白嫖"你,你妈见得多了,大伯子和弟媳妇好的,黄花闺女爱上姐夫的,都没有好下场。翁虹会轻轻地揉搓她的肚子,直到肚子里的小东西像一根面条一样缓缓地拉了出来。据悉,这次发现的星球是远在地球出现生命之前,被小行星撞击而成,撞击造成了两颗星球的元素交换,根据科学家的推测,这颗星球极有可能含有水分子,人类日后迁居新星球的希望更加明朗了。刘珍不知道在她用宇宙最大速度将小东西像一封情书一样寄出产道的危急关头,翁虹为什么还有时间关心人类的新星球。翁虹和别人闲聊时,刘珍耳朵靠着房门偷听过,有阵子老刘生活在深圳,有个女人一直陪着他,长得不漂亮,微胖,但是看上去长得很像老刘的母亲大姑娘。真是的,翁虹嘟囔,活着活不清楚,死也死不干净,大姑娘都下葬快十年了,你们也别出去瞎说。那瞬间,刘珍看见屋里的灯光全都照在了翁虹的脸上,她的面容柔和清晰,短发上形成了一个光圈。刘珍不禁想去触摸这道光,手刚伸出去,整个胳膊都变得透明了,屋里的翁虹也周身通明,两人漂浮了起来,头顶着坚硬的天花板,互相嘲笑着对方。一个男孩火急火燎地来了,是那个总说"没什么大不了"的男孩,老师让我把这个还给你,男孩说。刘珍打开,里面是他俩刚见面时,刘珍给范明织的围巾。刘老师,男孩喊住正在发呆的刘珍,请问你知道哪里有爱情小说吗?刘珍看见男孩的脸颊上飞着两团红云。塔吊看不见了。太黑了,肚子里的小东西仿佛这样说。应该给烂尾楼加上霓虹灯,刘珍想,一排一排闪亮的霓虹灯,这样酗酒的人就不会一头撞在墙壁上，谈恋爱的小青年也不会那么放肆地动手动脚了。叮叮，教学楼响起了下课声，大批的学生涌了出来。十食堂应该还在下雪吧，刘珍突然想起，那一天，范明和刘珍在海洋馆旁边的游乐场里玩起了跷跷板，刘珍在上，范明往后退了退，范明往上，刘珍向后退了退，两人嘻嘻笑着，谁也没能把话说明白。

（《小说界》2024年第5期）

庞羽　女，1993年3月生，中国作家协会会员，毕业于南京大学。曾在《人民文学》《收获》《十月》《花城》《钟山》《天涯》《大家》《作家》《北京文学》《上海文学》等发表小说40余万字，小说被《小说选刊》《小说月报》《中华文学选刊》《长江文艺·好小说》选载。作品曾入选《2015年中国短篇小说》《2016年中国好小说》《2017年中国短篇小说》等年选。曾获第四届"紫金·人民文学之星"短篇小说奖、第六届紫金山文学奖、《小说选刊》奖等奖项。作品被收入21世纪文学之星丛书2017年卷。有作品被翻译成英文、德文、俄文与韩文。已出版短篇小说集《一只胳膊的拳击》（译林出版社），《我们驰骋的悲伤》（作家出版社），《白猫一闪》（山东文艺出版社），《野猪先生：南京故事集》（江苏凤凰文艺出版社），《年轻人的好运气》（河北教育出版社）。

妙尔

　　　　　　　　　　　　　　　　　　余静如

"楼下又多了一只猫。"

"白色狮子猫，身上很干净。"

"可能是被什么人丢出来的。"

"怎么样？你看。"

小梓打开手机播放一段视频，一只优雅的白色长毛猫，眼睛碧蓝，毛发蓬松，一只女人的手伸向它，它犹豫着向前走几步，又缩回去。

"漂亮是漂亮，谁知道它是因为什么原因被丢出来的？说不定它咬人。"辛说。

小梓正想说些什么，辛打开书房的门进去了，之后便是重重的关门声。

小梓和辛在两个月前搬来新居，新居是二手房，付完首付之后两家钱包已经被掏空，因为不想负债，二人决定暂时不装修，房屋虽然略微陈旧，但基本维持还好，九十多平方米的面积使得二人不用再挤在一间屋子里工作——小梓是收入不稳定的自由插画师，辛是一家行将倒闭的游戏公司策划，俩人平时都不用坐班。小梓不喜欢密闭空间，选择在客厅搭建了简易的工作台，除卧室外剩下的那间房，便做了辛的工作室。新居在郊区，窗外的视野很好，小梓搭建工作台颇费了一番心思，这是几年来她第一次无须考虑辛的意见，独独为自己而做的事。辛也在自己的工作间里忙活了几天，最终将它布置成了小梓一贯唾弃的"电竞风格"。二人对生活的激情在新环境中如同微火跃动，之后便不为人察觉地再度熄灭。

住了一小段日子，辛的关门声令小梓感到不快。

辛的工作室房门老化，关门时必须用点力气才能关严。在自己家中进进出出，辛自然无须顾忌什么，随手关门时，总是夹带着风声和巨响，每当此时，家中养的猫妙尔便弓腰竖尾，一惊一乍。小梓心中亦然，固然知道这是房门老化的原因，却仍心生怨气，只是从未对辛说过。

为了省钱，此前的三年里，辛和小梓生活在总共不到四十平方米的一室户里，卧室摆下一张床便不剩什么空间，二人只能同在一间狭小的客厅内工作，辛在门边紧挨着墙壁的地方用长方桌和网上买回来的木头架子搭建起一座高大的工作台，将台式机、笔记本电脑、平板和手机高低错落地摆放在同一空间里，即便这样也占据了客厅的一半，小梓只得将沙发和大腿作为自己的工作台，若是累了便换个姿势坐在地上。二人因为拥挤产生过不少摩擦，小梓埋怨辛肠胃不好，总是放屁，还故意放得很大声，全不在意自己的感受，而辛反击说小梓话多，打扰自己工作。小梓极度委屈，她分享欲强烈，每每兴致高昂地与辛说些什么，总是换来无视与敷衍，最后竟演变成斥责她"话多"。闹得厉害的一次，小梓打定主意要提分手，辛也欣然同意，二人去商场吃散伙饭，回来的路上在超市买酸奶，正要离开时，一位超市里穿深蓝色工作服的大婶突然拉住小梓，掀开手里一只毛毯盖住的篮子，里面是一只极小、极虚弱的形如鼠崽的幼猫，出生不过两三天。

那便是现在的妙尔。辛和小梓当晚便收留了妙尔回家。二人从未饲养过什么动物，只能通过网络搜寻喂养奶猫的办法，手忙脚乱地在外卖平台上下单，买羊奶粉，买针管，买温度计，买热水袋。第一次给猫喂奶，它虽然饿得很，但尝到羊奶味道之后却不肯吃，之后二人又调整了奶粉的浓度和温度，它才大口吞咽。猫的身上布满黑点，小梓发现除了泥土，它身上还有跳蚤，这样小的猫不能洗澡，小梓建议辛一起给它把跳蚤捉了，虚弱的小猫身上的跳蚤也缺乏活力，辛捉到两只，小梓捉到三只。两人像是比赛，氛围十分愉快。之后二人将它放进铺了旧衣服，埋了热水袋的鞋盒里。小猫肚子圆滚滚，安静地卧着，场面温馨。往常辛和小梓几乎能为了任何琐事发生口角，在这件事上却表现出从未有过的默契，都说出生不足一周的奶猫难养，他们却把它照顾得很好，小猫每隔三小时便嗷嗷叫唤，辛和小梓轮番起夜给它喂奶，促它排便。小猫的体重每天有规律地增加十克，不到半个月，它尚未睁眼，却已经强健到能翻越困住它的鞋盒，二人开始你一言我一语给它起了名字：妙尔。

妙尔，妙尔。这是二人共同完成的头一件大事。谁也没有再提起分手那件事。小梓心里知道，辛逞口舌之快，从未真正下决心分手。小梓自己又何尝不是犹犹豫豫。辛的作风，不管大事小事，都是敷衍了事，但遇上小梓，这样的方法竟无一例外都获得了成功。不管怎么说，妙尔的成长，总算让辛和小梓的生活有了些许变化。原本在二人眼中狭小局促的空间，对小小的妙尔来讲，却是一个丰富的大世界，妙尔热衷于探索这两间屋子的每一个角落，书架、快递盒、窗帘、空调，妙尔小小的身躯可以去到辛和小梓看不见、够不着的地方。小梓透过妙尔的眼睛，重新发现了新的世界。一只小猫能把垃圾场变成游乐园，小梓深陷于感动之中，脾气也变得温和，辛乐见于此，时不时配合道："猜猜妙尔现在在哪里？"妙尔初长成的那一年里，这便是二人每天乐此不疲的游戏。

搬入新居这一天，距离收养妙尔已有两年。妙尔如今也是一只大猫了，脾气倒也和小时候无甚差别。只是辛和小梓二人在之后的日子里，对待妙尔的态度并不相同，随着妙尔长大，辛对妙尔的好奇和热情渐渐归于平常，而小梓却始终待妙尔如初。妙尔有源源不断的好奇心，对每一扇关闭的房门都充满意见，它精力旺盛，爬窗帘、爬空调，把厕所的木门刨出一堆木屑。辛的训斥也只能管它一时，有时候辛不高兴，便称妙尔为"你的猫"，小梓敏感地察觉到，辛想要推卸责任。辛不愿意让妙尔随意出入卧室，但小梓反驳，家中这样小，如何能隔得开，辛又开玩笑，要将妙尔笼养在阳台，小梓更是瞪大眼睛，惊异地表示反对。妙尔需要玩耍，常常躲在暗处蹦出来吓唬主人，但若是人主动去亲近它，它又张牙舞爪。小梓和妙尔玩耍，总是打起十二分精神，伸手过招，小梓的速度比猫还快。辛则不然，偶尔懒洋洋地伸手去摸妙尔，冷不防被抓出一道细细的血痕，或是被轻轻咬上一口。辛每每为此大发脾气，弄出大动静，使得妙尔夆毛弓腰。男女主人态度的差别，被妙尔敏锐察觉。渐渐地，妙尔虽然仍和两位主人都亲近，却对辛多了一点点讨好和防备。夜里，妙尔只睡在小梓的脚边，从不逾越到辛那边去，但只要到了早晨，辛一醒来，妙尔必定竖着尾巴去辛枕边问候，发出呼噜声，脑袋亲昵地蹭着辛的手。小梓却没有这样的待遇。辛起初颇为得意，只当妙尔和自己亲近，但他发现，他从来无法从妙尔的身后接近或是触碰妙尔，这只有小梓能做到。小梓笑道，妙尔聪明，什么都知道。它假意肯定辛的权威，却对他充满防备。有时，辛和小梓一起看电视或是吃饭，辛猛然发现妙尔正蹲在角落盯住自己，肌肉紧绷，仿佛捕猎的前奏。辛心下一凛，示意小梓去看，小梓藏住心中几分得意，只说有趣，有趣。

辛为此心生不快，却难以言说。如何能承认一只猫的目光给他造成了压力？妙尔幽深的碧绿眼睛和不断收缩放大的瞳孔令他感到不适。野兽，他想，但他骂出口的则是"畜生"。辛在网上搜索一些训猫的秘诀，从而看到了更多凶狠的猫。"家猫是人类能驯养的体积最大的猫科动物，因为它只要再大一些，便能毫不费劲地把人杀死"，这是一些网络上"猫奴"的观点，因此他们以控制猫、获得猫的亲昵与爱为荣。辛对这一群体嗤之以鼻，但他偷偷实践他们提供的办法，诸如用毯子把猫卷起来，用鞋刷大力刷猫头等，辛当然是失败了。最后，辛只能幻想一间妙尔无法进入的房间。

新居使得辛的愿望得以实现。如今，辛把自己关在工作室里，只有在喝水和上厕所的时间才把门打开。

妙尔对那一间不能进去的屋子充满好奇。时常蹲守在门外，只要辛一从那屋子里出来，便嗖地一下蹿进去，四处巡视。辛就连这样短暂的时间也不肯给妙尔，他认为这样会养成妙尔的坏习惯。"不允许就是不允许，一旦为妙尔开了口子，它更会时时都想要进去。不能让它认为这里都是它的领地。"辛解释道。

小梓对辛的说法不以为然，是它的领地又有什么不可以，这里也是它的家，小梓想。小梓和妙尔一并被隔在门外边，原先在局促的单间里，小梓随时都能向辛说点什么，现在这些偶尔冒出的念头，被这扇门扼杀了一大半，只有不得不说的一些话，才能驱动小梓去敲辛的门。小梓重重推开门，一脸愠色，激荡起辛面容上不易察觉的愧意，"你不用敲门，直接进来就好啊。"辛说。"可是既然有一扇门，总归是要敲的。"小梓说，这是门的作用，也是她的习惯。小梓和辛同时意识到了不公，根据两人空间的划分，小梓占有客厅，而辛占有一间有门的房间。这意味着，辛随时可以从他的空间步入小梓的空间，他在小梓的空间里放松休息，随意说话，而小梓步入辛的空间则有了一重障碍——门，一扇老化的会发出巨大声响的门。但客厅是小梓自己选择的，她又有什么可抱怨？制止辛在客厅说话、活动，也是不现实的。小梓只得自己体会并忍耐这看似微不足道的不公。三五天乃至半个多月时间下来，小梓竟积累了一肚子怨气。妙尔正像是明白小梓似的，它和小梓拥有同样的心情，它对辛长时间把自己关闭在房间里不满，对无法随时看见辛、和辛交流不满。妙尔和小梓不同，它并不忍耐，而是以行动证明，它要进入那个房间，必须进入那个房间。只要辛或是小梓企图开门而发出声响，不管妙尔身在何处，总能一跃而至，抓住时机从窄小的门缝中蹿进去。辛用脚踢挡，用手护拦，无论怎样也阻止不了灵活的妙尔。辛不得不反身追逐它，大声呵斥，甚至动用衣架、雨伞等手边一切够得上的东西，将它轰出去。而小梓此时总是在房门边看热闹，一边嬉笑着做和事佬。辛怒斥小梓故意放妙尔进去，小梓不予解释，只是观看这一场闹剧。妙尔即便是逃跑也颇有技巧，它跳上跳下，钻来钻去，在逃跑的过程中便把整个房间检查了一遍，留下了自己的毛发和气味。有时候辛长时间不从房间里出来，妙尔按捺不住，便用爪子去挠辛门口的地面。

"管好你的猫。"小梓的手机收到一条短信，来自辛的短信，就来自与她一门之隔的房间。小梓愈加感到不快。为什么她要管它？它不过是磨磨爪子。小梓坐在自己的工作台前，把手机远远丢到沙发的另一头。妙尔挠门又怎样，认真工作的人听不到任何声音，正如她听不到辛开关那扇门发出的巨响。片刻之后，妙尔的努力起了作用，辛果然打开门，只是愤怒更甚于平常。他追着妙尔满屋子跑，不停叱骂，言语里竟冒出几个小梓没听过的家乡词。当妙尔跳上高处，辛抓起自己的拖鞋朝它扔去。辛气急败坏的样子让小梓得到了些许安慰和一点报复的快感。妙尔，妙尔，妙尔做得好啊。小梓心想。自从搬入新居以来，小梓和辛的交流日益减少——原本他们之间的交流便少得可怜，现在他们简直像是陌生人，只有妙尔才能打破二人之间的界限。妙尔一直在打破他们的界限，从最初那一种温馨的方式，到现在——

辛和小梓恋爱五年，大部分时间都腻在一起，只是因为空间有限，二人虽同处一室，都各忙各的事情，竟连聊天的时间也少有。到了饭点，二人一起点外卖，看看电视节目，便是一天中的交集。三五句话也离不开吃什么，看什么。辛和小梓倒也分别意识到这样不太对劲，辛偶尔便邀小梓去咖啡馆坐坐，或者去酒吧。诚意是有了，但小梓对这样的方式并不接受，两个每天见面、夜里睡在一起的人，竟要去咖啡馆才能好好聊天，简直是一种讽刺。在辛的认知里，咖啡馆和酒吧是和恋爱有关的地方，似乎只有在那种场合，恋人才能将注意力集中在对方身上。小梓拒绝了几次，也接受过几次，正如小梓所料，两人在那些地方，也是默默无言。辛一坐下便像是完成了任务，轻松自在地靠在椅背上刷手机。小梓只能四处打量，她并没有找到和自己或是辛相似的人，咖啡馆中的顾客更多是出于偶然又必需的原因坐下：身旁堆放文件夹，大腿托着笔记本电脑，疯狂打字的上班族；不用工作，靠收租金度日，逛街累到脚软的中年妇女；久别或是新识的几对朋友，兴致高昂地聊一会儿便会换地方。小梓感觉不自在。相对而言，小梓更愿意和辛去酒吧，因为在那里她的不自在被更好地隐藏起来，谁也看不清谁的脸，谁也听不清谁的声音。辛即便坐在她对面，也好像是消失了一样，她自己也消失于辛的眼前。尽管小梓无法感受到周围的躁动，却也被动地融合了进去，说到底，她是不重要的，辛也不重要。小梓在酒精的微弱作用下得到一点启发，她感受到自己的意识是流动的，语言不可说的，而辛的意识则像是规则的，有形状的，清晰明了。说到底，辛在意小梓的感受，因为小梓比辛更有精神交流的需求。去不去咖啡馆和酒吧，对辛而言是无差别的，他认为环境的改变会对小梓有些帮助，这是辛清晰的思维路径，但这当然解决不了小梓的任何问题，因为小梓真正的问题是不可说的，在语言之外，小梓只能感受到它。

"其实挤一点，倒也没什么不好。换了大房子，我们的关系会不如现在亲密吧？"搬家之前，辛曾在某个夜里忽然说出这样一句话。小梓那时睡意蒙眬，不曾回应，如今想起来，竟不敢相信，辛会有这样的担心。亲密？寻根究底，辛想要的亲密，和小梓想要的亲密，二者之间有着不小的差别。辛只需要小梓存在于他生活的空间内，而小梓想要的则是精神上的恋人、生活中的伴侣、玩耍时的朋友。辛对小梓的期待未必只有小梓能满足，但小梓对辛的期待恐怕世界上鲜有人能做到。这正是辛和小梓得以将此种生活一直继续的原因。

一扇房门打破了辛和小梓的平衡，造成了小梓在新居之中的被动地位。一日之中总要有两三次，妙尔抓开辛的房门，有时候小梓也装模作样地管一管，只是从不真正起身。有了妙尔的态度，小梓对辛愈发不满、冷淡，但凡辛从房里出来说什么话，小梓只是充耳不闻，打定主意要将自己的不快也传递到辛的身上。数次之后，妙尔也愈发嚣张起来，挠门的频率显著增加，每当此时，小梓便乐得看辛恼怒的样子。辛追打妙尔，大部分时间只是做做样子，却终于等到一次，辛的态度有了质变，杀气腾腾起来，小梓不安地起身，妙尔也立刻察觉不对，辛把妙尔逼到墙角，未等真正下手，妙尔先扭头攻击，在辛的手臂上留下三个牙印，鲜血汩汩而出。

之所以是三个牙印，在于妙尔幼时喜欢四处磨牙，乱啃坚硬物体，把前面的尖牙毁掉半颗。妙尔是流浪猫的后代，野性也自然比其他家猫要强些，对人的防备心也更重。辛被妙尔咬伤并不是第一次，原先辛和小梓带妙尔去医院打疫苗，妙尔挣扎得过分，医生护士都不得近身，二人只得自己上前捉住，妙尔像得了失心疯一般连抓带咬，只是伤口都落在辛的手上，小梓竟是毫发无损。

鲜红的血让辛瞬间情绪低落下来，颓丧地坐在沙发上，小梓的怨气也烟消云散，赶忙从医药箱里找出绷带和药膏来包扎。妙尔此时远远蹲在一旁，双眼警惕地盯着沙发上的辛，舌头不住地舔嘴。

"这畜生。"辛说。小梓能理解辛的愤怒与失望，从前妙尔还是弱小幼猫时，辛对它照顾得无微不至，喂奶、擦拭，有几天妙尔因为换奶粉上火便秘，辛用手指给它在腹部轻揉了半个小时。只是当妙尔大一点，不再需要人时时关照，辛便丢开手。妙尔爬上辛的肩膀看辛打游戏，辛只觉得麻烦，呵斥妙尔抓痛自己，妙尔爬到辛身上睡觉，也睡不安稳，辛总是动来动去。妙尔若是稍微淘气，辛便作势要打。唯有小梓仍和妙尔追逐玩耍，也伸手和妙尔逗趣，互动多了，妙尔对小梓也信赖得多，有时佯装要咬小梓，但并不真的下口，小梓将手腕伸到妙尔嘴边，它倒为难。这样的举动让小梓觉得十分可爱。而到了辛这里，妙尔的佯装就成了挑衅和威胁，辛的作势对妙尔而言也是一样。归根结底，辛和妙尔之间没能建立起完全的信任。

　　"妙尔也是有精神需求的，它不了解你，自然也就对你防备，有敌意。它抓你的门，只是因为它想你了，在关心你呀。"小梓煞有介事地劝道。辛冷笑出声，"放屁，"辛说，"它就是嚣张任性，这都是你惯的，把猫养得不像猫！"

　　从不同的角度去看，小梓和辛都各有道理。自打妙尔脱离幼猫的危险期，变得活泼爱闹，辛就开始担心将来无法预测它的行为，小梓却说，这正是养猫的乐趣，也是养猫必须付出的代价。猫原本适合生活在户外，它能爬树，会捕猎，一天能走十几公里，它认识大自然，和别的动物交流玩耍或是捕猎，在野外留下或掩盖自己的气味，最后会回到主人身边，这是家猫理想的状态，但现在人们把它养在公寓楼里，必然就得承受它的一部分天性，况且，它已经极度适应、配合人类的公寓生活了。对于辛来说，他要的猫是一只懂事、听话、会感恩，遵从人类习惯、抚慰人类情感的宠物,这其实也是许多人对宠物的要求,虽说对于一个真正的生命来讲这要求未免太高了,但宠物原本就是被按照人的要求驯化的,遵从主人的意志,被主人投射人类情感,按主人的喜好而活,辛的想法也无可厚非。小梓这样的主人,愿意和猫共情,而辛认为这只不过是滥情和矫情。小梓认为,自己和辛对于猫的态度的差别,是天性使然,也有环境因素。小梓幼时家中饲养过猫狗,不单是小梓喜爱动物,小梓的父母、祖父母也都爱惜动物,懂得尊重动物习性。辛自幼以来便从未接触过宠物,对猫的认识仅限于网络博主的视频,辛的父母对宠物的看法则关联着"病毒""细菌",辛虽不至于厌恶宠物,却也不至于多喜欢。当初抚养妙尔,多半是出于怜悯和对小梓的在意。但现在,辛显然是后悔了。小梓认为,这自然是源自怜悯和在意的消失。但辛的后悔其实还包含着小梓所不知道的原因——辛认为自己在这个家中被孤立了,被小梓和妙尔孤立。辛压抑着这个念头,就连他自己也感到这个念头的可笑,可自从他走入那扇门之后,他觉察到小梓的异样,那是一种积攒着的恶念,小梓隐忍不发,妙尔却像是小梓心神的外化,要将怨恨完完全全地释放出来。

几日之后,辛手上的伤口还没有好全,妙尔发情了。

这是妙尔到新居以来的第一次发情。妙尔是一只母猫,没有绝育。不绝育的原因正是因为妙尔的性格,它对陌生的环境和人过于抵触,对自己不理解的人类行为也极其排斥。小梓和辛第一次带妙尔去医院打疫苗,把它骗进猫包,到了第二次再去,就变得极为困难。妙尔一路上都不安地叫唤,到宠物医院之后,先是下来一个护士,拿着针管、枕头和药水,表情轻松,十几分钟之后，她变得慌张，打电话让楼上的同事下来增援。两个护士，无论如何也抓不住妙尔，妙尔露出野兽般的凶相，竟让她们害怕起来。她们又拿起电话，叫来一个身强力壮的男护士，男护士带着毛毯，企图用它扑住妙尔。妙尔眼冒精光，来回闪身，不时出爪攻击。玻璃门外的辛看得呆住，小梓几度要进去处理，辛都拦下，说交给专业的人去做。小梓在门外徘徊，仍见妙尔在里头上蹿下跳，小梓观察良久，认定自己最懂得妙尔，门内的人只把它当野兽，只有小梓知道，妙尔心中尽是害怕。小梓把猫包打开，推门进去，叫众人放手，猫包立在桌子上，妙尔主动钻进去，众人又带着它去了二楼手术室。十几年从业经验的老医生来给妙尔打针，打针的过程，小梓用手机录下视频，妙尔用了全身的力气号啕，怒气冲天，四个工作人员分别捉住它的头颈、前爪、后爪，就连它仙人掌般奓开的尾巴也被特意捉住。辛看了视频不禁大笑。短短几分钟的时间，医院里的其他护士医生都被吸引过来。"这是哪里抓来的野猫？"有人问。"不知道的还以为在杀什么东西呢！"男护士取笑。另外两个女护士则说："按理疫苗是要一年打一次的，不过不打嘛其实问题也不大。"几个护士唱和着，就差直接把"别再来"三个字说出口。妙尔打完针之后回到猫包里，仍紧盯住医生护士，嘴里发出渴望复仇的呜咽。到了第二次第三次，小梓仍坚持要上次有经验的医生出面，却再也没有见过他。护士称医生在给别的动物做手术，接着也就有了辛被咬伤的那件事。

妙尔的应激反应过度，这家医院不推荐给妙尔绝育，称术后恢复会有风险。小梓完全同意，但辛仍想试一试。要做手术一针麻醉打下去也就够了，担心的是事后妙尔激动起来会拉扯伤口。

妙尔不能接受在身上套上任何东西，小梓给它试了试伊丽莎白圈，妙尔戴上之后就失了智，也不管自己身在何处，周遭有什么东西，方向也不看，只是火箭发射一般猛烈地四处乱窜，朝桌子椅子撞去，朝墙壁撞去，甚至朝天花板撞去，直到伊丽莎白圈损坏掉落为止。小梓和辛上前查看，妙尔的双耳破裂，脚趾流血。二人相觑，只得暂且放弃绝育打算。妙尔发情，起初只表现为狂躁，破坏力增强，攻击欲望加重，它缠着人打闹，撕扯沙发垫和衣物，不时乱叫。小梓再度上网搜索解决办法，发现一按摩法颇可实践，小梓照着视频中网友示范，用双手拇指掐住猫的两股之间，稍微施力按压，妙尔果然不反抗，并很快低吼起来，最后以转头威胁的一声低吼结束，随即便安生一阵。小梓感叹造物奇妙，人和动物都为这些基因里自带的欲望焦躁、困扰、驱使。原先动物们和人都生活在大自然内，凡事也都在自然中解决，如今在公寓里养一只猫，它真是没有了任何秘密，从吃喝到屎尿，都要主人安排，就连性的问题，也得主人来参与。小梓给妙尔按摩过后，妙尔也终于懂得如何排解。短隔几十分钟，长隔数小时，便要来找小梓操作一番。小梓手酸，又将此法教授给辛，辛起初觉得有趣，加上悟性高，上手快，手劲儿合适，妙尔更为适意。几次之后，妙尔再有需求，总是去找辛。辛不堪其扰，叫苦不迭。小梓只在一旁暗笑。

妙尔的发情期大约会持续一周，其中有三五天特别缠人，平时对主人爱搭不理的妙尔，此时做出种种亲昵讨好之态，辛和小梓睡到半夜，总要被它叫醒几次，不管不行，公寓楼里的隔音不好，要是引起邻居投诉十分麻烦。小梓长期睡眠不好，夜里总要到一两点才能勉强入睡，辛却从来都是倒头就睡，鼾声大作。小梓对辛既有羡慕，也有怨气，妙尔发情正好，小梓不动，辛无奈起身，唤妙尔过来给它按摩。辛的睡眠被打扰，小梓却莫名有些高兴，在妙尔的低吼中很快便沉沉睡去。

与处在市区车水马龙中的旧居不同，新居在郊区，室内面积大了一倍不止，楼与楼之间间距也开，原先的两梯十户变成现在的两梯三户，辛和小梓二人住了一阵，所听见的竟只有风声而已，辛对此感到满意，小梓却觉得有些寂寥。妙尔在客厅和阳台四处乱跑乱叫，高楼外的风声呼啸，把妙尔的声音卷去一大半，辛在房内听着，只当作远处的野猫叫唤，再不去管。小梓只得自己起身去安抚妙尔。来回折腾几次，小梓一夜无眠，回房看见辛大张着嘴，睡梦正酣。

小梓提出，让辛搬到另一间屋子去住。小梓给出的理由是辛影响了她的睡眠，辛早晨一醒来便去那间屋子坐着，到夜里十二点才洗漱睡觉，睡前还要刷一会儿短视频。那正是小梓翻来覆去，困倦却无法入眠的时候，待到辛把手机放下，一秒入睡，鼾声渐起，小梓便连方才的一点困倦也消失无踪，只得无助地在黑暗中瞪大眼睛。小梓的理由让辛不快，却无法反驳。辛和小梓在一起几年，她的睡眠问题并非今天才有，但从前只有一间卧房，毫无解决办法，小梓不得不忍耐，辛也习惯小梓在身边辗转反侧。正如妙尔的低吼是小梓的促眠剂，小梓的叹息声也让辛睡得安稳。不夸张地说，辛能倒头就睡，正是因为小梓在身边。辛需要小梓的陪伴，尤其是忙碌一天之后，睡在小梓的身边玩手机、刷短视频，是辛给自己的奖赏。他并非像小梓以为的那样，单纯从手机中得到快乐。小梓这个角色对于辛单调的入睡仪式来讲，看似无用，实际不可或缺。小梓辗转难眠也罢，长夜里叹息也好，这都不影响她给辛带来安定与温暖——只要辛能把脑袋靠在忧愁的小梓的肩膀上。辛无法将这样的理由说出口，只得答应小梓，收拾了自己的铺盖往另一间屋子去。

辛拖着脚步不情不愿地过去，随着一声冒犯的巨响，辛和小梓彻底地隔绝在两个空间。这样一来，无论白天或是黑夜，二人都不再挨着了。小梓想让辛明白她的感受，以她对辛的了解，辛是不能明白的，因此，她要让辛自己去感受。小梓怨恨的是她与辛日日夜夜在一起，看似亲密却无法交流，更怨恨辛对这样一种生活的满足。辛却只需要小梓存在于他的生活中就够了，他对待妙尔的态度也是一样，妙尔存在就够了，它如若有什么天性、脾气、怪癖，对主人有什么渴望、需求，那样则是不对的。妙尔应该像一只抱枕那样存在，小梓应该像一只电饭煲那样存在。

辛的离开让小梓的房间变得空旷，空气也凛冽起来。妙尔蜷在小梓的脚边，像一个小小的暖炉。小梓意识模糊地回到她曾经孤身一人的时光中，她感到自己的渺小、轻快、自由，她认识到辛庞大的身躯发出的热量，呼出的灼热的气体一度占据她所在的整个空间，湮没她的存在。小梓喜欢拉开窗帘睡觉，这样便可以让月光照进来，辛从不允许这样做，他喜欢完全的黑暗与封闭。小梓仍然在夜里睁着眼睛，但她并不焦躁，她只是在重新观察夜晚，她把自己的房门留出一条缝，那是给妙尔出入用的。辛从来都不喜欢妙尔睡在床上，但小梓却很需要它，小梓希望妙尔可以睡在自己的怀里。妙尔通常都随着小梓一同进入卧房，小梓准备铺床时，妙尔便在被子上来回踩踏，做出捕猎的姿势，咬住被褥的一角，小梓躺下之后，它便跳下床去，进行属于它的入睡仪式——它四处巡视，扒拉一会儿猫砂，检查堆在门口的几个纸箱，吃几口猫粮，最后慢慢悠悠地往回走，从门缝中闪身进来。小梓看见妙尔长长的尾巴高高竖着，在月光下优雅地摇晃。妙尔再一次跳上床——现在是小梓一个人的床了，它对于小梓和妙尔来说都是很大的空间。妙尔走到原本躺着辛的位置，反复地用鼻子嗅着气味，最后它走到辛留下的一只靠枕边挨着躺下，表情生动地看着小梓。

"我睡得不好。"清晨，辛一脸不满地抱怨道。

"妙尔半夜挠我的门。"辛说。

"胡说，"小梓冷笑道，"它一整晚都睡在我身边。"

辛一时语塞。

小梓和辛分房之后，辛的态度比从前殷勤了许多，关于二人不多的交集——吃什么外卖与看什么电视的问题上，也开始更多地询问小梓的需求。只是小梓的态度一如从前般冷漠，辛调动热情和小梓寻找话题，开玩笑，对妙尔的态度也有了些变化。一日午饭后，辛破天荒地没有离开座位，而是拿起沙发背后的一根逗猫杆放在手里研究。这根逗猫杆是小梓到新居之后特意在网上买的，共有三截，甩开之后有近两米长，末端是一根钓线，拴着野鸡羽毛和一个小铃铛。原先在旧居，空间狭小，妙尔可玩耍的只有一根短短的逗猫棒，玩了几次也就腻味了。这根形似钓竿的逗猫杆是妙尔现在最喜欢的玩具。小梓曾向辛展示过使用它的方法，在空中甩开，慢悠悠地荡几圈，然后再让它落在某个地方，随后静静等待妙尔扑咬，待到妙尔接近，小梓便将杆子猛然一提，妙尔随之腾跃起来，有时跳到一米多高，小梓便欣喜地欢呼。这似乎和钓鱼的乐趣大同小异，小梓因此给这杆子起名叫钓猫竿。辛依照此法，也将杆子甩开，让野鸡羽毛垂落在地上，又甩动杆子，让铃铛发出响声，辛担心妙尔看不见，嘴里不断发出催促声："妙尔，上呀！"

妙尔看一看辛，又看一看逗猫杆，慢慢从沙发垫子上坐起身，只是不动。辛有些着急，又将杆子挥动起来，在地上摩擦出声响。妙尔仍只是盯着杆子不动。辛又催促妙尔，妙尔跳下沙发，走几步来到杆子另一端，伸出爪子勉强拨弄了几下鸡毛。

"它不喜欢跟我玩。"辛对小梓抱怨。

小梓从辛手里接过逗猫杆，高高地甩向半空中，绕着圈荡了几次，铃铛轻轻响，野鸡羽毛开始顺着气流打起转来，正像是一只误闯入室内的飞鸟。妙尔立刻兴奋起来，胡须颤动，嘴里发出短促的咔咔声，一边俯低身子后退，一边寻找掩体，待到小梓将羽毛放下，妙尔绕到茶几背后，微微探出脑袋，将扑欲扑之时，小梓将钓竿一提，妙尔随即腾跃而起，在空中翻出一个鲤鱼打挺。

"因为你没有好好在和它玩。"小梓对辛说，"你没有观察它，代入它，在它身上用心，归根结底，你不在意它，你在逗它，但它不是傻瓜，它需要的是你和它'玩'。"

小梓一口气说了许多，但她知道辛大半是听不懂的，或者不愿听懂。她看见辛诚恳地点头。辛夸赞小梓的技术，随后便回到他那间屋子里去了。这一天的交流任务，辛已经完成，他或许认为自己完成得很好。小梓无法责怪辛，她清楚辛并没有什么过错，辛已经尽力了。辛可以在他不变的日常中获得他所需的一切，但她不能，她总在寻找些什么，在辛那里寻找，在妙尔那里寻找，但在她自己那里，或许她和辛之间的隔阂，是因为他们根本就是不同的物种。

小梓并未因辛的改变而转变对他的态度,过了几日,辛自作主张地把铺盖搬回小梓的房间,小梓坚决而冷漠地制止。

"我要搬回来,我睡不好,猫总是在挠我的门!"辛说。

"撒谎。"小梓说道,妙尔每天夜里都和小梓同睡同起,"难道家里还有别的猫?"辛被再次赶了回去。小梓听见那边的房内一声巨响,并不是老化的门发出的声音,而是辛,他在屋内摔打着自己的被褥。

辛也会觉得孤独?小梓好笑地想。这是必然的,可这正是小梓长期的感受。小梓没有意识到自己的徒劳,这样的方式不会改变辛的认识,又或许小梓并未想要改变什么,她只是单纯地在报复而已。

是夜,凌晨三点,辛忽然重重地推门而入,随即是肢体碰撞的重击和野兽喉咙发出的嘶吼,小梓从睡梦中惊醒,看见身边一个巨大的黑影正俯身发起攻击,她的猫妙尔此时也化作一只完全的野兽,目露凶光地迎接和反击。小梓立刻清醒,她意识到那个巨大的黑影是辛,辛正在暴怒之中,她听见辛的拳头击打着什么物体,是妙尔,妙尔如何能承受这样的重击?她抱住被子一跃而起,勇猛地扑打辛。妙尔趁此机会从小梓身后逃窜至客厅。辛被小梓用被子罩住了脑袋和半个身子,当小梓把灯打开,辛已经恢复了平静。小梓高高地站在床上,面带敌意地俯视着他。

"我说它挠门,你就是不信。"事后,辛为自己的行为解释道。

"无论怎样,你竟敢打它?"

"你不是也打我了吗?你们都是怪胎。"

好在妙尔并没有什么异样,小梓观察了它几天,它的吃喝拉撒都正常，上蹿下跳、行动自如，甚至，它对辛的态度也没有改变，它并没有因为那一天的对峙和争斗与辛更疏远，有时候辛打开房门出来，妙尔上前迎接，顺带着向门缝里窥视。因为妙尔的原谅，小梓便也原谅了辛。那一夜的躁动被渐渐遗忘，取而代之的是相安无事的平静。半个月之后，辛突然告诉小梓，他已经在某网站好评最多的一家宠物医院为妙尔预订了绝育套餐。

"它没有挠门，就算它真的挠门，也不是因为发情才去挠门。"小梓有些慌张，向辛求情。

"我也不是因为它挠门才要它绝育。"辛解释道，"它两岁了，该绝育了，所有的家猫都应该绝育，猫发情是痛苦的，不绝育它会生病。"

辛为此做了许多功课，他打开某网站的收藏夹，告诉小梓，所有的宠物医生、专家，都是这样的观点，不绝育对猫才是有害的。小梓无法反驳，只得提出种种可能，妙尔不配合怎么办？在恢复期间受伤怎么办？情绪激动怎么办？辛说，这些问题都交给医生，医生比我们懂得多、见得多。小梓仍要反对，辛显出沮丧和难过。"我们总是在因为它吵架，"辛说，"为了对它的态度吵架，为了花在它身上的时间和精力吵架，你知道我并没有在害它。"

小梓妥协了。

让妙尔进猫笼，需要小梓的配合，事实上，必须由小梓来才能做成这件事。辛必须躲得远远的，妙尔才会失去防备。小梓将猫笼打开，放在客厅里不起眼的角落，然后开始和妙尔玩绒球，这是一个由主人将球丢出去，宠物将球捡回来的游戏，通常狗更喜欢这样的游戏，配合度也更高，有些猫咪也会配合主人。小梓从不强求，和妙尔玩了大半年，妙尔有时候会把球捡回来，有时候不捡。搬到新家之后，妙尔把所有的绒球都拨弄到一个书架底下，人和猫都无法轻易拿出来。小梓搬不动书架，身子贴在地板上用晾衣竿将小球一个个拨出，妙尔兴奋不已，小梓明白，时刻掌握妙尔的情绪，才能顺利将它在不经意间引入笼子，同时还要假装不经意地靠近，把笼门轻轻关上。任何一个环节出错都会很麻烦，因为妙尔绝不会上第二次当。辛躲在他的房门后，大约十分钟，小梓过来敲门，面色凝重。

"好了。"小梓说。

"这么快？"辛露出欣喜的样子。

妙尔在笼中显出不安，它起初挣扎着，待到二人将它拎出门，便老老实实地蹲着不动，只是求助般地小声叫唤。

"别害怕，妙尔。"小梓轻轻安慰，辛也在一旁用哄小孩般的语气帮腔。

正如小梓所预料的那样，妙尔第四次进医院，仍然和前三次一样闹得鸡犬不宁，不同的是最终一针麻醉打散了妙尔的意识，它终于变得安静、任人摆布。二十分钟之后，医生说手术顺利。辛和小梓等待着妙尔醒来，妙尔身上绑着医生准备的绝育服，脖子上套着伊丽莎白圈，清醒后对周遭所有人大声哈气。"精神很好呢。"医生夸赞。护士也在一旁笑出声。在轻松愉悦的氛围之下，辛和小梓打车将妙尔带回家。妙尔这次比以往的情绪更加持久，反抗也更为激烈，出门时候的胆怯似乎不见了，回去的一路都在猫笼里挣扎、哀号。任由辛和小梓怎样呼唤、安慰都不济事，妙尔像是不再认得辛，也不再认得小梓。

回到家中，妙尔被放出笼子，它并不像以往那样恢复安全感，反倒是一下子蹿进了沙发底下，速度之快，身体之敏捷，全然不像是刚刚经历过麻醉和手术。辛松下一口气，再度回到他的工作房间，小梓来到沙发前跪着身子，撩开沙发毯，看见妙尔蹲在沙发底下最远的一角，瞳孔放大，不住地舔嘴。

"妙尔。"小梓唤道，将手慢慢朝它伸去，不料它伸出爪子，狠狠抓在小梓的手背上。小梓一惊，急忙缩回手，手背上深深浅浅几道细细的抓痕立刻渗出鲜血。小梓默默去厨房打开水龙头冲洗，又给自己上了药。之后小梓回到客厅工作台，辛到了晚饭时从房内出来，二人照常吃饭，妙尔仍在沙发底下待着不动。辛安慰道："这样也好，待着不动，伤口便能早点愈合。"到了夜里，不知为何，小梓期待辛能陪着自己入睡，但一直等到十二点，辛仍没有从房间内走出来。小梓再度掀开沙发毯，趴下身子往里看，妙尔仍处在原先的位置上一动不动。妙尔因紧张、恐惧而显得陌生，小梓有些难过，将妙尔的猫粮、水和猫砂都挪到沙发旁边，方便它在没人的时候出来进食和排泄，随后小梓回到自己房间，仍将门留出一条缝。这一夜，小梓静静听着屋子里的一切，只有风，风穿过所有空旷的、狭窄的地方，弄出奇怪的、不属于这个世界的声音，风像猫的爪子在挠门，也像人因为疼痛而叹息。

小梓等了一夜，妙尔并没有去她的身边。到了第二日，猫粮没有减少，猫砂盆里也没有排泄物。小梓掀开沙发毯，妙尔仍蹲坐在那里不动。

小梓有些慌，辛劝说道，随它去吧，猫有九条命。所有的猫都是这样过来的，它没那么容易死。小梓打电话给宠物医院，医生也安慰小梓，让她再观察观察。

夜晚，小梓又听见了风，这一夜的风来势汹汹，它拍打冲撞着小梓的窗和墙壁，之后又化为狂叫与狂啸。小梓的背部开始发烫，她伸手去摸，身下的床垫烫得吓人，小梓想翻身却不能做到，她疑心自己被梦魇住，尽力地挣扎。

"辛!"她大喊。她的声音像风一样回荡在空旷的房间里，辛在做什么呢？他在那扇老化的门后面酣睡吗？"妙尔!"她呼喊道。她期待着妙尔会轻巧地跃上她的床，她期待妙尔用毛茸茸的脑袋蹭她的手，她调动起所有的感官，等待妙尔长长的尾巴从她的脚背扫过，把她从梦魇中解救出来。但一切都是无用的，她怀疑自己也被麻醉了，被放在手术台上，眼前的一切都只是幻觉。她害怕极了，她模糊地记得，手术室外有人在等着她，又恐惧地发现，这个世界上并没有任何人可以依赖。她所能做的只是等待天明，等待药效过去。

小梓醒来时已是次日中午。

"你也太能睡了。"辛说，"我还没吃午饭，等着你一起呢。"

小梓问辛："妙尔怎样？"

辛耸耸肩，说："早上看过一次，它还在那里，不过昨天夜里它闹出了很大动静。"

小梓起身走到客厅，顺着辛所指的方向，小梓看见书架上的书有一大半都散落在地上，冰箱上的抽纸、保鲜膜也都掉了下来，几只垃圾袋被拖到阳台，撕得稀碎。在厕所旁边，小梓看到了破碎的伊丽莎白圈和几片破布，最后，让小梓失控的是，在辛的门边有长长的一道血迹。

"血！这么多的血！"小梓尖叫道。

辛十分意外，他打开房门时并没有看见这一道血迹。

"你看不见,你当然看不见,你一直都是这样!你什么也看不见!"小梓语无伦次地重复。

辛给宠物医院打了电话,医生建议他们再把猫带来检查一次,"很可能是伤口撕裂,需要再缝针。"医生说。辛征求小梓的意见。小梓当然同意要去医院。只是这一次,无论使用什么办法,小梓都抓不住妙尔。它甚至不肯从沙发底下踏出一步。最后是辛捉住了妙尔,辛在外卖平台下单了一只渔网,把家中所有门窗关紧,把沙发整个掀翻,妙尔无处可藏,被渔网一把罩住。辛把妙尔关进猫笼,送进了医院。

这一次妙尔没能再从医院里回来。妙尔短暂的一生就此结束。

辛和小梓在家中得知了妙尔死亡的消息,小梓默然,辛只身再次前往宠物医院,在傍晚时带回了妙尔的骨灰。辛为妙尔做了一个小小的灵位,上面摆放着妙尔生前的照片、妙尔喜欢的玩具和零食。辛还特意买了一束花来供奉妙尔。小梓见状失笑。自妙尔绝育以来,辛一直有些心虚,对待小梓无微不至,甚至还学着为小梓做了几个菜。妙尔的死,辛负有责任,但她知道这绝不是阴谋,只是个意外。

"妙尔是一只真正的猫,所以人的世界里没有它的位置。"小梓淡淡说。

辛观察小梓的表情,见小梓似乎并不十分悲痛。辛放下心来,他再一次想要把铺盖搬回小梓的房间,但犹豫片刻后,还是没有开口。

是夜,小梓仍习惯性地将门留出一条缝隙。随后便躺下等待着,她将窗帘拉开一半,硕大的月亮白得刺眼。小梓恍惚间看见妙尔的身影，它坐在窗台上，向天空望着，耳朵尖尖、双眼亮晶晶。小梓也循着妙尔的视线向上望着，云层像蓬松的猫尾巴，扫过灰蓝色的床单，小梓忽然感到脚边一阵温暖，是妙尔毛茸茸的身体，妙尔踏着轻巧的步子向她走来，小梓朝妙尔伸出手，发现自己那一双纤细的属于女人的手并不存在，取而代之的是像妙尔一样的脚掌，厚实的，柔软的，藏着利爪的脚掌。小梓一扫疲劳，用双手牢牢扒住床垫，她听见织物破裂的声音，她感到自己的爪子锋利、坚硬、收放自如，它们深深扎进了床垫内部，小梓忍不住伸了个懒腰，猫的身体令她惬意无比。不同于妙尔，她是一只有史以来体形最大的猫，她的肌肉、骨骼和身体结构足以让她现在拍碎玻璃窗，直接跃到另一幢楼去。小梓野心勃勃地盯住窗外，城市的夜景，远处如群星闪耀的高楼，她已经迫不及待了，但她只是眯起眼睛，伸出脚掌舔了舔，然后转身向门外走去，向那一扇老化的门走去，它想和它最后一个人类朋友开个玩笑，作为道别。

它挠了挠他的门。

辛的胳膊上，浅浅的三个暗红色印子，此时微微地瘙痒起来。

(《十月》2024年第3期)

余静如　2014年开始发表小说，著有中短篇小说集《安娜表哥》（译林出版社），《以X为原型》（中信出版社）。作品致力于探索时代中青年人隐秘的精神世界，描摹现代人在社会与家庭中微妙复杂的人际关系。曾获"西湖·新锐文学奖"，"《钟山》之星"文学奖，柳林杯·山西文学奖，"储吉旺"文学奖，作品入选择微火者·女性文学好书榜，城市文学榜等。现居上海，从事编辑工作。

波密人的历史时间

李嘉茵

1. 鼓之书

截至目前为止,学界关于波密人的起源和种源有着不同的说法。

最先对他们进行命名的是英国学者布洛菲尔德女士,她与丈夫搭乘私人飞机前往椰城,突遇飓风,躲过山崖峭壁后,在一片望不到边际的棕榈谷地紧急迫降。飞机燃烧时的火焰和黑烟引来了驻扎在不远处的原始族群,他们头戴皮革面具,身上涂抹油彩,口中念念有词,围着意识模糊的她和受伤的丈夫跳舞。"波密","波密",牲皮鼓面敲响,如风拂过雨林树叶的沙沙声。巫医模样的长者在他们的额头和伤处涂抹了一种绿色汁浆,闻起来有些甜腻,仿佛是用甘蔗汁、诺丽树和其他绿植汁液混杂而成,而后又将新鲜剥落的龙血树皮贴在患处。药炉腾起紫烟,使他们陷入深沉睡眠。休养期间,布洛菲尔德女士对这一族群进行了深入考察,他们的房屋由热带植物编织而成,他们熟知雨林中任何活物及植株的种属,熟知它们的价值及用途,他们的图腾信仰是一种形容凶猛的湖沼水怪,状若鳄鱼。布洛菲尔德女士尝试学习他们的语言，发现他们语系混杂，表述中没有现在时态，只有过去时和未来时。或许是这个原因，布洛菲尔德女士总觉得在这里时光流逝速度较之别处更快。

　　资料表明，十九世纪中叶之前，这片居于南洋深处的密林并不为人所知。一八五四年三月至一八六二年四月，英国博物学家阿尔弗雷德·罗素·华莱士数次造访马来群岛，在岛屿间流浪八年，旅行一万四千英里，共采集了十二万件生物标本，包括三千件鸟类皮羽、两万多只昆虫标本和哺乳类兽物、陆生螺贝等等，其中有九百种鞘翅目天牛此前从未见过。最终他在病榻上提出了基于自然选择的生物进化论和动物地理分布假说，并在归国六年后将其经历整理为《马来群岛》一书出版。

　　　　据《马来群岛》所载，一条绵长的火山带弧线如有轨列车般依次驶过苏门答腊与爪哇、巴厘、龙目、松巴哇、弗洛雷斯等岛屿，一直抵达莫罗泰岛，它由几十座活火山与几百座死火山组成，时而昏睡，时而醒来。譬如，在一八六二年十二月二十九日，"完全安静了两百一十五年后的马基安岛火山突然爆发，整座山被炸得面目全非，大半人口丧命，大量火山灰使得四十英里外的德那地岛暗无天日。""火山或地震将历史记忆清洗一新，是结束，也是开始。火山喷发的年份，皆成为岛民的编年史纪元，借以帮助记忆小孩年岁，并决定许多大事发生。"（摘录自阿尔弗雷德·罗素·华莱士《马来群岛》，1978年版，第126页。）

　　几支西方探险队继华莱士之后来到此地，追踪这支罕见族群的下落，却因指南针失灵而止步。他们提取了足下土壤回去化验，发现该地土壤富含矿物质和钙质，猜测因附近有金属矿藏而影响了指南针对方向的辨明，钙质微粒经分析化验后，结果指向人体。人类学学者们误入的很可能是一片远古时期的墓园，推测为地震后的村落遗址。

在当地传唱的一首部族歌谣中，含混着这样的字句：族人在深冬全部消失，静候春天，来年如冬眠之蛇般苏醒。语言学家和词典编纂学家曾对此进行多重转译，翻译仅作参考。

——摘自《关于东南亚南岛语族波密人聚落起源之田野调查报告》

毋庸解释什么。

这份报告中的每一字都源于我的虚构。原始素材则取自我从旧货市场上得到的半部南岛语残卷，以及某日午后的梦境。

我将这份虚构报告作为调查实录投入任课教授的学院信箱。装订成册的纸稿滑入信箱底部，银鱼入水般轻巧。我感受到一阵短暂的快意，随即快意便被不安取代。但说不清是何缘故，有个声音告诉我，不必慌乱，并无大碍，毕竟这是Y教授的课程作业。

Y教授是我专业选修课程的授课教师，后来又成为我毕业论文的导师。我在闽南一所滨海大学念三年级，人类学专业。宿舍书架上常年摆着马林诺夫斯基、列维·施特劳斯和林惠祥。但这些书的厚度使我并无勇气翻开。起初进入这个专业，纯粹是被迫调剂的结果。时至今日，也谈不上兴趣可言，只想混个学历。混到第三年，头脑空空，邻近期末，不得不开始琢磨论文选题方向。

在Y教授主讲的那门课上，我起意研究的是一个发源自东南亚的罕见族群。几年前我在当地旧货市场清仓甩卖时得到了半本南岛语残破卷宗，成书年代不详。我将那日淘来的蜡染唐草纹花布、泰国掩面佛牌和南岛语残卷照片全部上传至Facebook相册，收获不少友邻点赞。一位印尼人看到后，很客气地向我询问关于这本残卷的事，说自己曾在孩童时期接触过这种语言，但祖父去世后，他再没见过这类文字。老虎死后留下花斑，大象死后留下象牙，祖父悄无声息地离开了世间，他说自己对此感到遗憾。印尼人头像是一张布罗莫火山喷发的照片，蓝紫色天空，玫瑰色火焰向四野迸溅。我问他能否读懂残卷的内容，他说这是古爪哇语，其中夹杂着一些更加晦涩的卡威语，是马塔兰王国建立之前流通的文字，仅能读解部分。我请他将能看懂的部分粗略概述，他说，可以，但需要一点时间。

几日后，我的VPN到期，没再续费，主要也没顾上。那段时间忙于校区搬迁，琐事缠身，安顿妥当后，我每日在学校附近游走闲逛，直至期末，面对一片空白的调研报告，我才慌乱起来，想起那本残卷。但行李箱翻找遍了，也没能找到。我登陆Facebook查看相册，弹出几条数周前收到的消息，来自印尼人。他说，翻译较粗略，许多词汇已想不起具体释义，在古爪哇语词典里也没查到，有些是意译。我谢过他，将翻译内容保存。他说，如我需要，不介意多译几页。我没回复。他说自己不需要报酬，如我愿意，他想出价买下这部残卷。我沉默地退出了对话框。

近来，我重新回忆起残卷的部分内容。据残卷所载，数百年来，波密人以采集、狩猎、捕鱼等形式维持生计，编织篮子和吊床，凿刻独木舟，制作长矛和弓箭，在雨林深处过着游牧民族生活，并不在意时间流逝。作为一个平和的族群，他们阶级观念淡漠，下意识与旁人共享一切，换句话说，他们的社会不存在私有制。

于他们而言，梦与现实没有清晰界限。男孩梦见女孩，醒来后会送她一朵花。波密人，又称梦的民族，他们学习操纵梦境，并在梦中得知关于现实的预言。梦中事终会发生，他们对此深信不疑。

我在YouTube上检索，找到一部二十分钟的黑白纪录片，名叫《梦的民族》，是一位马来裔导演对波密人族群的寻访。随后算法给我推荐了几则纪录片摄制的幕后花絮，导演雇佣大象搬运器材，大象闭眼走路，摇摇晃晃，象鼻探向沿途蕉叶，青绿香蕉悬在枝上，攒成花环状。花絮中有导演拍摄原住民骑大象行走的画面，但事实上，他们不骑大象，这是一种编排和想象。

起初，我试图从文献资料出发，探寻这一群落的灭亡之因，妄图在历史烟霭中捕捞些什么，并进行了诸多猜测，包括战乱离析、自然灾害等，整个过程像在追寻一则神话传说。而事实上，波密人族群的消亡可能仅是一种自然的消隐，如群鸟离散迁徙。

雨林遮天蔽日，现代性之光映照一切，万般事物，无可遁形。

那段时间，我重读了柯林伍德，在《历史的观念》中，他说，历史叙事是没有固定支点的，始终处在游移和滑动中。在微观史研究领域，"想象性重构"成为一种较为常规的介入路径，加之田野调查资料匮乏、提交日期截止在即等诸多因素影响，我决意采用虚构手法，对这段含混不清的历史进行一场戏仿。我想，历史本就诞生于一种语言的虚构。在认知与记忆、记忆与重构、重构与讲述之间，本就没有清晰的界线。

支持我如此行事的理由，不得不说，与这门课本身有关。这是一门令人费解的课程。坦白说，本学期绝大多数课堂，我都在昏睡中度过，唯独Y教授的课堂，我无法安眠，这位教授会不时引吭高歌，恰逢这时，我便从梦中惊醒，叩击指骨，伴随韵律击打节拍。夕阳西沉，日影敧斜，室内时空被切割开来，一半是明艳的橘色，一半是暗沉的铜色，界线在桌椅边缘缓慢挪移。我躬身睡在暗处，日影垂落眼睫，醒来，见Y教授已停止授课，像在思忖什么。随后，他唱起一首低沉的歌，所有人安静下来，屏住呼吸听他吟唱。唱完后，他沉默不语，直至下课铃声响起，他抬头，自另一世界中猛然浮起似的，说方才回忆起一首挽歌，不知怎，竟当众唱了出来。他请在座同学忘了这件事。

动笔之际，临近黄昏，我感到困倦，躺下休憩。梦中，我躺在一条河上，遥远岸上传来笑声，他们持长刀，割取水椰叶子，脸上涂抹红色汁浆，引我走过一条长满红毛丹和榴梿树的小径，走入一处洞穴。岩壁上覆满色彩剥落的古壁画，他们在壁画前祭祀，击鼓。洞穴外传来采矿的爆破声，洞穴随即塌陷。我醒来，呆坐许久，思考梦中之事。而后，参照梦境所见，将报告连夜完成，煞有介事地附上一长串英文参考文献，来自某个并不存在的境外出版物。完成后，不及细看第二遍，飞跑至院楼，赶在日期截止前一小时投递到Y教授的学院信箱内，看纸稿滑入狭长入口，躺入黑暗空间。我长舒一口气。

第二学期，我在学校偶遇Y教授，他低眉坐在石椅上，似在神游，我一声不吭地走过，却被他叫住。他瞪大眼睛，说从未见过我论文中的引文。我一口咬定它们是真实的,并将数年前在旧货市场上得到半本古爪哇语残卷的事如实相告。Y教授听罢,冲我笑着摇头,随后起身离去。我低低地叹了口气,心知这套说辞无法蒙混过关,开始每日陷于焦虑。有一夜梦到Y教授将我的调查报告当堂撕碎,纸片飘飞,久久不落,他目光凝重,对我唱起沉郁的丧歌。因此,半月后,在登录教务系统查询成绩并获知刚好及格时,我的喜悦之情溢于言表,彻底平复了焦灼情绪,并恢复了往日的散漫,每日继续游走闲逛。

在一个燠热的日子,在学校附近的小录像厅,我见到了山猫。山猫是Y教授的课程助教,长我两届,狮城华人,祖籍泉港,以海外留学生身份入读我校,汉语说得顺畅如流。他肤色如铜,眼窝深陷,眼睛大而蒙昧。据他自己说,祖母一脉掺杂着些许菲律宾血统。此前,我们仅在院系公选课上见过几面,面熟而生分。我从未积极参与过Y教授的民族学课程,与他亦从未有过私下沟通。

小录像厅在临街铺面的三层,楼梯狭窄,仅容一人通过,曲曲折折如登天阶。来看录像的人很少,三五人,坐得稀疏零散。那日放映一部纪录片,《盲国萨满》,由人类学家米歇尔·欧匹茨所摄,记录了尼泊尔马嘉人日常游牧迁徙的生活和萨满教仪式。为完成这件事,米歇尔·欧匹茨在尼泊尔马嘉人村庄长居两年,将素材剪裁为近乎四小时的纪实影像。

放映机亮起红斑,灯熄灭,房屋变为一间暗室。放映半小时后,几人默默起身走掉。一个钟头后,我昏昏欲睡,去吧台要了一杯马天尼,用铁签一下又一下地戳着坠入三角杯底的青橄榄。又过三刻钟,抵挡困意无果,我沉然睡去。入睡前的最后一丝记忆，来自前座男生那坚挺如棕榈的背脊。

醒来时我最先看到一排脚趾，夹在浮草色人字拖鞋中，细长孤瘦，近于猿猴。抬起头，映入眼帘的是一张介于熟悉和陌生之间的笑脸。在迷蒙中，我向对方礼貌性地点头，许久之后，我才想起他是谁。山猫说，打烊了，一起回学校吧。我问他，纪录片怎样？他说挺好，对自己目前所做的半游牧民族研究很有启发。我们穿过深长楼梯，我走在后面，对着他的背脊，他微微转身，眸光闪烁，提醒道，楼梯陡，小心脚下。在冥界廊桥般细窄可怖的长楼梯上，我瞬间被这眼神触动，恍惚之间想到了俄耳甫斯的回望。

我们走到街上，站在路灯下抽烟。我盯着萦绕灯柱的飞蛾，沉默片刻，山猫将烟尾碾灭，说，我看到了你上学期提交的报告，Y教授让我对所有报告进行分数预评。我说，多谢，多亏有你，才勉强及格。他说，我好奇你虚构报告的动机，以及那本残卷，是否真实存在。我将那份报告的来由详尽转述，山猫微笑，说，我家那边也有类似传说。我们换个地方聊。

随后我们去了附近一家墨西哥风格的酒吧，酒吧供应简餐，墙壁缀满纹样繁复的塔拉韦拉瓷砖。他选了一个临窗座位，斜靠在绘满大块明艳色团的窗帘上，点了罗曼湖威士忌和一壶水烟。他说，我家那边，岛屿散布，渔民在岛上发现一处聚落遗址，原始棚屋围拢连缀，有点像达雅克人的高脚长屋。屋宇破落，仅残存下一些痕迹，周围草木葱茏，似许久之前有人居住，而今已不知去向。

酒吧灯色昏黄，水烟探出四只腔管，仿若一只绵软的深海水母。山猫吸水烟，似吸吮水母触角。他说，曾去外网查询相关文献，尚未得到明确结论，只有零散数据和模糊猜想。他吐出烟雾，搅弄吸管，孔雀蓝酒杯里，薄荷叶时浮时落。

"万物静默如谜。"我说。

依照山猫提供的关键词和外域数据库，我检索到两篇文章，文章提供了两种猜想路径。猜想一：波密人聚落遗址邻近拉绍，这里是丛林原住民躲避屠杀的暂居之所。美通河河边，立着两块古石，用以磨刀，这里是当地人猎捕丛林原住民的起点。原住民被猎捕后，成为奴隶，一生不得自由。老人被杀害，幼童被领养，在现代社群中长大，忘记自己的身份血缘。原住民对此感到恐惧，在围猎中逃往雨林深处，在不为人知处建起新的聚落。猜想二：波密人族群可能与上游达雅克人有亲缘关系，百年前的一场地震促成了他们的流徙。随后文章从地质学角度解释了地壳运动与聚落出现之间的关联，还附上了地壳剖面图和地质模型运动示意图。第二篇文章由国际经济地质学家协会（Society of Economic Geologists，简称 SEG）下设的学生科研基金（Student Research Grant）提供资助。

几日后，在接到 M 证券公司的实习录用通知后，我迅速将这些沉浮不定的历史谜题抛诸脑后，从城市最南端跑到最北端，坐入写字楼格子间，每日打印复印，做报表，翻译文件。为减少奔波，我搬离宿舍，租住在公司附近一栋老式居民楼里。夏季湿热，老楼外墙生出一层苔藓，浴室莲蓬头间歇性淌落黄褐色液体，我生活在其中，总感觉自己会随这幢房屋一道溃烂下去。楼寓转角处常年摆着一个水果摊，站着一个阿嬷，每天从镇上推板车过来，晒得面皮黑红，身形矮胖，柿饼似的烫烙在太阳下。我路过时，会买些杧果、波罗蜜之类的热带水果，存储在租屋中的陈旧橱柜里，碰到新鲜莲雾，也会买来尝鲜。整个夏天，我吞咽下许多甜蜜的热带水果，以抵抗这种内生性腐殖。或许是糖分过量、成熟过快的缘故，存储于橱柜的水果总在一两日后从成熟转为颓败，空气里过早弥漫开一股腐烂气息。不知为何，明明觉得时间没有过去太久。"莫兰蒂"台风过境后，水果摊对面开了家花店，色彩芬郁。在这个热岛城市，鲜花总是长盛不衰。

八月雨季到来，屋顶渗水，我与房东协商，退回部分房租，重新找寻住处。搬家那日，我在楼梯上来回奔走，但待搬之物仍盘亘硕大，堆在原地，与我沉默对望。求助信息被几个平日里关系尚可的同学逐一婉拒，我不抱希望地发消息给山猫，询问他是否已回乡。

一刻钟后，山猫回复说，预计两周后返乡，校内还有部分资料要整理。我将自己被迫搬家一事同他简单讲述，问他能否赶来城北。山猫没有回复。待我精疲力尽地将折叠衣橱搬下楼后，发现山猫十几分钟前发来消息说，已乘上BRT快速公交，二十分钟后见。

搬家结束后我们一同去八市档口吃海鲜。在那之后，我时常收到山猫的短信，约我去逛展览，或去看冷门纪录片。展馆观者稀零，冷气极寒，纪录片画面粗粝，镜头长得惹人昏睡。山猫总是饶有兴味，我则勉力强撑。之后的情节进展简洁明快，我们每周见面，日渐熟络。当他神态自若地取过我的酒杯酌苦艾的茴香时，我发觉我们已处于青年男女间的暧昧阶段。

我们在海边共同度过了几个夜晚，山猫讲了许多少年时期听得的丛林故事：祖父的归葬、槟城的鬼王、雨林深处的灵巫、化身鳄鱼的士兵，诸如此类。而后他避开目光，说后天便要返乡。

我愣了一下，缓缓点头。海浪漫过我赤裸的足趾，鞋底变得湿冷。不远处，一枚圆亮的贝类被冲刷上岸。我将它拾起，放在月光下看。掌心大小，外壳坚硬，呈铜钱形状，正中绽开一朵五瓣桃花，布满棘刺，软如胎毛。我捧着未曾见过的奇妙生物，心生惊叹。山猫说，是海钱，童年常与伙伴在沙滩上捡拾到。它们死后才被海浪卷上沙滩，变成白色，白色是它的骨骼。他说老家床下有个饼干铁盒，装满海钱，因为每一枚海钱背后，都有一朵枯死的花。

他身后，一轮白月孤悬而升，我端详起他的面庞。左颊比右颊宽厚，左颊的肌肉纹理下，藏了一个小巧的酒窝，泛一点淡粉色。

山猫望向我，问我想不想随他去热带度假，顺路去看看先前所说的波密人聚落遗址。他想申报东南亚少数民族聚落研究的课题，为来年博士申请增添筹码。他冲我眨眼说，如有收获，成果愿与我共享。我点头答应，不说别的，起码毕业论文方向有了着落。

说来奇怪，定好这场热带之旅后，夜晚我躺在床上，已不再有梦降至。原来梦对人的追随并非如影子般坚实。山猫曾说，有时夜里睡不着，会从床上爬起，去操场打篮球。闽南的夏季，雨水丰茂，植物疯长，我午夜起身，一大丛油棕的羽毛状叶子探入走廊，像舒展开一把带刺团扇，挡住去路，我抬手拨开，地上暗沉沉的影子如水颤动。天地间，光是冷蓝色，气温降了些，夜风隐有凉意。我手肘撑在走廊围栏上，望向远处夜空，伴着楼下篮球场上的投球声。在昏暗夜色中，我想象那束掩在层叶间的身影属于山猫。充气篮球的橡胶外皮击打水泥地面，发出沉钝声响，一起一落，至天光拂晓。

临行前，因忧心野外的卫生状况，我特意剪掉长发，以免成为虫豸乐土。我想同 Y 教授见一面。他精通几国语言，熟悉闽地方言、客家官话，曾深入神农架林区追寻野人踪迹，去过云南深山对傈僳族人进行繁衍调研，田野经验丰厚，我想听听他的建议，发去邮件却迟迟未获答复。我去往院楼，他的办公室房门紧闭，我只好转进隔壁办公室，询问他年轻的同事。那位戴着金丝眼镜的青年男教师从书卷中抬起头来，对我说，Y 教授因中风而住院，身在英国的女儿为他请了一位训练有素的专职护工每日照看，但 Y 教授至今仍昏沉未醒。

我们先坐飞机，再转铁路，又乘南下客船，抵达了山猫的家乡——狮城南首，游离于陆地之外的一处岛屿，南洋列岛之间的一颗星子。海波清平，水椰抖弄着羽毛般的碎叶。远处的岛屿耸起背脊，白日里所见的一切都显得通透明亮。

我们走出水港，天色将晚。预计在港口滞留一夜，饭后沿黄昏时分的海岸线漫步，赤脚在沙滩上走，身体像丧失重量。远处的海岸线上，有一群人，正将一艘彩船推向海中。他说，这是在举行送王船仪式，祭拜海神，附近有华人村镇，因而保留了一些闽台习俗。

海水翻卷着退去，包裹着牲畜头颅的红色祭品袋子随潮水后撤，一路退向深海。不多时，点火仪式开始，停在沙滩上的王船，遍身彩绘，狮头龙尾，皆在焰火中燃灼，风势渐起，赤红火焰随海浪一同翻涌，尚未燃尽的彩船在沙滩上搁浅。一般要烧许久。他说。明早涨潮，海水会将船灰一同带走。离开很远后，回头再寻那艘燃烧的船，人群散尽，火焰残喘，铺落一地焚灰。海水浸没，混成湿软的流沙。

海边市集还未散尽，渔民收捡摊位上的渔获，有些摊位摆放着稀奇古怪的摆件，造型怪异的珊瑚、干瘪缩水的海星、丛林蜥蜴的标本，还有鳄鱼干燥枯黄的牙齿，串成一排，挂在木头支架上。我拿起那枚牙齿吊坠细看，中间有道极细的裂缝，填满尘垢，带着悠远的来自丛林野兽的腥气。山猫解释说，鳄鱼是此处的图腾信仰，本地人深信，佩戴鳄鱼牙齿会获得神灵庇佑。

傍晚，我斜倚在旅社床边，翻看文献。山猫在隔壁听音乐，声浪自门窗缝隙涌入，是伍佰所唱的《热情交错》。我盯着聚落遗址平面图正中那棵罗望子树，周围棚屋环绕，排布如六芒星。我回想起自己此前在报告中编造的内容：

在这群西方探险者回国著述的《南洋民族考编》一书中，波密人被进行了如下形容，与英国学者布洛菲尔德女士的记述截然不同："在此地繁衍的是一个人种性状不明的族群，眉骨高耸，生着翘鼻，鼻尖如展翅巡洋的鸥鸟，褐肤黑发，古中式衣，仿若一队迁徙至热带雨林中的鞑靼人。竹木栅栏、高脚屋，族长为一鹤发老人，品相各异的珍珠和形状有致的河滩卵石是族群内的流通货币。"

这处深深藏匿在山体之中的人类聚落并不轻易对外人昭示形貌，三面险峰将波密人聚落拢在怀中，通过一个幽邃的密洞与外界相通，洞中时有积水，暴雨后便将通途淹没。相信世间不再有比此处更加隐秘的人类聚落。

他们被历史的潮水驱赶至此，生活在这样一处丧失了时间维度的深林中，模糊了原生的种姓，亦被语言放逐。他们的言语中混杂着几种声腔，闽南语、客家话、英文、马来语、印度语、缅甸语，以及不知承自何方的口音，他们唯恐被占领者指认为任何族群，便将原生母语深深埋葬，新的语言尚在孕育，如同一杯调和过的鸡尾酒，味道杂糅，冗杂如枝蔓，因而无从分辨来处，说话时间或夹杂着一些原始的肢体动作，来自原始动物，甚至是水椰、油棕、野蕉、角藤等原始植物迎风摆动的形貌。

我阖上眼，伴着歌声睡去。"让风变成火，燃烧整个四周，淹没了你和我。"梦里，我在参观聚落遗址的火山纪念馆，展馆中央有两具黑色残骸，他们紧紧缠绕，彼此相拥，掌面如水流般汇聚。词曲在脑海中不停地游荡，倏尔中断，如一块绸料于正中撕裂。

我惊醒过来，床在震，墙在战栗。我起身，和山猫在走廊相遇，他攥紧我的手向外跑。我们随人潮一同涌向清真寺前的半圆广场。山猫不停刷新新闻资讯，我想起自己的手机仍被压在枕下，向他追问报道细节。Facebook弹出信息，六级地震触发了附近海岛上的活火山爆发。他点开快速浏览，随后退出界面，专注于回复亲友的询问。我瞥见他的头像是一张布罗莫火山喷发的风景照。他打电话给码头，取消了下午的日程预定，随后将手机放回口袋。

之后，我们又经历了两次程度较小的余震。我仍旧惊慌，山猫安慰我说，生活在这里，总会习惯这类振动。米歇尔·欧匹茨曾说，宇宙是通过振动产生的。

翌日，我们按原计划前往聚落遗址。出行前，山猫说野地虫豸多，吸血蚂蟥总在水边等候。因此，我不得不在四十几度的酷热天气中身裹长袖长裤，山猫则穿得像个种植园领主：宽松的米色棉质短袖，卡其短裤，长筒棉袜，橄榄色登山鞋。他在腰间别了一根尼龙绳，悬挂着一柄纹路精致的匕首，刀鞘上缠着黑绿色丝线，扮相掺杂了些许野地酋长的气质。

我们走的是村人上山割胶的林中小路。愈往深处，道路愈细窄。雨林很静，传来虫鸣蛙声，伴着一两声鸦叫。我说，鸦鸟不是习惯白天睡觉，夜里觅食吗？山猫说，白天外出的鸦鸟，向来飞得颠簸不定，梦游似的，要小心闪避，以免它们从树枝上掉落。

走出胶林后，一条河横陈在前，无法直渡。我们折返上游村镇，租下一条船。摆渡人说，当地人称这条河为溟河，溟河诞生于几十年前的一场地震。此前一直流于地下，地震后，水流如游蛇般潜出地表，日渐繁盛，最终汇入萨门撒河，成为一条支脉。

下了船，穿过雨林，眼前是一处聚落。入口处立着一个硕大木牌，波密人聚落遗址公园。入口处的售票厅伪装成棚屋样子，身穿蜡染纱笼的年轻女子将我们拦阻，收取门票费用，并试图推销廉价的租赁式电子解说器。中英法德泰马，六种语言频道随意切换，按时收费，押金二百。我们租下一只电子解说器，我戴右耳，山猫戴左耳，走路保持同一步速。一排仿古棚屋码在面前，屋椽铁钉外露，墙外清漆尚未干透。我们不曾想到，开发商已将一切未明之域填入商业景观的规划框架中，并辅以全景式表演。一名中年女子坐在一株印度紫檀下补缀渔网，手法细慢，见我们走来，立时放下手里活计，露出合影时的标致笑容。女子身穿蜡染纱笼，黑灰上衣，赤足，耳上缀着硕大饱满的红玛瑙，腕上戴满萤绿串珠，说着我听不懂的当地语，想是从当地聘雇来的原住民。

女子引我们走入棚屋。棚屋中围聚着不少人。正中央端坐着一位鹤发老人，性别莫辨，面前一只脏旧木箱。我们走入后排坐下。老者打开木箱，取出破损了半边袖管的野猪皮袄、黑红相间的雉鸡冠羽和牲皮手鼓——鼓面上绘着一幅鱼首女身像——以焰火将鼓头烤热，随后又取出一个用鳄鱼牙齿制成的乐器，以浸润过符咒神水的木质小锤敲击，七枚鳄鱼牙齿，代表不同音阶，声响有致。

她站在木箱布置成的简陋祭台前，望向虚空中的某一点，双目混浊，口中源源不断地吐出秽语，以退散恶灵，它们细密地织结在唱诵的绵长的神话史诗中。鼓声由慢渐快，敲至重复节奏后，重又放缓，辅以鳄鱼牙齿叮叮咚咚的敲击声，渐入恍惚之境。几位中年女子围坐巫者身畔，补缀渔网或钩卷羊毛。仿佛在听戏文。两个年纪稍轻的女人小声窃语。年长女人解释说，她前世是一名男性巫师，因此用男性秽语驱恶施法。

仪式结束，我们跟随其他探险者、观光客离开棚屋。我问山猫，他是否通晓方才那段巫言的语意。山猫摇头，同我讲了个故事。有则尼泊尔传说，一位萨满和一位佛教诗人比赛登山，胜者可获得圣书。最终诗人赢了，这类结局是可以想见的，因为萨满不需要书，他们的鼓就是书。我问他这是哪里听来的故事，他说是米歇尔·欧匹兹所述。

我们在聚落中央的罗望子树下乘凉，树边立着一块木牌，标题写着"最后的波密人"字样，并配有一张原住民男子的照片。

男人上身赤裸，褐肤黑发，唇上戴着环饰，眼睛黑亮，但又空空的，像什么也没有。

木牌写道：大部分族人在20世纪70年代被迁入此地的非法牧场主陆续杀害。1995年，6名族人被非法开矿者袭击，这名男子成为唯一的幸存者。1996年，香蕉园管理者在一片宽大的蕉叶下发现了他，在接下来的一段时间里，他销声匿迹。1997年，当地政府在此处建立了原住民保护区。聚落存在的消息曾封锁数年，供研究者秘密研究。有研究者推测，这名男子至少独自生活了三十年。他拒绝与外界接触，将管理者投递的食品物资视作诱饵与陷阱，觉察到危险时，他会拿起自制武器，用藤蔓封路，以毒箭射向推土机。有一次，保护区管理者试图对他的身体状况进行检查，在靠近茅屋时，被他一箭刺穿肺部。2001年，他在死后数月被人发现，身上覆满金刚鹦鹉的羽毛。

我环顾四周，对这一聚落产生了原始生活形态的想象。屋脚刻画着每年淹水的高度。1988，1993，2001，2002，1996。黑色数字下，拖出一条条蓝色线段，参差错落。我问山猫，这一切是否真实发生。他说，正如湮灭的任何一个族群，我们无法证明他们的存在，拥有记忆的人早已死去。那些看似存留的器物，并不能算作不朽的证言。我们同他们一样，处在一团历史的旋涡中。

不远处的湖水银光闪烁，仿若镜面。我说，有没有一种可能，我们置身的世界，是另一世界的倒影，在另一处时空里，波密人仍在此地生活。他在阳光下虚起眼睛，不再言语。

2. 鳄鱼的垂影

我们在河畔等摆渡人折返，河上一片虚茫。山猫手里的烟一直燃到尾梢。田野项目几近流产，我们沉默。上船后，他忽然启口，说祖父埋葬的那棵树就在附近，不如顺路去拜祭，也算不虚此行。

下了船，我随他走入一片幽深密林。他的家族惯于将逝者骨灰放入坛中，挂在树上。沉默半晌，他指着嵌在树间那个黑沉沉的坛子说，其实，祖父骨殖并未归葬于此，坛中仅有遗物。红眼犀鸟立在枝上，静静俯视山猫，神色肃穆，仿若忠诚的守墓人。

我说，先前在 Facebook 上联系我的人，是你吧。他面露愧色，低声说，一直没找到机会同我解释，那本残卷或与祖父下落有关，并非有意欺瞒我。

祖父离家时，没人知道他去了哪里。祖父失踪后，父亲在坛中发现一本破碎的日记。日记起于1933年，那年祖父15岁。21岁那年，他在集美水产航海学校就读，暂停学业，去滇缅公路做志愿侨工，驾驶卡车将抗战物资输入前线。回家后，没过多久，狮城沦陷，他从溃退败走的英国佬那里用八角钱换来两支枪，就此钻入丛林，销声匿迹。

他走向那棵树，抚摸着被蛀空的一块躯干说，从前，这里放了张相片，像一个小小的龛座。是祖父年轻时的相片，边角已被磨平。过去一两年，再来看时，相片中只剩小半张脸，其余画面都被磨蚀掉了。或是虫蚁分泌的黏液与相纸发生化学作用；或是树胶和汁浆腐蚀了相片，最终它被这棵树整个消化掉了。我问那张相片是什么样子。他说，像素不高，只能勉强辨认。祖父方形面孔，额头宽阔，一头蓬松而卷曲的黑发堆在脑后，如遇风扬动的船帆。

他说，据父亲所说，这本日记有些怪异。前半部分是一本单薄的外文笔记，涂满墨迹，布满蚯蚓样的文字，像古爪哇语。字距狭窄，挨挨挤挤，书页空白处写满字，标注细细密密的日期。他认为祖父并不认得这种外文，所记内容多是生活所感与梦境拓写，想来应与外文文段无关，字迹细密，想来是纸张匮乏时的无奈之举。后半部分是空白纸页，同样写满日期和字迹，像后来补缀上去的。两部分装订在一起。

后半部分，年份与日月标注混乱，自青春繁盛的1933年，至祖父独自离家的1982年夏日，如一副被随机洗过的扑克牌。事件的出现也杂乱无章，如有二十几颗随机弹跳的桌球在脑中来回撞击，并不知道下一颗被击打的桌球位于何处。写的事情变来变去，有些竟前后矛盾，内在时空颠倒，仿佛两面镜子斜靠在一起，折射出多重时空。看到后来才知道，这本日记是重新装订过的。页边有时会出现一些碎片似的诗句，"岸上吊着一具尸身。所有人的梦，都在河上流着"，"世界在湖的锋刃处交汇"，"在火焰深处遭逢一束倒影"，诸如此类。诗句来源不明，不知是他所作还是摘录而得。

不少字句被线绳刺穿，拖拽进暗处，成为书脊的一部分。最末页的字迹，模糊不清，留下茶褐色水渍浸润过的波纹线条。仿佛他在迷雾那端微笑说，不要妄图从这本日记中得到什么确凿无疑的证词。

这本日记，后来竟在一次台风天中无故遗失。过分丰足的雨水从河床涨起，淹没四野，他们与邻居一同奔向山坡躲避。一切平息后，他们回家，发现房屋四处都在漏水，家具物什在水中浮沉。半个月之后，父亲坐在橱柜前，想到祖父那本日记，而它早已连同抽屉盒一同消失在了雨水中。

听他描述，那本日记极有可能是我在闽南古董旧货市场上见到的前半册。我将此事告诉他，也向他坦诚了残卷遗失的经过。他说，这本日记一分为二，在世间游走，像是没有归处。

他说父亲依稀记得，祖父的日记中还包含了不少关于南洋侨领陈嘉庚先生的段落。日记中，他不止一次地提到这位先生，伴随着对菠萝罐头、黄梨糕滋味的描述（陈先生本是靠米店和菠萝罐头厂起家）。这些饱含糖分的食品作为补充物资捐往前线显得无比奢侈，在深夜中，不断勾连起他对家乡食物甘醇滋味的怀念。而与这位先生相交游，真正有细节场景刻画的段落，也不过三五处。

譬如有一段是这样写的：

"1939年，我在闽南水产航校就读，毕业只余一年。本想聘入英船舶公司，风雨掌舵，巡游四海。奈何烽烟四起，恰逢陈先生征召侨工援助西南，我得知后收捡行装，乘火车赴滇缅。"

其后又有：

"陈先生的眼镜被水雾熏蒸得模糊不清。他取下眼镜擦拭。雨水悬落，跨过山溪时，他踩上一处滑凉的石块，险些跌落。我很快将他搀扶起来。"

他说，这一细节在陈嘉庚先生著述的《南侨回忆录》中并未见得，不知是否确有其事。那是1943年，祖父回到家乡的第三个年头，躲藏在雨林深处的洞窟，借着油灯对滇缅之行展开回忆。

在陈先生视察滇缅公路的时候，他曾与陈先生有过一面之缘。

有侨工同乡因醉酒与人殴斗，随后逃回狮城。办案人员无从缉拿，竟将祖父抓捕起来，代为受过。出狱后，湿冷冬日，祖父无钱添购棉衣，着衬衣凉鞋驾驶物资运输车北去，途中偶遇陈先生车队。陈先生见他衣着单薄，与他交谈，听罢原委，喟叹一声，摘下金丝眼镜，低头擦拭。眼中隐有泪光。细谈之下得知，祖父家所在的狮城村落，与陈先生母亲的故乡只隔一道河流。

祖父在等待家人回信的日子里，在侨工营地行走，不再将志愿工作之外的精力投注在与同乡之间的扑克玩乐和赌博中，他时常在原始丛林中徜徉，阴生桫椤，香樟，冷杉，深浓茂绿和幽深溪谷使他不住怀想故地。

后来，狮城沦陷，英军向华人发放枪支，一支枪收四角钱赎金。他们在深林洞穴中密谋，不知何处拼凑这钱。他上门拜谒陈先生。陈先生劝说他们另避风头，不要枉断性命。他请陈先生托船运公司的朋友买到三张船票，尽数拿给家人，送他们乘上前往爪哇的最后一班船。而后，他拿着赎来的两支枪，潜身胶园，就此失去踪迹，如走入一团淡远的灰雾。

他说，有半年时间，祖父藏身林中洞穴。某日午后，祖父在山洞中听到一阵引擎声，像有战机在头上盘旋。他屏息，静待飞机远去，却听到山洞另一端传来人声。他向内探看，愈向内，人声愈微弱。此前他从未走入洞窟深处，他从洞中垒砌的土灶下抽出一根树枝，用火信引燃，擎着火把走向山洞深处。

洞壁深处有处湖水，与地下河相贯通。他走至水边，在火把的辉光下，湖面映出他自己的倒影。

湖底传来笑声，仿佛通往另一世界，轰炸与死亡从未发生。水上的倒影使他心生迷惑，不知隔岸是否存在一处尚未沉沦的乡土，而那一世界的人看向湖面时，映出的是否是焰火映照下、粼粼闪动的他的垂影。

垂影之下，有个黑沉沉的东西，状若浮木，两眼晶亮，他倒退一步，回想起乡间流传的暗洞传说。

他回去之后，便开始在日记里描述水泽对面的世界，一个充满金色幻梦的乌有之乡。他不止一次提到，自己曾想潜入水潭之下一探究竟。他出身航海学校，水性极好，但理智告诉他，在地下水系迷失的可能性更大，极易窒息而亡，或被地下疾流冲去不知名的暗处。

雨林中隐有歌声传来。我们循声而去，在不远处，一棵树前，一场葬礼正在举行。老人发须皆白，嗓音浑浊，唱着一首肃穆的歌，曲调韵律，竟与Y教授上课时脱口唱出的歌谣曲调相仿。我看向山猫，他浑然不觉。在我的追问下，他将歌词逐句翻译。

歌中主角是一名士兵，被敌人追捕，化作鳄鱼潜入激流，之后化身摆渡者，在冥河间游荡。本地传说中，鳄鱼能召唤游离在世间的灵魂。他说，那位新近去世的老人，终年九十七岁，参加过战争，左腿乌黑，因为有颗子弹填于肉身，始终未能取出。老人唱起挽歌，为他濯洗肉身，使灵魂安息，平稳渡往另一世界。

他说，祖父如果还在世上，大抵也是这个年纪。六十五岁那年，祖父永远离开了居住的村庄，村人说看到他拄着拐杖往雨林深处去了。父亲和伯父在林中找到了祖父丢弃的拐杖，附近有一片掉落的鳞甲，拿回给村中猎户看，推测属于爬虫类脊椎动物。他们全家而后又陆续入林，搜寻数月，连一片衣料都没寻到。

祖父寿宴过后，家人为他做了一套新衣。那套新衣整整齐齐叠放柜中，他走的那天穿的是一身旧衣，破烂不堪。祖母回忆说，这身衣服像是他当年走出雨林返家时所穿。当时祖母想将这身破布丢弃，他却不让，也不与人说话，过去数月，才恢复神智。家人细细询问他的遭际，他的回答时常前后矛盾。问他战时躲藏何处，他只说是一处山洞，洞中常有白光泻地。那身衣服被他藏匿起来，四十余年后，他重又将它穿在身上，隐入林海，就此消失无踪。

他说父亲曾在酒后对他讲过这样一桩事：年幼时，父亲入河游水，恍然听到有人呼唤自己乳名。四下望去，见一鳄鱼缓缓游近，鳄鱼短吻有道伤疤。他伸手去掏裤袋中割胶用的小刀，而鳄鱼仅绕浮木悬游一周，而后离去。印象中，这只短吻带伤的鳄鱼从未伤人。

他说，几十年前，祖父离家远走，遁入林中。家人连日搜寻无果，父亲去询问村中巫医，测算祖父去向。巫医将祖父遗落的拐杖和附近捡拾的鳞甲拿在手中，闭目凝神，点燃一枝香烛，紫烟悬浮。他睁开眼睛后，劝说家人无须再寻找。祖父永远不会再归来。父亲无法接受，跪在地上哀求。

在尚未散尽的紫烟中，巫医并未出声，石屋墙壁上一道低沉之音缓缓传来，如同古老神谕：祖父与鳄鱼交换了身体。

一只背上布满斑点的三叶虫红萤自我左肩爬过，我肩上的皮肤渗出一串细密血珠。不知是这只昆虫携带毒液，抑或午后日光的暴晒，不久之后我脸颊开始涨红，伴随轻度晕眩。一只敏捷的豚尾猴自棕榈叶间惊跳而过，身上燃着一簇火星。我眨动眼睛，火光消失，想这或许出于幻觉。

此时我们已走入雨林边际，不远处即是河岸，河上并无舟楫，摆渡人不知去向。山猫说，可能在林子里去岔了路。行走于草叶间，我的脚腕被藤缠绊，摔倒在地，留下一道伤迹。我拒绝了山猫背我行走的提议，让他返回码头，我在原地等船接引。

我静坐，望着水面，回想这几日发生的事。一本由山猫祖父撰写的日记，分为两卷，上卷是南岛语史话，不知何人所作，下卷是山猫祖父所写的战地笔记和梦境之录，两册毫无关联的书卷，被重新装订合一，顺序颠乱，语源混杂，冥冥中引我前来。时间没能照亮雨林的隐秘，历史的真实，变化莫测，是一枚未曾被撬开缝隙的珠贝。表面光滑，毫无缺损，来人捏着刀柄，刀尖不知该落于何处。内壁的景状，亦未可知。

我默念着记忆中攒集的字句，它们在林间浮动着。究竟是我所编纂的报告之中的内文，或是那本遗落的日记中依稀可辨的文字，亦分不清了：

  叔本华说，没有任何人在过去中生活过，也不会有任何人在未来中生活，现实就是生活的全部表现。(《作为意志和表象的世界》，第一篇第五十四节) 令学者们大惑不解的一点是，波密人的语法中缺乏现在进行时态，因此，只要他们一开口，言说之事便成了过去。波密人将时间切分成碎末，他们不曾生活在绵延之中。

波密人没有现在时态，他们一出生便像被牢牢钉在画片上，被一双看不见的手不住向后翻页。波密人的文字，脱口而出时，便注定成为历史。未来向过去倒淌着，时间像旋涡那样形成螺旋。

等至红日坠落，山猫自杳渺的水面出现。与他一同现身的，还有不远处布罗莫火山口的滚滚黑烟，以及赤焰映照的天空。

山火来了，山猫说。他眯起眼睛，神色焦灼，面部褶皱清晰显露，如一枚暴晒在日光下的青色核桃。船舱内摆着水盆，盆中装满着青色的贝类，他的倒影滑落水盆，颤动，破碎，而后愈合。

船行江上，烟雾聚拢。我依稀望见聚落遗址中央那棵罗望子树，它高大繁茂，状如云烟，像滚滚燃烧的火炬。如果不是这场突发的山火，它会随同雨林一起，永远繁盛。

波动的水面，一条鳄鱼从船底缓缓游过，上浮。它在船舷处跟随，像一道影子。河水清凉地抚过它花岗岩般坚硬的身躯，它的身影飘荡在水中，时隐时现。它的吻部有一道伤疤，这使它看上去格外忧伤。或许那日在海边集市的摊位前，我拿起的那串鳄鱼项链里，便有它的一颗牙齿。

我与鳄鱼平静对视，我的倒影与之重叠。山猫同我一样，望向那只鳄鱼。我笑着说，祖父听到了你在林中的祷告。他笑了笑，点燃一根烟，吸了几口，说，难不成你真的相信？燃至烟尾时，他向我说起一段援引自祖父日记的原文。转述时特意改换为第三人称，以显客观真实：

他是在身上中了一枪之后被俘的,在热病流行的漫长时日里,侥幸没有死掉。他记得此前在旧书市场中的哪本厚书里看到过这样一句话:"他生时已死,是真正的幸存者。"

他用一串名字交换了活着走出营牢的机会,在审讯者纠结于使用何种刑罚之前。他们整夜思虑着如何在他活着的前提下,撬开他的脑壳,复刻他的记忆,待终于想出万全之策,还未施行,他却忽然松口,像一阵叹息。一串名字像一串珠子那样滚落在地,猝不及防。时间流去的感觉在溃散,他心中感到空虚,亦无法左右什么。世界于他并不再有实感。

晚年,他亲自烧制了一只黑沉沉的坛子,乌黑透亮。他将日记本合拢,撕裂书脊,将雪片似的纸页放入坛中。他嘱托家人将坛中之物烧掉,而后走入林中。在等待祖父归来的漫长时日,父亲将日记重新装订,试图考证出关于祖父消失的蛛丝马迹。

话音落尽,鳄鱼一声不响地沉入深水之中,湖面仅剩我自己的影子。

赤红日影滚落舢板,山猫站在船尾祷告,声音细如蚊蚋。祖父,请原谅我带陌生人来到这里。她想了解我们的历史,请您庇佑我们。

岸边水椰抖弄着状如羽毛的宽大叶片,荫翳垂落,火光溢散,被间离的历史流淌在树胶里,缺位的真实仿若水中倒映的枝叶,仍是幻影。时间在此地形成旋涡。水波徐缓,如一本被风掀弄的书,书页吹卷而起,随夜幕降临而即将合拢。我的船行驶在这卷浩漫之书上。我闭上眼睛，想起关于火山遗址纪念馆的梦，两具彼此交缠的黑色遗骸，想起伍佰的歌，"让风变成火，燃烧整个四周，淹没了你和我。"熔岩汇入，火在水上涌流。

雨林燃烧，哔剥作响，身侧山猫的祷告声逐渐低沉，变作入睡前的细语呢喃：那时是第一个世界，一切小小的，四面是山，地面振动引起火山喷涌，熔岩吞没了第一个世界，才有了第二个世界。我们有共同的父亲母亲，他们有很多后代，如今四散开来。

（《钟山》2024年第1期）

李嘉茵　1996年生，山东泰安人，北京师范大学博士在读。作品见于《收获》《钟山》《天涯》《小说界》等，曾获第四届"《钟山》之星"年度青年佳作奖、第二届"短篇小说双年奖"优秀作品奖等。现居北京。

Distance

远方

邮差藤小玉

须一瓜

一

说是从空中看，通往半月谷的下坡邮路，像一幅心电图，弯折密集的那种。藤小玉没有坐过飞机，自己和父亲老藤也没去医院拿过心电图，所以，藤小玉不太能领会人家说从天上往下看那条邮路是个什么样的图景，他只是凭十一年的步行经验，感觉出那条不断下坡的邮路，就像学前班的藤婷婷写不好的"乡"字。那时，她的铅笔折来折去，折来折去，因为不知道最终在哪里收撇，气得她把那个折越画越大。那个忽长忽短的、意气用事的"乡"字，就是邮差藤小玉每天走过的邮路。早上七点出班，下坡"乡"字，再上坡"乡"字，走完，下午一点半左右收工到家。从红旗镇邮局往半月谷走，是高原往盆地下行的过程，这个井底般的半圆形盆地里，清贫又秀丽。沿着清清的千丈官溪水往下，可以看到盆地里埋伏着的鸡鸣村、渔夫渡、官里、牛尾庄四个村。十三四公里的步行邮路（老藤喜欢表述为三四十里路），两代邮差，老藤和小藤，四十多年来，就负责井底这四个村庄一百多平方公里六七千人家与外界的沟通。

藤小玉是个一般般的邮差,不太好也不怎么坏的那种。有时全力以赴,做点好事,感动收信人的时候,也会把自己弄得满眼人间四月天;有时,责任感涣散,意志薄弱,在鸟鸣山幽流水潺潺的歇息地,会偷看一两封信,又原样封好。他和父亲老藤不一样。老藤有传邮万里的使命感。老藤寒暑无惧、翻山越岭救活很多封死信的邮路传奇,上过三次报纸,还不算他给自己大儿子送高考录取通知书的那次。藤小玉没有使命感,但是,他还是蛮喜欢送信报这一行的。哥哥从名校毕业,后来在新西兰搞研究工作,没有妻子的男人,每隔三五年回国一趟,每次都比上一次老了七八岁,看家乡人总是眼神恍惚,一脸曲折的离愁别绪。藤小玉觉得哥哥可怜。藤小玉小时候对邮差无感,对老藤那个经常黄泥松针沾身的绿帆布邮包更无感。后来,考不上大学的小玉,靠着父亲红旗手的荣光护佑,享受最后一批顶替政策,从父亲手里接过了半月谷步行邮路的班。春夏秋冬,一来二去,没有使命感的藤小玉,觉得天下最有意思的事就是送信了。人到中年,他没发现有什么工作,比把一个信息送达急盼的或喜出望外的收件人手里更有趣、更开心的了。

人家问他,你是做什么的啊?藤小玉说,信息传播。人家问,什么信息传播呀?藤小玉说,终端信息,每个人都需要的那种。二十年前,藤小玉说到这儿的时候,一般自己会笑起来。他知道自己有点扯淡,他干的活,没那么恢宏。但他心里又有抵抗"扯淡"的认知,所以,笑一笑,就给了自己和别人一个好的交代。至于为什么抵抗和不甘心呢,为什么非要挂靠终端信息使者呢,藤小玉自己,其实一辈子也没想清楚。有很多可能吧,反正无论怎么说,这世界都离不开信息传递的。连烽火狼烟都会告诉你,没有信息的传递，人是不能活的，硬活也活不好吧。的确，他承认乡下的邮差小学文化就可以胜任，他也承认邮差工作太苦了，尤其要步行邮路，就是人腿传递的信息啊。其实，藤小玉之后，邮差，尤其是乡下邮差，都是雇临时工干了。信息传播，或者终端信息落实，越来越令邮差们羞于启齿。藤小玉的妻子，破除邮差迷信的葛旦龙，用一个字就归纳了藤小玉的职业价值所在：屁。

葛旦龙是很没意思的人。有一次吵架，笨嘴笨舌的藤小玉骂她叛徒，结果被葛旦龙家暴。藤小玉心里还是叫她叛徒。她真不应该。那些一辈子没有人给他写信的人，一辈子不知道有外面的人，或者知道外面的世界精彩，但心如枯井的原始居民，可以不懂邮差、邮路的意义，但她怎么可以不懂呢！忘记就是背叛。一个不知道感恩的人，不算叛徒算什么。来自半月谷最偏僻的官里乡巴佬葛旦龙，要是没有邮路、邮差，现在不就只能背一个孩子，汗流浃背地在田头种菜？种的也只能是一千年来她祖辈们种的那些菜。大不了田头树下，再多爬一两个孩子捉着蝴蝶、蚯蚓玩。葛旦龙就是多亏了这条心电图一样的邮路，嫁进城里跳出了井底，吹到了外面的风。她后来还比藤小玉多懂了两种做爱方式，失去导师地位的藤小玉困惑而别扭，还隐约生气。葛旦龙说，别以为你背个破邮包，就晓得了全世界！

总是一脸疲惫的、五角星形脸的藤小玉，瘦瘦歪歪，一副得了慢性胃溃疡的样子，除了一个挎邮包的宽肩，显出可信赖的力量，身上的其他地方，基本乏善可陈。半月谷里，每个村的大人孩子，看见绿色的邮包，都欢声招呼，看得出，他们对邮包的兴趣远远大于对藤小玉本人的兴趣。如果没有绿色邮包，也许他都不能让沿路看到他的人们喜悦起来。有大邮包的他，让四个村庄的人——至少那一瞬间——眼睛都在闪闪发亮。半月谷的男女老少,对邮差会露出很美的笑脸,就像水面反射太阳的金光,一簇一簇非常好看。包括渔夫渡的那个脑瘫少年,从小到大,这个歪斜行走的少年,看到藤小玉,一定会奔向他,然后,久别重逢般触摸着他的邮包,或牵着邮包,陪干瘦的宽肩邮差走过整个村庄。脑瘫少年歪歪扭扭地走着,一路不出声地笑。藤小玉冲着某个方向大喊,某某,有信啦!他也会冲着那个方向,嗷嗷大叫,声嘶力竭并用力拍打藤小玉的绿色邮包。

年轻的邮差和邮包一起,迷住了葛旦龙。十六七岁的少女,已经到了嫁人的年纪。她看到邮差藤小玉时总是脸红。后来吵架的时候,葛旦龙就理清了自己婚前的迷失所在:一个破邮差,有什么了不起的?我是年少花痴,被你身上外面的味道吸引住了,是邮包里装的那些外面的东西——信啦,报纸啦,杂志啦,还有那些来自天南地北的包裹,是邮包里每一天都不一样的东西,吸引了我——不是你!是外面!藤婷婷才一岁时,藤小玉就明白透彻了,凡是葛旦龙帮他"理一理"后的事情,会变成没有意思的事。

官里出美女。那些日照时间短、盆地深处生长的女孩,一个个出落得都像白蘑菇般,白皙而圆润。藤小玉第一次偷看信,就是偷看官里一个最美丽的姑娘的。那是一封来自某部队的情书,藤小玉在野蜂飞舞的休息地,忍不住偷看了,还忍不住为那个写信人,改了一个错别字。作为随身有小糨糊瓶的邮差,他能把信封复原得天衣无缝。藤小玉不是经常偷看邮件的邮差。半月谷的井底人家,没有多少值得让他逾越规矩的事——何况,这毕竟很浪费时间。而一旦消除偷看痕迹后,他总会安慰性地总结说,嗯,做了一桩不足挂齿的小事。

葛旦龙家从来没有信,报纸、杂志更没有。世世代代都没有人给葛家写信。在帮助一个拿着汇款单的老人家盖章后,她就开始偷偷给邮差藤小玉送礼物。藤小玉记得第一次收到的是一个剥皮白地瓜,然后是两个野柿子,还有一袋芋叶包的带刺板栗。对于来自井底小白蘑菇的心意,藤小玉不兴奋也不讨厌,他礼貌地接,淡淡地道别。后来,投桃报李,他肯让葛旦龙翻看所有邮件(信函不能打开)。葛旦龙翻看那些邮件就像浏览世界名胜。他也赠送礼物,不过是给脑瘫少年的。他相信,只有脑瘫少年,像喜欢邮包一样喜欢邮差本身。不知从哪一天起,他下半月谷,隔三岔五地给必定到村口迎接他的脑瘫少年递个小东西:一块有点像鸟头的鹅卵石、一个启辉器、一本《半月谈》、一个有松子的松果、三片婚礼上发的劣质巧克力、一个捡来的半新指甲刀……少年都是嘿嘿笑纳、收藏。后来,少年就拿一个生锈的马口铁奶粉罐头,远远地等在村口前面的狐仙桥,邮差一出现,他就跳跃过去。藤小玉就顺手把石头啊、枯枝啊、绳头啊、树叶啊放进他的罐子里。一大一小,他们每日在半月谷第一道阳光里授接礼物,无言而默契,庄重得好像某种仪式。脑瘫少年庄重得就像一个对天下邮差表达最高敬意的使者。

后来,藤小玉就娶了老送他小礼物的葛旦龙。那个老收他小礼物的脑瘫少年,后来不见了。听说,在他姐姐出嫁的时候,他把那个马口铁旧罐头转送给了姐姐后,就失踪了。所以,很长一段时间里,藤小玉到狐仙桥时,看不到那个少年的身影,就会怅然好一阵子。

二

老邮差老藤,已经退休十多年了。一辈子把传邮万里视为生命的老藤,是去年被确诊阿尔茨海默病的。他依然爱读报纸、杂志,依然爱去红旗镇邮局分拣组、投递班转转。他依然喜欢闻报纸、杂志新鲜的油墨气味。那个小小的、镇邮件枢纽中心,每天都要收发很多信报邮件,那里有成沓的报纸,一捆捆的杂志,满地的包裹、信件、商函……只是,现在,老藤只要一份报纸就够了。他每天高高兴兴地泡茶,打开一份报纸。对他来说,那些以前、更以前的任何一份旧报纸,传递的都是新闻,他短暂的记忆,使他坚信手里的就是外面最纷繁、最真实的第一手世界。阿尔茨海默病并没有让他淡忘传邮万里的使命,他非常清楚,他后继有人,父业子承了。藤小玉正在邮路上,踏踏实实地把每一天的外面的信息,送到最深的山乡。老邮差内心的骄傲,也始终没有被阿尔茨海默病摧毁。

他经常忘记时间,忘记自己的年龄、身份。有时候,他和孙女藤婷婷一起写毛笔字,藤婷婷训斥他的笔画错误,他会谦虚地问八岁的孙女,我们俩是同一个老师教的,周老师对不对?他也经常问下班后刚回到家的葛旦龙,你找谁?有事吗?

他活在了时间之外。他已经不能归纳:儿子和儿媳妇这两个月来,吵架频次越来越高;他也记不得,昨晚,儿媳妇葛旦龙和儿子藤小玉摊牌了,严正提出离婚要求。不论好消息坏消息,他马上就忘记了。他当然也不记得,昨晚,是八岁的孙女藤婷婷率先拍案而起,唉,吵得这么累,我都听烦了。为什么,为什么你们还不离婚?葛旦龙就高喊一声,这次离定了!

婚姻危险了,离婚是迟早的事,并不用八岁的藤婷婷决策。小邮差知道,葛旦龙再也不是当年的井底之蛙,她对邮路的向往和迷恋,早已是笑话般的烟云。邮差,包括老邮差,都已经让她十分轻视，用她的话说：我看透了。葛旦龙嫁到红旗镇后，就打开了外面花花世界的窗口，窗口虽然小也不高，但足以使她瞭望得更远，也足以使她识破：一个假装装满外面世界的帆布邮包，不过是小儿科的信息世界。邮差和他的绿邮包，很快就开始褪色、祛魅。至于邮路连接的姻缘，刚开始，有了眼界的葛旦龙，也不敢轻易宣布放弃。虽然眼界有了，也破除了邮路迷信，但新世界的支撑点还没有找到，作为一家世界名牌的直销洗涤用品的下线成员，她一直推销未成，还贴了不少小钱，这使她意识到人生不可草率。葛旦龙的毅力比她的巧嘴更强大，五六年的坚韧不懈，让她终于有点气候了，就像挖了五六年的井，终于，有一口井开始出水了，而且，看起来水量还越来越大。这水，当然可以通往更外面的大世界，这么想的葛旦龙，傲慢心就大起来了。

藤小玉虽然没有坐过飞机，但是，他知道飞机比星星小。有一次，葛旦龙当着藤小玉两个同事的面，一直和他缠辩。最后她使用了辩证智慧：我也知道飞机比星星小，我的意思是，并不是所有的星星都比飞机大！藤小玉又窘又气，低头喝酒。一个同事就用事不关己的笑容劝说，你不要和美女一般见识咯。厨房里，葛旦龙听到并记仇了。她又炒出一个菜，放下菜盘，她说，有些人以为，挎个邮包就是天神。我可不再是乡下土包子了！也挎邮包的同事，就一起尴尬窘迫地笑。三个邮差，都说不过开始见世面的葛旦龙。

从红旗镇西行不到两公里，就能看见西阳林场那个斜斜向下的岔路口。路口开始蛮大，越下坡路就越窄，一条粗砂简薄水泥路，大蟒蛇一样扑向林场大门。等把林场订的那些机关邮件送完，背着半空的邮包的邮差，就开始更往下走，一路下坡，那路已是连简薄水泥路都没有的土路了。这条邮路,论距离,本来可以骑自行车的,但是一路下坡急弯急拐多,而且,林场有很多拉木头的货车,开得摇摇摆摆,常把骑车人逼得不敢动弹。有一次,老藤连人带车一起摔到榉木林深处,要不是一个老树桩子挡住,他就殉职了,因为再下面就是深不可测的黑虎潭了。更关键的是,半月谷这条说起来不算长的步行邮路,你真要骑车也行,一路下坡你得车技好,归途就只能推车上行。尽管"乡"字路已经尽可能拉宽缓和,但一般人还是没有体力在那样连续上坡的路上踩自行车的。

老藤步行了三十年,小藤也在这条心电图一样的邮路上,背着邮包,步步下、步步上地走了十多年。老藤是使命感促使他穿竹林、越茶山,绿制服、绿邮包,他走得十分骄傲。可小藤不是,他就是单纯地喜欢身负外面的信息走向闭塞深山的感觉,那些报刊邮件,尤其是私人信件挂在身上让他感到自己浑身是宝。他就喜欢斜挎邮包,独行在静谧的邮路上。说实话,哪怕传来的是死讯也让他兴奋。他享受每一份邮件带来的变化。人间因邮差而打破了寻常。不是吗?这些变化,不都是他一步步跋山涉水带去的?不论喜悦和悲伤,也不论收件人变得多有见识、多狡黠、多痴蛮、多神气,他统统不管。反正他就喜欢看到收件人和外面联通时那一瞬间的样子,他们就像突然通上电那样。有的收信人不识字,捏着信封,焦灼又惭愧地请他帮着念信。他还不时地代人写信,帮人"通电"的那个感觉简直好极了。

有个暑天的下午,藤小玉在渔夫渡村转悠了很久很久,该死的渔夫渡村人,彼此只知道小名,谁也不明白那个叫"何赐伟"的人是谁。但听说是高考录取通知书,全村的闲人就跟着藤小玉,挨家挨户地走,队伍越走越大。等到终于找到那个考生家时,那个考生正在帮父母炒茶叶。他把手里的大匾一抛,匾里的茶叶就在夕阳的逆光里蜂飞蝶舞。当时,藤小玉觉得自己简直引爆了一颗原子弹。考生和家人夺过录取通知书,不论识不识字,全家大小抢着看,做母亲的把那通知书紧紧贴在脸上摩挲,幸福的眼泪和清鼻涕都沾在了通知书上。那一时刻,每个人的眼睛,就像星芒彼此照耀,整个屋子都亮了。那些邮差跟班发出啸叫声、鼓掌声、跺脚欢呼声。这一幕差点把藤小玉看哭了。藤小玉为自己和邮路感动:如果没有我,他们一辈子也不知道自己可以这么高兴,他们一辈子都不知道外面的消息。

卸掉一半邮件,藤小玉会抄林场公厕白墙后面的小路下来,走上山道。山道边,那条当地人叫千丈水的溪流跳荡吵闹,好像一个隐形的顽童在滑滑梯、在冲浪。这个一路与隐形顽童互动的喧腾水声,陪伴藤小玉一直步行到山底。中途喝水的时候,没有脚步声干扰的纯粹水声,让藤小玉感到一点点无措,好像占用了别人的地盘,而主人不在家。邮路越走越幽深,即使无风,也不时有落叶飘下,鸟永远在方位不清的远方,轻一声重一声地鸣叫。头顶上的红旗镇,可能早就阳光炽烈,但山谷深处,空气依然水一般地清冽湿凉。藤小玉很享受这种冰清空气。他像快憋死的人那样,故意救命似的深深呼吸,把自己的胸膛变成风箱。他每次坐下休息,抬头环视四处,都觉得他和天之间,有一层清凉的绿叶层。我的大气层是薄绿色的。他把这一句编到了给藤婷婷的《不死草》童话里。源自红旗镇西三老峰的千丈水,好像从西阳林场路段开始,就是"乡"字形下泻,这水也喜欢走"乡"字,也就是有见识的人说的心电图形邮路吧。难怪在远古的时候,邮路往往就是水路。

因为要不断给藤婷婷编睡前故事,藤小玉渐渐也迷上了那种叶片上画了暗金色格子的阔叶小草。它有点像画了网格的万年青。每次行走时看到它,他就不由得向它走去。他会蹲下,放下大邮包,抚摸一下叶片再走。他曾经为藤婷婷采过一株,但他不好意思说这就是"不死草"。他只说,不死草啊,差不多就是这样的。它长在密林草叶更深处,人眼很难发现。只有正午一刻的太阳,刚刚好的湿度温度,风也刚刚好的时候,它们才可能一起出来和太阳见一见,然后,释放出一点稍纵即逝的清香,之后立刻隐身。每一天的太阳,都在等待这种接见。因为这是天草,是误落人间的天草。它非常隐秘,非常稀少。它的一片叶子,哪怕刚刚长出的最小的叶子,也带着永生的秘密。

如果没有这个一直在延续的自编童话,藤婷婷就彻底蔑视藤小玉了。她从小就看不起邮差爸爸。这个完全是受叛徒葛旦龙的影响。她崇拜她妈妈,觉得她又漂亮又厉害。父亲的温和忍让,在这个年龄小又好强的孩子眼里是窝囊透顶。而爸爸之所以这么窝囊是因为他做着越来越没用的工作。小女孩模仿母亲的语气、走姿,模仿她的飒爽表情,模仿她卷起衬衫袖子,指点江山的利索样子。哪怕天气还挺凉,她也喜欢把长袖卷到胳膊肘,露出细细的小胳膊,双手一叉腰,藤小玉!看看时间!你不是下午一点钟就下班吗?现在都几点了?我下午都放学啦!藤小玉就笑呵呵地汇报,一封挂号信怎么送达;今天哪个村哪个人盖房子,帮忙的人从梁上摔下来了……小丫头假装不爱听,其实她竖着小耳朵。她重手重脚地为父亲盛饭,高声大气地叫爷爷吃饭,完全就是个家长的做派。

葛旦龙不知又在哪儿废寝忘食地卖洗涤用品。小女孩也确实能干、麻利，老邮差有一次摔倒在卫生间，一只手腕还卡在蹲式便槽孔里。五六岁的女孩一发现，马上冷静沉着地拨打120，口齿清晰地报出地点和情况，然后再给父母打电话。葛旦龙卖产品，忙得经常晚上八九点以后才进门，进门后也在复盘，检讨哪里的服务用语或推介演示有缺失。小邮差又厌恶做饭，在爷爷渐渐记不住如何做饭后，小丫头便一夜长大，无师自通地学会了用高压锅、电饭煲。她居然还会预约做饭，这一点两代邮差都没有学会。

吃饭的时候，她也会像葛旦龙一样，对藤小玉突然断喝，慢点！慢点！赶去死啊！也有好听一点的，烫！烫！食管癌！藤小玉就笑，吞咽的节奏明显慢了下来，亲生的孩子，还是爱。在父亲的宠溺和妈妈的纵容下，小丫头在邮差爸爸的朋友、同事中，已成为令人惊叹的存在。她不止一次当着众人的面，一把夺过藤小玉嘴里的香烟，一脚踩灭踹烂，然后小手叉腰，一字一句地说：藤！小！玉！你还要不要命?!大家就笑，藤小玉也笑。他不知道众人笑他窝囊，藤小玉则满脸慈爱。

他很喜欢藤婷婷听童话时的模样。童话故事在女孩床前慢慢展开的时候，藤婷婷的眼神里装满了小天使对人间忧愁的关切。藤小玉享受着那小眼睛里的严肃、讶异、纯净与无助，享受里面的狂喜、悲伤与天真，还有好奇和愤怒。各种情绪在故事里如星光般流转，就像满屋的水晶挂片，让稀松平常的邮差之家闪耀着仙境般的光芒。

原创的《不死草》成为睡前连续剧，它一直讲，夜夜长，枝繁叶茂，生机勃勃。它能这么生机盎然是因为讲故事的人比听故事的人更不希望它结束。童话一旦终结，女儿就长大了，长复杂了，长老了。藤婷婷渴望童话世界，藤小玉渴望爱听童话的孩子。一大一小的需求是契合的。他需要童话世界里的女儿，而不是现实世界的小一号葛旦龙。是的，藤小玉的《不死草》，创造了一个只属于他们的秘密的光辉时刻。

三

《不死草》诞生于藤婷婷三四岁时的一个晚上。那天，藤小玉想起上午在松林里发现的一颗带斑点的灰色鸟蛋。鸟蛋可能是从树上掉下来的，连着一个孩子巴掌大的乱草窝窝。藤小玉把它连草窝窝一起送给了在狐仙桥头等候他的脑瘫少年。就是捡到鸟蛋的那个晚上，他开始讲《不死草》的故事，不过，那个时候，他说的是不死蛋。没有多久，他忽然发现，邮路上有种学名可能叫金线莲的草，更合适担任这个故事的主线索，他就在一个故事里把不死蛋给安排下线了。不死草，就全面入场了。

说茫茫丘陵深处，有一个巨大的山坳，叫花生壳山坳。它就像花生壳打开，两粒花生房间，被一道雄伟的山梁挡住。西边的花生坳，树比人多，草比人高，到处都是鲜艳漂亮的菌类，非常美丽，不小心吃到，人就会分不清自己是谁，有的人还会变成几个、十几个人的合体人。在这个合体人的身体里面，他们因为意见不合，经常吵来吵去。还有的人，会变成透明人，只有在月光下才显出人的轮廓。太阳一出来，他们就变成了风，脾气不好的，就变成疾风。至少在西边坳，那些风，很多是人变的，不一定是真正的风，无故吹动窗帘和树枝、蚊帐的，往往是人。他们会说话、演讲、吵架也会厮打，比如人形飓风或双眼台风。东边的花生坳呢，住了很多人，他们向着太阳生长，物产丰美，聪明灵活，人口越来越多。东边坳的人不喜欢笨蛋，尤其是又笨又丑又邪恶的"三又"人。慢慢地，东边坳的人，就把不聪明的小孩、"三又"大人和创意退化的老人，偷偷送到西边坳，让他们在那里生活。反正西边坳人少树多风多，没有人发现人口多了。而且，每到秋季，西边坳就会出现大量菌类，就会有很多人吃后中毒，有的人变成菌类，有的人变成风，大家经常人、菌、风不分，就没有办法统计人口变化。慢慢地，东边坳的人，越来越多地使用这个去粗存精的人口安置办法，虽然刚开始这样做时，有的人心里会有一点点惶惑不安，怕天打雷劈什么的，但后来家家户户就都心照不宣了，人们一直往西边坳偷运没用的人。东边坳还有一些五六十岁的、自觉一生无望的敏感老人，就自我放逐；还有一些难舍孙辈的老人，也会自愿陪伴笨花笨草的孙辈，相约到西边坳了此余生。这样，年复一年，世世代代，花生壳两个山坳里，就慢慢变成了两个很不一样的人口景观：一个花生壳坳房里，大多是泄气失意的老人和遍地的菌类；另一个花生壳坳房里，都是聪明灵巧的人，还有遍地的奶和蜜。本来呢，两个花生壳山坳之间，永远不会有战争，因为智力落差太大，没有共同语言。后来，发生了战争，是为什么呢？是聪明的东边坳人突然发现，西边坳的很多人形的人不会死。西边坳的人，偏偏又不肯告诉东边坳的人，他们为什么不会死。为了破译这个天大的秘密，聪明的东边坳人想了各种办法，付出了很大的代价，但是西边坳的人就是不告诉东边坳的人。而且发现有谁企图泄密，他们就会被强制服用一种孢子，直接变成菌，变成风，或者只有在月光下才显出轮廓线的透明人，总之，统统变成没有能力改变自己和改变世界的人了，这些被处罚的人，也像风一样长寿而无聊。

故事的枝蔓乱七八糟，藤小玉脚踩西瓜皮，踩到哪儿算哪儿。每天晚上的故事发展，取决于当日邮路上的灵感。比如，那天在一块断岩边，他看到了一大片匍匐的薜荔。枝叶间，挂满了像无花果一样的薜荔果。他摘了好多个，他不会也懒得像牛尾庄人那样，做一盆好吃的凉粉，但他讲了一个悲壮的友情故事。有的生命，是天生困在笼子里的，比如一出生就住在薜荔果内的榕小蜂们。雄榕小蜂，他们救出雌榕小蜂，自己便因为断翅，永远困在了薜荔果里度过黑暗的一生。他们也可以勇敢地钻出薜荔果，但是已经没有翅膀的雄榕小蜂，一出去即坠落死亡。藤婷婷听得呜地哭出声来，再也不肯听薜荔果的故事。藤婷婷最喜欢听人和蘑菇变来变去的故事，还有千年红豆杉仙女整理人间的故事。她尤其喜欢捕捉风的那一段。夏天是捕捉不到风的，冬天的风就有点傻，好活捉。邮差小玉说，你只要拿一个布口袋，拿一条毛巾也行，你把它稍微弄湿一点，然后选一个风口，你叫：呜——欻——如果风没来，你再大点声：呜——欻——风还没来，你就要一直喊、大声喊，它们耳朵不是很灵，但"呜——欻——"这是风听得懂的话，如果不叫而来的，都是自然风，你不要管它。你能叫来的风，才是人风。那些在山头疯的风一听到呼唤就会一起赶过来玩，呼呼呼地扑冲而来。兴奋的风，会不知轻重，把人长得不牢的头发都吹光。很快，那个布口袋就装满了叫来的风，硬硬的，比灯笼还硬还膨大，你可以闻到它们刚刚在那个山头搞来的各种味道。毛巾也可以，它会像捕蝇板粘满苍蝇那样，粘满了密密的风，变成硬硬的一块板。你要是不想跟它们玩了，往地上一摔，它们就会像玻璃摔碎那样，四散而去。但它们和西边坳的人一样，永远也不会死。它们随便摔一下就走了。风走光的时候，布口袋和毛巾都会奄奄一息，像被人踢过很多脚。

藤婷婷最爱听的是东西坳双方交战的情节。她爱憎分明，一开始同情西边坳人，也就是同情被遗弃的老弱傻穷，反对富庶贪婪的东边坳人。后来，她立场转变了，开始反对西边坳人霸占不死草，那么笨，那么穷，为什么还不跟东边坳人交换不死的秘密？她的看法是，如果我是西边坳国王，我就宣布，东边坳！我给你们不死草，你给我们聪明蛋！藤小玉就说，西边坳不肯嘛，他们说，再聪明的人也会死掉，而人不死，总有一天会找到聪明蛋。所以，一万个一亿个聪明蛋，也换不来一株不死草。因为，不死草比聪明蛋更厉害。他们绝不跟东边坳人交换。

邮差在这个童话里，显得非常重要。如果这个故事是屠夫编的，屠夫自然就非常重要。如果是医生编的，医生当然也会很重要。藤小玉是这么编的：西边坳和东边坳，中间的那个隔断，其实是一道花岗岩山脉，就像天界的大城墙，非常坚固。只有最聪明、最勇敢的邮差，才能在这道鸟都不能飞的山脉中，找到三个贯通东西的秘密山洞。其他山洞，就是能贯通，洞里面也没有萤火鸟给你照明。但是，萤火虫光线微弱啊，洞里面有很多动物还经常不高兴，会惊吓和阻挠信使和穿越者。所以，每一次出发，东西坳两边的邮差，都冒着生命的危险。慢慢地，西边坳的邮差因为越来越傻，一代不如一代，三个贯通东西的邮洞，只能勉强辨认出最后一个，那还是因为有东边坳邮差维护。而东边坳的人很精，三个洞口个个记得清清楚楚，但是他们也越来越不爱走了。你让东边坳的女孩嫁到西边坳去，她马上就寻死去了。后来呢，东边坳的东头，也就是不和西边坳接壤的另一边山口，被东边坳的聪明人扩大了，直接连通了水路，外面的信息往来和物品交换，就越来越频繁了；而西边坳那边，除了腌笋豆、薜荔果凉粉，几乎没什么可值得交换的东西。慢慢地，邮路荒芜，剩了一个靠东边坳人维持的山洞，以便把他们不需要的人，偷偷送到西边坳去。直到有一天西边坳不死草的秘密，被东边坳人知道了。

千丈水是从比红旗镇还高的三老峰下来的，先环绕红旗镇大半圈，在红旗湖停一停，再往半月谷奔泻。有人说，从高到低，千丈水一路起码有一百个大小瀑布。快到半月谷第一个村庄鸡鸣村之前，有两个瀑布挨得很近。上面那个瀑布，水势又急又猛，像一条恶魔咆哮时露出的长舌头；下面那一个呢，水幕温柔，宽敞如戏院的帷幕。它看起来仅有一人多高，却有百人宽。水幕下面，放着块半个晒谷场大的巨石。巨石吧，也不是那么平整，石面所有的凹陷，都有清亮的瀑布积水，还有天真的小鱼在其中游动。像恶魔舌头的那个激流瀑布，底边藏有口腔一样的浅洞，浅洞外有白色的水雾缭绕。邮差老藤带小邮差走过那里，说，这是近道。只要你包裹好邮包，从水帘洞里穿过，起码可以省掉半小时的路程。

藤小玉就都是那么走的。走到"心电图"的末端，他就用油布包好邮包，穿好雨衣，大步走进瀑布后面、"恶魔"的舌根深处的"扁桃腺"。冲出白茫茫的水雾后邮件依旧干爽无恙。这个恶魔舌头瀑布，是邮路的精彩一瞬。这加上帷幕宽的瀑布、巨石平台，都是藤小玉《不死草》故事的重要场景，是东西坳双方大战的主战场。在倒数第二个和最后一个瀑布之间，比较容易见到叶子上有暗金格子网纹的草。但藤小玉在他的童话里，就把这种草变成了千辛万苦九死一生才能觅得的神草。

不死神草是西边坳的有权势人家的尖鼻子女孩发现的。她从小到大都渴望走出西边坳，于是她就爱上了知道外面信息的、外星人一样的邮差。邮差藤小玉到底忍不住，把邮差放到人间最重要的位置，还难免带上他对葛旦龙的评判。邮差就是王子吗？藤婷婷着急地问。嗯……差不多。藤小玉说。藤婷婷问，他非常帅？骑大白马？藤小玉说，必须是哟。藤婷婷问，他家里都是金银财宝、珊瑚玛瑙什么的，对不对？藤小玉说，那是自然。藤小玉让那个又帅又富、了解和传递外面世界的邮差王子，爱上了西边坳的尖鼻子女孩。她漂亮吗？藤婷婷说，为什么叫尖鼻子？藤小玉说，因为她能闻到全世界所有东西的味道。所以，她才能找到不死草。藤婷婷比画了一下说，她是不是穿这么长的裙子？藤小玉说，当然，至少她家有很多腌笋豆和凉粉。那她肯定也算公主，对吧？藤婷婷皱着眉头思考了一下，坚定地说，她是小公主！藤小玉点头同意。

尖鼻子小公主，每天都到路口等邮差。她喜欢闻邮差王子浑身散发出的来自外面的各种新鲜味道。一年又一年过去，尖鼻子公主长大了，她不想嫁给身上只有腌笋豆味道的本地人。他们越有钱，腌笋豆的味道就越重。她就是喜欢邮差身上外面的味道：太阳光、蜂蜜、青木瓜、麦子、墨汁、迷迭香……她爸爸妈妈就生气了（国王和王后很气！藤婷婷马上纠正）。邮差王子安慰她，让她闻邮包里的各种气味，还有他自己身上好闻的味道。后来呢，他们就天天在恶魔舌瀑布的茫茫水雾中约会，谁也看不到他们。尖鼻子公主就越来越想到外面的世界去。她害怕自己身上也会有腌笋豆的味道。但是呢，邮差王子有点发愁，他说，我是这条线上最后一个邮差了,谁都不爱往西边坳送信。所以,我走了,这里就再也没有人来送信了,你爸爸妈妈想你怎么办?就算你在外面很幸福,生了很多小孩,要告诉他们,也没人来传递消息了。藤婷婷一直点头,很愁苦。

四

在婚礼上就能看出,刚见世面的葛旦龙融入城里比盐溶于水还顺溜。红旗镇虽然小得可笑,但是,对于偏僻的半月谷里最偏僻的官里而言,那就是繁华大都市。镇上有霓虹灯,有摩托车,有网吧,有鄙夷乡下人的城里人的表情。婚礼上,不善发言的老邮差,在主持人的鼓舞下,戴着老花镜,读诵了《深山姻缘邮路一线牵》的短讯。这是镇邮局的通讯员写给邮政系统的报道,内容是关于乡邮差藤小玉与葛旦龙的爱情故事。文章肯定了邮缘的美好。微醺的葛旦龙,恰当地展示了她在有限的影视剧里学到的姿态。她美若天神,眼神迷离。小镇主持人发问,你爱藤小玉先生什么?葛旦龙搂着藤小玉的腰说,我最喜欢他挎大邮包的样子!小镇主持人问,为什么啊?葛旦龙说,我们那里,只有大邮包才是外面的。我喜欢外面的世界嘛!

那你只是爱上大邮包了吧?小镇主持人幽默了一句,二十几桌来宾哄堂大笑,主持人的话,让藤小玉有点惶惑,用一副等待死刑宣判的表情瞅着他的新娘。新娘爽朗高声,没错!我就是嫁给大邮包啦!说着,她张开怀抱,索抱式地转向藤小玉。藤小玉顺势拥抱她,来宾们被新娘的洋派与甜蜜刺激得欢声雷动,亲一个!亲一个!藤小玉当然知道,葛旦龙并不是来宾们以为的机智，那些话也并不是调侃。她说的都是心里话。这种惶惑与失落，在他哥哥藤小金回来探亲时，再度重现了。

对于红旗镇，新西兰更是陌生中的陌生，外面的外面。藤小金带回了一个当时最新的MP3送给弟弟家。藤小金像强力胶一样，吸引了葛旦龙。她变得更加活泼、勤快，甚至拿出口齿幼稚的语音和藤小金说话。藤小金才是真正的大邮包，真正传邮万里的大邮包。他随便说点什么，随便掏出点什么，甚至他的旅行箱一打开的味道，都是一个崭新的窗口。如果不是未老先衰的藤小金那一脸莫名其妙的忧愁，藤小玉就会卑鄙地推测，葛旦龙会跟他上床，求他带走她。

破除了邮差迷信的葛旦龙，心里未必好受。这也不能怪藤小玉。葛旦龙视野开阔、心智渐长时，正是邮件式微的开始，每一路的邮件都越来越少了。平信、挂号信、汇款单、书刊、报纸都在变少，虽然，商函和对账单有点变多的意思，可是，邮差藤小玉又不太承认它们也是信息——至少它们不是关于人与人之间的重要信息。在一个训练有素、有点情怀的邮差看来，这些东西，都是不走心的说明书、工具文字，挑动不了什么情感波澜，更激发不了灵魂的哆嗦与尖叫。藤小玉当然也知道，没有新消息的邮差就是拔了毛的凤凰，这一点的认知，使他一直有点心虚胆怯，他不再浑身是宝。说到底，人们对邮包的崇拜感集体幻灭了。现在，在任何方面，他都有点像骗子，包括婚姻。幻想或误会是支持不了长久婚姻的。他注定不是梦醒人的对手。他永远美不过、好不过、说不过、打不过他的媳妇葛旦龙。

藤小玉借出五百元给牛尾庄一户人家，帮扶他的孩子上大学。葛旦龙生气了，但是她说的道理很好，我不是心疼钱，我是接受不了夫妻不同心。你怎么能不商量就借出去？这和把我随便借出去有什么区别?!藤小玉每次和她吵完架，最后都会觉得自己理屈词穷。这也说明，葛旦龙做洗涤用品直销员是暴殄天物了。过了两天，藤小玉才想起来，葛旦龙上次借给她哥哥一千块钱，也没有告诉他。如果不是藤婷婷无意说出来，藤小玉到现在也还不知道。但葛旦龙说，我就知道你早晚要问这个，我正好给你理一理：一、你老婆，本来就是家里的管家婆，她临时调度钱应个急，随后补上是合情合理的；二、你是加班费不交给我，偷偷借给陌生人，我是借给自家人，有字有据，你说，谁的风险大？藤小玉想分辩说，我不是借给陌生人，是邮户！他家给过我们一只乌骨鸡。你还说乌鸡很补。但他最终什么也没说出来，因为他知道，他一说出新的事实，葛旦龙又要给他"理一理"，"理"了半天，他又会被"理"出更多理亏的地方。老邮差得阿尔茨海默病之前说过：你老婆那张嘴啊！

在《不死草》的童话里，邮差就不一样。藤小玉不喜欢现实，因为现实的系统里面，邮差地位最低，又辛苦又卑微。他设计的邮差就是独行侠，童话里的邮差越来越神勇，他们前仆后继，心系天下，单刀独剑，传递世间最重要的信息。接到信息的人，反馈信息的人，都因此更了解情况。

和妻子吵架并再次理屈词穷的邮差，悻悻地走在台风前夕的"心电图"上。邮件已经越来越少了，连一些穷邮差都有了比较好的手机。西阳林场砍掉了一半的报刊征订费用，还反咬一口说没什么内容可看，还说回收废品和旧报纸的人，都越来越不爱进山了。半月谷那几个村庄，怎么说呢，有文化的都出去了，也就是自己去外面感受信息了；没有文化的或文化层次低的，又对外面没有什么好奇心，他们的身体或心态都老了。日子过得岁月静好，才不需要外面的信息。鸡鸣村有一个救了一辆公交车的烈士的父母，一度和外面的多个社会阶层有联系，喜欢等邮差等报纸看，虽然识字不多，但是报纸是公交部门赠送的礼物，老人家就坚持在太阳底下看报，还招呼路过的村民一起看。村民为此多认识了好多字。可是去年，烈士家爱读报的老人死了，报纸也就停止赠阅。藤小玉发展订户征订报刊，收订阅费的"流转额"业绩逐年下降，也别说步行邮路，那些跑自行车、摩托车的邮路，邮件也同样在减少，只是没有"心电图"邮路这么明显就是了。真是，越偏僻落后的地方越不看报，越不看报就越落后偏僻。

现在回头看，和葛旦龙认识的那个时期，竟是藤小玉邮路最鼎盛的好时光了。想当年，面对单纯又热烈的小村姑，藤小玉想不膨胀都很难。他告诉葛旦龙，历史上，邮差就是公务员，现在，在很多国家依然是。邮差是一国重器。葛旦龙知道了亭长、驿站是怎么回事，还知道李自成、刘邦都当过亭长。村里有经验的老人，可能知道"马上飞递"运送是古时候很急很急的邮件，但只有葛旦龙知道，四百里加急、八百里加急，不是有一匹马能跑四百里、八百里。从古代到现在，都没有那么厉害的马，而是一匹又一匹的好马和好邮差，在沿途驿站接力棒一样地飞驰。天宝十四年（公元755年），安禄山在范阳起兵叛乱，唐玄宗在临潼华清池，两地相隔三千里，第六天皇帝就得知了这一消息。这是每天五百多里，即一天两百多公里的邮递速度送达的，不得了得快啊。葛旦龙还知道，邮驿分陆驿、水驿、水陆兼驿三种。唐代最盛时全国有一千六百多个驿站，邮差有两万多人。现在？葛旦龙哂笑了，邮差都快成了活化石了。

本来,藤小玉今天可以偷偷不出班,因为没有信件。西阳林场传达室的老刘头已经说了好几次,说,你不要天天那么辛苦来送报,那些办公室的人,现在都不爱来取报纸了。我要是不送办公室去,报纸就堆在我这里,我们传达室又这么小!以后,你就等有挂号信、汇款单等重要邮件的时候,来跑一趟吧。积几天再来,我们不怪你。昨天,老刘头还说,喂,我们最爱看报的领导胃出血啦,进城住院了。台风就要到啦,我看你这两天就不要来送啦,太危险啦。藤小玉早上起来,他的邮路,竟然没有分到一封平信,也没有挂号信。但他想了想,还是出班了。他不想见到葛旦龙。

邮包倒不空,林场订的一沓省报和几份杂志,还有几份广告信函、对账单,这也都是林场的。半月谷只有渔夫渡村,有个退伍军人家属订了一份军事杂志。还有就是村民托付他代购的一袋洗衣粉、两瓶广东豆腐乳,还有一个助步器。鸡鸣村有个嫁出去的女孩,给腿脚不便又不愿进城的父亲送了一个助步器,说没有快递公司愿意送,问邮差藤小玉行不行。藤小玉也不爱送什么货物,"两国交战,不斩来使",送货的算什么东西?怎么能和信使混为一谈?可是他认识那个老人,当时,他把他家女儿的高考录取通知书送到的时候,那家人高兴地送了邮差一捆笋干。那时候,那个当父亲的还是身板硬朗的、能吃苦的中年人。没想到,他摔了一跤,几年工夫,就老得像榕树桩了。他的一条腿,好像死了一样,不受他支配。

藤小玉不在意台风,这十多年间,有台风的邮路走得多了。风风雨雨地走一趟挺好,台风也比葛旦龙强。离婚,说真的无所谓,但是真要离,藤小玉又觉得很恼火,有失败感。邮差的面子往哪儿搁？这个叛徒！她真的毫不留情。藤小玉也想不出葛旦龙的好，漂亮？再好看的脸，看惯了也不觉得了。何况那张脸，也没有恋爱时的好表情。他才不留恋，只是他不喜欢被人抛弃的感觉。一个靠邮路改变命运的女人，凭什么背叛邮差？葛旦龙的语气还特别伤人自尊。藤小玉觉得，离婚，她是把他一辈子都否定了。没有人订报，没有人寄信，没有消息传递，这又不是邮差的错，邮件的多少、邮包的大小，和信使本身无关。为什么脑瘫少年都明白的道理，她葛旦龙就不懂呢？她是稀罕我这个人，还是稀罕邮包呢？这个喜新厌旧的轻浮女人！没想到，昨晚吵架的时候，葛旦龙反唇相讥，呸，你做邮差的，送的不就是新东西吗？旧信息旧报纸，谁要你送？你不喜新厌旧吗？你天天喜新厌旧！你不喜新厌旧就不配送信！你不配当邮差！藤小玉又被葛旦龙"理"糊涂了。

再瘪的邮包，也是邮包。林场老刘头拿过报纸，用爱莫能助的语气说，嗯！还有那么多邮件！小心啊，风越来越大了。藤小玉出于莫名其妙的自尊心，没有承认里面还有洗衣粉和豆腐乳。他就不说。他背着看起来很满的邮包，提着助步器的扁宽瓦楞纸盒，继续抄小路往山下走。他依然像一个行色匆匆的伟大信使。至少，在老刘头目送的目光里，他还会颇有敬意地以为，嗯，还有那么多井底的人家，在着急地等待着邮差哟。

有一段横穿溪流的石磴子桥，十一个小石磴子，置于水流中，藤小玉喜欢走。这些横跨溪流、让人在水面飞的石磴子，肯定是以前——也许是十几年前，也许是几百年前的某个人建造的。邮差藤小玉走过很多这样的简易跨溪、跨涧的石磴，只有这里，每一个石磴的间隔，都非常吻合藤小玉的步幅。那个黄昏，他独自在薄暮里走过那些特别合脚的石礅子时，天地温存的舒适感，每一步都哺育着他、拥抱着他，让他觉得几百年前、上千年前，有一个人和他一模一样，也许就是他自己，就在身边。你好吗，邮差？你们都还好吗，邮差？问候着，藤小玉就泪水盈眶了。

邮差藤小玉把助步器送到那个老人家里的时候，顺便帮他拆包安装起来。他不放心，又陪着老人使用助步器，来回试走了好一会儿。因为村里土路不平，老人走得谨慎小心。但是，老人家很满意，说，我再不怕出门了，有了这个，我可以走远一点了，我要到处看看。老人留邮差吃了一碗酒酿金桂蛋花汤。他老伴还摸索出一个小纸包，是她收集的桂花干。藤小玉收进邮包，还不走，又在那里聊了聊收成，还死马当活马医地鼓动两句，建议他们订那份让很多人种菇养蝎致富的农民杂志。他也知道他们基本是文盲，说也白说。他心里还是想躲避葛旦龙，尽量拖延回家的时间，如果葛旦龙真的拖他去离婚，也确实是很棘手的事。他才不想轻易随葛旦龙发疯。婚姻本身并没有多大的甜蜜，但离婚对于葛旦龙而言，那绝对是铁板钉钉的大背叛。背叛丈夫，背叛这个家，背叛邮差。对于他藤小玉来说，这是个雪上加霜的大羞耻。人生彻底失败。她现在在冲动中，伤邮差面子她会痛快淋漓，他不能让她得逞。藤小玉回望自己一生的邮路，悲伤又失望，胸口阵阵肿胀迷惘。所以，吃了酒酿金桂蛋花汤，他又陪老人聊了一下天，结果邻居煮了新摘下的玉米，又请他吃了两根。玉米不甜，很新鲜多汁。邻居说，我送你几根生的，回家煮。藤小玉说，好啊，我女儿最喜欢吃玉米了。玉米也装进邮包了，藤小玉还坐着。最后，老人家的老伴看着天说，你再不回，大台风就要到了!

半月谷底没有多大的风,但快爬上西阳林场的时候,台风的前驱阵风,就时不时像列车一样呼啸了。蛇形的山路上,树梢枝叶流转,满山枯叶横飞。哪怕轻车熟路邮差也偶尔步态趔趄。邮差的电话响了,刚买的手机,他还不习惯它的铃声,所以它响了很久他才赶紧掏出来。这时,一粒什么东西飞进了他的一只眼睛,邮差闭着眼睛接电话,藤!小!玉!你死哪儿去了?!你老婆搬走了她全部的东西!藤婷婷的声音带着哭腔。这个猖狂的小丫头,到底是害怕了。她的慌张、她的哭腔,让藤小玉莫名地有点得意和安慰:原来她并不喜欢父母离婚,她也没有跟她妈走。她还守着他的家。她只是和她妈一样嘴坏。

藤小玉闭着眼睛,希望眼泪能冲出灰尘。他在狂风里吃力而镇定地说,爸爸快到了,妈妈会回来的。她就是嘴坏一点。他还想说,今天晚上的《不死草》非常好听。就在这一瞬间,有个掉下来的粗大烂树枝砸到了他挎邮包的肩头,藤小玉身子一晃,就栽进山路边蕨草茂密的坡地。他一路往下滚。这个位置,就是当年老邮差摔下山的榉木林,最下面是千丈水的最深潭,黑虎潭。不知道邮差藤小玉有没有当年老邮差逢凶化吉的好运气,能被一根老树桩救下,躲过一劫。那样,他即使不能获得老邮差红旗手的荣誉,至少也可以继续用童话《不死草》的新篇章,赢取童心,陪伴藤婷婷长大。

须一瓜 小说家。现居厦门。著有《淡绿色的月亮》《提拉米苏》《第五个喷嚏》等中短篇小说集以及长篇小说《太阳黑子》《甜蜜点》《五月与阿德》《致新年快乐》《白口罩》等。获人民文学奖等多种文学奖项。多部作品进入中国小说年会年度排行榜。电影《烈日灼心》改编自其长篇小说《太阳黑子》。

清空

陈　谦

救护车呼啸着拐进通往太浩湖地区湖滨医院的水岸小道时，完玉——被急召而来的麻醉师，已在急诊室入口处的圆形车道边等着了。她想象过无数次与勤威的邂逅，却始终不曾想过的，是在这加州和内华达边境山谷深处的林海雪原里，已经离婚二十五年的前夫勤威，会作为眼下震惊全美的雪崩事故危重病人之一，突然出现在自己面前。

急诊室的自动门频频开合，雪花跟着冷风席卷而入。保洁员就是不停地清理，也还是很难跟上风雪的脚步，只好竖起一块块"当心地滑，小心摔倒"的牌子，给急诊室平添几分紧张气氛。媒体的车辆和人员一波波地冲来又被迅速引走。接待台的收音机里，不断更新着今晨发生雪崩事故的金森谷雪场救援情况的进展，播音员那紧张急速的语气，让人听得头皮一阵阵发紧。完玉很想去摁掉那个开关，却又能理解他们这也有以毒攻毒的意思，让人们的注意力有所转移。

金森谷雪场是这个曾举办过冬季奥运会的太浩湖地区难度最高的雪场，多年来一直吸引着世界各地勇于挑战和真正享受高山滑雪的顶尖滑雪者们。今天是本年度滑雪季首开之日，金森谷雪场的主雪道就发生了雪崩这样的重大事故。目前已有一死数人受伤,还有两位失踪。这不幸的消息伴着突发的狂风呼啸,大雪纷飞般地传遍四方。内华达州州长已宣布全州进入紧急状态。

完玉一米五五的小个子穿梭在人来人往的急诊室过道里,像一只低空飞行躲过了所有雷达的飞行器,毫不起眼。她已换上一套天蓝色的手术工作服,将整齐的波纹短发塞进同色的帽子里,戴上了严实的口罩。露在外面的两只不大却特别圆的眼睛非常警醒。她在腰间端端正正地别好自己的随身器械包,又在胸前挂上 Angela Wilson,MD / Department of Anesthesia(安吉拉·威尔逊医生 / 麻醉科)的身份牌。

她此时对自己二十年前在天寒地冻的明尼苏达大学城嫁给生物化学家威尔逊教授时,做出随夫姓的决定感到特别庆幸。在一眼可扫到的档案里,她现在是 Dr. Angela Wilson(安吉拉·威尔逊医生),已看不出跟那个叫完玉的中国女子有任何关系,这让她有卸下重负的轻松感。

完美无瑕啊——从小到大,人们一听她报上"完玉"这个名字时,都会夸张地恭维,而他们脸上的笑意,却总让她感到心虚。她相信自己这个名字,是她那不甘寂寞的母亲在生下她这个五官平平的长女时,向这个世界发出的挑衅。

勤威却还是勤威。他名字里那个绝大部分的美国人都会念错的"Qin",果然按他的意思一直保留了下来,作为对他们的挑战。

他们早已不联系。完玉还是从哥大的学长们口中知道,勤威已是排名全美前五的大型基建工程公司"塔发工程"的资深副总,主管着公司在密西西比河西边大半个美国地区的基建项目开发,名利双收。早年听说过他最爱满世界打高尔夫球,想来他成为滑雪高手，应该是近年的事了。

完玉在急救车还没从雪场出发的时候，就已经得知了勤威的伤势。现在湖滨医院当班的神经外科医生强森已研判开颅手术是当务之急，只是手术的具体部位要看 MRI（磁共振）结果。完玉已确定静脉注射用的全麻诱导药物丙泊酚和相关镇静药物已经准备好了。

自家中老二埃米莉高中毕业去了芝加哥大学念书，完玉就开始按照自己的人生愿望清单安排起生活。她首先辞去了在明尼苏达大学医学中心任麻醉师的工作，加入合同制医疗团队游走于全美各地。这是她多年的理想。这种团队的医生主要是到比较偏僻地区的医院担任合同制工作，任期通常是三个月左右，目的是能更好地帮助偏远地区的人们。

美国跟世界上其他国家一样，发达地区和大城市里的医疗资源过剩，而边远地区虽不至缺医少药，却也存在着医护人员短缺的现象，近年这种短缺还愈发严重起来。再说，这类合同制工作的薪水比固定工作的同等职位人员的薪水至少高出百分之二十至三十，对不少医护人员很有吸引力。

在美国过了半辈子一直往前冲的日子，完玉觉得这种打一枪换一个地方的工作，正是她的"诗和远方"。她因此走了不少过去想去而没有机会去的地方，对美国的了解更深入了。完玉一般一年会做三期，只在夏天休假，陪先生和孩子们去旅行，享受家庭生活。她更远的计划是等先生退休后，夫妻俩一起去非洲做义工。

完玉之前在春秋两季来过太浩湖地区，都是在这最繁忙的湖滨医院工作，与上上下下的医生护士们合作得很好。院里甚至多次探问过她是否有留下来长期工作的意愿,"加州大学戴维斯分校和内华达大学雷诺分校都不远啊"——他们帮她的教授先生都想了出路,可完玉要的就是不固定和更远方啊。大家表示理解,只好说,欢迎常来。这不,她今年新年一过,就又来了。

这里紧靠太浩湖水边,风景如画。作为体量巨大的高山湖,冬天哪怕四周白雪皑皑,太浩湖也不会结冰。天暖时沿着水岸住满了来太浩湖爬山玩水的人们,天冷时这一带则是滑雪爱好者的天堂。在冬天无比漫长的明尼苏达生活多年,完玉喜欢玩玩越野滑雪。若在冬天不值班时,她偶尔也会在太浩湖地区找些难度不大的林间雪道玩玩越野滑,很是享受。

今日轮休的完玉接到医院的紧急呼叫时,刚到达湖畔镇美体中心文身坊,正准备开始工作。这是她在一周前就接受的预约,这天上午有三单除文身的活儿。太浩湖这类度假胜地,人们一去通常都会住个三五天以上的。休假的人们除爱做按摩水疗之外,文身相关的生意也很旺,连带除文身的需求也不少。完玉从来没跟人提过,作为自幼的中国水墨画爱好者,来美国后为挣取支持自己报考医生资格的补习班学费,她曾在纽约中城一家韩国人办的文身工作室里学过文身,当过文身师助理。

一年前,完玉作为麻醉师加入了新泽西一个小型生物化学药剂厂推广使用他们研发的用麻药混合带酸性碱金属氯化物水溶液,与优选配制的绿色药用植物霜剂混合注射除文身的临床试验计划,业余为愿意参加临床试验的人们做注射除文身服务。

完玉愿意加入这个实验计划是因为喜欢这产品的绿色效应。虽然它起效时间稍长,可比起如今市面上流行的化学消除法和激光去除法对身体和皮肤的损耗,这绿色药剂无论是经济还是健康环保的效果都很突出。她喜欢新泽西药厂这款产品的另一个原因，是它可以轻松抹掉人因一念之差犯下的错，风险又比较低，一经推广就很受欢迎。

相比这个工作本身，完玉更喜欢的是听顾客讲自己的文身故事。人们通常不喜欢告诉他人刺上那些跟自己融为一体的文身的理由，但在决定将那些文身抹掉时，都显得特别享受那充满解脱和清空的快感和欢欣，总是滔滔不绝，有问必答，令完玉感到特别治愈。虽然她知道，有些文身可能是永远也抹不掉的。比如她在纽约遇到过的那个越战老兵。他挑了她画的一大幅漓江水岸，"简直就跟我们在越南见过的一样"。他要求在自己前胸中和双臂纹上热带丛林中为他挡子弹而死的战友的故事。文得那么深，色彩那么浓，真的是生死与共了。

完玉通常在业余时间里会给有需要的顾客按预约提供服务。生意不多也不少。她从来没有跟人提过她业余在做这个工作，就像从来没有跟人提过她曾经当过文身师那样，更没跟人说过她对帮人除文身有一种执念和快意。

完玉与湖滨医院急诊室通完电话，立刻取消了当日在文身坊的预约，提起装着三副除文身药物针剂的滚轮双肩包，一路小跑，冲进自己四轮驱动的林肯 SUV，冒着漫天大雪向医院急驶而去。

重伤员 Tan, Qin Wei 的信息，跟着车窗外呼啸的风雪在完玉的手机里跳出来。这将是她的病人。Tan, Qin Wei，这样的拼法让完玉愣了一下，她能判断出十有八九是中国大陆背景人士，可她并未能一眼认出前夫。

伤员已从滑雪场运下来，急救人员已施行初步的抢救措施，救护车将开往湖滨医院抢救。目前伤员进入半昏迷状态。想到金森谷雪场那几乎垂直的一个个陡坡，完玉的心一沉。

雪越下越大。电台里的消息在说，这场大风雪是因为内华达山脉另一边加州的天气突变所导致。目前已确定雪崩造成了一人死亡、三人重伤。好消息是之前报失踪的两位滑雪者已经找到，五六名轻伤者的情况稳定。

完玉刚将车子转入通往医院的坡路，听得手机又是"叮咚"一声。待车子稍稳下来，她一眼扫过去，就看到了伤员的出生日期——08/15/1969，身高1.78米。这两项数据，令她瞪圆了双眼。姓名、年龄和身高的组合，十有八九已可锁定这位重伤员是她的前夫谭勤威了。她下意识地踩了一脚刹车。好在此时前后和对面都没车，SUV只滑了一下。完玉小心地往前开着，默念着"镇定，镇定"，却感到车子在飘，好在很快就看到一个临时停车点，便马上将车子开进去停了下来。

完玉的脑子里跳出的第一个念头是打电话去报告。这个伤员非常可能是她的前夫——只要报上这个理由，因涉及直接利益冲突，按职业规范和要求，她就要回避参与对勤威的抢救。可作为一个久经沙场、有二十多年经验的老医生，她有这么脆弱吗？特别是在这个时刻，在本来医疗资源就紧张的大湖地区突发如此紧急状况的时刻，她不想添乱。更深的一层原因，是她想参与对勤威的抢救。完玉接着往下看伤势初步报告，因伤员意识模糊，暂时不清楚内伤的程度。完玉刚嘘出一口气，接下来的一句就让她眼睛一阵模糊：脑部有外伤，右边前额有可见的约3厘米×4.3厘米的创伤，可能是雪崩时击中坡面山石引起的，已引发前额鼓出一个肿块包。伤员初始有诉严重头痛，怀疑有颅内损伤，可能还有身体骨折骨裂。已上氧气罩。等待尽快做 MRI……

完玉决定接收这个病人，开始加速。所有知道她故事的人，都会说她哪里是什么玉，只是勤威甩开的一块垫脚石。虽然她告诉过他们，当年成为那块石头是她自主的选择，可谁又愿意相信？可这些还重要吗？按美国人的说法，前任就是已经脱下的衣裳。她将那个裹着这件旧衣裳的包袱甩掉了很多年，怎能再捡起扛上。现在，他只是一个需要她救死扶伤的病人，她只需要记牢这点。

完玉强势的母亲自己没有当成医生，从此一生努力的结果就是让自己的三个儿女都成了医生。现在，这三个孩子阴差阳错地又都到美国做了医生。作为母亲这位广西师大化学教授的长女，从幼儿园起就最爱画水墨画，还拿过华南地区儿童水墨画大赛金奖的完玉，当然没能例外。她十八岁考入广西医学院，按母亲的意愿学习做一名医生，只是寒暑假回桂林时，最享受的还是跟以前少年宫绘画班的同学和老师一起到桂林郊外的山村写生画画。

她就是那年毕业实习完后，回桂林等待分配时，又背了干粮去阳朔写生，为躲一场暴雨，撞进了漓江边那幢房前屋后都是橘园的矮茅屋，遇到了回家乡探望病重母亲的土木工程系毕业生勤威。勤威那惊人的相貌被穷苦苍凉的茅屋衬出的巨大反差，让完玉流下了泪水。

后来她跟着勤威从桂林到南宁，到广州，再到纽约，一路感受到所有人的目光都难以略过勤威那简直可以说是带着高贵气质的相貌身型时，她总会想起勤威家那摇摇欲坠的茅屋，那泥地上的火塘，火塘里烤焦的红薯和勤威身上的那件白汗衫，脚上的人字拖。完玉的黯淡和矮小，让她总被挤在那一个个围在勤威身边转的美女圈外。她甚至要踮起脚来，才及勤威的肩头，但她肯定地知道，自己才是最心疼他的人。

她看过他的底牌：年幼丧父，家境贫寒。姐弟俩靠寡母在公社砖厂里烧窑搬砖拉扯大，好在他们姐弟很争气，都考上了大学。姐姐念的是学费全免的师范，勤威也因家庭生活困难拿到了最高等级的助学金。那个漓江边暴雨中的邂逅，还让她听到了他的心声：虽然自己凭天资和努力拼到了省建筑设计院，还是觉得在社会上升的通道里没有安全感，他想换一种活法。

他给她看了自己堆在矮凳上的那些当年地下流通的 TOEFL 和 GRE 备考书籍。完玉浅浅一笑，这些正是她按母亲的意愿从大四就在攻读的，她甚至已经考完了这两个考试。那个国门刚开的时代，到美国去，是一代人的人生方向。勤威小心翼翼地说出想远去美国的打算，完玉一点没有觉得奇怪。

只是勤威坐在几乎要矮到尘埃里去的木凳上，说起他的美国梦时，说的是"那可是一个全世界的垃圾人都可以重新洗牌的地方"，完玉对"垃圾人"这样的词很不以为意，但对勤威那样急切的梦想上心了。她在那个夜晚，认真地给母亲写去了确认自己希望尽快去美国留学的信。在这之前，正在加大圣地亚哥分校化学系进修的母亲，一直在为劝不动完玉去美国留学而头疼。

后来的一切都很顺利，完玉拿到去美国的学生签证的第二个星期，就跟勤威在南宁登记结婚。他们容颜身高的差别，让民政局婚姻登记处的大姐在恭喜他们时都忍不住好奇地盘问起来。喜上眉梢的完玉和勤威脱口而出的回答都是"幸运呗"。

勤威果然顺利地梦想成真，很快就拿着陪读签证登陆美国。没有人怀疑勤威凭自己的努力也可以去美国，但也无人怀疑，以他的出身背景,正走反走,都会是一条漫长而风险难以确定的道路。

到了今天,完玉从母亲那儿学会了一个新词,叫"凤凰男"。勤威当年是连完玉那个严肃得罕有笑容的母亲都忍不住会用"这孩子真是人家说的笔笔中锋啊"来描述的人。是完玉选择了成就那样一个"凤凰男"的。她说过她不会在意的,哪怕勤威会像所有人预言的那样最终甩了她。

那就是爱了。更不要说,她现在是安吉拉·威尔逊医生了,来龙去脉都已经消融,她已修成正果。嫁给威尔逊教授时,她刚完成在明尼苏达大学医学院的住院医实习,正要上岗。谈到结婚是否要改姓,威尔逊教授笑眯眯地说,你是现代女性,结婚可以改姓,也可以不改的,你完全有选择的自由。他知道有过一次婚姻的她一直保持着自己娘家的姓,这回也有理由不改的。

完是满族的姓,她虽然生在南疆,曾祖辈却是从北方南下的。威尔逊教授又说,特别是你已经有很多喜爱你的病人——完玉穿着白大褂微笑着的照片,作为最受欢迎的医护人员,已经在医院大厅的公告屏上连续出现了三个月,这也是她获留用的重要原因。当然,完玉决定留在这大半年都是冬天的明尼苏达,是因为她要嫁给温文睿智的威尔逊教授。她郑重地冠上了教授的姓。

现在想,这个名字改得真好。眼下,她就是一个跟病人在私人感情上完全切割清楚的医生。完玉给急诊中心回了信息:正在赶去医院的路上。

载着勤威的救护车鸣着笛转过急诊室前的圆盘时,雪小了下来。前面已到达的两辆载有轻伤员的救护车挪到旁边,让出了主道。

车子一停稳，急诊室的医生和护士立刻过去跟急救人员交接。完玉跟马上要进入手术室的神经外科的强森医生、医生助理莉莎和手术护士杰克，以及手术室护士吉娜一起，一边听着急救队的汇报，一边开始工作。完玉知道自己会是第一个动手的人。

急救车上的活动床架已经被移下来，完玉站到了床头，一眼看到休克中的勤威，身子轻轻晃了一下。是他了。头发还是那么多，头发的鬓角剪得很整齐，愣愣地直往上冲，就是鬓角上有些灰白了。皮肤是青黑的，有几道划痕，脸上的雪泥还没有清洗过，混着血迹。认真修剪过的浓眉微微皱着，表情很痛苦。完玉不得不承认，就是在这种情形下，年过半百的勤威五官的线条还很清晰，仍然当得起"笔笔中锋"这样的赞美。

忽然，完玉发现勤威的右眼开着，眼球突出来，双眼皮很深，有点肿。她一惊，俯下脸来，盯着他的眼睛看，但那眼球并没有转动。她立刻反应过来，这是勤威前额的外伤和眼部四周的局部受损造成的水肿，以致眼睑无法合上。他因为已没意识，看不到她的。当然，就算他有意识，他也不会认得出全副武装的她了。

为抢时间，将勤威送去 MRI 之前，要先去拍 X 光片看是否有骨损伤。杰克和莉莎围过来，看到勤威那套昂贵的灰蓝色始祖鸟滑雪服，犹豫起来，尝试着要帮他小心地退下。强森医生走过来，说，在这节骨眼上，时间就是生命。杰克和莉莎就动手开剪起来，待全部剪开后，杰克给勤威盖上了轻薄的手术被单。体高壮硕的杰克年近三十，总是说自己的理想是当脱口秀演员，这时的表情却凝重得像个悲剧演员。

完玉过来一把握住勤威的手臂，去找静脉，立刻就感到他结实的肌肉。完玉抬眼瞄去，一眼就能看出他坚实的腹肌。勤威在最困苦的时期，都不会忘记肌肉和体能训练，果然到了今天仍有这么年轻的体征。完玉记得他说过从小就爱光着脚在漓江两岸跑长跑，那样练出的一双腿，对他成了敢滑金森谷最高峰道的人，肯定很有帮助。

完玉轻轻地叹出一口气，顺利地将一管丙泊酚注入勤威的静脉。这时的剂量只是浅度麻醉。完玉用手指轻轻地按摩了一下勤威的眼皮，他的眼皮合上一些了，但还没完全闭上，她只能松开手。杰克他们等会儿会用透明胶带将他的眼睛封上的，以免虹膜发干。她寻到消毒液，认真地擦洗着自己的双手，忽然意识到，与上次触摸到勤威的身体，已隔了二十五年以上的时光，她的鼻子一酸。

完玉在 MRI 等待室看到了那个她当年亲手给勤威刺上的文身。

湖滨医院的 MRI 机器安放在一个由大货车改建出来的屋里。X 光片的结果显示勤威的两根右肋骨有骨折，胸椎骨有骨裂。在杰克和 MRI 室的工作人员将勤威的病床推入升降机前，工作人员拿来了一条窄小单薄的布单，示意他们给勤威换上。站在活动担架边的完玉心下一动，有点紧张起来。只见杰克一把掀开勤威身上盖着的大被单，守在边上的完玉一眼就看见了勤威下体左边腹部深处的那个熟悉又陌生的文身——一个花体的 J 和穿在 J 微斜的直杠上的那颗深瑰红的心，一点都没有褪色，干干净净地贴在他腹股沟与耻骨之间，像是退潮后大海留在沙滩上的遗物。只是那 J 底部的那一钩，被漫上海岸的水草若隐若现地遮住了。

她不敢相信自己的眼睛，下意识地一把抓牢了床架，待杰克轻轻拍了她一把,她才反应过来,赶忙松开了手。杰克和MRI的工作人员一起将勤威的担架推上去安放好后,转身回来,听完玉轻声为刚才的失态道歉,才笑了笑,拍了拍她的肩,很轻地说,你还好吗?完玉仍愣在那儿,没有回应。杰克耸耸肩,低声说,比这更奇葩的玩意儿你肯定没少见过吧,一边敏捷地用透明胶带将勤威开着的右眼贴合上了。

当年签下离婚文件时,他们没有什么值得瓜分的家产。完玉唯一的要求是让勤威抹掉他身上这个早时她按他的意志刺下的文身。这是勤威在哥大拿到博士学位,要去芝加哥那家大型工程公司实习前,完玉按勤威的心意送给他的礼物。在勤威的设计中,J代表作为Jade(玉)的她。一块完美无瑕的美玉,他强调说。而那文身图案,乍看上去,很容易联想到是一根系着红心的手杖。可按勤威的意思,系在直杠中下部的那颗红心,将代表勤威的"I"和下面代表完玉的"J"连接起来了。只有他们知道它的寓意。完玉喜欢勤威的这个巧思,而且图案不复杂,适合她的文身水平。

在完玉给勤威做文身的夜晚,他们小小的公寓里燃了通宵的香烛。勤威那好听的男中音在完玉的耳边低低地轰鸣:那颗心将我们在我的肌肤上牢牢扣紧,走到天涯海角都不会弄丢。按"男左女右"的俗例,勤威让完玉将那个图案纹在他左边腹股沟附近。你真是一块美玉,没有你,不会有我的今天,更不要说未来了,勤威说着,好像声音都变了。完玉摇头,这个就夸张了,她只是给他在往高走的一个小小关口上,用自己作为小石子给他垫了一脚,看他后来自己用双脚踏出的大道,就知道那一脚不值一提的。当然,她还是要谢谢他的记得。完玉调出了特别的瑰红,将那颗连接他们的心刺得立体而轻灵。这是不是有点像古时候给女人锁上的贞洁带啊,勤威就着床头的红酒,还说出了这样的话。两人相拥着,都笑出了眼泪。

勤威后来说,在那个时刻,他说的都是真心话。他真的是想给自己烙上一个被完玉定义的印记。可惜,人生的剧本偏偏不是这样写的。拿着陪读签证追随完玉先去到圣地亚哥的勤威,很快就申请到了哥大的奖学金去纽约攻读博士学位。到了这时,完玉已经有了考美国医生资格的心思,她和勤威的角色来了个大调转——她跟着勤威去到纽约,成了陪读夫人,同时备考美国医生资格。完玉去做备考咨询时,专家告诉她,因为没有受过美国医学院的基础教育,以她当时的专业英语水平,要考下美国医生资格是充满挑战的,她需要到专业补习学校接受至少三年的全职备考训练。完玉听了点点头,说不管多少年,我都要考下去,总能考上的。听得专家一愣,没再说话。

勤威的奖学金只够两人对付简单的生活起居,完玉上医生资格考试补习学校的昂贵学费就要另想办法了。因着会画一手好水墨,她经人介绍进了一个韩裔办的文身中心做艺术设计。当过医生的她,又会画画,跟着看了不久,也去考下了执照,给老板当起助理。在中城这样的文身坊里做事,收入比在中餐馆里端盘子好多了。

勤威在哥大博士毕业那年,他们都是三十岁。他们就像两个相互搀扶着一起爬山的人,交替着使力,一起往上走,很快就看到了好风景。勤威在芝加哥那家大公司工作的师兄给他介绍了公司里六个月的实习工作。完玉后来复盘,想如果她当时跟勤威去了芝加哥,也许就没有这后面的这一切?那她现在就还是谭太太吗？

也未必的。勤威一直都是天平上低低沉下去的那一头，她除了能带他早点来美国，其他的一切都是不能作数的。勤威从来没骗过她。她也从一开始就知道这天平的不平衡，可她愿意接受挑战。爱就是舍得，不是吗？连她那么精明的母亲都觉得"曾经拥有"就很好了。所以她放了他。

果然，实习过了五个月的时候，勤威就拿到了芝加哥公司的工作。他专程回纽约告诉她：令人无法拒绝的薪水，公司还帮办绿卡。还有，他不可救药地遇到了一个会弹竖琴的苏州女孩，那琴艺精湛到能进芝加哥交响乐团的水准。出入在省建筑设计院前那条浓荫蔽日的长街上，勤威遇到过多少寻来的"色艺双馨"的女孩子，她们连正眼都懒得看完玉一眼的。完玉早已习惯了，她一直稳稳地站着，直到现在，顶在她身后的那根支柱自己倒下。

她不需要解释。勤威说，他将供养她直到她能自立，如果她愿意，他甚至可以等到他们都拿到绿卡，那个会弹竖琴的女孩子，可以等。完玉是可以自立的人，那些都不要的。她已经报名参加秋季的医生资格考试。就算一时没能考过，补习学校也能帮她保持身份，同时靠在文身室打工，她能养活自己。

说到后面，他们都哭了，哭到天暗下来。完玉坐起来，说，我只是想告诉你，我是爱你的。这等于什么也没说，多少身边的同学分分合合，听多早也习惯了。并不是因为有爱就能有善终的。她是求仁得仁。勤威铁青着脸，不说话。完玉最后说，我唯一的要求，是你把那个文身给我拿掉。勤威点点头，说，我就知道你会要这个。我也打听过了，现在除文身常规用的是物理方法，烧或割，效果都不好。听说有激光消除法了，我要去了解一下。

停了一下,他又说,如果你不坚持,我觉得留下来也是一个纪念。我对自己的人生,没有后悔的。我不介意留着这个纪念。介意是多么轻佻的词。完玉哼了一声,说,我要清空它。我对这个很介意。如果你真的介意过我的话,就要介意我的介意。很绕,但他肯定听懂了,还很肯定地点了点头。

到现在,他们分开二十五年了,没有孩子,也没有经济上的牵扯,断得很干净。只是完玉偶尔回想起勤威的承诺,总不很踏实。她一直很注意与文身相关的消息,了解到除文身的技术进展很慢,如今就算有激光,效果也不是特别有保证。后来,她开始注册参与用麻醉混合有机药剂除文身的试验时,就遇到了很多想要抹掉自己身体印记的男女跟她诉说这个中的烦恼。

美国人喜欢做文身的很多,这种东西会做上瘾。他们总会说,并不介意自己的另一半带着过去的印记跟自己一起生活,谁会没有过去呢?可要来寻求除文身的人也很多。听上去,他们要去掉的大多是自己生命中一段关系的印记,完玉想,他们倒真是宽以待人,却与自己较劲。

可勤威有二十五年的时间,他居然什么也没干?她从没要求过他给自己一个天长地久,她只要求清空她在他身上留下的印记,仅此而已。他竟对自己的承诺完全不当一回事。

完玉下意识地摸了摸腰间的工具包,那套除文身用的注射器不在。这个想法让她一惊,很快又镇定下来。她现在有机会,也有技术可以亲手抹掉它了,为什么不呢?想到这里,完玉感到自己有点发抖,一时分不清是因为激动还是气愤,赶紧做起深呼吸,努力让自己镇定下来。

杰克和MRI的工作人员将勤威的担架放入升降台上,送进了MRI机里。完玉知道自己的机会来了。她快步回到手术室门外自己的更衣室,麻利地打开拉杆双肩包,抽出一套早上已装好的文身消融剂和注射器,快速地心算了一下剂量。她现在没有时间做整个文身图案的去除,只要去除那个不大且是镂空的J下部的弯钩,就足够好了。这样的药剂量也够。而且勤威会在全麻中,不需要做局麻了,事情更简单。这些临床试验用的药品是要严格追踪报备的,这将给勤威打下的一针,她只能报损坏了。

完玉小心地将这些药品和针剂装进自己的腰包里,直起身来,看了一眼更衣室门后的镜子,自己的整个身型看不出变化。到了这时,完玉其实还没想好该找什么机会走到手术台后部去给勤威注射,但她很肯定,这支已架上弓的箭一定要射出去的。

勤威被从装置着MRI机器的长货柜车里移出来时,报告印证了强森医生的判断,右脑前颅内有3.1厘米×2.3厘米的血块。强森医生在手术室门口出现的时候,确认了手术方案——开颅去血块以降低因损伤出血造成的颅内压。如果颅内压失控,最严重的情况就是病人会成为植物人。看现在的手术指征,手术是必要的,强森医生又说。他接着问,病人的家属来了没有?吉娜走近前来,说,伤员只有一个女儿,正在波士顿上学,还没联系上。完玉走神想,不知这是不是跟弹竖琴的女子生的女儿呢,就听到吉娜又说,他今晨是和女友一起乘第一趟登山缆车上的山顶。女友也受伤了,现在在邻镇的医院救治。完玉苦笑一下,就看到强森医生点点头,在吉娜拿来的同意手术的表格上签了字,然后将笔递给她。

在眼下这样的紧急状态下,手术只需要两位医生同时签字就可进行。完玉握着笔,愣在那里。强森医生笑笑,说,你不会需要再洗一下手吧?她爱洗手的强迫症状,常被他们拿来调侃。完玉回过神来,问,你说做手术是利大于弊,对吧?在那个瞬间,她竟然有一种病人家属般的焦虑。强森医生努努鼻子,说,只要你干好你的活,我们就很有把握。见完玉还没下笔,强森医生又说,他运气好啊,到了我手上。完玉应声落笔,三下两下划下了自己的签名。吉娜一收到手术表,勤威就给推进手术室了。

手术室气氛紧张有序,无菌区已经设置好。在术前对病人做最后验明正身的安全检查时,医护人员在强森医生的带领下,将各项数据逐一核实确认。看着前半截脑袋给剃光了的勤威,完玉感受到一阵心酸,伴随着焦虑。我真的不该站在这里的,她想,可手一触碰到腰间别着的工具包,她就镇静了下来。到了这个关口,就算从职业道德上讲,她此时若选择临时退场也会给危重病人带来不可预测的风险。开弓没有回头箭了,威尔逊医生,她对自己说。

完玉拿起大针管,要给勤威的静脉注入适量的丙泊酚。她的手竟然抖了好几下,这对她这样一个资深麻醉师是罕见的。她让自己停了两秒,才开始注射。这时杰克已为勤威插好尿管,问正给勤威插输七氟醚气管的完玉是否需要帮忙,完玉摇摇头。她已经进入状态,顺利地完成了给勤威的全麻。杰克移步上前,去给强森医生打下手了。

强森医生的手术进行得很顺利。年近五十的他喜欢滑雪和水上运动,总是说太浩湖特别合适他,也很合适养育家庭,转眼在这里工作快十五年了。完玉配合他做手术,印象最深的就是他的细心。这不,从一开始,他就不停地问着勤威的各种体征数据和身体情况。先头一切都是正常。这时，大家都听到完玉开始报，尿液好像有点少。接着，尿液是越来越少。这跟强森医生要求少输液有关，可尿液的颜色不深，按照经验判断，这可能是尿管有折了。完玉报告说，她要去检查一下。

完玉知道自己的机会终于来了。她走到手术台后方，掀开盖帘，躬身钻了进去。为近一米九的强森医生高高升起的手术台，让一米五五的完玉只要稍低下头就能在手术台的帘下直着身子移动。她走到手术台的左边，一抬头，目光越过眼前的那一丛杂草，就看到了勤威股沟深处那颗深瑰红的心形，花体的 J 直穿下来，坦坦荡荡，直面相向。简直厚颜无耻，她在心里骂了一声。

完玉屏紧一口气，先检查了尿管，并没有弯折。她向强森医生报告。强森医生说，如果病人身体指征都好，先就这样吧，不用加输液量，但要注意观察。手术这时应该是进入最紧要时刻了，病人的前颅已打开，没有人再注意她。

完玉镇定地抽出腰包里的小针筒，小心地将药剂吸入，对着那个 J 的尾部注射下去。以现在的条件，她的目的就只能让 J 的弯钩部分消失，不再能看出那是一个跟 Jade 有关联的图形就可以了。

按完玉这一年多的临床实践经验，她当年用上好墨水刺出的文身的消退会是个缓慢的过程，要靠注入的溶剂与皮质深层的墨迹作用后消融。要完全褪掉，应该需要两周左右的时间。那时勤威早就出院了，等他发现，胸椎骨的微创手术也会做过了。只要她今天安全地走出了手术室，就很难溯源了。

想到这里，完玉觉得从没有过的轻松。她知道自己触犯了职业禁忌。可就算是被吊销行医执照又怎样？她现在要赌的，是勤威没脸去追究她的法律责任。她的一双儿女也都大了,她也正好可以好好地去看看世界,也可远去非洲治病救人。完玉顺利地抽出针头,还认真地清洁了自己的双手,安静地退了出来。

手术完结前半小时,强森医生通知了完玉。为了让勤威平缓地苏醒,她说要稍微延长插管的时间,强森医生表示同意。她给勤威取尿管时,看到她那个J的弯钩处鼓起了个小包,这确认了那管针剂已准确推入目的区域。完玉长长地吐了一口气,这个小鼓包应该会在勤威完全恢复意识前消失。强森医生对自己的手术很满意,认为病人已基本脱离危险。手术很成功,谢谢大家,强森医生一边脱下口罩,一边笑着向大家摆手,接着就赶去出席媒体见面会了。

杰克来感谢完玉。完玉赶忙摆摆手,说,不值一提。你今天本该是休假的,辛苦辛苦,吉娜叫着。完玉点头,没有说话。她走到手术台前方,看到头脸上缠满绷带的勤威,再加上被贴在右眼上的透明胶带还没取下,看着真是面目全非。杰克贴心地过来拍了拍她的背。完玉和莉莎一起,将仍插着管的勤威送回ICU去了。

安顿好勤威,完玉回到自己的更衣间,小心地将针筒和空液瓶包好,连同剩下的另外两副药剂和针筒一并装进她的拉杆双肩包里,换好自己的衣服,再披上羽绒大衣,拖着双肩包快步离开了。

完玉第二天回到湖滨医院,从系统里查看了勤威的病历。病历显示病人恢复得不错,没有令人意外的消息。没有消息就是好消息,完玉轻轻一笑,给自己沏上一杯正山小种,对着窗外的雪松和远处永不结冰的太浩湖,慢慢喝下。

到了第三天下午，完玉就在强森医生的另一台手术预备会上，听强森医生说起，今天一早，经勤威女友的要求，勤威手术后一稳定，就转到了山那头的加州大学戴维斯分校的医学院做胸椎骨的微创手术去了。这不是杀鸡用牛刀吗？我们的强森医生把最难的都搞定了，还要转院。不过，有钱人不耍耍派头怎么行？听说是那女友家里安排的专用直升机来接的呢！边上的杰克耸耸肩，说。

你去送了？完玉心情复杂地问。杰克咧了嘴笑：还别说，他的女朋友就算是坐在轮椅上，仍然能看出那逼人的性感，很漂亮哦，像个西裔，也有点亚裔的样子，混得很好看的那种。

完玉安静地听着，没接他的话。她现在最担心的是她打进的药剂的效果。只见杰克眨眨眼，说，记得他的那个文身吗？他有说发痒呢，又没伤到那玩意儿，他自己才晓得为什么会痒了。哈哈，那是留给戴维斯医学院的问题了。完玉的心一紧，见强森医生也笑了，就勉强地跟着笑笑，说，有后续消息吗？杰克摇摇头：愿上帝保佑那对宝贝儿，你别说，那个 Qin Wei 很帅的，那眼睛的胶布一取下来，就是还绑着绷带，看着就已经跟电影明星一样了。杰克也把 Qin 念成了 Queen 的音。完玉笑了说，是吗？她想逗他说，你讲脱口秀还不如当狗仔队好呢，话到嘴边又忍下了。

金森谷很快就恢复了营业，人们总是好了伤疤忘了疼，太浩湖地区又热闹了起来。完玉以健康不佳为由，暂停了业余除文身的工作。到了三月底，太浩湖地区的滑雪季进入尾声，各大小雪场都在看天吃饭，时开时关。完玉本季在湖滨医院的工作也快到期，开始打包准备离开，下一站是去往亚利桑那州的沙漠小镇。

一天下午，杰克兴冲冲地来到她的办公室，手里举着一个灰蓝色调的盒子，上面印着完玉没见过的 Recchiuti 商标。见完玉看上去有些疑惑，杰克拖着声夸张地叫：巧克力！

见完玉的反应平淡，杰克眨眨眼，说，我刚上网查了，这可是《纽约时报》专门推荐过的，很贵很漂亮，颗颗都像艺术品，要快四美元一粒呢，可真是太好吃了。完玉这才给逗得笑了说，你留着自己吃吧，我很少吃巧克力的。杰克摇摇头，说，你还记得年初雪崩那次，我们救治的那个肚子上有颗红心的华裔帅哥吗？是他给我们寄来的，参加救治的人一人一盒，这盒是你的。说着眨了眨眼，说，只有你的这盒是专门标了名字的哦。完玉一惊，说，真的吗？当然！麻醉师是手术室的灵魂啊，帅哥很在行。杰克笑着，将巧克力搁在完玉的办公台上。

完玉将那深灰蓝的精美纸盒拿起来。巧克力盒口果然贴着一张字条，上面打着"To Dr. Angela Wilson"。完玉听到了自己的心跳。她将巧克力盒子拿在手中，不知该如何反应。好在杰克也没有在意，摆摆手离开了。

完玉起身将办公室的门掩上，回到桌边坐下，小心地将巧克力盒打开，只见盒里有一张闪着银光的薄纸掉出来。她赶忙捡起来看，只见纸面上部分正中间印着花体的"I"，字体很大，占了纸的三分之二高，下面则是一行斜体小字：Now the only one who stands……（我，仅存的独行者）

完玉将那张纸捏在手中又看了一遍，是的，这是勤威在告诉她，"J"和"I"彻底成功脱钩了。但是她好像高兴不起来，居然等了这么多年了，才获得了自己早就该得的。不过迟到总比不到好。她需要这个确认将自己的那段人生清空的仪式。她不过是帮他兑现了二十五年前的承诺。现在看来，勤威认下不表，没有赖账。

完玉将那张纸片叠好，放进抽屉。她现在知道该怎么填压在抽屉里好一阵子的那张新泽西药剂厂的延聘书了。她寻思着，拿出那份延聘合同，一笔钩下"不再续约"的选项。她的使命已经完成，"天知地知，他知我知"，她现在的选择就是给自己的一个判决。至于去非洲做义工的梦想，大概可以再搁置几年。她需要些时间做准备，因为可能要一去多年。这样的想法让完玉感到心安，她顺手拿起一颗表面撒着金点的巧克力放入口中，舌上瞬间散开了一股带着浓郁香滑的苦甜，顺着喉咙漫出绵长细腻的丝滑，她瞪大了眼睛，吃惊地想，这确实是巧克力的天花板啊。

（《江南》2024 年第 4 期）

陈谦　女，自幼生长于广西南宁。广西大学工程类本科毕业。一九八九年春赴美国留学，获电机工程硕士学位。曾长期从事芯片设计工作。现居美国硅谷。
代表作有长篇小说《无穷镜》《爱在无爱的硅谷》及中、短篇小说《繁枝》《莲露》《特蕾莎的流氓犯》《我是欧文太太》等。其中《特蕾莎的流氓犯》获首届"郁达夫小说奖"并入选中国小说学会2008年度"中国小说排行榜"。《繁枝》获2012年度人民文学奖、《中篇小说选刊》2012—2013年度优秀中篇小说奖及第五届《北京文学·中篇小说月报》奖，并入选中国小说学会2012年度"中国小说排行榜"。中篇小说《莲露》入选中国小说学会2013年度"中国小说排行榜"及《北京文学·中篇小说月报》奖。短篇小说《我是欧文太太》入选中国小说学会2015年度"中国小说排行榜及"2016年花地文学榜"。长篇小说《无穷镜》获第二届"中山文学奖"。

踩云彩的大脚板

马金莲

1

他们走了。

还真就走了啊？

马阿蛋望着空了的屋子，感觉身后的书包正在变沉重，重得他负担不住，就顺着屁股一路溜下去，咣，砸在地上。书包里不光装有新学期刚领的三年级课本，还有学校刚发的奖状，本来他是兴冲冲赶回家的，想给爸爸妈妈看看他的奖状！可是屋子空了，推开门迎面而来的不再是妈妈在家才有的那种暖意，也不再有妈妈做饭发出的叮当声和饭菜在锅里飘出的香味。他们真的走了。本来这几天他们絮絮叨叨商量的时候，他就应该留心听听的，也应该用心好好想一下这个事儿，可惜他只顾着憧憬新学年的学校生活了，压根就没留意他们说的具体内容。

爸爸一贯都是个爱说笑的人，有事没事坐在那儿用语言勾勒白日梦，比如买彩票中了五百万，赶集在街上捡了一皮包人民币……爸爸经常信口开河，马阿蛋知道爸爸的话总是不靠谱，可以选择不听，免得浪费他学习的时间。所以他们坐在炕头上谋划去远处镇子上开店的时候,他以为他们又是在对着空气吹牛,于是就没留意听。似乎爸爸说先把爷爷奶奶留下看着老家,万一店开不好,破产了,还可以回老家有个退路。妈妈说把阿蛋也留下,店里那么小,去了没地方睡。爸爸在点头,说肯定带不走,他去了还得转学,我们两眼一抹黑,转学有困难。妈妈说那就凭他自己吧,要是争气呢,考上县城的中学,就去县城念,考不上呢,就还在老家乡下中学念。爸爸嘿嘿一笑,说考不上的可能性更大,他是我儿子嘛,我就没考上,他身上有我的基因,和我一样爱耍。你听听,爸爸的话是不是很不靠谱,总是这么贬低自己,顺带着还贬低一下阿蛋。其实阿蛋明白他的心思,他盼着阿蛋不要考上县中学,听说去县城念书花费高,住宿、吃饭、车费,乱七八糟的,都要花钱,在本乡中学念就省事多了,吃住在家里,来去靠腿走路,不存在那么多费用。

省钱当然没错,他知道爸妈都不容易,为了钱,经常头对着头发愁,愁得爸爸才三十岁的人,耳朵背后就有了白头发。邻居家女人穿了件羽绒服,妈妈每次看见了都眼睛发光,心里明明爱得不行,爸爸说爱就给你买一件嘛,你身材比她好,肯定好看!妈妈眼里的光慢慢暗淡下去,说算了算了,九百块钱哩,贵死了!阿蛋就明白妈妈这是舍不得乱花钱。如果爸爸再鼓动,她就更坚决地拒绝:"三个儿子哩,要念书,花钱!长大了要娶媳妇,花钱!娶了媳妇要分家,还得花钱!愁死了,愁死了,我一想就头有背篼大!"

愁是个啥?阿蛋觉得自己能明白,又明白得不是那么透。愁这个东西像一个滚动的球儿,在大人的口舌间传来传去,有时候失手了就滚下来,砸到他头上,阿蛋被砸得晕乎乎的,更不明白愁是个啥了。现在望着空冷的屋子,他站着站着,看着看着,想着想着,心里裂开了一道缝儿,缝儿在慢慢地变大,越来越大,开成了一道沟。心有点疼,疼得清清楚楚,就在那里不断地加剧。他好像有一点明白愁是啥了,这个愁是有味道的,味道苦苦的,就在嘴里含着,咽不下去,也吐不出来,苦着你的舌头,一直苦到嗓门深处,苦到肠胃里去了。他倔强地站着,跟空荡荡的屋子苦笑,心里说你们真行啊,还真就把我一个人给撇下了,算你们狠。

"阿蛋哟,你回来啦?站那儿做啥?书包咋不放下,背着多重!快快快,放下放下!把我娃压得长不高了!"奶奶不知何时来到背后,嚷嚷着,帮他拿书包。奶奶快七十岁了,腿脚不好,自己走路都吃力,哪能叫她拿书包!阿蛋急忙后退,把书包提在手里,趁机一甩头,将眼底就要溢出来的泪花给甩掉了,小脸上挤出笑:"奶奶,晚饭吃啥?"奶奶看见他一切都好,欢喜起来:"洋芋面,放点牛肉。走,你给奶奶剥葱、削洋芋!"奶奶在前头一拐一拐地走,阿蛋慢腾腾跟上。他心里还在难受,爸妈真过分,说走就走,把他撇给这么老的奶奶,还有爷爷,比奶奶还老迈呢,这是叫他们照顾他吗?分明是指望他照顾他们!哼,心够大的!

上台阶的时候,阿蛋弹跳了一下就上去了,紧跟在身后的奶奶腰深深地弯下去,两只手放到膝盖上,好像这样就能给她的双腿加油,就能助力她迈上台阶。她的腰真是驼得厉害,压了一大块石头一样,累得直不起来。他转过身看着奶奶,有点想不清楚,奶奶的腰是早就累弯了,还是今天忽然塌下去的,他咋就一直没发现哩?难道爸妈今天一走,奶奶心里跟他一样难受?奶奶慢慢地抬腿，左手还在膝盖上，右手拄了一下台阶，身子倾斜得更深，晃了晃，终于迈上了台阶，手也抬高了，向迎面的窗台上扶了一把，这才站稳了，恢复了走路的姿势。原来人老了上个台阶都这么吃力！又一个新的发现，让他的心抖了抖。不能叫奶奶再难过了，不应该增加她的负担。阿蛋挺了挺小腰板，心里又苦笑了，说好啊，你们走了就走了吧，没有你们，我们会活得更好！他感觉自己好像忽然长高了一截子，能帮奶奶承担一些事情了。他拉了奶奶一把："奶奶，我剥葱，我削洋芋，我还会炒菜哩！你教我做饭吧。"

"哦——"奶奶笑了，但是摇摇头，"炒菜做饭就算了，要是耽搁了你的学习，你妈要骂奶奶的，你还是好好做作业去吧。"奶奶态度很坚决。爷爷摇摇晃晃出来了，手里拿个板凳，板凳一放，屁股就坐了上去——他腿脚没毛病，肺不好，走三步路能喘上三分钟，那惨烈的阵势叫你看了揪心。阿蛋从记事起就看到爷爷是这个模样，可他过去没怎么往心上放，老觉得这个情况跟自己无关，有爷爷自己扛着呢，他要是扛不住，还有爸爸扛呢。这一刻他忽然觉得爸爸把担子撂下了，干脆不扛了。爷爷的样子就有了老孤儿的味道，他有些忧伤地望着大门外的远处，大大的瞳孔上映出村庄里的白墙红瓦绿树，还有挡住了视线的大山。生在这深深的大山里，脚步自然被大山困住了，要想走出去可不是那么随便的事。山里人对外面的世界天然地怀有一种惧怕，感觉脚步一踏上山外的平坦大路，人心里就没底儿了。只有回到这熟悉的山沟沟里，脚步才是自如的，心灵才是舒展的。阿蛋把作业本放到外面窗台上，踮起脚尖写字，写一行，抬起头看看爷爷，他想知道爷爷为啥忽然显得这么孤单。

339

"啊，两个年轻人走了吗，拖家带口的，也不知道安置下了吗？会不会做生意哩？能不能挣上钱？"爷爷捋着胡子发问。奶奶掀开门帘露出一张脸，嗔怪地看着爷爷："你呀，阿蛋刚不难过了，你又提起来！再不提了，不提了！他们会好的，我们照顾好老家就成，顺便再把这个大孙子喂饱，就够了，对得住他们了。"

爷爷扭头看看阿蛋，神情严肃起来："阿蛋啊，打今儿起，你就是个没父母管的娃娃了，我们老两口人老脚步慢，你学勤谨点儿，我们会疼你的。"

阿蛋写完一个汉字的最后一笔，鼻子抽一下："我就是个拖累嘛，他们能领上二蛋和三蛋，咋就领不上我？哼，他们把我当拖累留给了你们！我明白，我啥都明白！"

爷爷被他倔强的小模样逗笑了，胡子抖了抖，说："你明白也没用！镇上房子太贵，租那么一个屋已经把你爸腰包掏空了，那么大一点空间，白天开店蒸馒头卖，夜里支上门板当床睡，巴掌大的地方，挤你爸你妈、二蛋三蛋四个人，难道还能挤得下你？不把你挤成肉饼子才怪哩！"

阿蛋低头打量自己的身形，不算高，在学校里排队站前排，也瘦，这么轻飘飘的一个小身躯，难道就夹不下？二蛋三蛋咋就夹得下了？偏偏到自己头上就成了多余。想着想着，他就伤心了，鼻腔酸酸的，想跟谁吵吵嘴。左右看看，现在家里二蛋三蛋都跟上爸妈走了，留下他一个人，孤零零的，没有合适的人陪他吵架。早知道这样，他就对二蛋三蛋好一些，他们比他小，他就常常欺负他们，现在他们走了，他才发现没有二蛋三蛋的家这样冷清。

幸好还有睡梦，人一进入睡梦就把醒着时候的烦恼全忘了。阿蛋睡得跟平时一样香。这得感谢爷爷奶奶，妈妈有了二蛋，后来又添了三蛋，根本没精力管阿蛋，爷爷奶奶就早早把阿蛋抱过来，让阿蛋成了奶奶炕头的人。

"到点了吧，该叫阿蛋起来了。"奶奶的声音在轻轻念叨，"娃说了，六点叫醒他。"

"春困秋乏嘛，叫娃多睡一会儿。"是爷爷的嗓音，一只粗糙的大手伸过来，在阿蛋额头摸了摸，"碎家伙儿，攒劲得很，五岁就念书了，腿短跟不上那些大娃娃的脚步，天天跑得一头一身的汗，两年前我料定他就是一时好奇才要念书的，没想到他还真就跟上了，也不留级，嘿，这娃有佪劲儿！咱好好照顾，说不定以后有大出息哩。"

奶奶叹了口气："先把眼前头顾住再说吧，哪敢想以后的事情。他们两口子把娃撇下走了，这要吃要喝的，还得缝新补旧，我一个死老婆子，要我拉扯人家的娃娃，我心里愁得很！"

"愁啥嘛，"爷爷劝道，手在大腿上一拍，轻轻唱起来了，"车子走到了山跟前，远看着没路了，走着走着走近了，一抬头，你就找到了路哎……"爷爷的老嗓门唱歌很滑稽，好像老公鸡在打鸣，沙哑的嗓音劈成了好几叉。

阿蛋睁开眼睛，呵呵呵笑了，摆着小手："爷爷你不要唱了，难听死了！把我的好睡梦都吓醒了！不就是一句话能解决的意思吗，'车到山前必有路！'叫你这么唱下去，一天也唱不完。"说着爬起来，飞快地穿衣服，下地找鞋子，出门去后院撒尿，一边尿一边打哈欠，仰头看见天空很干净，没有一丝云。他心头一惊，昨夜睡得真死，压根就忘了想想爸妈和二蛋三蛋，应该惦记一下他们嘛,搬到店里的第一夜,在门板上过夜,不知道睡得好不好,有没有想念留在家里的他?尿完了,脑子里迷迷糊糊的,走回屋,拿起碟子里的馍馍就往嘴里送。

"手洗了吗?"奶奶问。

"不干不净,吃了没病。"爷爷说。

阿蛋就不理奶奶,大口吃着馍馍,背上书包出门,沿着大路往前跑去。远远看到了上学的几个娃娃,书包挂在屁股上,走得歪歪扭扭的,好像溃败了的军队撤退下来了。看到他们的身影,阿蛋就高兴了,说明自己不会迟到的。他快步撵上了他们。

"哎哎,马阿蛋,马阿蛋,你咋没走?"同学里有人问,"你爸妈不是带你们去镇上了吗?"

阿蛋心里一揪,昨天的伤口被揭开了,让他挺难过的,摇头:"我没去。镇上地方小,睡不下,念书也难,插不进去,我爸说我还是在老家念完小学再说。"

"哟,是让你爸妈撇下了吧!嘿,倒霉蛋,又多了一个。"有人阴阳怪气地说。

大家都笑了。

阿蛋也跟着笑。

每当有家长外出,留下娃娃跟着老人留守,大家就叫那个娃娃倒霉蛋。

倒霉蛋这个名称像一顶脏烂的帽子,现在被扣到了阿蛋的头上。他虽然跟着大家傻笑,其实心里远没有接受它,下意识地觉得它离自己很远,他咋能成为倒霉蛋哩,爸妈不是说了吗,等挣了钱就换一个大店面,二楼带卧室的那种,他就能跟过去了。所以他觉得自己还不算倒霉蛋,倒霉蛋就是那种父母跑到很远的方挣钱，再也没人管的孩子。

忽然一个飞脚踢在阿蛋屁股上。他一点儿都没有防备，就一个跟头扑了出去，结结实实倒下，以狗啃屎的姿势趴在了地上。过了好一会儿，阿蛋才明白过来发生了什么。他慢慢地爬起来，拍拍膝盖上的土，看见几个大同学已经丢下他走了。谁踢了他，他没看清楚。人都没看清，到了学校想跟老师告状也不好告，难道他能把所有在场的人都告给老师？那就把大家全得罪了，以后他就别想有好日子过了。其中个子最大的刘昌安，是村支书的孙子，还有王全，他二叔是小队长，这些人阿蛋大都不敢得罪。阿蛋双膝跪了一会儿，才慢慢站起来，抖抖脑袋，甩开步子去撵他们。就算受了欺负，也得跟着他们，不能落单。这条路上经常有野狗游荡，要是碰到一个小孩子单独走路，狗就会动歪心思，撵着小孩子咬。所以五岁的时候他哭着要跟上一帮大孩子去念书，妈妈坚决不同意，说他太小，来去很长的一段路哩，天天跑，危险着呢。他不听，就想跟上大家一起去学校，一路有多累他也愿意，有危险他也不怕，他就是想上学。妈妈拗不过他，让步了，说那你试几天吧，要是不行就拉倒，等你够七岁再念一年级不迟。

在同学当中，阿蛋还真是最小的。老师把他放到第一排，他坐在板凳上够不到桌面，干脆蹲起来听课。老师很快就发现了他的优点，夸他是芝麻小，熟得饱，有志不在年高，也不在个子高，他这么小年龄就来上学，还这么爱学习，脑瓜子灵醒，学啥都快，还爱埋头下功夫。老师便给他办了一年级入学手续，他成了真正的小学生。

妈妈心疼他，有时候看爸爸有空，她就会派爸爸骑摩托车接一下他。被摩托车捎着自然很好,风飕飕飕飕擦着耳边过,工夫不大就到家了。要是爸爸顾不上接,他就跟上堂姐走着回家。有堂姐护着,那些大娃娃不敢欺负他。堂姐念完三年级就转走了。有能力转学的孩子,在不停地转走,村里的去了乡镇,乡镇的去了县城,一级一级往上头攒,为啥要这么折腾哩,他想不明白,也不是他该操心的,他就不想了。他如今只知道爸妈把他撇下走了,只有等他们卖馍馍攒了足够多的钱,才来接他去团聚。他发现现在自己彻底落单了。爸妈不在身边,堂姐也不在,学校里一起念书的娃娃里头再没有他的亲朋,所以他莫名其妙挨了一脚,好像也就是理所当然的了。谁叫他也成了倒霉蛋。太阳上来了,阳光落在他脸上,驱散了深秋的凉意,有一股暖意透进心里来了。要迟到了!他小跑起来,等赶进校门,上课铃声刚响起来。

　　放学后回家的路上,阿蛋不敢离那些大同学太近,远远跟着,慢慢地往回走。他在心里想好了,明天只要一放学,他就冲到前头,这样就可以早些到家了,现在被这些大同学压住脚步,他心里焦急想回家,又不敢,这感觉太难受了。那些大同学有说有笑的,好像磨蹭到天黑也不怕,难道他们不用做家庭作业?阿蛋实在没办法,他写字总是很认真,认真的话就慢,他的家庭作业要比别人花更多时间才能完成。实在无聊,他就掏出本子,蹲在路边,用膝盖垫着书和本子,开始写作业。当然没有在书桌上写作业那么舒坦,稍不注意就写歪了,笔尖还会划破本子。总不能趴在大路上写吧?他觉得烦恼,要是有手机就好了,他可以给爸妈打电话诉诉苦。看看前头那几个同学走远了,他忙赶上一截路,快要靠近的时候,又蹲下来写字。一路写了八九次,终于能望见家了,他高兴地合上本子,不再惧怕,一路小跑着回了家。

"你咋脸色不好，究竟咋了？"奶奶一见面就发现了阿蛋的异常。

"没咋！"他头一甩，气哼哼冲进了屋，拿起塑料水瓢就舀凉水，嘴对着水瓢咣咣咣地喝。

"冷水喝上肚子疼哩！"奶奶跟进门喊，"那不是开水吗，早给你凉好了！"

阿蛋发现刚才莫名其妙冲上来的那一肚子怒气，被凉水这么兜头一激，塌下去了。他没气了，也不想冲着奶奶发脾气了，摘下书包，一屁股瘫坐在沙发上，说："乏死我了，作业做完了，我要吃饭，吃了早睡！"

第二天放学后一出校门，阿蛋就挤到了队伍最前头，他不回头，大步往前赶赴。听见身后的同学们笑笑闹闹，那都是家离学校近的孩子，他们不着急回家，多玩耍一会儿也没事。他根本没时间羡慕那些孩子，只顾大踏步穿过一条巷道，拐上了通往家的路。路边的地里丢着秋收后的玉米秸秆，一堆一堆，叫人看着心里不踏实，甚至会发毛，老担心那秸秆背后忽然冒出来一个生人要抓他，或者是一两条野狗，扑上来就要对他下口。所以他不能把那几个大同学抛得太远，太远的话他就落单了，万一有啥情况，一个人不好对付。那些孩子还是边走边玩，磨磨蹭蹭的，阿蛋觉得这么等下去不是办法，好多时间都给白白浪费了，他干脆又掏出本子来，膝盖当书桌，写起作业来。爸爸常给他和弟弟们讲自己小时候的事，也是学校远，念书常吃苦，因为吃不了苦就早早不念了，爸爸后悔得直摇头，说你们不能重复你爸的老路，以后还像我这样种地加打工，辛苦得很，你们得改变命运。

命运是个啥？为啥要改变？当时阿蛋不明白，也懒得去明白,只顾着跟二蛋三蛋一起嘻嘻哈哈地笑。现在阿蛋明白命运是个啥了,就是一个人的孤单。他们都走了,他一个人留在这里,前怕狼后怕虎,这不是命运又是什么?他苦笑着,恨父母吗,好像恨不起来,反而在偷偷地想念着。那能恨谁呢?他仰头看看,四面都是山,山上去是天,天蓝得那么慈祥,他谁也不怪了,就想好好学习吧!烦心事啊,你越想它就越多,还会越想越深,不如不想,更实际的快乐是,每天课堂上老师都在夸他,不夸不成啊,谁叫他是所有孩子里最用功的一个。老师说马阿蛋个儿小,学习劲头大,你们不是没他聪明,而是没他用功。说得同学们都拿羡慕的眼光瞅阿蛋,等一下课,大家又呼啦啦玩去了,没人能够像阿蛋一样留在座位上继续用功。因为用功这件事本身就苦,哪有玩耍轻松。阿蛋心里想爸妈,想二蛋三蛋,想得要流眼泪,总不能真让眼泪哗哗地淌吧,多丢人,那就埋头学习吧,学习能让他暂时忘掉那些想念。

家庭作业不多,他蹲了两次就写完了。还能做点啥呢?他们总是那么磨蹭,拖得他也不能走快。时间也不能就这么浪费啊。他干脆拿着语文书念起来,一篇一篇往后念课文,把学过的念完了,又念没学的。念着念着,他就念进去了,心进了念的那个感觉里,好像他就是课文里写的那个人,他沉浸在全新的感受里。这感觉真好,他一会儿在前线抗敌卫国,一会儿在实验室做科学实验,一会儿在河边唱山歌,一会儿又在跟大自然打交道……文字是奇妙的,能把五彩缤纷的世界带给你,深深沉浸在文字中也是奇妙的,让人物我两忘。大同学们何时拐上另外一条小道走远了他没发现,太阳何时渐渐落山他没察觉,一群野狗啥时跟随上来正在靠近,他更没感觉到。

"汪!"有声音在身后响起。

阿蛋发现念书就像嚼一块带筋的牛肉一样,嚼着嚼着,滋味出来了,满口都是香,让你舍不得咽下去,只想再多嚼一会儿。

"汪汪!"带有土腥味的声音,再次响起。

阿蛋的身子打个寒战,终于意识到了情况不妙。有狗,还不少,离自己只有两步远!可能是狗也被他的状态给镇住了,所以没有着急下口咬,也没有忙着围堵,它们傻乎乎地看着比它们还傻的这个孩子。

"妈呀!"阿蛋大叫一声。

书从他手里飞出去砸向群狗,同时他的身体向着相反的方向奔跑起来。起初他也不知道自己在干什么,是谁让他这么做的,他双手紧紧抓着书包的肩带,双脚不受控制地抡着,跑啊跑啊,跑啊跑啊……奔跑让刚才受到的惊吓稀释了,淡薄了,消失了,他专注于奔跑本身,还没发现自己居然这么能跑。妈妈做的手工鞋,橡胶底子上本来有防滑的压痕,他穿着穿着就磨平了压痕,现在每一步下去都感觉滑溜溜的,好像踩在了云彩上,随时都要呲溜一声滑出去,飞起来。他喜欢这轻灵的感觉,不断地调动身体的机能来把握平衡,让他在飞一般的奔跑中不要滑倒。大同学欺负小同学,上下学路上经常发生,那些早就被称为倒霉蛋的娃娃,很早就已经受到这样的欺负,只不过他过去两年有人保护——爸爸时不时接一下,堂姐也会护着他,才没有受到欺负。现在他的保护罩不在了,他成了一个没有安全外壳的人,怎么办?难道天天打不还手骂不还口?还是有啥更好的办法?退学,不念了!哭着求爸妈也把他带去镇子上!不,都不是好办法。得想办法在这里留下,得面对各种困难,得自己学着长大。

惯性加快了奔跑的速度，让奔跑越来越成为一件容易的事，后来他几乎感觉不到自己在使劲儿，身体处于腾空飞跃和落地弹跳的状态，两条腿好像被什么力量猛然拽长，又突然地折弯，就这么交替甩出去又收回来。奔跑让他忘了身后有一群狗在追赶，如果被追赶上会有什么惨剧发生，他只有一个欲念，那就是奔跑，跑得比风都快。鞋子好像已经不在脚上，每一步摩擦过地面都有疼痛，这疼痛里还伴随着愉悦，好像每一步都踩到了火上，又踏进了水里，水火相伴，他的身体更加轻灵了。他从来没有发现自己能跑这么快，也从来不知道奔跑是一种享受。

身后有呼啸声，杂乱地交织着，他知道那是冲在前头的狗，狗也跑得很疯狂。呼啸声里响起汪汪声，那是放弃追赶的狗，在泄气以后，用骂声表达心里的愤怒。多亏是一群小狗啊，要是换了以前常见的那种土狗，就是有三个阿蛋也抵不上一只狗的速度，就是有十个阿蛋也早就被逮住撕碎了。小狗单独出现的话看着挺可爱，要是丢在野外流浪久了，成群结伙起来，杀伤力也是挺骇人的，附近常有羊被咬死，连成年大羊也没有反抗之力，可见饿疯了的小狗一旦集体出动，是见啥吃啥，跟大狗一样可怕。好在它们腿短！好在他跑得快！恐惧感在阿蛋心头翻涌着，他将浪头压下去，压下去，他只有一个信念，跑，跑，一直跑，书丢了不要紧，命要紧！

有狗撵上他了，伸嘴来扯，咬到了书包上，阿蛋甩掉了它，继续狂奔。可能书包拉链开了，有书掉下去了，狗可能在争抢着撕扯书，身后一片嘈杂。他不好奇，他只想奔跑。得感谢书包，以及包里的书本，要不是它们挡住，狗咬住的可能就是他的屁股了！家终于近了，看得见红屋顶白墙壁了！家终于近了，他看到爷爷在大门口张望！家终于近了，他再也跑不动了，嘴里艰难地喊出半个"爷"字，就一头栽倒下去，什么都不知道了。

2

爷爷的老泪落下来，打在阿蛋脚踝骨上，凉凉的。他拿蘸了酒精的棉签给阿蛋擦拭脚和腿，这些地方都肿了，尤其脚心里，好几处伤口在渗血。"疼！"阿蛋喊，拒绝酒精碰触伤口。奶奶颤巍巍抓着他的手，也是老泪婆娑："阿蛋哟，奶奶的心肝儿，咱不念书了，这么点儿娃，一个人跑那么远的路，太苦了！不念了不念了，留在家里给奶奶帮忙，再也不怕狗了。"她这么说，爷爷急了，瞪一眼："胡说的啥？咋能不念书哩，不念书以后咋办？守你我两个老死人一辈子啊？"奶奶抹泪："我这不是疼他吗，要么叫他爸把他领走。真要是叫狗围住活活吃掉的话，哎哟，我不活了……"她哭得稀里哗啦的。

本来阿蛋也想哭一哭，把心里的委屈发泄一下，奶奶这一哭，他着急了，也没了眼泪，男子汉的那种好强心上来了，挣出一点笑："奶奶不要哭，没事的没事的，我一点都不疼，也没害怕，那些狗不是我的对手，我像哪吒三太子，脚下踩着风火轮哩，啥也追不上我！"说完咧开小嘴傻乎乎地笑。圆嘟嘟的小脸上也到处是伤，看着那红的黑的紫的大大小小的伤痕，奶奶心疼得搂住他直抹眼泪。

学还得上。咋能不念书哩。阿蛋从来都没有想过要放弃上学。只缓了一夜，天一亮他就爬起来背上书包要走，手里提了根很长的木棍，"再有狗撵，我就打！"他很有信心地解释。爷爷笑了，跟上他走："我送送你。"爷孙俩走下家门口的一道坡坡，阿蛋不耐烦了："爷爷你还是回去吧，你太慢了，按你这么走，我要迟到的！"小手一摆，噔噔噔，已经跑远了。爷爷苦笑，他确实跟不上孙子，人老了嘛，老了的人只能是心有余而力不足啊。

阿蛋一个人在路上跑。昨天丢失的那几本书老师会给他找全，爷爷昨夜给老师打电话了，老师也很担心阿蛋，叫他先休息几天，阿蛋不想歇，歇在家里好是好，但会耽误课，语文和数学都要上新课，他可不想错过。他慢慢回味昨天奔跑的过程，那么恐惧，那么疯狂，让人有一种要飞起来的感觉，真是没想到自己居然那么能跑。想着想着，他不由得又甩开了脚板，碎步跑起来。书包在身后甩啊甩，棍子在手里攥着。跑着跑着，速度提上来，小碎步变成了大步，他又找到了要飞起来的感觉。这感觉真好，现在没有恐惧相伴，他跑得更自如、更放松。

他妈动不动嫌弃他的脚板大，费鞋子，脚指头长牙了，啃着吃鞋子哩！他也曾觉得自己脚太大，现在他算是知道了大脚板的好，它可以保护你啊，关键时刻它们就是风火轮，就是救命稻草，昨天要不是它们得力，他肯定叫狗咬住了。他要为这么一对大脚骄傲，天然的风火轮，走哪儿都随身带着，使用起来方便着呢。他好像找到了更好的感觉，脚板朝前甩出去的时候微微加点劲，脚心弹在地面上的一刹那，稍微地收力，这么一前一后配合起来，感觉更轻松了，奔跑成了一种享受，已经不是他在费劲地跑，而是惯性牵引着他，他在一道看不见的力的拉扯下跑着。

他撵上那些大同学了。他们在上学路上也不好好走，打打闹闹地磨蹭着。要不要停下来？阿蛋犹豫了。如果停下，磨蹭到学校，就算不会迟到，也会错过早读，他最爱早读了。这么天天跟在他们屁股后面消耗时间的日子他过够了，受不了了！那就别停！他听见一个声音在心里给自己打气。他真的就没有停，一路跑着靠近。

几个大同学看到了跑得风一般快的阿蛋。他们也吃惊了，没见过这小子这么牛啊，怎么那么镇静？难道身后跟着他家长？他们往身后瞅，没见有大人出现。这小子吃错药了？其中胖乎乎的李玉宝坏笑着伸出脚来挡，想给阿蛋一个狗啃屎。

阿蛋看见了那伸出来的脚，也明白李玉宝的意图。他装作啥也没看见，速度不减，倒加快了。他气喘吁吁地跑着，好像看不见大家，毅然地迈着双腿，就要被李玉宝那条腿挡住的那一刻，他忽然飞了起来，快到别人都没看清楚咋回事，他已经腾空一跃，又落到了地上，继续往前跑去，过程行云流水，似乎什么事都没发生。身后几双眼睛都看呆了，"是那小子吗？咋就没拦住哩？"刘昌安疑惑地问。"他吃啥猛药了，这么快？""不对劲啊，难道他练武术了？"

阿蛋才不管他们如何惊奇呢，他一直跑到校门口才收住脚步，喘了几口气，等胸口平复下来，才迈进校门。他看见一个叫马小庄的同学从他爸爸的摩托车上下来了。马小庄个头和阿蛋一般大，一看就属于那种受欺负的小同学。阿蛋不着急进门，站在门口看。一会儿工夫，就有四五个家长送孩子来。他明白了，庄里好几个和自己一般大的孩子在这里上学，平时见不到他们，因为都是由家长接送。这么早晚接送其实很麻烦。从一年级送到六年级毕业，整整六年时间哪，家长都那么忙，哪有时间这么消耗。阿蛋凑近马小庄，问他为啥不自己走。马小庄见是他，也不隐瞒，说路上不安全，天天受欺负，还怕狗，他胆小不敢走。

"我们结伴儿啊，一搭走，我还拿着棍哩，啥来了都不怕。要不要跟我结伴儿？"阿蛋眼睛亮晶晶看着对方。马小庄迟疑着，点了点头："我回家跟我爸妈说一下吧。"

接下来阿蛋用同样的办法问了七位同龄人，一个叫马有才的同学马上就同意了："我妈在月子里，我爸得去山下牛场给养殖公司喂牛，忙得要死，再抽时间接送我，害他天天迟到早退，迟到早退都要扣工资的！我跟你走，只要你不怕，我也不怕！"

另外几个同学答应回家跟大人商量。

这天回家的路上，阿蛋做足了挨打的思想准备。那几个大同学不会轻易放过自己的。只要想象挨打的具体景象，他就双腿发软，心跳得好难受。但是，家还得回，该来的都会来，躲不是办法。他左手死死抓着书包带子，右手攥着那根棍子，目不斜视地往前走，不再跟着他们亦步亦趋地磨蹭，他要按自己的节奏回家。

六个大孩子齐刷刷站在路边看着阿蛋。他们的目光里藏着火，要随时喷出来把阿蛋倔强的小身影点燃。阿蛋感觉自己的步子十分沉重，每一步都迈得说不出的艰难。他不知道下一步会踩在火上还是踏进水里。但是得走。没人能帮他，除了他自己。没人注意他的小手在颤抖，腿也软得好像踩在烂泥当中。他沉稳地走着，小黑脸绷得很紧，俨然是一副大人的模样。

"喊！"刘昌安发出了冷笑。分明是在讥笑阿蛋。阿蛋知道他们要出手了。他站住，看了他们一眼。这一眼分外冷静，是几个大同学都没想到的。他们被这意外的镇静给骇住了，互相看看彼此，都不相信这小子快要挨打了，还能跟没事人一样。就在他们发傻的这一刻，阿蛋抓住了机会，忽然就撒开腿冲了出去，小身子紧擦着一个站在当路的同学而过。身后的大孩子们很快醒悟过来,"快追!"他们打着呼哨,乱纷纷追赶起来。他们腿长,力气大,比阿蛋占据优势。但他们有一个劣势,那就是没有阿蛋这样投入,所以他们追着追着慢下去了,一个接一个失败了。失败以后他们就放弃了追逐,商量着明天再整治那个"不懂事的小家伙"。

阿蛋跑远以后不再等他们,他要一个人早早回家。他甩着手里的棍子,快步往前走。狗来了他有棍子,除非冒出来一个抓小孩的人贩子他打不过,几只小狗他还是能吓跑的。他越想越有信心,大步大步往前走着,想唱一首歌儿,嘴巴张了张,嗓子里在冒烟,就放弃了歌唱。刚才还是跑得太猛烈了,累得他到现在都想吐。

等他走完最长的一段路,拐上自己家大门口的坡道时,看见爷爷正沿着路慢慢往下走。

"爷爷。"

"阿蛋啊,你今儿咋回来这么早?"

阿蛋红扑扑的脸蛋上挂着笑:"以后天天都能早回来。我是跑回来的!"

爷爷摸摸阿蛋潮乎乎的脑门儿:"那就好,你早点回家,爷爷也能早点安心。"

夜里阿蛋醒来过一次,迷迷糊糊坐起来,问奶奶:"几点了?"奶奶说:"三点。"阿蛋一头栽倒,说:"五点四十分记着喊我,我有事得起早。"说完又睡着了。

五点四十分奶奶真的喊醒了阿蛋。阿蛋匆匆穿上衣服就往外跑。跑到他家右边第七户人家的大门口,喊马有才的名字。果然大门开了，马有才出来了，看到阿蛋很惊喜："你真要和我结伴儿啊，太好了！"回去背上书包，真的和阿蛋一起出发了。他们又往右边走，沿途喊了三户人家的孩子，又回头往左边走，路过家门口，阿蛋回去背上书包，拿了他的棍子，一边往下走，一边又喊开了几户人家的大门。有四个家长愿意让孩子跟阿蛋一起搭伴儿走，还有几个家长在犹豫："路上不安全啊，有野狗，还有人贩子，那些大娃娃经常欺负小的，给他们家长说了也没用。"

阿蛋望着犹豫不决的家长，说："我们可以抱团儿啊，大家一起走，狗见了肯定害怕。人贩子最爱抓单独走路的娃娃，我们这么多人一起行动，人贩子不敢下手的。还有欺负我们的大娃娃，其实最坏的也就那么两个头儿，只要我们拧成一股绳，三四个人对付一个，我就不信他还敢下手！"阿蛋一字一句，说得很笃定。

有个家长瞅着他看了看，笑了："小伙子哎，有你在，我放心了。我家娃就交给你了。"

这话让阿蛋哭笑不得，感觉咋那么怪呢，好像他阿蛋不是七岁，已经十七岁了，都能保护比他还大一两岁的同学了。

他不笑，一本正经地带头走在前面，等离开大人的视线后，他告诉伙伴们："有啥危险都不要慌，往我跟前聚，由我来出面对付。如果狗要咬人，我先把我的腿伸出去。要是有人来欺负，我先挨打。这样你们能放心了吧。"

大家先面面相觑，接着呼啦啦笑成一片。有人这样承诺，他们也就放心了。大家跟着阿蛋往学校赶。

阿蛋教给他们奔跑的方法，先小碎步跑，等跑起来再加油，慢慢地提速，最后快起来，好像踩着风一样。伙伴们都是贪玩的年龄，一听这个好玩，马上跟着阿蛋学起来，你追我赶奔跑在山路上。阿蛋发现有两个女同学跑得慢，跟不上大家。他已经跑到了最前头，又停下，换个方向往回跑，跑到两个落后的女同学跟前，"加油呀！"阿蛋喊，"稍微闭上眼睛，感觉你自己就是鸟儿，张开翅膀飞，你飞得越来越轻、越来越快，你驾着风，风托着你的身体，你就越来越快——"两个女同学终于气喘吁吁跟上去了。阿蛋看着她们远去了，深吸一口气，再次跑了起来。他现在跑得既轻又快，书包在身后呼呼地拍打着，棍子在手里捏着，好像书包和棍子都是他身体上长出来的一部分，和身体不可分割。

小同学步行上学的队伍扩大了，又有几个同学加入了进来。老师知道后特意叮嘱大家要互相照顾，一起上下学，不要单独乱跑。又摸着阿蛋的脑袋说："你做小队长吧，把队伍带好。"阿蛋很认真地点头。他记住了老师的话，更认真地带着大家集体走路。走到半路上，他就组织大家跑起来。谁跑不动，他会折回去照顾。

这天大家刚准备奔跑，几个大同学忽然撵上来，将阿蛋团团围到了中间，"听说你很有本事啊，专门做好事，也做做好事带带我们吧。"刘昌安单手叉腰，笑嘻嘻看着阿蛋说。"就是，就是，帮帮忙嘛。"刘昌安的几个跟屁虫齐声附和。

阿蛋扭头四处看看，目光绕过几个拦路的大同学，向远处喊道："不要管我，你们快跑！跑回去跟我爷爷说一下就好。快跑啊——"他急得拿手拍大腿。按他的想法，等大家都平安跑远后，自己再想办法脱身，反正他跑起来这几个大同学都不是对手。还有他手里紧紧握着的棍子，实在逼急了他想豁出去，拿棍子来护身。那些小同学都是自己动员来的，总不能叫他们吃亏吧。至于他们跑走后,他一个人要怎么具体面对,万一跑不脱该咋办,他根本没时间去想。大不了就是挨打,那就让他们打好了,这顿打迟早会来,躲过初一也躲不过十五。不过挨打的滋味确实不好受,别看他装得一点都不害怕,其实双腿软得随时都要出溜到地上。

阿蛋看见他的小伙伴们呆呆站在原地,互相望着对方,迟迟不肯脱身而去。快走啊,傻啊——他心里大喊。因为太焦灼,他已经喊不出声来。他真是恨自己没用,关键时刻掉链子。快走啊!他眼里的神情简直能燃烧起来。

没有人跑。一个跑得最慢的女生拉起了身边伙伴的手,伙伴的另一只手拉起下一个伙伴的手。他们的手一个接一个拉了起来,拉成了一个圆圈。圆圈向着阿蛋靠近。"我们不走。"他们忽然说道。好像事前商量过一样整齐。"我们不能撇下你。我们大家一起面对!""对,我们不走!一起面对!"他们喊了起来。七个人,合起来的喊声还是挺有气势的。

阿蛋的眼窝顿时无比酸涩,视线变得模糊,想说点什么,嗓子哽咽,根本说不出口。

刘昌安忽然笑了,瞅瞅阿蛋,又瞧瞧围成圈儿一张张视死如归的小脸,他哈哈大笑起来,眼泪都笑出来了:"啊哈哈,你们这是做啥?要打架吗?呵呵,还想打群架啊,你们胆子不小啊!"

阿蛋气红了脸,啥也顾不得了,憋足了气反击回去:"我们虽然小,可我们能抱团儿,我们都是最好的朋友,真要打,你们不一定能赢!"

刘昌安笑弯了腰,抱着肚子还在笑,笑够了,直起身,变得一脸严肃:"谁说我们要打架?难道我们除了打架就不能学点好吗？告诉你们吧，我们也想加入你们的队伍，我们一起奔跑，早也跑，晚也跑，人人练出一对飞毛腿。"

没人敢说话，连呼吸都悄然无声。因为刘昌安的说法来得太突然。谁敢相信他在说真话！肯定是反话正说，在讽刺他们这些小同学。

阿蛋被刘昌安瞅得很不自在，头慢慢下垂，心里乱极了，本来想着早早回家帮奶奶担灰呢，奶奶说炕洞里灰满了，她掏，阿蛋担，不担走的话，堆在炕洞口挡路。阿蛋答应奶奶了，奶奶肯定在等他。可他迟迟回不去，奶奶该着急了。爷爷也要着急的，肯定要沿路走来找他，爷爷身体不好，不能多走路……今天这架，打还是不打？

刘昌安抓住阿蛋的胳膊："你是他们的头儿对吧，那你来做主，要不要我们加入？我们保证好好学，再也不欺负你们。"

阿蛋鼓起勇气看他的眼睛，发现刘昌安的眼神很温和，温和里还透出一抹和善，没有预料中的凶恶，也没有狡诈。难道他会伪装？阿蛋深感疑惑。刘昌安呵呵笑了，抓住阿蛋的手："马阿蛋你不相信是吧？你得信，我们真的想跟你们做朋友。你们跑得那么快、那么整齐，我们早就看得眼热了。还有你，学习咋那么好哩，要么你来帮我弟学习吧，他学习不好，我爸妈愁死了，我这学习你也知道，根本没法给我弟辅导嘛。"

阿蛋看见刘昌安从人群里拉住一个小同学的手，一直拉到阿蛋身边："我弟，你们做朋友吧，他向你学习。"

小同学是最近才插进来的，跟阿蛋一样大，性格跟他哥不像，显得羞答答的。阿蛋看一眼，觉得这个羞答答的男孩亲切，心里也松了一口气，说："刘昌安啊，你真心要跟我们做朋友对吧,那没问题,我们欢迎。"

"对,我们欢迎!"拉着圈的同学们齐声呼应,同时松开了防备的手,围过来看新同学。

"这就对了嘛。"刘昌安笑着拍手,"以后都是朋友,一起上学,一起回家,有狗你们不用怕,我们几个当哥的就能对付。"

他身边的王全也抢着表态:"人贩子也不怕,我们团结在一起,人贩子根本没机会下手!"

"谁要是身体不舒服就跟我说,我可以背着他走路!"虎背熊腰的李玉宝瓮声瓮气地表态。

这话把大家都逗笑了。

阿蛋发现这些凶恶的大同学没那么可怕了,就连过去最讨厌的李玉宝,也变得亲切了,胖乎乎的身体甚至有了一点可爱。原来人的感觉这样奇怪,曾经远远看一眼都觉得害怕的人,走近以后才发现其实并不可怕。

大同学带头抓起小同学们的手,大家重新组成一个圆圈,新圆圈比之前那个大了好多。大家还是把阿蛋围在圆圈中间,"教我们飞一样地跑吧!""教他们踩着风奔跑吧!"大家的欢呼响成一片,惊得路边树上的鸟儿喳喳叫着飞远了。

3

带着所有的孩子奔跑成为阿蛋每天上下学路上要做的一件大事。他不用跑前跑后照顾队伍,李玉宝自愿留在最后给大家压阵,他反复承诺,谁要是倒下他就把谁背起来送回家。有了这个承诺,大家都踊跃参与到奔跑当中,就连一个一年级的小女孩也争抢着参加了。毕竟她太小,远比男孩子娇弱,再怎么努力也还是赶不上男孩子。怎么样让大家跑得又快,又不累人,连小女孩也能跟上节奏?升到四年级的时候,阿蛋终于摸索出了新的方法。

"不踩风了?"刘昌安听他说完后吃了一惊,揉着鼻子追问,"那踩啥?难不成你想叫我们踩着油门跑啊?"

阿蛋不由得也揉了揉自己的鼻子——跟刘昌安他们早晚一起走,他好像也传染上了刘昌安的鼻炎,总感觉鼻腔痒痒的,就忍不住伸手去揉,"油门当然踩不起,那是开车的大人们踩的。我们踩那个——"说着抬手往高处指去。

伙伴们顺着他的目光去看,看到了远处的山,山上头的天,蓝幽幽的天空里有云,云好像被孩子们的顽皮吸引住了,忘了赶自己的路,停在原地发着长愣。

"踩哪个呀?"大家猜不透阿蛋出的谜。

"白白的云呀!"阿蛋望着云朵笑了,"你们学我,先看着云,慢慢闭上眼睛,想象那云朵里有另外一个你,那个你正在跟你微笑,欢迎你追赶他,只要追上,他就带你去云朵上游玩,那里是一个很美好的世界,有游乐园,有海洋世界,还有好多好多好玩的东西——现在闭上眼睛,深呼吸,微微下蹲,准备,跑起来!你感觉你的脚步无比轻盈,每一步都踩在了云彩上。对,每一步,都踩在了云彩上。你的脚步好轻噢,跟云朵一样轻,云朵把你托起来了,带着你飞!你跑着跑着,不再是跑,是在飞。我们大家飞啊飞,我们大家踩着云彩飞——只要我们的身体完全站到了云彩上,我们就像鸟儿,像风,像空气,像云彩本身,我们搭乘着云彩飞啊飞,飞着飞着,我们就长大了,越来越大,再也不用大人为我们操心了，我们能自己照顾自己了，再也不是爸妈的拖累了——"

大家跟着阿蛋慢步跑了起来，乡村道路上，一群孩子像鸟儿一样扑棱棱地小跑着，有人板着小脸十分严肃，有人嘻嘻哈哈笑得分外放松，也有人努力想撵上前面的伙伴，更有人边跑边回头照顾更小的孩子。本来寂静的乡村道路上响起欢闹声，叽叽喳喳，你追我赶，稚嫩的童声把沉睡的道路唤醒了。路边的泥土里探出碧绿的小草，田地里的麦苗儿也在一瞬间冒出头来，正从南方往回赶的燕子这时候加快了速度，也想早点分享孩子们的快乐。

阿蛋像老师上课一样认真，他闭上双眼，伸开胳膊，迎着眼前的春风向前奔去。他看见自己轻灵得像鸟儿，飞啊飞啊，就踩到了一朵云彩，又踩到了一朵云彩，云彩白得炫目，每一步都好像踩到了梦上。梦软绵绵暖洋洋的，它们在增多，越聚越多，越多越白，好像全世界的云都商量好了往这里赶，它们要帮助这些孩子实现心里的梦想，让他们的心海里开出最美的梦之花。

阿蛋的学习越来越好，已经是班上前三名了，老师说这么保持下去，他明年闭着眼睛也能考上县一中。阿蛋自然挺高兴的，他想把喜讯分享给爸妈，可他们永远都在忙，接个电话都急匆匆的，只要听得爷爷奶奶阿蛋都好，就放心了，就要挂断电话去忙了。白天说忙着蒸馍馍卖馍馍，夜晚说忙着补觉，卖馍馍的人总是凌晨四点爬起来开始蒸馍馍，根本没睡醒。既然他们那么忙，阿蛋就不想再跟他们多说了，他这里的事挺多的，一天一夜也说不完的，你叫他三言两语咋说得完，还不如不说了。不说了就装在自己心里，装在心里心就累，装得太多了，也挤得慌。奔跑的时候他的心胸好像敞开了，一敞开，就把心里的那些话、那些累、那些委屈、那些烦恼，统统给亮出来了，随着奔跑，哗啦啦，一路全抛出去了。一段路跑下来，那个畅快啊，感觉心里啥郁结都没了，变得敞亮了，回到家吃过饭，帮奶奶干点零碎家务，天黑上炕后头挨上枕头就呼呼睡过去了。

伙伴们在踩风奔跑的基础上学会了踩云。每天清晨，大家一个喊一个，一个等一个，集合到村口，等所有人都到了，一个也没落下，阿蛋就开始带头，双手抓住书包带子，深呼吸，喊一声："预备，开始！"十几个孩子呼啦啦往前蹿去。留在最后的李玉宝有意跑得慢，给所有人殿后。等下午放学后，大家在校门口排成一行，又是一声"预备，开始"，大家又哗啦啦往前跑。早晨精力旺盛，就跑得快。傍晚都有些困，那踩云奔跑的姿势就有了悠闲的迹象，速度也不用快，像午后疲倦的云，悠悠地往前跑，远远看去大家的身影像一道五线谱上的小黑点儿，节奏舒缓、旋律优美地弹跳着，奔走着，移动着，将一段回家的路踩踏出了音乐的美感。

4

阿蛋考进县城一中后就住校了，不用再早晚奔走在乡村山路上，但是奔跑的习惯他保留了下来，每天清晨早读时，他会一边背诵课文，一边甩开腿脚沿操场跑，跑上一圈又一圈，直到跑出踩着云的感觉。长期锻炼让他在长高的同时，还拥有一对又大又结实的脚板，体魄比同龄人健壮许多，精力也比别人旺盛，他考进重点大学后，本科还没毕业，就已经上了研究生保送名单。当有人问他成长过程中最难忘的人或者事是什么时,他眼神清亮,口气坚定,告诉对方是踩着云奔跑的感觉,那是一种让人迷醉的感觉,他已经坚持了十几年,还将继续坚持下去,而且这个爱好肯定会伴随他一辈子。

(《广州文艺》2024年第3期)

马金莲　女,回族,宁夏人,80后,民盟盟员,中国作协全委会委员。坚持文学创作24年,在各级刊物发表作品600多万字,出版小说集《长河》《1987的浆水和酸菜》《我的母亲喜进花》《爱情蓬勃如春》等16部,长篇小说《马兰花开》《孤独树》《亲爱的人们》等5部。小说集《长河》、长篇小说《马兰花开》分别被翻译为英语、阿拉伯语在国外出版,多篇作品入选外文选本。获鲁迅文学奖、全国少数民族文学创作骏马奖、全国"五个一工程"奖、中华优秀出版物奖图书奖、首届茅盾文学新人奖、郁达夫小说奖、华语青年作家奖、高晓声小说奖、《小说选刊》年度奖、《民族文学》年度奖、《长江文艺》双年奖、《朔方》文学奖、飞天十年奖、六盘山文学奖、西北文学奖等奖项。兼任中国少数民族作家学会副主席、宁夏作协副主席,现为固原市文联副主席。

行行重行行

汤成难

一

如果我和母亲每天不把父亲从地里拔上来，父亲就要栽进地里了。他终日劳作，两条腿深深插在水田，那把与他形影不离的铁锹像是从身体里长出的另一只手臂。只有在地里时，父亲才是踏实和舒展的，他的四肢变得更长，更灵活，笃定有力地伸展挥动着。可一离开那块地，父亲就变得畏畏缩缩，连走路都不会划动手臂，僵硬地夹紧胳肢窝，好像一颗连接四肢的螺丝被谁拧紧了。

那块水田被父亲侍弄得妥妥贴贴，像他的另一个乖顺孩子。地里实在没活可干时，父亲就把全部力气用来对付水田四周的田埂，他来来回回走在上面，用铁锹将多余的泥土铲去，把凹陷的地方补平，敲敲，铲铲，拍拍，细瘦的田埂被他修得笔直而又平整。

我去地里喊父亲回家，说是喊，其实是不用嘴巴的，我捡起两个土块向父亲周围的水田掷去，土块激起的水花引得父亲的注意，他转过身看见我，再看看天色，就知道该回家了。

如果母亲也跟着过来,她是不允许我扔土块的,而是逼着我用嘴巴完成任务。

你用嘴喊呀,喊呀。母亲弯下腰,老虎钳一样的手死死钳住我的胳膊,她急迫地看着我,凌厉的眼神审视着我笨拙的嘴巴。

我得老实交代,那时候我还是个货真价实的结巴,舌头无法吐出清晰的字音,所有的字词在我嘴里冰冻着,缠绕着,粘连着,却不肯离开口腔。有时,我需要嚼碎一个个冰块,才能将那些字词释放出来,可它们经过我的舌头时,又变得面目全非。母亲非常着急,她蹲下来,一遍遍对我进行口型示范。她离我很近,过于夸张的发音使得她嘴里的舌头一览无遗。我常常看着那截舌头慌了神,尽管死劲记住舌头的每个动作,向上,抵住牙根,蜷缩……可轮到我时,舌头又不知所措地僵硬起来。

这怎么好呢。母亲背过身去,她这句看似自言自语的话分明是说给父亲和我听的,母亲捻起一只衣角,擦着眼睛,眼睛里或许并没泪水,但她喜欢用这个动作来表达她此时的焦急和悲伤。

于是我干脆不说话了,紧咬着牙齿,囚禁住舌头,将嘴唇拉成一道直线。母亲便更加气愤了,她气愤我不听话,气愤我完全遗传了父亲。父亲虽然不结巴,但有一张被生活洗去所有表情的脸。他也总是这样抿着嘴唇,嘴唇紧抿而形成的扁长直线很少变化,似乎没有什么情绪能使其弯曲。当父亲焦虑不安时,直线会缩成短短的一截;当他平静或略感满足时,直线便被拉长了。我常常盯着父亲的嘴唇发呆,我喜欢他将舌头关进黑暗的深处,而母亲不同,她总将舌头夸张地在我面前展示,我感到焦虑,心慌,和不安。的确,我害怕看见别人灵活的舌头,仿佛那不是舌头,而是一面跳跃着,舞动着,飞翔着的旗帜。

父亲将自己从水田里拔上来，脚下发出"啵"的一声，那是泥和水挽留他的声音。他的裤管卷至膝盖之上。父亲很少将裤管放下来，即便在冬天，也这样卷着。要是哪一天，看见裤管放下来了，我们是多么不习惯啊，当然，也说明了那一天是特殊的，比如过节。

父亲常年光着脚丫，只在冬天最冷时才穿上套鞋，他也不穿袜子，我们从来不觉得父亲会冷，那盔甲一样的又黑又硬的皮肤大概为他抵御了寒气。

田野里已经看不到别的人影，薄雾款款降临，父亲是最后一个回去的人，用母亲的话说，他不把浑身力气耗在地里，夜里都无法睡着。的确，父亲只会种地，不像我们小官庄一些有手艺的人，篾匠啊，箍桶匠啊，身上少了泥土气息，他们骑着自行车，链条发出哧啦啦的响声，一边叫唤着，一边从村里缓缓经过。

父亲没有在水渠边洗净腿脚，他不愿这么干，好像舍不得那一丁点儿泥巴，就任其裹在小腿上。当他走到家门口，泥巴也干了，由深灰变成浅白，这时，父亲便揪来一把稻草，郑重其事地坐在门槛上，仔细将泥土搓下来。那些细细的灰尘轻舞飞扬，将父亲的身影模糊了，使得这个画面变得极不真实。

夜里，隔壁传来母亲和父亲的争吵。说是争吵，不如说是母亲一个人的抱怨和质问，她的语调时而低沉，时而激越。父亲并不说话，他不停地翻身，身下铺着的稻草悉索作响，代替了父亲回答。

如果没有猜错的话，母亲抱怨的内容一定关于我的结巴，因为第二天母亲对我进行口型示范的频率明显增多。她蹲在我面前，十分夸张地说话：跟我说，嘴巴，嘴巴，吃饭，吃饭——

我抿着嘴，不动声色地看着母亲。

那时候我已经识字了，最讨厌的字是口字旁和言字旁，所有和嘴唇相关的字音都令我深恶痛绝。母亲皱着眉头，说，你说啊，开口说啊，用你的嘴巴说啊，你都十岁了还不会说话啊。

我倔强地将上下唇如同拉链一样咬合住，这样几十遍后，母亲便放弃了，她放下钳住我肩膀的手，像长臂猿那样挂在两侧，手臂顿时显得很长，好像被一股无形的力拖拽着。我瞥见她所有的五官也在那一刻松懈下来，猛地往下一坠，尤其是那片厚厚的下唇，好像人世间所有的悲苦都系在她那片唇上了。

二

父亲什么时候开始对门前那条小路动了心思的，我记不得了。除了与泥土打交道，我们实在想不出父亲还能干点别的什么。

我们家在小官庄的最边上，门前是一条河，河将我们与村庄阻隔开来，如果像鸟那样从上空进行俯瞰，就会发现我家如同村庄甩出去的一粒泥点子。如果我们要去村里，只能从河堤上经过，那是唯一能够到达外面的途径。河堤又窄又陡，一点路的样子都没有，母亲常抱怨说简直没法落脚。有一年河堤被大雨冲垮，路竟消失得无影无踪。我和哥哥要去上学，只能划着澡盆到对岸，再从村里大路去往学校。有一回，我们过河时，没调整好重心，澡盆倾覆了，把我死死地扣在河底。

父亲把对付田埂的力气全部用来对付门前的这条路，但这路比田埂难修多了，因为一侧傍水，特别陡峭，一侧是别人家的水田，无法拓宽，父亲要在那尖尖的坡顶把路修出来的确难为他了，泥土似乎不听使唤，带着野性，稍不留神就溜到河道里去了。

母亲抱怨父亲把每条路都修成了田埂，她不喜欢田埂。于是母亲和父亲争吵的理由又多了一条。那段时间，父亲对泥土充满怀疑且极不信任，却又如此依赖，他来来回回走在路上，姿势十分别扭，不像是走路，倒像是驯服路。他的脚试探着，好长时间都不肯抬起，脚下像长出了吸盘，被地面死死吸住，如果他用力往上拽，脚离开泥土的一瞬间，他也会长长吐一口气，同时，另一只脚连忙又落下去。

有时，父亲也会走到别人家的路上，长时间地停留在那儿，是丈量还是探索，谁也说不清楚，他像一个侦察者、间谍或盗贼，他观察泥土，监视它们，同时也跟它们合作，他全神贯注，甚至整个人都陷入一个我们无法进入的世界。

只有在天黑之时父亲才停下来，坐到门槛上。他对着路发呆，也对着院子里被母亲堆在旮旯里的坛坛罐罐发呆，整个人陷入某种沉思。我顺着他的目光看过去，那些肚膛饱满口径狭窄的容器，竟让我有种说不出的亲近之感。我觉得自己就是那些坛子，内心丰盈，肚子里有无尽的话语在翻滚。母亲总是提醒我，说每句话之前先在肚子里过一遍。我照做了，我敢保证，每个字词被我吐出之前都是完好的，规律的，秩序的，可一旦跑出口腔就变得支离破碎。

这年初夏，父亲突然毫无征兆地出了远门，那时农忙刚刚结束，最后一粒麦谷归仓，最后一株稻秧也插进地里。出发前一天晚上，父亲将门前的路又修整一番。没有一条通往外面的路，怎么行呢？父亲对我们说。

他扛着铁锹走了。不知道父亲为什么带着铁锹，好像来不及将其放下就要匆忙上路，又好像那把铁锹能给远走的父亲带来足够勇气和力量。我们也不知道父亲要去哪里，母亲说父亲去外地找活儿干了，因为要挣钱供我和哥哥继续读书。哥哥觉得父亲是偷偷学手艺去了，只有我坚定地认为父亲是为我寻找治疗结巴的秘方。

三

在我和哥哥都以为父亲几年之后或这年年底才会回来时，父亲却扛着铁锹出现了，好像他并没有远行，只是去了一趟地里而已。是啊，那时候快要秋收了，一个农民怎么能对自己的地抛之不理呢。他的裤管仍卷得高高的，黝黑的如同蛇皮一样的小腿露出来。父亲走了很远，很远，一直到达一个采石场才停下。他说南方的山一重又一重，不知道翻了多少道。

父亲这一趟带回了两样东西，他从衣服的内衬口袋掏出一个报纸卷，报纸泛黄且皱皱巴巴，父亲过于郑重而抖索的手指将报纸一层层打开，如同剥掉残败的花瓣，露出中间的花蕊。

是一支毛笔。

哥哥将伸过去的脑袋又缩回来，他大概以为父亲带回的定是好吃的，当他看到毛笔时，泄气地走开了。我是开心的，小心地拿起毛笔，另一只手忍不住抚摸毛笔的毛。它饱满，柔软，使我的心怦怦直跳，口腔里有无数的词语在跌撞，翻滚。我用舌头舔了舔，舌头触碰的瞬间，浑身一激灵，感受到一种灵活的力量。

是啊，这多像人的舌头啊。

毛笔是父亲从一个制笔匠那儿买来的，当时制笔匠坐在古镇的竹椅上，一旁的竹匾里摆着几支笔管和一撮儿黄白相间的毛。制笔匠将毛一点点顺齐，用麻丝捆紧，再嵌进笔管里。父亲上前用手轻轻摸了一下，和我一样，他的指头轻轻一颤。

这是什么毛啊？父亲小心翼翼地问制笔匠。

这是世界上最柔软的毛，制笔匠说。

父亲没有犹豫，将毛笔买下来，用报纸裹紧。他觉得他那结巴的小女儿一定会喜欢上它。

父亲带回的另一样东西，是一条山路。真的，我不知道如何向你们描述，那是一条不太宽阔的山路，当几天后这条路展现在我们面前时，我和哥哥都惊呆了。山路只有短短的一小截，与河堤的长度差了不多少，父亲将它作为通往外面的唯一途径。那时正是傍晚，夜雾缓缓升起，我和哥哥迫不及待地走上去。虽然比原来的路高出几分，但令人感到怪异，用我后来学到的词语形容，就是太"崎岖"了。

父亲并没有因此罢休，他扛着铁锹一遍遍走在上面。不是这样的，不是这样的。父亲喃喃地说着。我们不知道父亲说的不是这样应该是哪样，他原本要带回来的又是怎样一条路呢？但那时我已经没有太多精力过问了，我所有的兴趣和注意力全部落在父亲送的那支毛笔上。我如获至宝，上课时两手悄悄伸进抽屉，手指不小心碰到毛笔柔软的小舌头时，便感到浑身战栗。

我小心地将毛笔浸在墨水里，在纸上画下歪歪扭扭的笔画，那些我从前厌恶的口字旁的字也逐渐喜欢了。草稿纸被我写满，课本空白处被我画满，直到书包里再也找不到一张空白的纸张。

我又在课桌和课椅上写画，毫无悬念地，我被班主任揪到办公室，要求我写一份检讨书，并且在放学后把课桌和同桌的护袖洗干净。

我忘我地写字，就像父亲忘我地修路一样，我感到一种疯狂的因子在身体里涌动，好像不是我，而是另外一股神奇力量操纵着这支毛笔。我想起父亲手里的铁锹，是不是也被一种神奇的力量操纵着呢。

我在学校的教室和走廊上画满了画，如果那时你正好也在小官庄小学读书，一定见过如同黑云压境的场景，仿佛一夜之间，学校改了面目。终于，父亲被"请"到了校长办公室。父亲是扛着铁锹进来的，他还不知道发生了什么，他把铁锹掖在腋下，这只多出的手臂给了父亲一点胆量，使他有勇气与校长面对面站着。校长向父亲控诉了我的"罪行"，如何在放学后用墨汁把学校的柱子和墙壁画得黑压压的。

父亲听完，并没有批评我，他顺着校长指给他的方向看了片刻，突然，笑了。

千真万确，我看见他笑了，那条直线似的嘴唇在那一刻有了一点点弯曲。画的还蛮好看的，父亲喃喃地说着，直线又往外延伸出去。

校长愣了几秒，脸瞬间涨红了，大声训斥几句又气急败坏跑出门外。他对我们这对父女已忍无可忍。

办公室里静悄悄的，我和父亲寡愣愣地站着，他看着我，我看着他，一大一小两张脸上的直线正缓缓延展开来。

四

那年寒假我就被父亲送到何二家学写字了。何二是小官庄的大笔先生，常给人代写信和请帖，也帮人家做做佛事，写写悼联。我从早到晚待在何二家，只在中午回来扒拉两口饭。我多么喜欢用毛笔写字啊，毛笔握在手里时，浑身就像通了电似的舒畅和兴奋，笔尖在纸上游弋、顿挫，如同舌头吐出一个个圆润饱满的字音。晚上回去了，我还要在蜡烛昏暗的光线里写会儿。父亲不知道从哪儿找来一沓旧报纸给我，写完正面，再写反面，等墨汁干了，再覆盖一层。

那时我已经学会自己做墨了，找来松枝用火烧，上面盖上废弃的铁锅，熏出灰刮下来混水就行。或者找一节废电池，扒出里面的炭芯，一点点刮成墨粉。

父亲常常站在旁边看我写字，他从不坐下，将身子支在锹柄上，和桌子保持一定的距离，好像不敢靠得太近，生怕一身的泥土气息沾染了我。蜡烛一点点矮下去，屋里笼罩着一片静置已久的昏暗，烛火勉力地亮着，把我们的影子抛掷在墙上，巨大而又曲折。

村里的五保户死了，村人请何二去写悼联，何二把我也带了去。那时我刚蹿了个，人显得更加瘦削，像把折尺一样挂在八仙桌边，提一竿毛笔，在白纸上忘我地写字。耳边梵音阵阵，脚下冥币和火纸堆积成山，我写下"先×公讳××老大人之灵位"，字迹行云流水，仙风道骨，鬼气妖迹。我一边写字，一边听和尚念经，顺便也给自己超了个度。

春天悄悄来临，麦子在春分这天开始拔节了，等了一个冬天，终于可以往地里施肥了。父亲把套鞋从橱顶拿下来，对着门框使劲敲打，好像上一年的泥巴还粘在上面。他将堆在垄上的粪肥一锹一锹地往麦地里撒去，肥料与麦苗发出醇厚而清冽的气味，身上的衣服渐渐贴在背上，但手上丝毫没松劲儿，握着锹柄的手更紧了，好像攒了一个冬天的力气得把它使完。

雾气升上来了，缠着远处的屋脊和杉林，父亲这才抬起头，直起腰，惯性地看着前方，他看着略显遥远的村庄，看着远处我家通往外面的路。

散完肥，父亲就走了，他去了城里，从他回来后向我们描述的内容可以得知。

这一趟，父亲走了很多街巷，城里的路不像田埂，又宽又直，泛着奇异的光亮。父亲发现在夜晚的幽光中，道路会不断增生，它们心事重重，彼此纠缠，相互交换，又在深处缓缓展开。父亲踏在不同的路上，他的脚像是检验路的标尺。有一次，父亲走在一条其貌不扬的路上，路面使他的步伐变得飞快，有种身不由己的感觉。怎么说呢，父亲被那样的路迷惑了，他对城里的路颇有好感，不管哪一条似乎都能引领人们快速走到终点。

那时候我坚定地怀疑父亲就是个偷路的人，他对水田四周的田埂和门前小路的不满由来已久，哪怕是一条形迹可疑的路都能激起他的兴趣，他扛着铁锹，满怀心事地行走在不同的路上。

五

父亲在麦子秀时又回到地里，作为一个种地人，农忙没有被耽搁。如你所知，父亲从城里并没有空着手回，这次他带回一条属于城里的路——他要把门前的路修成他见识过的最好的样子。几天后当我和哥哥走在它上面时，都不怀好意地笑了。那是一截由砖块、石子铺成的路，路面坚硬，除了几粒松动的石子，看不到任何杂草的出现。青色的石子与泥土形成很大差别，它平整宽阔，的确是一条好路的样子，可是，与我们这儿的一切都显得格格不入。我们不愿走上去，坚硬的路面使人发笑，它并不适合脚，而更适合车轮。哥哥干脆又找出澡盆，执意用过河的方式撇开这条路。

夜晚，父亲独自在空荡的路上踱步，他光着脚，没有泥土从脚丫缝里绵绵往上挤的松软，坚硬的路面使他极度沮丧。他仿佛看见牛脚印草正从路的侧缝艰难地往上钻，听见温热的泥土在石子下痛苦呻吟。

父亲感到难过，生气，和不安，幸好路并不长，父亲花两个晚上就将它敲得粉碎。泥土被拯救出来了，它们仿佛受到了惊吓，瑟缩成一团。

何二不肯再教我写字了，他说这样下去就是误人子弟。最后一个月何二扔给我一张字帖，让我随便练。他让父亲带我找个更好的老师，去学画，书画书画嘛。他又说我是他见过最灵的学生，悟性高，勤奋，是个材。父亲听着何二的话既喜又忧，喜的是我有出息，忧的是到哪里找教画的老师。何二也提供了两个人名，邻镇的，一个是他的小学老师，一个是他的老婆的同学。父亲带着我一路打听过去，却都扑了空，何二的老师早已归天，而那名同学去南方讨生活了。

有人建议父亲让我去学学绣花什么的，女孩子嘛。父亲摇摇头，说那娃离不开毛笔。说完扛起铁锹扬长而去。

那段时间，父亲逢人就打听，有谁认得会画画的先生。但凡有货郎路过，父亲都要将其拦下，问人家可曾听过哪个村子有画画的先生。货郎思索着，迟疑几秒，父亲连忙说，孩子是个材，是个天才。父亲在何二说的"才"前添了个"天"字。真不知道这个词他是怎么说得出口的，让我羞愧得脑袋低得不能再低。

我说话流畅了很多，已经不那么急躁地让舌头轻易把字词交出去。最早发现这一点的是哥哥，有一次我和他争吵，哥哥突然笑起来，说，小结巴不结巴了呀。我也惊奇地发现了这一点，从前做梦梦境常和结巴有关，别人嘴里吐出的是丝绸，而我吐出的尽是打着结的短布条，我越着急布条越短，结越多。这样的梦，我很久没做了，倒是时常梦见自己滔滔不绝，每个从嘴里吐出的字都闪着光芒，它们交织在一起，在我面前组成一块花纹清晰的绸缎。

这年秋天，父亲就送我到先生家学画了。他从哪儿找到的先生我们都一无所知。

先生家住仙女县，父亲第一次带我过去花了大半天时间。我们先是走了六七里地，再坐两个多小时汽车。我没坐过汽车，既兴奋又紧张，半路上胃就开始翻江倒海，下车后父亲扛着我走了一段，他说，以后还要经常坐呢，习惯就好了。

一进先生家我就喜欢上了这里，先生有个书房，一张阔大的红花梨桌，上面铺着毛毡和宣纸，一排盘盘罐罐里装着颜料和清水。笔筒里插着大大小小的毛笔，鼻尖朝上，像若干个舌头，欲言又止。墙上挂着一幅字和一幅画，父亲走到画前，怔怔地立着，画上林泉丘壑，溪清水浅，一条用花青着色的路隐隐向前——

父亲突然抬起手,紫薯一样的粗糙手指落在画上,迟疑着,怯懦着,手指沿着花青色路面小心翼翼地向前滑移。

六

我在周末和寒假去学画,这大概就是培训班最早的雏形吧。刚去的前两个月,先生让我每天临画谱,临到皴法那章时,才过来看了几眼。他和何二截然不同,看似不闻不问,实则极其严厉。为了练好悬腕,他将一只秤砣吊在我手腕上。不过,我不怕苦,我喜欢画画,准确地说,我喜欢手握着毛笔。

周末到了,父亲送我到路口,他扛着一把铁锹,似乎离开铁锹父亲走路就失去平衡一样,看见路上的坑坑洼洼他会填上几锹,有时从路头铲出的多余的土,一直填到路尾的缺口中,他会改变一条小路的走向,也会让一条路覆盖另一条路。用哥哥的话说,父亲对路有了某种不可理喻的执念。

回来时,父亲到路口接我,假若汽车姗姗来迟,父亲便将铁锹横卧在地,屁股坐在锹柄上。此时的铁锹发挥了凳子作用。后来在我成长过程中遇见过很多手艺人,他们都有一个与自己形影不离且如虎添翼的工具,比如木匠的刨子,漆匠的刷子,瓦匠的瓦刀。有一次我看见一个瓦匠想坐下来,他用瓦刀从墙根斩出半块砖作为凳子,甚至有一次我看见瓦匠将瓦刀立在地上,半片屁股稳稳地坐在上面。

父亲坐在锹柄上,昂着脑袋,看向汽车过来的方向。因为离地面太近,父亲像一个隆起的土包。这些年父亲越来越瘦小,仿佛正缓慢地溶解进泥土里。

今天画了什么景？父亲总是这样问我。

我饶有兴趣地回答他，山峰，溪水，松林，云雾，山路……这时，父亲便打断我，山路？真的有一条路吗？他小声地说。

是的，是有一条路的。我说，每幅山水画里隐隐约约都有一条路的。

父亲点点头，半晌才回复一句，真好。

我也不知道自己什么时候变得爱说话了，曾经那些被封闭在嘴里的字词正加倍繁衍，它们簇拥着，争先恐后。父亲是个合格的倾听者，时常提出问题让我回答。有一次我和他讲起表现山石峰峦的画法披麻皴，他问我披麻皴是什么样的？我不得不停下来找一截树枝在地上画给他看。父亲歪着脑袋，看得极其认真，好像这些线条十分吸引他。他说是哦，是哦，这样就像座山了。我又告诉他，除披麻皴外，还有卷云皴、雨点皴、荷叶皴、矾头皴、鬼皮皴、解索皴、乱柴皴、牛毛皴、马牙皴、点错皴、豆瓣皴……我一口气说了很长很长。

天色越来越暗，我们已看不到彼此了，但我的谈性正浓，父亲似乎也有无尽的问题，他问我最喜欢的是哪个皴法？我不假思索地说是斧劈皴，斧劈皴顿挫曲折，有如刀砍斧劈，能够表现出水墨苍劲的风格。为了让父亲知道斧劈皴长什么样，我突然拉过他的手，在黑暗中用食指在他的掌心画了起来。

父亲笑了，是那种发出声音的笑，不知道是被我弄得痒痒了，还是别的什么，总之他的笑声像豆子在豆荚里悄悄炸裂，克制地，欢快地，弹跳着。

七

为了能在先生家多学会儿,父亲想方设法地为我节约路上时间,他找到一条小官庄去往车站的捷径。说是找到,不如说是父亲修了一条路,从前他对付泥土的本领在那一刻派上了用场。

早晨的阳光使身体微微出汗,一条轻描淡写的路指向西边,路很快就不见了,像被草丛吞掉,又在不远处吐了出来。有时候路快要偏离方向了,差点拐进荆棘丛,被父亲用铁锹揪了回来。它们并不像路的样子,极不安分,只是在作为路的地方,泥土比其他地方略多一些。

冬天还好,路坦然地躺在我们脚下,夏天就有点糟糕了,路隐没在草丛里,我们不得不与草木争夺路。

这条捷径单程可以节约二十多分钟,一来一回就能省下四五十分钟。然而,路唯一的短处就是它要穿过一片坟冢。有一次,我回来得早,下车时父亲还没有到,我自己先往家走。路上没有人,风过去,野草窸窣作响。两侧的茅草会突然刮一下我,像细瘦的腿要拦住去路。还有旁逸的树枝,像张开的手臂,远远看见它们要来抱我,我躲开了。又有一次,那时天快要黑了,它们在幽玄的暮色中伺机而动。

在我感到心怦怦跳的时候,我听见父亲在唤我名字,我连忙应了一声。父亲的声音很远,但我能听见。他一遍遍喊着,我一遍遍应着。

终于父亲在前面出现了,我连忙跑上去,拉住他的手。父亲一直怪罪自己,说在地里干活忙忘记时间了。

我说没事没事，这不接到我了嘛。又问父亲天那么黑，他怎么看得见我的？

父亲说，看不见，可我晓得你会害怕，就一路喊过来，你听到我的声音就不会怕了。

我鼻子一酸，很久都说不出话来。

远处灯火逐渐亮起，虫鸟沉睡，除了我们轻微的呼吸和脚步声，四周寂静。

隔三岔五父亲会和我一起去先生家，帮忙干点杂活，先生和师母已年逾古稀，做不了重活，父亲帮他们运煤球，掏水井，有一次帮师母把院子里一棵被雪压垮的树锯下来。有一次他正好来仙女县买种子，便想等我一起回去。外面下雪，他也不进来，怕我见了不能安心作画，就站在檐口等。雪把头发眉毛都落白了，我开门见到时，眼睛一阵酸酸地疼。

寒假到来时，师母惯例让我住在她家，这样省去来回赶路的盘缠和时间，父亲用板车装了两袋稻米送过去。这年冬天，父亲又出了一趟远门，这些我是从哥哥嘴里听说的，父亲总是在农闲时候出去，农忙时节赶回来，像候鸟一样。父亲大概去了北方草原，或者说经过那里，因为他带回了一条奇怪的路，枯草与泥土交织。哥哥说父亲对路有一种魔怔，不过，那条路并没有使用多久，几天后就被父亲铲去了。他又将路恢复到田埂的样子。

就是那时，父亲的腿坏了，膝盖向下的部分，连同脚，都变成紫色。母亲说一定是常年光脚插在地里的缘故，泥土让它改变了颜色。她从一个赤脚医生那儿找来偏方，熬出一锅如同泥浆一样的药水让父亲喝下。又在一个算命先生那里讨来一张符，混合在药泥里，敷在父亲腿上。然而，一切都无济于事，紫色越来越深，仿佛藏在体内的泥土颜色正逐渐涌出来。

父亲躺在床上，两条腿直愣愣地伸向前方，母亲给他盖上一床薄被，那双腿习惯露着了，不肯待在被子里，母亲只好将被子掀掉一角，让紫色部分袒露出来。

没有可以走路的腿，父亲陷入巨大的悲痛和沮丧之中，他无法行走在不同的路上，更无法侦察不同的路面了。那段时间，门前的路又回到田埂的模样，但比从前结实板匝多了，一条路也会成长，也会逐渐懂事，我常常想，门前的这条路如果少了父亲的打理和呵护，最终会长成什么样儿呢。

我从先生家回来，都会和母亲抢着做事，母亲大概也受了父亲的蛊惑，不许我的手触碰又脏又累的活。你那是拿毛笔的手，母亲说。

父亲常常把我叫到床边，问我关于学画的事。最近又画了什么景子呢？他习惯这么问，父亲称山水画都叫景子，他评价一幅画好不好，就看景色如何。我也不知道如何回答父亲的问题，便随便说几句，父亲听得很认真，听完便闭着眼睛无比放心地睡去。

八

我住校读初中的那年，父亲突然不见了。是的，我只能用这个模糊含混的词语，因为我不知道该怎样来描述这件事才更准确，父亲是失踪？死亡？还是像从前那样出了个远门？我们无从得知。

父亲拖着他那两条坏腿躺在床上的一年里，我们对一切还抱有希望，包括父亲，他也认为自己很快就能下地了。有一次他让我们搀扶他站起来，我和哥哥从两侧架起父亲，但是他的腿像棉花一样软弱无力，父亲不停地下坠，下坠，好像泥土里有股巨大力量要将他吸进去。母亲眼疾手快，迅速将铁锹支在父亲腋下，才不至于发生令人害怕的一幕。

父亲是在春天麦子快要收割时不见的，以往这个时候，他已经将挂在墙上的镰刀取下，在井边磨得雪亮。也会扛着铁锹将麦地四周的田埂修得平平整整。

小官庄的人在通洋河边发现了父亲的鞋，那双他一辈子几乎没怎么穿过的套鞋，齐整整摆在河岸上呢。父亲一定是跳河了，人们认为父亲受不了病痛折磨，或者是为了减轻家庭负担。大多数人更倾向于后者，因为只有像父亲这样的节俭之人才会这么做。通洋河是条活河，河水流向长江，找不到尸体也属正常。

对于父亲的消失不见，众说纷纭，但我更愿意相信哥哥说的，父亲是去找路了。

哥哥考取大学的第二年，我也考取了一所美术学院，我们一南一北地求学，只在春节回来一次，哥哥学的是水利专业，他对门前的堤坝充满兴趣，甚至将尺寸量下来，画出图纸，计算河堤的受力。

我和哥哥走在细瘦却结实的河堤小路上，不得不回忆起我们的父亲。我们小心翼翼地使用词语，离开，而非死亡。哥哥说父亲的腿其实是在工地上干活时，不小心掉进石灰塘里烧坏的。

我转过身，惊奇地看着哥哥。怎么会呢？父亲只是个种地的人，我迟疑地说。

是的，父亲是个种地的人，哥哥回答，可是除了种地，他还去山里挖过煤，去城里做过建筑工人，去草原帮牧民放过羊、剪过羊毛……

我有些语塞，长长吐一口气，仿佛谜底若干年后才被揭开。

我告诉哥哥，父亲离开的前一晚，他突然推开我的房门，月光洒进来，将那一小片空间照得通体透明。父亲站在门口，什么都没有说，我却感觉他对我说了很多话。我想也许是父亲向我告别的，可我那时太困了，什么都没有说，蒙着脑袋继续呼呼大睡。这件事我没有告诉任何人，因为我也感到恍惚，分不清究竟是梦境还是现实。

父亲的突然离开是我们兄妹俩心中隐隐的痛，哥哥毕业后放弃留校任教的机会，去了长江边参与水利工程的建设。有一年暑假我去看他，只见哥哥正扛着铁锹从大坝上下来，那一刻，我突然百感交集。

我也如父亲所愿，成了一个拿毛笔的人。父亲当年送我的毛笔我一直保留着，尽管毛早已用秃。我依然记得第一次抚摸毛笔的时候，记得那种舒畅和激越之感。有媒体评论我的山水画里充满故事，的确，毛笔就是我的舌头，我用它讲述故事。

母亲去世后，我和哥哥见面更少，两个人都沉浸在各自的事业里。不久前，哥哥打电话来，告诉我在他所在的城市博物馆正在举办一场"明清进士书画展"，他觉得我应该会感兴趣，希望我能过去。我知道，是哥哥想见我了。

看画展的那天，正下着雨，南方的梅雨季节与那些书画倒是相配，有种绵绵的濡湿气息。

角落里有一幅画吸引了我，是一位清朝末年进士的书画作品，画幅不大，斗方，画面笔墨苍润，烟色迷离，仿佛也正是这梅雨天气。画中多用斧劈皴，又用青、绿、朱、赭等色堆染丘壑树石，清浅涓流旁蜿蜒着一条路，不管路的曲折度，还是色彩，都极有想法。然而，我却觉得似曾相识，好像这条路在哪里见过似的。

路向前方延伸，一直隐没在远处的山林中。路上画有一行人，不太起眼，只见背影，正向前方走去。我将脸贴近，怔怔地看着，这才发现那人卷着裤管，光着脚，膝盖向下是淡淡的紫褐色。

我抿着嘴，眼泪在眼眶里打转，嘴唇形成的那根直线正慢慢地向两侧延伸。我注视着那个远去的背影很久，很久，仿佛送别。

(《收获》2024年第2期)

汤成难　作品散见于《人民文学》《收获》《十月》等。著有短篇集《月光宝盒》《飘浮于万有引力中的房屋》《一棵大树想要飞》等，长篇小说《一个人的抗战》《只有一个乳房的女人》。获得百花文学奖，人民文学奖，华语青年作家奖，"金短篇"小说奖，《钟山》文学奖等。

醉马草

娜仁高娃

今天,我要给你们讲一只公羊的故事。它的名字叫"将军",这是它的头骨,这是它的盘角。你把手伸过来,闭上眼,用指尖触摸它的额头。这里,两个小小的眼儿——是不是,你说话啊。

他没有吱声,也没有把手伸过去。他正在往包里塞奶酪、砖茶、奶糖和一双雨靴。雨靴是她的。今天,他得带着她前往小镇,去看望刚满月的小外孙,也是她的弟弟。他拧开药瓶看了看,放进衣兜,他想也许在小镇住上一晚。

走吧,他说。

你还没有摸一下它。她说着,歪起小脑袋,手从羊头骨缩回来,左左右右地摸。她在找她的手杖。羊头骨放在椅子一旁的木柜上。她的两条腿弯曲,呈跪坐模样。

别磨蹭。

我要把"将军"带过去。

不行。

那我怎么讲"将军"的故事?

怎么讲都可以,好了,走吧,你的手杖在你的左边。

两人走出屋。天色阴沉,空气凉爽,若有若无的雨丝缠人,不到几分钟,人的面颊、脖子、手背上都湿乎乎的。

我会把故事讲好的,是不是?

嗯。

姥爷,你说——,呃,弟弟他会喜欢我讲的故事吗?

会的。

那你喜欢弟弟吗?

我不知道,我还没见过他。

他大步走过去,拉开皮卡车后门,又走回去,抱起她,把她抱到车里。她那绘着紫色花卉的手杖撞到车门上发出咔咔的撞击声。他发现她衣摆上沾着干了的汤汁,于是揉搓掉,又用手摩挲几下她披散的短发,好让她看起来像精心梳洗过一样。

坐着,别下去啊,我去灌水槽。

一小群牛围在井旁,他挥动双臂,嚯嚯地赶着,让牛给他腾地。没一会儿他回到车里,拧钥匙,启动车,然后向后看看,发现她正悄无声息地蠕动着嘴默念着什么。

包里有奶糖,包在你右侧,不过只能吃一块儿。

我不吃。

车沿着向西北的土路前行,路北有一辆废弃的绿皮吉普车,那是他早年驾驶过的车辆。透过车玻璃能看见粉色布娃娃的胳膊,布娃娃是她的。她总爱钻在车里,还说那是她的秘密小屋。有一回,她竟然睡在里面,害得他在野地找她找了好几个时辰。也是那次她跟他讲,那里是她的秘密小屋。他突然觉得车身漆皮脱落得太不好看了,他得买桶油漆刷一刷。

车猛烈地颠簸着驶过一段搓板路后上了柏油路。

依拉拜河有水了,他说。

姥爷,"将军"就是在河边吃了好多好多的醉马草,是吗?

嗯,那年大旱,河水断流,河道里一滴水都没有。大片的滩地上除了醉马草没有别的植物。醉马草开紫色的花。

那你说,"将军"真的是吃了太多的醉马草后醉了的,是不是?它醉了后的模样跟你醉酒后一样,对吧?

我没有喝醉过。

你忘了,姥爷,你喝醉后还哭了,我都听见你的哭声了。

呃,我没有醉。他说着向后视镜瞟一眼,不过没看到她的脸。

"将军"醉了后怎么哭,还是咩咩叫?

我没看到,那会儿我在挖防空洞。

你说过它醉了后不会走路了。

那是。

那会儿你多大?

二十六七岁,好了,别说话了,把玻璃摇上来吧,雨水会溅进来的。

这是一条县道,每隔一段距离就有可以掉头的路标。路上车辆不多,被雨水打湿的路面黑亮黑亮的,一些低洼处还积着水。过了另一条河上的桥梁,沿着丘陵地拐个弯后前方车辆突然多了起来。他不得不减速,随后慢慢地停在一辆红色越野车后面。

还没到呢,她说。

嗯。

怎么了?

呃,出车祸了。

他摇下车玻璃,探出半截身子,看了看,发现前方半里远路中央隔离带上停着一辆车头严重变形的轿车。十多人聚在那里,一辆红色吊车正在空中缓慢地移动着吊杆。雨愈来愈大,有人撑起伞,有人双手插进裤兜,缩着脖子。但他们并没有回到车里。

别乱动啊,我去看一眼。

他下车,手搭在额前,沿着隔离带与车阵之间的空地走去。不过,当他看到有人把什么装在黄色袋子里抬进车时,匆忙转身,往回走。

死人了,是吗?

哦,好冷的雨。他不由打了个寒噤,抬手撸去面颊上的雨水。

有蘑菇的味道。

什么?

雨的气味。

一个时辰后,他俩到了小镇。他把车停在一家超市门前。然后两人进去,买了一箱牛奶,又转了好几圈后选了一双缀着虎头的米色小绒鞋。他把鞋给她,她拿在手上,摸了摸鞋底,摸了摸虎头,又把四根手指插进鞋口,说,它是红色的,是吗?

蛋黄色的,跟太阳的颜色差不多。

哦。

很漂亮,是吗?

嗯。

到了他女儿小区楼下,他照了照后视镜,用手指梳了梳被雨水濡湿的头发。

好了，咱下去，他说。

我不要手杖了。

哦，不要就不要了吧，换上雨鞋吧，到处是积水。

他一手牵着她，一手拎着装礼物的袋子，走进楼道，摁开电梯。电梯发出轻微的轰鸣。她摸着楼层按钮，说，总共十七个。他没吱声，他怕乘坐电梯，感觉像是被关闭在一个密不透风的盒子里。走出电梯，站到一扇崭新的防盗门前。他看了看她，想说一句"到了"，不过见她咬紧嘴唇，像是忍着爆笑一样，也就没说。他摁了门铃，门开了，开门的是他的女婿，一个四十出头的瘦男人。

哦，爸，你们怎么才来？

路上堵车了。

爸，你们过来了，哦，我的宝贝女儿，又长高了不少。

一个穿着浅粉色睡衣的女人匆匆走来，抱起了她，亲吻她。她很腼腆地一笑，双臂勾住女人的脖子轻声地说，妈妈，外面下雨了。

哎哟，妈妈做了剖腹产手术，有点抱不动你了哦。

女人说着，转身，走到沙发前，把她放在沙发上。她的手从女人身上缩回来，在半空里左左右右地摸了一会儿，最后落在扶手上。

请坐吧，爸，男人说。

在女人抱着她走过去的时候他换了双拖鞋，走过去，坐到她一旁的单人沙发上。沙发上另有三人，他的亲家公婆和他们的女儿，一个三十出头的胖女人。他冲着他们点点头算是打招呼。那三人也是礼貌性地点头回应。他发现他们的眼神始终在她脸上搜刮着——在他眼里是如此的。女人坐在她一侧的沙发扶手上，抚摸着她被刚才的一抱弄乱了的头发。

妈妈，弟弟呢？

哦，你弟弟在睡觉呢，一会儿醒来你去抱一抱。我的宝贝，你的雨靴真好看。

是姥爷给我买的。

哦，爸，快把外套脱了吧，都湿了，看来外面的雨很大啊，我在屋里闷了一个月，差不多都忘了外面是什么样的了。女人笑吟吟地说，语调轻快，仿佛只有如此才能烘托双方家人相聚时刻的幸福时光。

妈妈，我要给弟弟讲故事。

你要给弟弟讲故事？哦，我的闺女好棒啊，来吃一块蛋糕，还有饮料，妈妈给你把雨靴换了吧。

女人脱去她的雨靴，换了双粉色单层拖鞋。拖鞋很大，显得她的脚瘦小而干瘪。

妈妈，我要给弟弟讲"将军"的故事，它是一只公羊，有一双很坚硬、很漂亮的盘角。

哦，是吗？我可没见过"将军"，来，宝贝，往后靠一靠，靠在靠垫上，真乖，咦，你的手好冰啊，妈妈给你焐一焐。

亲家公，最近忙不忙？

还行，今年雨水足。

妈妈，我知道"将军"在哪里，呃，它在姥爷家里。它很厉害，有一次它为了保护一只小羊羔，和天狗决斗了一整夜。第二天姥爷在野地找到了它和小羊羔。

好厉害的"将军"啊,爸,您先喝口热茶,一会儿咱吃饭,男人说。

是啊,爸,您先喝口茶。

妈,她说话的声音好好听,胖女人突然低声地说。

她显然是听到有人在夸她,一手捂着嘴,一手抓着发丝,轻声一笑,继续说,"将军"是羊群的首领,喜欢站在高坡四处眺望。姥爷说,它很像一只岩羊。你们知道岩羊吧。

这孩子,真机灵。

妈,她老是这样,一旦高兴了话就很多,女人冲着婆婆说。

妈妈,我跟你讲啊,后来,有一年姥爷不当羊倌了,来了一个脾气不好的羊倌,他用鞭子抽"将军","将军"就追着他用角顶他。他很生气,把它独自拴在长满醉马草的地方。妈妈,你知道醉马草吗?

当然知道了,好了,我的宝贝很乖,向爷爷奶奶问好。女人摸着她的后脑勺说。

她微微抬起头,绷紧小嘴,眨巴微闭的眼睛,像是在思考某个很严肃的问题。他莫名其妙地干咳一声,只见那几人快速地相互看了看。

嗨,小丫头,我是姑姑,你说话的声音好好听哦。

胖女人笑眯眯地说着,一只手在胸前摆动。

她安静地听着,身子发僵似的,一动不动。

我是奶奶,你的故事很有趣。不过,我不知道什么是醉马草,我也没见过。

那年大旱,依拉拜河那边尽是醉马草,天气越是干旱醉马草长势越旺,是一种毒草,他说。

呃，呃——，她像是被什么卡住了似的噘嘴，吐口气，说，"将军"吃了好多醉马草后醉了，走路摇摇晃晃的，差点被天狗吃掉了。你们知道天狗就是狼吧，大灰狼，很可怕的大灰狼。

她停顿了片刻，见谁都没有呼应自己，她继续说，第二年，那个羊倌又把它拴到长满醉马草的地方。它又醉了，又不会走路了，也不会吃别的植物了，它的眼睛——，嗯，也看不见东西了。

哦，天啊，那个羊倌是个坏人，好可悲的"将军"，胖女人提高嗓门，夸张地用一种尖细的声音说。

后来下了一场暴雨，啪——地，轰隆隆的雷声把醉马草给劈死了。她用手比画着，整个人差不多要从沙发上弹起来了。

那倒是真的，醉马草就怕打雷，一打雷，一夜间就会衰败，他说。

爸，您平常就跟她讲这些啊，真是太神奇了，我都不知道醉马草怕打雷。

妈妈，姥爷还跟我讲，到了秋天"将军"离开了羊群，独自向南沟走了，那里有天狗，它也知道那里有天狗，可它偏要往那里走。它已经不怕天狗把它吃掉了。

"将军"一定是醉糊涂了，男人说。

不，它没有，醉马草都蔫儿了，它已经吃到别的植物了。

哦，我的宝贝闺女，不要大声说话。

片刻，谁都没说话，男人起身，向她微闭的眼睛扫了一眼，进了厨房。胖女人也呼地站起，跟了过去。

爸，您的衬衫怎么也湿湿的，要不换一件吧，女人突然说。

不用的，一会儿就干了。

妈妈，路上出车祸啦，姥爷去看了，她说。

哦，严重吗？爸！

死人了，她说。

嚯咦，别乱讲，你又没看到，他说。

我听见你说阿弥陀佛了，姥爷，我听到了。

他不吱声，只见亲家母合掌做了个祈祷动作，又嘴里低声地嘟哝了几句什么。偏巧，卧室传来婴儿清脆的啼哭声，女人慌忙走过去，男人也从厨房那边走过去，两人一前一后急匆匆地进了卧室。一会儿，男人从墙一侧探出半个身，对着母亲摆摆手。母亲起身走去了。须臾，卧室那边传来故意压低的交谈声。

这楼房，我是住不惯，太闷热了。

他缄默着，当亲家公带着一种疲倦而慵懒的神色走到阳台上，打开窗户，站了片刻，又转身走进厨房，他都没说话。

姥爷，弟弟睡醒了，是吧？我听到哭声了。

他仍旧面无表情地盯着茶几上的一盘花生、一碟糖果和一杯冒着热气的水。

姥爷！

嘘，你应该叫他爸爸，他斜身，凑近她的耳朵低声地说。

她烦躁地摇摇头，手触到他的下巴，推开，说，我要去看弟弟，他睡醒了。说完刚要滑下沙发，女人从卧室出来，一根指头堵在嘴唇上，说，嘘，弟弟还在睡觉呢。

妈妈，弟弟睡醒了。

没有哦，我的宝贝闺女，来，咱吃饭，你们一定饿了，我们也是，一直等你们过来。女人边说边一手牵住她的手，一手揽着她的脖子，向厨房走去。他看见她的手在空中抓了抓，慢慢放了下来。

七人入席围坐，长方形餐桌，男人和女人在桌头桌尾对坐，他和她坐一侧，对面是亲家一家三口。满满的一桌饭菜，居中位置摆着煮烂了的羊头。他从带来的礼品中抓了一块奶酪放在羊额上。

地道的羊头宴哈，来，亲家公，干杯，今天是个好日子！

他举杯，点点头，表示赞同亲家公的话。接着他慢慢地呷一口葡萄酒，然后将酒杯对住她的嘴唇说，来，喝一小口，这是葡萄酒。

哦，爸爸，您干什么呢，怎么能给她喝酒呢？

女人近乎慌乱地推开酒杯，给她手里塞了一把带着花纹的勺子，她拿在手里，转动着，说，"将军"眉骨上的眼儿和勺子上的小眼儿差不多。

好了，宝贝，咱吃饭，咱不讲"将军"的故事了。

随了她吧，故事又不长，她在家里一直念叨着要给弟弟讲"将军"的故事。

他忍不住说。

哦，好可爱呀，她——，胖女人说到一半，打住，双手相叠托着下巴，眯眼，摆出一副天真无邪的表情。

吃罢饭，他决定立刻回去。他牵着她走出屋门，在电梯口前，女人蹲下身，亲吻她的额头，说，宝贝，外面下雨了，妈妈就不下去了，妈妈刚坐完月子，不敢着凉。

她点点头，身子依着他的腿一侧。

记住妈妈的话哦，回去后要好好听姥爷的话，等到明年这个时候妈妈会送你到学校，那个时候你就会有小伙伴一起玩耍。

妈妈——呃,她犹豫着,想要说什么,但又不知该如何讲的样子。空出的一只手摸索着探到女人的脸上。

妈妈在呢,妈妈在听你说呢。

妈妈,弟弟会不会喜欢听故事?

他会很喜欢的。

好了,咱下去吧。

下了电梯,在一楼大厅,她用雨靴的靴底蹭着楼道的地板,像是在玩滑冰。男人下来送二人到车旁。男人看了看天空,说,爸,路上慢点,一会儿估计还会下雨。

噢。

爸,要不明天回去吧。

不了,得早点回去,回去后还要饮牛,那边只是下了场小雨。他说着伸手与男人握手,眼睛盯着男人浓黑的眉毛。他这才突然发现,这是他头一回如此近距离观察眼前这个和女儿结婚一年多的女婿。也不知为何,心里顿然浮生一种近乎悲伤的情绪,于是他说,她还小,不懂事,下回就好了。

呃,爸,我知道。

起初二人都沉默着,等车辆驶出小镇,他突然说,把车玻璃摇下来吧,雨停了,空气会很凉爽。

姥爷,我讲得好不好?

很好。

我忘了讲"将军"离开的时候是清晨,谁都没发现它是独自离开了。也忘了讲是你后来在南沟找到了它的头骨。

嗯,我应该把它的头骨放到坡地上。

为什么？

因为它是"将军"，它有自尊，那是它的自尊。

她沉默着，一会儿说，什么叫自尊？

自尊啊，就是说，很多动物都有自尊。等它们老了，都会找到一个很隐蔽的地方，独自待着，慢慢地等死。我年轻的时候经常到山里拉石头，有一次在很陡的山崖上看到过一只岩羊，好几天它都一动不动，蜷缩着，我以为它死了，其实没有。还有野骆驼，尤其是布儿（种公驼）老了后，也会向有天狗的地方走去的。咱的"将军"也是，那会儿它已经很老了，眼睛也看不到什么了，它在南沟独自过了一个冬天，等到第二年春天，它才被天狗吃掉的——，它不愿意被那个该死的羊倌戏弄，叫它天天吃醉马草，这就是它的自尊，每一条生命都有尊严。

他越说越激动，握方向盘的手不断战栗着，仿佛正全力地忍着某种难以控制的情绪的爆发。

它们不怕独自待在黑暗里。

她嘟哝道。

他看了看后视镜，发现她脸朝着窗户外面，几绺头发缠在她额头上，又滑落去，随风散飞着。

姥爷，你说弟弟好看吗？

嗯！

有多好看？

他很胖，比你小时候胖多了，手臂上有银镯子，和你小时候的一样，他的头发也和你的一样，稀稀疏疏的，还是浅黄色的。

弟弟的手也好看，手指头小小的，软软的，跟蝴蝶的肚子一样。

哦!

车辆突然放慢速度,然后从隔断处掉头,向小镇驶去。路面依旧是黑亮黑亮的,很远,凹凸状的野地上空卷成棉花状的云在徐徐漂浮,偏西的太阳从云层射下伞状光芒来。

姥爷,我们不回去了吗?

我忘了买油漆了,翠绿色的,还有粉红色的和淡蓝色的,还要买刷子、砂纸、小脸盆——,其实大一点也没关系。

他舒口气,缓慢地说。

(《草原》2024年第5期)

娜仁高娃　蒙古族,内蒙古鄂尔多斯市杭锦旗人,中国作家协会会员,曾获内蒙古第十二届索龙嘎文学奖,"《民族文学》年度奖";曾有中短篇小说入选中国小说学会年度小说排行榜、中国当代文学研究会年榜;中短篇小说集《七角羊》入选"中国少数民族文学之星"丛书;中短篇小说集《驮着魂灵的马》荣获第十三届全国少数民族文学创作骏马奖。

水中鸥

修新羽

谁都认识那两位驾驶海鸥的人。每隔六十天，那两只海鸥就会一前一后出现在天际线上，朝珠海的日月贝基站飞来，白色翅膀掠过云层，金光闪闪。然后，经过短短五个小时休整，它们又重返大海上空。按惯例，每次离岸前都安排了简单的飞行表演，提速直冲天空，翻滚挣扎如困兽，失速倒转，在坠落的前一秒又猛然拉升，机尾拖出五彩烟带。来自五湖四海的游客挤在岸边，拍照打卡，欢呼鼓掌，大声合唱那首二十世纪八十年代的童谣，"海鸥海鸥我们的朋友，你是我们的好朋友……"驾驶海鸥的郭永磊告诉我，他根本听不到岸上的歌声。驾驶海鸥的贾珊珊说得完全相反，她说她每次都听得很清楚，还会跟着唱起来。

谁都认识那两位驾驶海鸥的人。他们一位来自珠海本地，一位来自武汉，经受住十几次生理、心理方面的测试，通过层层选拔加入了航空队伍。而我的任务很简单，只需要每隔六十天和他们聊半小时，打打分，评估一下他们的工作状态。

我们都任职于浥注智能有限公司。三十二年前，它还只是一家农用飞行器代工厂商，在珠海航展期间举办了首场自研新品发布会。现场抽签选定两位记者，让他们乘游艇来到距码头两海里远的地方，将一根针扔进大海。与此同时，首席工程师林爱群驾驶"海鸥"原型机从岸边出发，巡检整片海域，潜入132.81米深的海底，顺利将那枚五厘米长、两克重的铁针从沙泥中打捞出来，总耗时6分53秒。

其他记者挨挨挤挤站在岸边，即便发布台的大屏幕上正在实况转播，他们还是举起望远镜张望，想亲眼看见"海鸥"像海鸥那样飞远。现场发放了耳塞，但海鸥起飞时的声音还是震得大家耳朵嗡嗡，心跳加速，半天缓不过劲来，就好像这声音中蕴含着什么极其严重的噩耗或喜讯。只有《海洋信息报》的记者小刘年轻气盛，精力充沛，不仅操控无人机追过去观察了半天，还在林爱群返航后立刻提出了质疑。"谁能证明这就是扔进去的那根针？"他大喊道，朝林爱群挥挥手，"铁针哪儿都有，随便找一根就能作弊，这种演示毫无诚意！"

林爱群也朝他挥了挥手，走过来，将针放进他掌心。针眼里拴着一截红丝线，是两位记者将针扔入大海前亲手系上的。

"不解决问题"，小刘说，"这只是普普通通的一根针，一根红线。"

林爱群向来沉默寡言，此刻也只是笑笑，就势将小刘引至台前，示意他将发布台中央的一面红布扯开（大家原以为红布下盖着另一款飞行器），露出十五只破破烂烂的木箱，箱里装满瓷器和金元宝——这是浥注智能和救捞局、文物部联合打捞的，来自新发现的那艘南海沉船，来自仁慈而慷慨的大海。

小刘捏着那根针，还想问些什么。但他没机会提问了，其他记者争先恐后地把话筒递到林爱群面前。在随后发布的新闻照片里，他就那样捏着针，茫然地站在林爱群身边。

针没有戳破人们的怀疑，洁白如骨的瓷器和金灿灿的元宝却顺利打动了人们的心。接下来的三十二年里，浥注飞行器科技有限公司经历了几轮融资，在北京上市，迅速扩张为浥注智能有限公司，业务范围覆盖79%的海洋。公司雇用了15万名员工，其中有3万名员工被称为"海鸥驾驶员"：他们驾驶海鸥一次次飞翔在海面上，跟踪鱼群，运送物资，采集样本，探测矿藏，构建实时海洋信息网。

为了让观测结果更加稳定，海鸥们往往成对出发，其中不少驾驶员都是夫妻。就像郭永磊和贾珊珊这样。

多数情况下，我和他们的聊天只围绕工作内容展开。

我知道他们都喜欢晴天，讨厌下雨：降水量和风速达到一定限度后，为了安全和节能，海鸥会降落在海面上，收起翅膀，变成一颗随波逐流的金属蛋。这时候，郭永磊会犯恶心，为了不吐出来，他只能努力打瞌睡，在睡梦中把时间耗过去。而贾珊珊会在脑子里数海鸥，一只两只三只四只，最多一次数到了九万四千七百五十九只。

我也知道，虽然每只海鸥上面都装载了原子重力仪，但仪器与仪器的敏锐度也略有不同。他们两人一起出发的时候，已经连续三次都是贾珊珊的海鸥率先发现了铁锰矿。

多数情况下，我和他们的聊天只围绕工作内容展开。然而，在某些特殊时刻，我也曾听到一些特殊故事。

郭永磊自述

我讨厌海，真的。小学二年级那年，我同桌去海边游泳，淹死了。你知道淹死的人长什么样吗？皮肤很白，摸起来很软，比平时胖了一圈。那时候我就下定决心，一定要离海远远的。

当然，我也理解，很多人驾驶"海鸥"的时候都挺自豪的，这工作薪酬不错，稳定，还有意义。去年不是他们还帮着打捞了泰坦尼克号吗？那可是 46000 吨的大船，从 3700 米深的海底给捞出来，那可是泰坦尼克号啊，谁不是看着"You Jump, I Jump"长大的？珊珊都快嫉妒疯了。实话实说，我没什么感觉，这就是一份工作而已，赚钱养家，干啥都一样。驾驶"海鸥"其实特别无聊，整个系统都是全自动的，与其说我们是海鸥驾驶员，不如说我们是海鸥上的乘客，大部分时间都没事干。而且补给食物也挺难吃的，有股腥味。

刚开始试飞那几个月，我一直犹豫要不要坚持下去，连辞职信都写好了。幸好有珊珊在，真的，这是实话。你千万别把这句话跟她说，否则她能嘲笑我半年。幸好有她，她好像总也飞不腻，不管怎么着都有新鲜感。跟着她飞，这海洋好像也不是那么无聊了。

我们的婚礼在海上举行。宣誓之前，新郎、新娘应该在空中合画出一颗心。结果呢，贾珊珊要求我配合她画一个"∞"，说这是"天长地久有时尽，此情绵绵无绝期"的意思，把下面那些亲戚朋友都看蒙了，后来还有人发消息问我，说怎么画了个"8"，以为要倒计时要放烟花，可也没出现 7654321 啊。还有戒指，我们互换的戒指是她从海里捞上来的，你看，就是这一只，红珊瑚材质的，小小的环状，戴起来正合适。

但她这个人吧，有时候大大咧咧，有时候神神道道。跟她说话，你永远分辨不出哪句是真的，哪句是在逗你玩。举个例子说吧，就上半年，我们接了个任务，要从岸边捎几块电池板给洋心组，一个再普通不过的任务了，走的也是常规航线，那几天的天气也挺好的。结果飞着飞着，有天上午她突然跟我说，她那边着火了。按理说电池外壳都是阻燃的，再其次海鸥内部也有自动灭火装置，怎么能着火呢？我他妈要疯了，正想办法跟她紧急空中对接，结果她又说自己看错了。我很生气，劈头盖脸把她训了一顿，她没回话，好像是也有点儿生气。我俩谁也没理谁，冷战了好几天。

后来我就想，说不定她是太紧张了，或者太无聊了，出现了什么幻觉。驾驶海鸥这工作确实不太适合我们，我们早晚还是要到陆地上组建家庭的。我知道有些驾驶员会把孩子放在洋心基站上抚养，等孩子长大了接自己的班——我不是这种人，我不属于海洋，我的孩子肯定也不属于海洋。飞行久了，特别是飞行到五十多天、快要返回陆地的时候，我总是做噩梦，梦到珊珊的海鸥失踪了，昏昏夜色中只有我在独自飞行。我总会惊醒，神经越来越衰弱，就像生了锈。海风把我们腐蚀了，海风里有水分，有盐分，再结实的防护涂料也挡不住它。

你不知道这有多重要，或者说，你不知道产生幻觉、做噩梦有多危险，对吧。海鸥早就是全自动驾驶飞行器了，为什么还要配驾驶员？因为人工智能会觉得很多情况是理所应当的，它会给出自己的合理解释，只有我们这样的人类才能察觉到其中有多少异常。举个例子，你肯定听说过泹注那场发布会，从132米深的海底下捞回一根绣花针。原本我也以为海鸥驾驶员的工作就是这样，以为探测矿产就像大海捞针那样简单。其实呢？你本来要去捞一根针，潜入海底却发现那里有一座铁针矿，一簇簇都是铁针，几千万几亿根针，每根针上都有针眼，规格统一，质地均匀，完全是工业产物，偏偏又是天然矿藏。

驾驶海鸥就是这种感觉，很无聊又很危险。任何危险只要经历得足够多，都会变成无聊。但你的理智告诉你，这其实还是危险——这种情绪和认知上的分裂让人很容易崩溃。柏拉图说我们都生活在洞穴中，只能窥见真相的倒影，你进入过"海鸥"里面吗？你应该进来看看，不仅要参观舱室，更要随着我们飞一飞，这样你才能听懂我说的话，知道海鸥就是一座钢铁制成的洞穴，我们无论如何都只能在洞穴中穿梭。

我是这么计划的：继续赚三年钱，然后和珊珊一起退休，找一份正常的飞行员工作，去给果树洒农药啊，给游乐园做飞行表演啊。我不讨厌飞行，真的，当时在航空学校我成绩还算中上游呢。我只讨厌海。当然，这是我自己的计划，肯定还要跟珊珊商量。我知道珊珊喜欢飞行也喜欢海洋，离开海鸥的珊珊可能就不是现在的珊珊了，可能会是姗姗，杉杉，或者山山？反正肯定不会是珊瑚的珊了。她说不定会觉得无聊，会讨厌未来的生活，讨厌我。

走一步看一步吧，什么能比活着更重要呢。

贾珊珊自述

永磊特别能藏事，很多东西他心里清楚，说不出来。所以你来问我是问对了，用我妈的话说，我是嘴比脑子快，能说的不能说的都往外面捅。也提前强调一下哈，如果待会儿我讲了什么不该讲的话，您千万直接忘掉，省得公司找我麻烦。

为什么当海鸥驾驶员？我喜欢飞呀，多棒。我刚出生那年，曪，载人航天飞船一艘艘地往天上发，我爸差点儿给我起名叫"贾如人类可以飞行"，小名飞飞。你听这像话吗？是派出所负责登记的老师傅救了我一命，否则光这个名字都能把我整自闭了。

我和永磊其实是先当上海鸥驾驶员才在一起的，有那么点儿先婚后爱的意思。咱这个职业特殊啊，六十多天才能见上一面，一般人根本等不起。本来我觉得他长得一般，小眼大鼻子，过于宽厚老实。后来相处久了，觉得外表都是次要的，平时也压根见不着面啊，只能看到他那只海鸥，准确点儿说，只能看到他那只海鸥的前三分之一部分，后三分之二都被舷窗挡住了。

凑合凑合就在一起了，他先表的白。他是这么说的："贾小姐，你有没有考虑过跟我发展同事以外的关系？"我故意逗他，说，郭先生，你想认我当妈妈？

你不知道他那个表情，天呐。我后来才知道自己说错话了，他妈妈在他六岁那年就死了。后来怎么办？只能是我哄他啊，我给他唱情歌，唱了一个月他才原谅我。

永磊其实特别认真，感情上认真，工作上也认真。你发现没有，其实他那艘海鸥的外壳比我这艘更白？因为我老喜欢保留一点儿飞行的痕迹，觉得就跟人身上的疤痕一样。他呢，从来都老老实实地做养护，拿保养液从头到尾给海鸥涂一遍，讲究着呢。其实我觉得他还挺喜欢这工作的，就是嘴上不说。

对，他也给我讲过那个淹死的同桌的故事。后来他就留下心理阴影了，多少有点儿怕水。而且他这名字起得也不好啊，永磊，你看，三块石头，遇着水不就往下沉嘛。不像我，珊珊，珊瑚一样的，哪怕在水里也能活得自在。我给你背一句诗，是杜甫写的，特别适合我们："自去自来梁上燕，相亲相近水中鸥。"公司不是刚研究出了往山里飞的"山燕"嘛,他们是自去自来的燕,我和永磊是相亲相近的鸥。我把这句诗手抄了一遍,就贴在仪表盘旁边。

你去海鸥上面看过没有?感兴趣的话,我带你看看。里面的空间有点儿窄,但是驾驶座的椅子实在太好坐了,真的,等我退役了我要自己买一张同款椅子放在家里。特别软特别舒服,你一坐进去,就会觉得浑身上下都放松了,脖子啊腰啊哪哪都舒坦。

有一次,我估计是太累了,坐着坐着都睡着了,还做了梦。

也可能不是梦,你想听吗?我没跟别人讲过,连永磊我也没讲。

是这样的,去年三月,我爸去世了,我在海上肯定来不及回去参加葬礼。但就在他下葬的前一天,飞过975海域的时候,我发现海面上燃烧着火焰。理论上讲这很好理解,某些密度比水小的可燃液体就算漂浮着其吸热程度也可能达到燃点,这种事我之前也听说过,所以我倒是不害怕,还喊了一嗓子,让永磊也往下看看。

奇怪的是,永磊根本没看到海面上的火,他甚至以为我说我的海鸥着火了。

我一下子没想明白这是怎么回事,正愣神呢,就听到了一个声音——我爸的声音。

飞飞,他说,不孝女,等你回家等了这么久,到底还是要我来看你。

我吓得要命,又不太敢表现出来。我问他,你还活着吗?他说,有点儿热。我说,你在哪儿?他说,别飞这么低,被火燎到了不安全。我低头看了看,那些火果然重新出现了。天呐!我明白了,我知道这是怎么回事了,这是地狱。地狱里的烈火不在别的地方,就在海面上。而且那是在975海域第十八个换电基站附近出现的,正好对应了地狱十八层,你说巧不巧?而我的父亲,是从地狱里跟我说话。

(她停顿下来,突然微笑。我重新跟她确认了一下,真的是听到了她父亲的声音吗?她向我保证,那确实是她父亲。)

只有家里人知道我的小名叫飞飞。我还问了他我家银行卡的密码,八位数,带数字带字母大小写,他说得准确无误。于是,我壮起胆子把他骂了一顿。我老早就想这么干,但我小时候他老是在外面喝酒,不在家;等他喝不动酒了,我也长大了,换我不在家了。我骂他浑浑噩噩混日子,他年轻时其实想当兵来着,又觉得军队管理得太严了,后来就随便考了个警校,在交警支队里当文职人员,每天负责查监控,扣驾照,收罚款,和狐朋狗友喝酒。

我问他,后悔吗?他说,这话该问你自己,你后悔吗?你根本不擅长驾驶飞机,哪次飞行表演不是小郭迁就你。飞飞,你是在用你的热爱掩盖你的平庸,你接受不了这个现实只能装模作样地从工作中找点儿乐趣。我让他闭嘴,我说,我不后悔,我这辈子都不后悔,我只做我想做的事。

(她开始哭泣。)

然后我听见永磊好像在跟我说话,听不清是说什么,但声音又急又气又害怕。我就好像一下子醒了,等我再往海面看的时候,火焰已经无影无踪。

海面火焰并不罕见,在海底热液喷口附近,甲烷矿时常会泄露，被闪电或生物电流点燃，烤熟一平方海里内的所有海草、鲭鱼和金枪鱼群。尽管海面火焰并不罕见，贾珊珊对火焰的描述却实在古怪。我将对话记录提交给公司，为她和郭永磊申请了心理疏导。

公司内部流传着这种说法：一段段飞行经历就是一截截海藻、枯草、树枝、羽毛，海鸥驾驶员会保留这些记忆，在自己脑海里搭建杯状巢穴。紧接着，他们会想象出几颗光滑的卵。再往后，如果对此掉以轻心，很多可怕的事情都会被孵化出来。

据说在最开始那几年，每飞行一万小时，一百个人里就会有1.7人抑郁，0.9人精神分裂，3.5人患上焦虑症。后来洇注智能推行了新的招募计划，直接招募抑郁症或精神分裂症的康复者来驾驶海鸥。明面上，说这些人对精神类疾病产生了免疫力，更安全。实际呢，是这些人如果出现精神问题，可以算旧疾复发，不算工伤，能省下一大笔赔偿金。整个员工健康管理部的负责人是老刘，也就是当年的小刘；那场发布会后，他被招安到洇注智能公关团队。员工迎新会的时候，我们这群年轻人就是从他手里接过了工牌，再跟随他回到北工区。

他比照片里看着更矮，步速极快，就像已经把同样的路走过一万遍，走得很是厌烦。我盯着他花白的头发，有点儿想快步赶上前，问他是否知道发布会上的针和红线都是噱头？当年海鸥的搜寻能力远远无法做到大海捞针。他应该早就知道了。人类需要复杂的仪器、能源与耐心才能把海水提纯为淡水，海鸥凭借小小的盐腺就能解决问题——老刘也是这么做的，他是最有经验的老海鸥，可以吞掉任何腥咸苦涩的信息，把它们转化为"淡水"。

刚入职那段时间，我的任务很简单，只需要访谈退役驾驶员：他们重新适应了陆地生活，从精神状态和处事经验来说都更好打交道。然而没过多久，我也遇到了我的"海水"：那位驾驶员二十五岁退役，驾龄足有十三年。这说明，她是十二岁就开始驾驶海鸥的"特聘人才"。直白点儿说，她父母都是海鸥驾驶员，她出生在某座大型洋心基站上。

我们暂且可以称她为代号甲。

代号甲自述

世界上只有一片海洋。对我们而言，世界上也只有一种海鸥，泹注智能的海鸥。

我们生在巢里，巢修筑在海中央，边沿翘起，中央平阔，宛若深盘。你知道海鸥是候鸟吗？我们的父母就是候鸟，他们向南、向北、向东、向西地飞走了，时速六百五十五千米。他们每六十天返巢一次，我们就六十天六十天地长大了。母亲总是说，她能从一群小海鸥里一眼认出哪个是我。父亲说他闭着眼睛也知道哪个是我——这并不夸张，因为父亲拥有360度覆盖的主动相控阵雷达，甚至能在飓风中精准定位到几千米之外的海草。

大概在我们三岁左右吧，有段时间，父亲和母亲都不再出现，只有两个软乎乎的人类过来抱住我，把我举起来，对我说一大堆乱七八糟的话。

我很害怕，我的壳合拢起来，差点儿把那两人的手掌碾断。小时候我们随时能变回金属蛋，等我们再长大一些，这些薄壁式结构会进化成翅膀，我们就真正成为海鸥了。在壳里，我听到外面传来旋翼的转动声，由远及近，由近及远。等我们重新从壳里出来，那两个人已经不见了，留下几箱补给，一面半米高的全息播放屏。

我们跟着屏幕上的资料练习说话，又过了差不多半年，终于搞明白，原来我们的父亲母亲不是海鸥，而是人。原来我的蛋壳不是我的蛋壳，是浥注智能的机器！那阵子我们谁也不愿意继续说话了，整片海洋上都能听到我们的哭声。

这是一种特殊的身份识别障碍，只发生在浥注智能早期建设的几个抚育基站上。

又过了几年我才明白，其实那两个软乎乎的人类也不是我父母。最开始的时候，人们不适应气候条件，海鸥驾驶员死亡率特别高。浥注智能履行了先前的承诺，把我们这些孤儿养大成人——没人关心我们是怎么被抚养长大的。

我们从十二岁开始练习驾驶海鸥，两两组成搭档，守在各自的深海基站上。给我那位搭档也起个代号吧，小乙。那时我们都很年轻，皮肤油亮、四肢纤长。我们都留着长发，我的头发泛黄干枯，扎成简单的马尾。他的乌黑浓密，编成辫子，像是某种耐磨耐腐蚀不灭不毁的纤维绳索。海风猛烈起来，一小群帆鱼借风势从基站旁边越过，红色三角状背鳍在阳光下闪动。小乙倚靠在我肩膀上，我们的头发在风中打结，旋转。如果你和我们一起站在那里，你就会被子弹那样坚硬的帆鱼击中，会明白大海也有它自己的秩序。

海洋生态保护协会每年都派考察团来，在各个基站上调试设备、校准洋心数据。我们也会帮这群吹毛求疵的科学家完成一些小实验。比如说，给五十条帆鱼的鼻孔里涂抹硫酸锌，再给另五十条帆鱼身上绑小磁块，观察它们在迁徙过程中是依据嗅觉还是磁场感觉来导航。最后得出结论既不是嗅觉也不是磁场，而是海水温度，我记得是这样。动物行为学家还运来五台特制仪器，能够发射定向强声和定向激光，还有定向信息素——帮助基站避开鱼群和鸟群的冲击，让基站的使用寿命变得更长。大部分科学家都很友好，也有科学家喜欢避开我们，在和我们说话的时候绝不抬头，把我们当作某种能够分泌剧毒的海洋生物。

十八岁那年，浥注智能的入职程序需要在陆地上完成。我们从珠海港登陆，刚上岸就感觉地面在摇晃，踩不稳。后来才知道，这叫晕陆地，是内耳接收到错误信号后产生的病症。陆地上的颜色太多了，太乱了，太吵了。小乙精神涣散，几乎没法说话，而我忍耐住了，引导他回答完所有问题，填完所有表格，扶着他在单据上摁下手印。岸上的阳光比海里的更亮，我站在公司门口的玻璃幕墙旁边，感觉地面正在微微颤动，空气中有种奇怪的苦涩。你们用远隔重洋来形容遥远，对我而言，是重洋之间远隔群山，而地面不过是一层广袤而坚硬的土壳，亿万年来那海洋灿烂炽热，由岩石熔化而成。

小乙说陆地让他恶心，但我很喜欢这里，还安装了几个视频软件，慢慢了解岸上的生活，知道地面的颤动是因为地铁，而空气中的苦涩来自香烟。我还学会了不少岸上特有的单词，比如鸵鸟、拖拉机、甜豆浆。小乙说所有这些地铁、香烟、鸵鸟、拖拉机、甜豆浆，都让他恶心。你难道想离开？他追问我。太残忍了吧，你走了，你的海鸥不就失去了灵魂？

其实我们都知道，那年浥注智能的日子并不好过，环保署和海洋署针对鸥型飞行器制定了几条新规，从噪声级别到飞行高度，条条框框都要重新适应。其他海区已经更换新飞行器了，只是还没轮到我们。我们驾驶的这批海鸥早晚要被淘汰,早晚要和我们分离。

何况,我们父母那代驾驶员只能操控一架主海鸥和三架海鸥无人机,而我们已经能同时驾驶二十五到三十五只,甚至不需要待在海鸥里面,躺在基站上就能完成对周围几万公里范围的态势感知。对我而言,新海鸥旧海鸥,这只海鸥那只海鸥,没什么区别,它们不过是几架双翼垂直起降飞行器。

小乙做了个鬼脸,眉毛高高挑起,好似前额上两道扭曲的花纹。可是,他故弄玄虚地说,一旦你回到陆地上,你就落地生根了,你就会扎根在那里,会晒死,会渴死,会被野兽吃掉。

没有野兽。我反驳他,我回陆地也不是住在野外,是住在大楼里。

就算住在大楼里,小乙说,你也只能住在最小的房间。一旦回到陆地上,我们的经验就不算是经验了,优点也不算是优点,过去二十多年就白活了。

我告诉他,人也可以白活。也可以黑活,红活,彩活,世上的颜色还有很多。

我当时心里有点儿不舒服,觉得他不是在担心我,是在拷问我,把我当成叛徒。那时候,我们一巢小海鸥已经死掉三只了,剩下这些人冥冥间就产生了某种很强烈的关系,挺不正常的。说到底我们是独立个体,谁也不该太牵挂谁,谁也不该做什么承诺。毕竟我们虽然生活在同一个巢穴,大多时候却只待在属于我们自己的蛋里。

接下来半个月,我和小乙处于冷战状态,连生物钟都错开了七八个小时,尽可能减少碰面。这就是我为什么会如此鲁莽,试图独自完成那项本该两人共同完成的任务。

公司明确规定不允许独自探查。但我们已经在基站上待得足够久，没有任何规定能管得住我们。我以每分钟二十米的速度缓慢下沉，用经纬度定位到那片礁石群，打开探测仪，发现几道缝隙斜向下延伸了四百多米。想搞清楚石穴里究竟有什么，必须要从缝隙间穿过去。

西北方向不远处有个热液喷发口，水流让碎石互相撞击，产生了噪声干扰，我放弃声呐定位仪，冒险打开探照灯。周围海水还算清澈，我顺着石壁前进，小心避开所有凸起的岩块。大概在缝隙内七十米左右的位置，我见到了第一具海鸥尸体。

在六百米深海，连微生物的残骸都会被分解干净，变成富含钙和硅的软泥，苍白如雪，每千年沉积一厘米。在六百米深海不该出现任何完整的鸟类尸体。

可我就是见到了它，一只中等体型的黑背鸥，卡在礁石夹缝里，露出两小片凌乱翅羽。再往前走，岩缝里出现更多大小不一的羽毛，基本是灰白色。偶尔也有几根骨头，从截面来看都是空心管状的。又前进了大概五十米。海鸥越来越多，无数羽毛喙骨尖爪硬骨。什么东西撞了我一下，导航装置开始持续更新，这是个极小概率会发生的故障。即使在尸体丛林中迷失方位，空气循环装置和物资也足够让我在海里生存两天。如果两天之后我还是找不到出口呢？如果小乙没发现我来了这里，如果海鸥注定要和海鸥共同沉没？

海鸥舱体发出轻微的吱嘎声。在这种深度应该没有大型鱼类，但这在热液喷发口附近，海水温度更高，鱼类下潜的能力也就更强。肯定有东西出现在了我侧后方。探测装置运转良好，没探测到任何金属、生物电流或力场。

我关掉探照灯,等待它离开。在深海运动需要消耗很多能量,大多数生物的动作都笨拙而缓慢,它们很有耐心。我比它们更有耐心。

在深海模式下,为了抵御住水压,海鸥坍缩成一只金属蛋,舱内温度降低,仅保留两面玻璃舷窗。此时舷窗外面被严严实实地遮蔽住,看不到任何发光浮游生物,只有全然的黑暗。我整个身子弯曲起来,双腿蜷在胸前,胳膊紧贴住冰凉的舱壁。我独自等待在海底与海面之间,没有山脉,没有天空,没有方向。

我好像睡着了一会儿,再次醒来时,已经过了五个多小时,周围一片寂静。舱壁湿漉漉的,导航装置终于定格下来,显示我已经来到了礁石堆之外,离海面足足有八百三十二米。

舷窗外依旧是黑暗。我打开探照灯看了看,依旧是许许多多的海鸥。权衡利弊后,我做了第二件鲁莽的事:我在海水中启动了双旋翼。

这些坚硬薄片在高压高盐的环境中坚持了几秒,足够搅碎周围的障碍物。我朝海面飞去。在我身边,所有浮游生物残骸、鱼类排泄物,所有破碎的翅膀都在无休无止地回旋,随着我升高。然而与我不同,任何无法漂浮的东西终究会再次沉坠。

海面下银光闪耀,海面上金光灿灿。已经是黄昏时分,当我跌跌撞撞地走进基站,小乙正坐在桌前等我。他背后的屏幕上显示我刚才的航行轨迹,他知道我在哪里,知道我与基地失去了联系,但他没有来搜寻。

你看到那些海鸥了?他问我。昨天我也接到了这个任务,他们把任务重复发布了两遍。

我点点头，勉强用手撑住桌角，由于过快的上浮而咳嗽不止。我的血液在颤抖。

早晚要想个办法把它们捞回来。他说。

捞这个干什么？我努力克制住咳嗽，与他争论。这也是任务吗？

废弃海鸥当然很重要了，他说，而且那些海鸥里可能还有驾驶员。有没有？你看没看清楚？你不会没看到吧？我还以为我疯了。

他疯了，或者我疯了。记录仪失灵，我只能向公司口述了探查情况，一切听起来宛若幻觉。但在检修海鸥的时候，我们在起落架夹层里发现了一根完全变形的灰色绒羽。

小乙把那根绒羽封存起来，上交给公司。

公司终止了相关探查，没回馈任何解释。后来传出一种说法，说是流体力学、气候变化和地磁偏角共同创造了这样的奇迹——大海总能将重量、外形、材质相似的东西归拢到一起，只需要足够久的时间。另一种说法是基站附近的驱鸟设备产生了故障，这些鸟类遭受干扰，再也找不到方向，只能不顾一切地向深海飞去。或许万物早已形成了自己的规则，无法再被教育、说服、驯化。

又过了半年，负责我们这个基站的指挥员升职成区域主管。趁着人员重新安排的时机，我正式辞职，小乙也向公司递交了调岗申请，去海上仓库当管理员。这份工作不用飞，大多数时间就是独自待在海面上，时不时接待几个陆地来的访客。毕竟海鸥的载荷只有0.2吨，主要还是发挥侦查探测作用。各类矿产样品、生物样品过于沉重，只能先放在仓库里。

后来我去看望过他。仓库比我想象得要小一点儿，只有五层。他把其中两层布置成小型博物馆，展示贝壳、鱼类骨架，瓷器和宝石。他知道我对这些完全不感兴趣，马上带我来到博物馆底层，拿出陆地食物招待我，牛肉干，肉酱，还有速食炸鸡、爆米花、果脯。我有些感动，随即意识到，这里与其说是一座博物馆，不如说是一座巢穴——海鸥的巢穴。

别紧张，他对我说，伸手抚摸我的脸，把手指塞进我的嘴巴。我们经常这样做，把手指塞进彼此嘴巴，在晕陆地的时候帮对方抠出嘴里的呕吐物。我们的皮肤浸润了苦味，尝起来是咸的，如果你好奇的话可以舔舔看，我们体内的含盐量远超常人。如果我们发生了车祸，给我们输血的时候一定要往血包里掺盐才行，否则我们会脱水而死，好像有过那么几次医疗事故。我太紧张了，不由自主咬了他一口，嘴里弥漫开腥咸的味道——他的血液。

他说，讲个好玩的事儿，公海鸥会把食物从嘴里吐出来，喂给母海鸥。

我用舌头把他的手指往外推，然后晕晕乎乎的，吐了一地，整层博物馆里都弥漫着酸臭。趁他打扫卫生的时候，我随便找了个借口离开仓库，再也没回去过。那年我二十五岁，还年轻，不太想做飞行员，可手里没有正规文凭，找工作不顺利。有次我刚递交简历，那个招聘经理就当着我的面把简历撕掉，说他们老板不喜欢盗墓贼，晦气。可以理解，毕竟浥注是做残骸打捞起家的，如果说大海是一座巨大的坟场，我们确实和盗墓贼无异。（她越过桌子紧握住我的手，声音变得低沉。）你呢，你相不相信世界上有鬼，你相信报应吗，你相不相信所有沉船、天然气水合物、海鸥、鱼群各有宿命?

时间总会把相似的东西归拢起来,把属于陆地的推回陆地,属于大海的留给大海。正因如此,尽管在求职时屡屡碰壁,代号甲还是拒绝了浥注科技的返聘邀请。她在街头巷尾游荡了大半年,一度非常消瘦,但精神状态保持得很好。她告诉我,她每天都会站到高厦顶端,等待人流与车流分散或汇聚,尝试领悟其中的规律,就像当年在基站观察鱼群、洋流、风向。后来,她花掉所有积蓄接手了一间杂货店,追赶新零售自动化配送的浪潮。

如今她三十九岁,拥有两家位于珠海市中心的连锁超市,上百万种商品在此汇聚,又滔滔不绝涌向全城。我留心观察过她走路的姿势,每一步都稳定踏实,不再有任何来自海洋的痕迹。如果你遇见她,你肯定也猜不到,这个人曾经认为自己是一只海鸥。

去年底,公司将她评为优秀退役驾驶员,公关团队联系了很多媒体,我也跟着接受过采访。颁奖结束后,我们单独吃了顿晚饭,沿着海滨木栈道边散步边聊天。我问她还记得多少基站时期的生活,能否再分享点儿趣闻。她思索片刻,告诉我,有人听到过奇怪的声音。

"听到了什么呢?"我心不在焉地追问,以为是机器故障或鱼群造成的声响。据说帆鱼溯游时会发出类似硬币碰撞的清脆声音,就像十万人正同时抛掷硬币质询命运。

她停下脚步,凝望向我。她的表情让我想起那位在新品发布会上捏着一根针的年轻人。无边无际的话语和无边无际的困惑压在她喉咙里,让她短暂地变成了哑巴。路灯早已亮起,暖黄灯光劈头盖脸落下来,她的瞳仁与其说是黑色,更像是极深极深的蓝。

"不是我,是小乙听到的。"她说,"有次我们航行到975海域附近,他好像听到了两句没头没尾的话,听也听不明白。第一句是,你还活着吗。第二句是,我不后悔。"

(《大家》2024年第4期)

修新羽　1993年生于山东青岛,清华大学哲学硕士。中国作家协会会员,中国科普作家协会会员,鲁迅文学院第四十五届高研班学员。作品散见于《青年文学》《十月》《天涯》《花城》等。曾获《解放军文艺》优秀作品奖、《广西文学》年度作品奖、科幻银河奖、贺财霖科幻文学奖、科幻冷湖奖等。有作品入围2019年度中国小说排行榜、第六届"城市文学"排行榜。

土地的飞行

胡诗杨

我的外婆赵嫦娥脑子里住着一个奇怪的念头，不知道她从哪里听来的，说是只要拿着一柄锄头往地底挖，一直挖一直挖，就可以挖到美国去。

当她在餐桌上告诉我们这件事的时候，我们全家人都爆发出了嘲笑的声音。白瓷碗上的筷子跌落了，椅子擦地擦出了响声，鱼骨头堆成的小山被拍打在桌面上的手掌震塌了。

母亲用上海话问她："是啥人跟你讲的？"

外婆的回答是更难懂的上海话，翻译过来，她讲："就是老家隔壁邻居，九太呀。"

母亲又问："你为啥会相信呢？"

外婆讲："因为地球是圆的呀。"

对呀，因为地球是圆的呀。她的回答让母亲一时不知该如何反驳。

外婆不是文盲，她还是上过几年学的，从她知道地球是圆的而不是方的这一点就足以见得。但是这也让我们确认了，外婆的这一念头并非一时兴起、突发奇想，而是扎根已久，并生长出了一套自己的逻辑。

不过那时候我们并没有把她的异想天开当作一回事，只觉得是一个老人家的餐后胡言。毕竟，在我外婆所生活的宝地镇里从来没有一个老人出过国，不要说出国，就连飞机也没有人坐过。更何况是向下挖地，在我们眼中如此愚昧的行为，绝对不可能是身边人干的。我们所不知道的是，赵嫦娥从我们家回了乡下宝地镇的老家后，她每天都在思考着如何实现这一梦想。

赵嫦娥和我舅舅孙建国、舅妈陈玉秀一起住。在距房子十几里远的地方有一片荒地，大概几十亩，原本规划要建游乐园，但怪的是，拆迁也拆了，赔款也赔了，却迟迟没有正式开工动土。这块地就荒在这里，荒了有大半年。长出野草来还是小事，要紧的是落雨后泥地就变成了泥浆地，曾经有一个小学生放学路上摔进了泥坑里，直到死后三天才被找到，人已经泡肿了。于是，那片地愈发荒凉，一众老人后来就在那片荒地上种起了瓜果蔬菜。

本来，这片游乐园是要仿照欧式建筑风格，造成世界主题公园。据说原本香港人设计的图纸上画了很多世界风景名胜，有英国温莎城堡、法国凡尔赛宫、匈牙利英雄广场、美国黄石公园，也包括国内的一些山寨景点，比如把河南少林寺和四川乐山大佛一比一还原，复刻到宝地镇的这一片农田上，院落式的寺庙就和哥特式的天主大教堂比邻而居，教堂玻璃会在日照下反射出七彩的光，光里夹杂着从香炉中飘出的烟。人们目睹着一车又一车的运沙车和挖掘机开进了镇里，连河道都已经挖了出来，可是这工程突然就停了。有传言说那个香港投资人被刺杀了，账户也被冻结了，刚要开始动的工只好中止。也有传言说另一个港商窃取了这份图纸，在浦东造了一个一模一样的世界主题公园，所以宝地镇的这个公园就没有建造的必要了。据我母亲说，这个传言中的港商根本就不存在。

赵嫦娥每天挖的这块地据说本应该是世界主题公园中的匈牙利英雄广场。她清晨四点就背起锄头，蹬着三轮车去了属于她的那三亩匈牙利英雄广场。她在匈牙利英雄广场劳作的时候，总是会用锄头敲打地面，试图找到一块比较松软的土地，然后抬起胳膊用力向下锄，锄到不能再往下的地方，就换一块地。

赵嫦娥每天早出晚归，我舅舅孙建国下班回家后不见赵嫦娥的身影，就打电话给我母亲，询问她的下落。我母亲说："大概就在游乐园那片荒地上吧。"等孙建国骑着自行车骑到那片多年未动工的游乐园，他才看到荒地上种满了茄子、青菜和豇豆，成色接近丰收，叶片饱满而自然垂坠。这些丰收成果并不属于赵嫦娥，也不是孙建国在乎的。孙建国一眼就能分辨出哪一块地是赵嫦娥的，他绕过了东南边那片大丰收的田地，走向了西北边的一片一无所有的、坑坑洼洼的土地。土地上立着两三个人影，在日落前后的逆光中，人的面孔看不真切，能看到的只是一块佝偻的背，和两块挺起的背。

赵嫦娥的身边围着两个人，是隔壁家老张的儿子和儿媳。在孙建国冲上前去的时候，他并不了解情况，老张家的拽住了他，要求他今天好歹得给个说法。这之后他才得知，原来赵嫦娥挖地，挖出了事故——她差点儿把老张家的祖坟给刨了出来。说是祖坟，其实也就是一个小小的骨灰盒，直接埋在自家自留地的地下三尺。而赵嫦娥分到的这三亩田地，其中有一块就属于曾经的老张家。实际上赵嫦娥并没有真的把他们家的骨灰盒挖出来，只是他们很警觉，认为赵嫦娥这样过分的举动已经惊动了地下的龙脉，打扰了土地神，吵醒了祖先，给宝地镇带来了不祥之兆。孙建国当然明白他们这是危言耸听，蛮不讲理，如果说真的会惊动神灵祖先，那也应该是挖掘机会惊动，怎么也轮不到一个普通农民赵嫦娥头上。但是迫于眼前的局面，他还是答应赔给他们一箱土鸡蛋。老张家的认为一箱土鸡蛋怎么着也太便宜他们了，但又强调毕竟孙建国是他们从小看着长大的，也不想坏了邻里多年来的好关系，所以也不是故意刁难他们家。可惊动祖坟毕竟是大事，也不能不了了之。在这样的说辞之下，孙建国只能口头答应两箱土鸡蛋，外加一盒人参，一瓶陈年白酒，并且明晚亲自上门赔礼道歉，这才算是了结。

在送走了老张家的两位以后，孙建国夺过了赵嫦娥的锄头，领她回了家。灶台是空的，水斗里的油盘子还没有刷，阳台上的湿衣服仍然悬挂着，水珠一滴一滴落在印有鸳鸯戏水花纹的红脚盆里。那时候，我舅妈陈玉秀还没有从欧尚超市柜台下班，我那在简德镇念中学的表哥孙一航不到周末都住在校内。孙建国一家得到的赔偿是宝地镇上的一栋复式别墅。不止孙建国一家，我表舅一家为修十一号线地铁而拆迁分得了一套独栋别墅，上下五层楼。我和我表哥孙一航在我表舅家玩捉迷藏，从一楼藏到五楼，再从五楼藏到一楼，玩一整天都捉不成功一次。孙建国家则不如我表舅家阔气，一楼的墙壁上生满了霉斑，上下楼的木制楼梯能踩出吱呀的响声。这栋别墅一整个白天都空无一人，直到孙建国把我外婆赵嫦娥领回了家。

领回家后，孙建国没有脱鞋，身子直接陷在沙发里，他点起一根烟，一吸一吐，用上海话讲了一通，大意是自己上了一天班回来肚子瘪瘪的，希望回到家就能有热饭吃，而不是跑去摔死过人的泥地上帮她擦屁股。

赵嫦娥没有什么动静，只是把锄头丢在了一边，给孙建国热起了早上的剩饭。此时已过了晚饭的饭点,到了饭后纳凉的时候。每当吃过晚饭后,宝地镇上的老人们大都习惯搬出板凳,每人一把蒲扇,坐在槐树树荫下纳凉。见到赵嫦娥在厨房里热饭,咸菜和酱瓜的香味从煤气管道里飘出来。厨房的窗是开着的,槐树下的老人们转过头对着窗户里的人,用带有宝地镇口音的上海话说:

"赵嫦娥,土地下头挖出黄金宝藏来了伐?"

"哎呀,可别讲是黄金,差点儿把人家骨灰盒给挖出来咯。"

"赵嫦娥,见到美国了?美国人讲的话,叽里咕噜的,听得懂伐?"

"疯老太",人们私底下是这样喊她的。

"属蚯蚓的",赵嫦娥获得了新的名字。

孙建国掐灭了手中的烟,烟头拧在烟灰缸上转了几圈,而后从冰箱里掏出一个柿子,朝窗户外狠狠丢去,柿子砸在泥地上,炸成一个手雷。

宝地镇的人们都说,我外婆年轻的时候受到过一些刺激,这刺激具体是什么大家也无从打听。反正她现在脑子里的异想天开,大概就和当年受到的刺激有关。邻居们催促我母亲和我舅舅孙建国赶紧带她去医院检查一下精神状况。有可能是妄想症也说不定,大家都是这么说的。孙建国把这事儿推脱给我母亲,说我母亲住在市区里,市区里的医疗条件比乡下不知道要好多少,理应由我母亲带着赵嫦娥去看病。但我母亲始终坚持赵嫦娥没病,不仅没病,而且,她特别强调,比她认识的任何人都要健康得多。

"七十好几的人了,每天四点钟爬起来,到地里厢种地,身体噶赞。"我母亲是这么说的。

而我舅舅却认为,如果赵嫦娥真的是在种地,那事情也就好办了。比如隔壁家老李,他们家里厢每天还能吃到自家老人种的新鲜蔬菜,多出来的绿叶菜就用蛇皮袋打包寄到市区里的小儿子家。老人锻炼了身体,子女享用到了纯天然无农药的好菜,属于两全其美的好事。可是我舅舅不明白的是,赵嫦娥为什么不能像一个正常的农民一样种菜,非要去挖地道挖到地球对面的那个美国去。

我母亲告诉我,我外婆以前并不是这样的。她一直是个热爱科学的老太太,她的好奇心并不亚于一个小孩儿。我母亲回忆起来,赵嫦娥从前总问她很多问题。

为什么中国是白天的时候,美国是晚上?

美国人白天睡觉,晚上起来上班,他们天天熬夜,身体岂不是会熬垮掉?

如果地球是圆的,那么中国人站立着,美国人岂不都是倒立着的?

美国什么都是和中国反过来的。这个国家真是奇怪。

我母亲和她耐心解释过,用她所知的科学原理。她还使用了我们家的小型地球仪和世界地图作为教具,专门为七十好几的赵嫦娥上了一堂地理课。

我母亲孙建萍是宝地镇上的第二个大学生,第一个大学生是我舅舅孙建国。他们两人等于是宝地镇的天眼,开眼看世界的头两人。在孙建国十八岁去北京上大学后,镇里为他放了三天的鞭炮,吃了三天的酒席,按照红白喜事的规格杀猪宰鸡。镇上的书记也亲自登门拜访他家,为他送来了大米和食用油,拍着他的肩膀握着他的手,嘱咐他以后当了领导一定不能忘记宝地镇的父老乡亲。那时候书记并不知道孙建国学的是农学,大学毕业只不过回了镇里的农药厂上班。但是这并不是我母亲孙建萍当时所关心的问题,她当时关心的只是孙建国离开家北上求学以后,家里就没有可以种地的男人。所以十二岁的我母亲孙建萍只能放学后先去地里割下猪草喂猪,钢笔套往往会沾上猪食,油渍也会不可避免地沾到练习簿上,然后在六年后再次吃上了三天的酒席,听到了三天的鞭炮声。

赵嫦娥的两位子女的见识自然是远高于她的,但我舅舅孙建国是绝对不愿意为她讲解这些常识的,所以只能是由我母亲孙建萍为赵嫦娥上课。她对着我们家的地球仪和世界地图,依次讲解起了地球的结构、地球自转与绕太阳公转的区别、晨昏线、格林威治子午线、我们所在的东八区,以及赵嫦娥最好奇的一点,中国和美国时差的产生。

孙建萍讲完之后,特别问赵嫦娥:"听懂了伐?"

赵嫦娥频频点头,但孙建萍知道,她并没有听懂。

孙建萍暂时放弃了教会赵嫦娥地理知识的念头。她和我说起过这件事,她这样做是因为她觉得,赵嫦娥就算不懂这些科学道理还是可以活得很健康,很快乐,所以也许人根本没有必要对这个世界了解得这么清楚。如果赵嫦娥依然执着于挖地道挖去美国,那就应该任由她去挖。

就算孙建国和孙建萍都放弃了,我表哥孙一航和我却没有放弃。夏天放假的时候母亲把我送去宝地镇外婆家的别墅里,这栋别墅的名字叫作"一航居"。在"一航居"一楼客厅电视机前,挂着一幅手工打造的木制牌匾,据说是我已去世的外公取的名字。夏天的"一航居"只有我、孙一航和赵嫦娥三个人,我舅舅孙建国和舅妈陈玉秀教会了我们怎么在夏天合理地偷电,他们提前给查电表水表的工人送去了鸡蛋和牛奶,他会帮助我们每天把电表箱拨回相应的刻度。如此,我们就可以从早到晚二十四小时都开着空调,而每天的电费还是几近于零。我和孙一航就窝在他卧室里,把空调打到十八度,裹着冬天的棉被,坐在地板上打游戏。这时候,赵嫦娥通常不会和我们一起待在空调间,她只会背着她的锄头,蹬着她的三轮车,前往本应是匈牙利英雄广场的那片田地。

我表哥孙一航那时不太会卷舌,总把"热"说成是"乐"。在"一航居"里,尽管每个房间都开着十八度的空调,孙一航却总流着热汗,从晾着竹竿的一楼阳台起,一直奔跑,穿过帘布,踩过楼梯,跑到二楼的卧室,不停地说:"我好乐,我好乐。"而我那时还没有学会上海话,说话卷舌过度,不会平舌,总把"冷"说成是"忍"。每当我看到孙一航穿着薄汗衫在空调房里跑来跑去,我就追在后面问:"你忍不忍?你忍不忍?"

当赵嫦娥推开二楼卧室的门,告诉我们中饭留在一楼桌上而她要先去地里的时候,我推了推孙一航的肩膀,让他去劝阻赵嫦娥。那时我虽然能勉强听懂外婆那带有浓郁郊区口音的上海话,但舌头却发不出对应的音,只有孙一航精通方言和普通话两种语言,我只能在一旁假装听着他们的对话,不仔细听的话,就像是在听日语,简短明快的元音和辅音像热气球一样升起。

孙一航放下了手里的游戏机,他告诉赵嫦娥,这样挖是没有用的。学校里头上课讲过了,地球虽然是个球,但中间不是空心的,里头装满了比石头还硬的东西。地球内部分为地壳、地幔和地核三部分。地壳以下是地幔，地幔以下是地核，地核又分外核和内核，越往深的地方越热，最高温度可达几千摄氏度，岩浆你晓得吗？火山爆发流出来的就是岩浆。别说锄头了，就连一个人也要被烧融化掉。你还没等挖到美国呢，人先拜拜了。

赵嫦娥说不可能的，不可能的，地底下，明明是冰凉冰凉的。

关于地底下究竟是热的还是冷的，我表哥孙一航与我外婆赵嫦娥争执不休。赵嫦娥坚持地底下是比井里打上来的凉水还要凉的。以前没有冰箱的时候，人们就把绿豆汤放在地窖里，等夏天了再取出来，就是冰凉冰凉的。赵嫦娥说的时候，就真的动身下楼，从一楼厨房的冰箱里取出了两碗冰镇绿豆汤，给我和孙一航一人一碗。

孙一航在她下楼的时候重启了游戏，给我翻译了刚才说的话。他没有接过赵嫦娥递过来的绿豆汤，而是说起了温泉鸡蛋，说温泉就是因为地底下岩浆翻滚，所以是滚烫滚烫的，烫到可以把一只鸡蛋煮熟，而高山上都是积雪，高的地方才是冰凉冰凉的。

赵嫦娥也觉得越高的地方越冷，比方讲，广寒宫，玉兔待的地方，吴刚砍桂树的地方，就是冰冰凉的。但她却觉得，毕竟没有人真正见过地底下到底长什么样子，所以讲，公说公有理，婆说婆有理。

对于赵嫦娥的油盐不进，孙一航用拳头锤游戏机出气。他和我说："奶奶到现在还认为天上打雷是因为雷公电母发怒了！"

赵嫦娥坚持要去挖地，他也就不再制止了。孙一航点击了按键，开始了下一轮游戏。

午后我一人走去了赵嫦娥所挖的那片匈牙利英雄广场。两点正是暴晒的时候,我想象中赵嫦娥的样子应该是这样的,她会戴着草帽,拿着锄头,锄着土地,手指生着老茧,但是很有力气,背弓着,没有看到我,一直在专心地挖地。她对我来说太过神秘与飞扬,和扎根于土地上的宝地镇的其他老人太不一样。

当时,我心里积攒了很多疑问想要当面问她。比如,"你知道美国在哪里吗?""如果你真的挖到了美国去,你准备去做什么呢?""去美国为什么不坐飞机呢?"但是当我走到半途的时候,我意识到,我迷路了。我并不知道匈牙利英雄广场在哪里,连个路牌也没有,而沿途的居民都躲避暴晒,进屋子里午睡去了。路边只有荒芜的野草,而头顶是烈日,不见树荫。后背大概已经湿透,汗从眉毛流到了眼睫毛,我逐渐感到眩晕,眼前一片漆黑,脑袋摇摇欲坠,快要合眼。

我蹲坐在马路边,询问了唯一一个路过的老头:"请问匈牙利英雄广场怎么走?"

问完我就意识到不对,可是我也不知道真正的地名到底是什么。

老头的普通话并不那么难懂,他反问我:"这里是宝地镇,哪里有什么胸牙利腿牙利?"

我立刻改口:"就是以前说要建的世界主题公园,但是没建起来,现在应该是一片农田。"

他说:"农田嘛,乡下这里本来到处就都是农田。主题公园嘛,这里放眼望去也找不到一个主题公园。"

他说的话像是绕口令,又像是一个难解的谜题。我知道这样的问答再继续下去已是毫无意义,我转身跑走了。

在树荫稀薄的马路上,我凭着直觉行走,一路上穿过宝地葡萄采摘园和专门负责镇上所有红白喜事的老王饭庄，灰扑扑的马路在我眼前起伏，直觉把我引到了骑着三轮车的赵嫦娥跟前。

我无法确定那是不是海市蜃楼，我只是站起身，想问她问题。第一个音就卡在喉头会厌处，重复了三遍这个单音，我却接不上第二个音，好像喉咙里熄火了。而她只是凑过耳朵来，说"啥""啥"。我弓起背，想要用咳痰的方式把话咳出来。而赵嫦娥只是说："慢慢讲，不要急。"这句话我听懂了，但是我依然讲不出来，这个陌生的音在我喉咙里来回打转，找不到出口，又被我咽了回去。

我原以为凭我耳濡目染掌握的方言词汇至少能和她说上两句话，但我知道我高估了自己。离了中介翻译，我和她竟连一句话也讲不通。讲不通的话，大概堪比不能流通的钱，等于说手里拿了巨款却不能买东西。赵嫦娥见我没有反应，也开始问我问题。她末尾的语调上扬，结束得急促有力，中间的声调起伏，抑扬顿挫，同时眉毛挑起，抬头纹也挤了出来，让我难以猜出她的表意。赵嫦娥看出了我眼神中的迷茫，她似乎比我更加着急，从三轮车座位上下来，扯下草帽的系绳，掏出口袋里的诺基亚手机打起了电话。按键声很响，我清楚地听到她按了八个键，是座机，应该是打给了家里的孙一航，但是响铃一分钟，无人接听。我和她都立于原地不动，一言不发。她又继续摁键，这次摁了十一个键，应该不是打给我舅舅就是打给我母亲。

赵嫦娥对着电话那端说了很多很多话，都是轻快而急促的发音。我的眩晕好像更严重了。而后她点头，把电话递给我，电话里头我听到了熟悉的字正腔圆的声音，是我母亲。她说："外婆说，你好像有什么话要对她说？"

我看了看赵嫦娥的脸,是一脸期待糅合着困惑的表情。我说:"没有话要说。你现在和外婆翻译一下,让她带我回家吧。"

我母亲说:"好。在上班,不方便多讲了。你在宝地镇和表哥和外婆好好玩。"

电话转交给了赵嫦娥。我第一次坐上了三轮车,在颠簸的路上我只能抱着膝盖坐,眼前是赵嫦娥站立起来蹬车的两腿,胯部时而往左顶,时而往右顶。她和我一路都沉默着。

回去的路上我只能自己琢磨,大概赵嫦娥口中的美国,和我理解的美国,并不是一回事。也许在她心目中,除了中国以外的其他地方,都是美国。只要长的是浅头发、深眼窝、高鼻梁的样子,一概称为美国人。所谓的美国,其实就是外国。所谓的美国人,其实就是外国人。

然而我依然想不通,赵嫦娥口中的地底世界到底长什么样。据说赵嫦娥还在夜里梦到了自己在地底挖掘的场景,梦里简直神乎其神,虚乎其虚。她似乎执着地认为地底有另外一个世界,和地面上的世界不一样。究竟哪里不一样,也许赵嫦娥本人也不十分清楚。我只能揣摩它,想象它,揣摩也揣摩不出来,想象也想象不出来,只能在梦里梦到它。

梦里我手上出现了一把斧头,斧头却莫名很轻,提在手里毫不费劲。然而四周寒气逼人,冷风从袖管里钻进来。我的面前是一棵树,粗壮的树干,大概两人合抱也抱不拢,抬头是金黄色的小花苞。四处空无一人,只能听到乌鸦声和蟾蜍声。我很轻松地就用斧头砍倒了面前这棵树。而后乌鸦俯冲而下,叼走了我的衣服。我气急,跑去追寻。绕着树跑了三十圈以后,我终于抢回了我的衣服,但是树上原本被砍伐的痕迹却自动弥合,而且还长高长粗了一轮。我再挥舞起斧头的时候,斧头却变成了千斤重,而我的手臂却被冷气凝固,越来越僵硬。我又砍了很久,终于砍倒了树,这次我特别躲开了乌鸦。然而在躺倒休息之时,我目睹着树的枝叶重新生长出来,它又长高了许多,而我的手更加冷了。如此不停地砍,不停地生长,重复。

梦醒了。我意识到我的手臂完全暴露在了被子之外,冰凉得有些僵麻,而房间里的空调闪着蓝光,上面写着十八度。

我只顾着先把冰凉的两手藏进被子里。不知道为什么,在这个时候我突然想到了嫦娥。我曾经收集过班上同学们的家庭信息表,表格上祖母与外祖母一栏里填写的名字,几乎是可以找到规律的,张阿大、李阿小,再带有些重男轻女色彩的,比如吴招娣、周来娣,再传统一点的,就是张王氏、刘朱氏。总之,与赵嫦娥同龄的农村妇女一般没有正经的名字,一律叫乳名。嫦娥,嫦娥,应当是很有文化的人才能取得出来的名字。

白天我拿我的猜想去问母亲。母亲在电话里的回答和上回一样——"在上班,不方便多讲了"。但在我的恳求之下,她还是简略地讲了五分钟。她讲给我听的故事是这样的。

我外婆赵嫦娥原本是家里第十三个孩子,差点儿被溺毙在马桶里,幸好她大姐用奶水养活了她,并把她抱去了镇上一家生不出孩子的教师夫妇家里。这对教师夫妇供赵嫦娥读了小学一年级。入学时,她的名字叫作阿小,学校不允许登记这类名字,夫妇便给她取名叫作嫦娥。据说是因为赵嫦娥从前总喜欢在阳台上望月亮。初七初八,饭后六点多钟的时候,就可以在窗台西边望到上弦月。十五十六,等到满月出来,她就会独自待到更晚。到了廿二、廿三往后,窗台东边就被隔壁房子遮挡住了,到了下半夜，她只能一个人跑下楼，蹲坐在台阶上，抬头望月亮。她望月亮的时候总是出神，一言不发的。她的养母问她，为什么不说话，抬头在看什么？她说，想要飞到月亮上去。

本来，按照赵嫦娥养父母的条件，供她读到小学毕业也是没有问题的。然而，在赵嫦娥小学快升二年级的时候，这对原本生不出孩子来的教师夫妇突然怀上了孩子。孩子动静很大，他们猜这一定是个男孩。赵嫦娥的求学生涯中止了。

女教师曾登门访问她家，拿出了赵嫦娥的所有成绩单，清一色的甲等，以此劝说她养父母让她继续读书。

养母也是教师，她只是微笑，给女教师展示了她隆起的肚子，像一个气球。

养父也是教师，他也只是微笑，给女教师展示了他们家新买的婴儿床。

女教师懂了。

她礼貌地关上了门，去往了下一家。

赵嫦娥不懂。她放学回家，那一天不是初七就是初八，她又跑去阳台西边看月亮。养父母则把她提了回来，把锅铲交到了她的手中。厨房里放着一个板凳，她被抱起来，站上了板凳，面前是灶台。

灶台过后，是抹布，抹布过后，是针线，针线过后，电台广播里传来了中华人民共和国成立的消息。养母拉着她的右手，她左手抱着弟弟。街上满是欢腾的人群，红旗与领巾像海洋一样飘过。养母问她，为啥不笑，为啥不开心？她说，不晓得大家为啥噶开心。养母说，解放了，解放了。而后到街上给她买了一件军绿色的新衣服，问她，开不开心。她穿上，说开心。

讲到这里的时候,电话那头的声音好像被打断了。我听到了母亲并不从容的应答声,还有另外一个陌生的嗓音。我隐约知道了什么,继续追问她:"后来呢?后来呢?"

电话那头空白了一阵,然后有一些杂音,像是马桶冲水的声音。

母亲说:"现在不方便再讲了,在上班,后面的故事你以后会知道的。"直到动迁的通知再一次落下来,一车又一车的挖掘机又开进了宝地镇,原本的匈牙利英雄广场、温莎城堡和凡尔赛宫重新变成了一片平地,这次它换了一个新的名字,叫作越野赛车场。来赛车场游玩的年轻人一波接一波,成了一个网红旅游打卡点。然而这个赛车场并没有持续太久,因为马达发动的声音过于嘈杂而遭到投诉,很快推土机又开进了镇里,赛车场也被推平变成了一片废墟,改名叫作农家乐度假村。竹林空运过来,复古客栈和特色饭庄依次动工。而等到荒地从度假村改名为社会实践培训基地的时候,从美国寄来的录取邮件也来到了我的手上。

那个时候我的心中充盈着热气球一样的想法。其实那个想法早就在我脑中盘旋,只是当时的它像难懂的方言一样,在空中飘浮着无法着陆。在一次又一次的施工动土后,只有赵嫦娥的三亩田地保存得最完好,她的匈牙利英雄广场永远遍布坑洼的地道,永远如一。从结果来看,她像是早就预料到了这片土地会不断折腾,所以她没有播种,没有丰收,也就成了意料之中的事。在那一次回乡之后,我模糊的念头也就变得清晰。

这次约好了要带我外婆赵嫦娥坐飞机飞去美国。我母亲也一道去,结束后她陪同赵嫦娥回国。但在此之前,我与她们还要去别的角落兜一兜,先去海南,再飞日本,而后转道泰国、新加坡,最后穿过太平洋,抵达北美西海岸,再从西海岸飞抵东海岸。

"就当作去旅游,看看外面的世界。这次,就是坐飞机了,不是挖地道了。"

已经不需要母亲的翻译,赵嫦娥就可以听懂我说的话了,又或者说,我已经学会了说她可以听得懂的话。舌头自然的卷曲不是难事,短促的发音和抑扬的语调,也都一一模仿。一种新的语言的习得,好像擦亮了一个新的世界。

护照和签证,我是和我母亲孙建萍、我外婆赵嫦娥一同去办的。吹到出入境管理局的空调风时,赵嫦娥说:"阿妹以后要是在这里厢上班就好了。"我问她为啥。她说:"这里厢的人看起来轻松,闲,还天天有空调吹,噶适意。"她说话的口吻依然像一个小孩儿。

在美国开学前两周,我拖着行李箱回到了宝地镇。当我敲开"一航居"的房门时,一股蚊香味袭来,热浪席卷过一楼和二楼,孙一航正张大嘴巴对着电风扇练习颤音。孙一航四年前落榜了,没有复读,直接参加了工作。查电表箱的人更换了,电表转得比从前更加快,快两倍还不止,转得像一个电风扇。这次孙建国送的鸡蛋和牛奶也不管用了,他只好安排全家人每人每天两个蛋下肚,赶在变质之前把这些送不出去的鸡蛋消灭干净。

从宝地镇打车去虹桥机场的路上,我给母亲和赵嫦娥讲起了海南、日本、泰国和美国。当我讲起这些的时候,我能看到赵嫦娥眼里闪着光。我想母亲应该是明白的,无论是去海南,去美国,还是去月亮上,都是一样的。而母亲相信赵嫦娥也是明白的。赵嫦娥笑起来像土地。我知道她的意思是说,就算去的地方不是这几个,能坐一趟飞机,就很开心了。

机场落地窗外，是无数起飞降落的白鸽一样的飞机。赵嫦娥坐上了靠窗的座位，遮光板拉到最大。我把口香糖塞给母亲和外婆，母亲不是第一次飞，而外婆是第一次，我告诉她这样可以缓解耳鸣，刚起飞时，多少会有些不习惯，这是正常的。广播里中英双语交替播报着本次飞行目的地，海南三亚凤凰国际机场，飞行时间不会太长，直线距离也并不算太远，这对于赵嫦娥来说已经算是最遥远的一次。

飞机跑上跑道，开始滑行、上仰、飞行。

外婆口里嚼着口香糖，有些口齿不清地说："感觉飞机飞得好慢，和云一道，好像一动不动。"

母亲告诉她，是很快的，是一辈子也追不上的快，因为飞机飞得高，因为你也在和飞机一起飞，所以快到感觉像是不动了。

窗外是渐行渐远的农田，三角形的黄绿色与海洋的蓝色之间边界分明，线条笔直。母亲给她指了指窗外的风景，那片入海口的三角形是上海，上海西边的那片黄色是宝地镇的土地，土地上的小黑点是被拆迁的老房子。

黄色土地之上覆盖了薄薄一层云雾。我看到我外婆赵嫦娥在云雾背景里的轮廓，像一个月宫仙子。而赵嫦娥，她正在土地的上方，乘着云，自由地飞行。

(《花城》2024年第3期)

胡诗杨　2000年生于上海，北京师范大学文学创作与批评专业硕士研究生在读，小说与评论见于《当代》《十月》《花城》《上海文学》《文艺报》《小说月报（原创版）》《中国妇女报》等刊。有作品被《长江文艺·好小说》转载。

平静的海面下有什么？

——《平静的海：2024 年中国女性小说选》编选对谈

她们的"新"故事

程舒颖：各位朋友们，大家好！这是我们与《2024 年中国女性小说选》相伴而行的第七年，每年参与编选的过程都像是一场探索，我们和主编张莉老师一起，在每一年的选集中见证着中国女性小说的不断演变，也深刻感受着时代与文学之间的紧密联系。还记得每年老师都会同我们多次展开讨论会，要求编选团队的成员充分阐述每一篇作品的推荐理由。面对题材、风格各异的作品，我们也多次陷入争论和僵局，而老师总要提醒我们回到最初的评选标准："女性精神、文学品质、世界视野"。在讨论的过程中，大家对作品有非常有意思的见解和感受，以前都没有做过纪录，因此在老师的建议下，我们今年尝试坐在一起讨论一下每个人的工作心得，说说对这些作品的看法。

今年选出的女性小说呈现了哪些新的变化和趋势？这是我们今天要探讨的第一个话题。

我想先请大家回顾一下，这本选集中 2024 年的女性小说在创作风格和内容上与往年相比，有哪些不一样的地方？在进行如此广泛的阅读和筛选后，大家是否能够感受到这几年来女性小说创作的演变？这些作品中是否有新的元素和趋势在悄然涌现？

万小川：我想用"打破边界"这个词来概括今年阅读到的中国女性小说。这既是说对传统写作规范的挑战，也是观察力和想象力的超脱。从脚踏实地的现实主义到神秘诡谲的叙事迷局，从思绪漫溢的意识流到令人耳目一新的碎片化叙事，女作家们探索了叙事技巧的多样性，丰富了文学表达的维度。在题材方面，这些女性小说也让我看到了无限的可能性：既有直面身体感受和自我内心的勇气之作，也有剖析亲密关系的解牛小刀；有俯瞰时代征候的深刻洞察，也不乏想象力飞驰的未来科幻。女作家们以独特的性别视角观照身体、人性、社会的方方面面，展现了观察世界的多元的视野和思维方式，传达出破界的勇气和力量。

程舒颖：同意，我认为今年的女性小说延续了女性作家们在情感表达和心理叙事上的深入，同时在主题选择上展现出更加大胆和多元的探索。从身份认同的困境到家庭关系的纠葛，从职业的挑战到自我追寻的历程，女性作家们不再被刻板印象中柔和细腻的叙事绑架，而呈现出更加丰富、多元的社会视角。通过这些作品，我们得以看到现代女性在情感和社会关系中的角色变化，以及她们如何在不断变化的生活轨迹中寻找自我与认同。这种变化源于她们对社会变迁的敏锐感知，也源于女性对自身一手经验更为深刻的书写，让我们看到新的女性话语生成的可能。

吴韩林：在今年入选的 20 篇小说中，我发现不少作家对于笔下的女性角色拥有一份非常深厚的理解之同情。这些人物在进入小说时似乎总处在一种"欠然"的状态，而小说想要处理的核心，就是如何与这种"欠然"达成和解。经由作家个体生命经验的融入，这种"欠然"的症候可以超越两性关系的局限，进而指向作家对于现代社会中人情人性的深刻理解。这一点是我在阅读中尤为感兴趣的。

张凌岚：今年的中国女性小说似乎比此前更加靠近"现实主义"，由聚焦家庭内部转变为书写女性在社会中的处境和遭遇。女性视角的挺拔将在某个人物身上的特定故事变成芸芸众生的共生实践，令现实世界在女性视角下暗潮涌动，意义丛生。

"爱"：情感与关系的镜子

程舒颖：今年的这 20 部作品仍然分为"爱""秘密""远方"三个部分，我们首先进入"爱"的领域。这一辑的作品大多聚焦在情感与关系的书写上，探索了不同类型的亲密关系，无论是爱情、亲情，还是友情，都仿佛经过许多面镜子，折射出各种关系的复杂性。那么，在这一部分的小说里，是否有某处情感描写让你耳目一新？比如哪些打破了传统的爱情叙事，又有哪些是在普通的生活细节中掀起层层涟漪？

关于情感与关系，我首先想到的是叶弥的《许多树》。这篇小说关注的是时间如何在情感关系中凿下深深的印痕。四十年前与雷兴东的短暂相遇，在汪海英的人生中留下了执念。四十年后的相逢，让汪海英重新审视自己对爱情、人生的理解。叶弥在小说的开头和结尾，以细腻的笔触描绘了汪海英对青年时期理想化感情的追忆，这份回忆伴随她度过了漫长岁月，但在四十年后的现实中，汪海英终于对雷兴东进行了"平视"，作者把他身上所呈现的生活的琐碎与理想的破灭描绘得淋漓尽致，这并非悲剧，因为背后有一个新的自我正等待生成。

另一篇让我印象深刻的是艾玛的《平静的海》。小说从日常细节中挖掘亲情的紧张与不确定性，从一位独身中年母亲的视角来看待她与留学归来的儿子之间的微妙关系。母亲对儿子忧虑重重，一个刚毕业归国的年轻人，卷入了一起失踪案的调查。更重要的是，两人虽同处一个空间，却因为彼此内心的疏离，始终无法真正对话。随着故事进展，母亲回忆起儿子的童年点滴，深思着亲子关系的疏离与爱意。小说的最后，鲸鱼的意象是对看似平静的生活表面下涌动的揭示。艾玛的写作就像一片海，表面平静，实则潜藏着不安和复杂的情感暗流。亲情在这里并非温暖动人，就像我们大多数人经历的那样，带着缺憾却又无法割舍，像海水一般咸涩。

万小川：我想先谈谈徐小斌的《隐秘碎片》。在创作谈中，作者说这篇小说的写法受到了英剧《九号秘事》的启发，通过颠覆性的结尾营造出一种荒诞感。我也看过这部剧，的确能从小说中感受到这种特质。例如，在第一部分第五节中，作者细腻地刻画了女演员伍伍在跟名导约会时的欲擒故纵的复杂心态，被名导删了微信的转折便显得格外滑稽；在第一部分第十节中，实实年轻时负气出走，得意洋洋，却在多年后得知男人早已再婚，才想起来二人办过一次假离婚。这些荒诞的反转让人发笑，但细想之下，又能从中看到许多现实的影子：娱乐圈里不乏不轨的交易和被侮辱、被损害的女性，生活中也常有钻法律空子却弄假成真的夫妻。作者也许想借此写出情感与关系的不确定性和复杂性。小说中看似荒诞、魔幻的情节，往往又映照出现实和常理。

在蒋在的《初雪》中，最让我触动的是穆小小和穆芬芳之间的母女关系。作者力图还原一种生活真相：血脉相连的母女之间也有许多难以言说的间隙，其中填充着爱、痛苦、矛盾和沉默。小说从父亲去世这一事件写起。男人之死打破了母女俩平静而偶有摩擦的北京生活，揭开了隐秘的往事。就像曾经的母亲独自承受生活的艰辛和危险一样，如今女儿也将要直面那些深入血管和神经的疼痛了。穆小小和穆芬芳之间的母女关系如同一块镜子，正面映照出彼此的情感，二人的命运如此相似；背面则掩藏着差别和隔阂。正如作者在小说中写到的一个比喻："她们相依为命，彼此为镜。"这让我联想到一个在互联网上热议的话题——东亚母女。评论区充斥着这些关键词：依恋、争斗、疏离、共振……像一场安静又纷纷扬扬的初雪。

张凌岚：在"爱"的专辑里，二湘《心的形状》是令我印象深刻的一篇小说。文本对多部经典进行了回溯，除了反复出现的《这个杀手不太冷》和《洛丽塔》外，还隐隐带有电影《玫瑰丽人》的影子。但作者对这些文本的使用并没有陷入万花筒式的拼接，而是根据自己的思考重新巧妙纳入这些元素并赋予旧的片段以新的含义。通过展现失意的中年男性对青春少女暧昧复杂又富于变换的隐秘情愫，对当下社会原子化个体间的关系进行了探讨，包括人究竟能在多大程度上相互关爱、相互理解并彼此救赎。文中不断提到的"心的形状"其实是对超世俗的直抵灵魂深处的爱与精神共鸣的追求，它虽扎根于现实情欲，其实质却远在生活的日常性之外。虽然主人公施一白和劳拉的感情在某些层面上不见容于世俗，但其存在本身就是对当下社会人与人之间情感淡漠、彼此孤立隔绝状态的反思和质询。从这一点上来说，二湘的书写不仅完成了对经典的创造性转化，也恰到好处地关注到了当下时代存在的问题并对此予以回应。

如果说其他小说大都从正面探讨"爱"这一主题，那么王海雪的《白日月光》则聚焦于爱的背面。它如同一面碎裂的闪着冷光的镜子，折射出爱的痛楚扭曲，以及人心、人性最幽微的部分。这篇小说中几乎每个人的内心都怀揣着巨大的沉默的秘密、巨大的沉默的爱，那些未被开解的情愫日复一日在内心发酵，有的变成了怨恨，有的变成了执迷，有的则在放手一搏之后功亏一篑。爱并没有让人变好，更没有成为救赎，反而让人陷入更大的困境当中。看完我忍不住思考，爱究竟意味着什么？如果它除了明亮和欢悦，也有其锐利和危险的一面，我们又该如何理解爱，处理爱？我无法否认文中这些爱情故事也有其自身动人之处，但它们的底色却如同所有人寄身其中的这个阴郁灰暗的、终其一生也走不出的小镇，由衷使人怅然。

"秘密"：生活表面下的隐秘角落

程舒颖：接下来，我们将聚焦在第二辑"秘密"部分。从难以释怀的记忆到无法压抑的欲望，这一部分的作品大多通过女性视角，深入挖掘复杂的心理与情感体验，细致描绘了很多被隐藏在生活表面下的隐秘角落。那么，女作家们如何通过细腻的笔触，把这些复杂的心理活动与情感历程展现出来？这些作品如何塑造出独具魅力的女性形象？其中是否有触及到我们自身的某些隐藏感受？欢迎大家分享自己的想法。

万小川：读林那北的《春江水很暖》是一个奇妙的过程。起初，读者或许自以为看破了作者埋藏在文本中的秘密，甚至嘲笑作者的俗套——妻子在手机上发现了丈夫出轨的证据，跟小三展开对峙。作者也有意误导读者——小说中的某些对话暗示着这种关系的可能性，比如珊珊提到她不能给女儿抹黑。随着情节的发展，悬疑却转向了钱权交易，而那幅春江图只是洗钱的幌子，珊珊也不过是这场交易的牵线人。读者的期待受到愚弄，不禁返回去重读整篇小说，便能从前文中发现作者苦心埋下的细腻伏笔。在这一过程中，读者的注意力从"事"转移到"人"，从中发掘一个女人从对丈夫的依附中挣脱出来、明确了自身独立性的成长历程。丹梅的那四刀惊心动魄，是一个女人对憋闷、压抑生活的决绝告别。

庞羽的《一个人的塔吊》是一篇奇诡的小说。篇幅不短，却只分成了七段，在形式上营造出一种浩浩荡荡之感。初读时，纷繁的思绪、意象和情节扑面而来：从日常生活中的短视频、食材、烂尾楼、塔吊、食堂、课堂，到遥远的行星撞击；从与丈夫、父母的现实互动，到对爱情、时空的哲学思考；从宏观的太阳，到微观的精子、子宫、卵泡……这一切都让读者深切地感受到主人公想象力的喷薄和意识河流的汹涌。作者细腻地描绘了一个怀孕女性的极端敏感的心理状态，无论是感官情绪还是人际关系的体验，抑或是记忆，都异常活跃。在这样的状态下，任何情绪都可能被放大——隐秘的孤独侵蚀着她的内心，就如同塔吊独自矗立在烂尾楼上。

我家里曾养过一只橘猫，爱咬人，后来我们把它送给了外婆,再后来它走丢了。读余静如的《妙尔》时,我想到了那只猫。我突然感到很愧疚,自己是否和小说里的幸一样呢?作者的意图是明显的,通过妙尔这只猫的性格和命运,暗示了亲密关系中女性的处境——她们的存在似乎只是为了被需要,她们自身的情感需求则常常被忽视。同时,作者也揭示了男女在情感需求上的不平衡,女性就如同妙尔,需要更多关怀——妙尔被驯化、绝育,直到最终死去的过程,也象征着女性在两性关系中的命运:要么忍受规训,要么遭受伤害。

吴韩林:何玉茹的《无事》与辽京的《肾上腺素》有关不同代际内心秘密的书写,或可作某种形式的对读。《无事》中李瑞与刘健儿在京剧唱曲中虽然和谐默契,但背后却潜藏着一段两人年轻时与时代相互错位的遗憾爱情。小说对于人到晚年情感的捕捉尤为细腻,在一曲一调中,尽是道不尽的离别与说不完的伤心事。颇有不同的是,辽京《肾上腺素》的叙述秘密却始终悬置在过山车的最高点,爱的宣言与分手的告白同时降临,变化如同急速运转的飞车,让玩家在最兴奋的同时也最为恐惧。但人生的列车一旦发动,谁又能使其停下呢?因此,男女主人公的情感究竟是如何在这篇小说中开始变轨的,对于读者来说始终是一个谜,但也正是这种说不清道不明的模糊性,构成我们现代人心灵最真实的写照。

张凌岚:张怡微的这篇小说《看见盐柱的寻常一天》也许更能激发我的探索欲,因为故事发生的背景正是我们身处的高校。小说中,在归属于稳定体制的学术大厦日渐崩塌的时代,林妮通过"学术工作坊"的讨论试图建立起自己理想中的乌托邦。一方面想要触碰切记的现实与未来,但另一方面又在身体与情感的病症中沉湎过去,以之最终只能化为《圣经》寓言中凝固的一颗盐柱。作者以一种"共情"的方式将学术乌托邦日益凋敝的暗潮涌动拓展开来,既写出了学术从业者仍然抱持的意志理念,又写出他们被无形的权力机制裹挟和支配的卑弱。

程舒颖:在这一部分的作品中,李嘉茵的《波密人的历史时间》显得十分有趣,给人以玩"解谜游戏"的感受。"我"为了完成一篇关于波密人田野调查的虚构作业,在助教山猫的邀请下,前往波密人聚落遗址,与他一起探访祖父的墓地,虚实交织地展开了一场神秘的南洋冒险。小说充溢着历史的交错与个人记忆的纠葛,关于波密人"历史时间"的奇异设定,体现了青年写作者对时间与历史的哲学思考,也是一次试图用女性视角拓宽虚构边界的尝试。

"远方": 寻觅新世界

程舒颖:"远方"这一辑的作品,往往带有探索与寻觅的意味,无论是地理上的远方,还是心灵上的距离,都在这些作品中得到了充分的体现。这些小说不仅让我们看到新的世界,也让我们在其中看到了切实的生活质感与肌理。那么,在这一部分的小说中,是否有给你带来新的创作视野的思考?这些作品呈现了怎样的多样性与可能性?

张凌岚:马金莲《踩云彩的大脚板》写出了"远方"的心理距离:对于孩童来说,远方也许没有我们想的那么远——离开父母的庇护后,连从村小到家里的路都是远的。阿蛋的父母为了谋生,去了县城,在年幼的阿蛋看来,"远方"并不令人神往,反而意味着剥夺与分离。但小说的色调却并不低回和沉重,恰恰相反,当阿蛋率领伙伴们在乡间道路上拔足狂奔,童年的孤独和快活都被云轻轻托住了,一切都显得那样清新而明朗,连心底的自我鼓劲都是那么真挚,没有一点掺假。"稍微闭上眼睛,感觉你自己就是鸟儿,张开翅膀飞,你飞得越来越轻、越来越快,你驾着风,风托着你的身体,你就越来越快——",这奔跑或许微不足道,但是也能去往比我们想象中更远的地方。

而汤成难的《行行重行行》是其"远方"叙事的延续,小说书写了一位沉默的农民父亲对"路"的痴迷和执着,通过叙写父亲在现实里的一次次远行和"我"因结巴而"失语"又因父亲从远方带回的毛笔重新在精神世界抵达远方,诗性而从容地展现了小人物的在表面生活背后的"日常神性"。汤成难在小说中这样写道:"不管哪一条路似乎都能引领人们快速走到终点",在我们的阅读传统里,"路"是一个坚定指向"远方"的意象,这篇小说通过若隐若现的寓言式写作,将"远方"在异化的当代社会重新锚定在精神世界无限辽阔的纬度上来,人性不屈的微光就这样将我们由此时此地渡至彼刻远方。

程舒颖:提到"远方",我想到的是须一瓜的《邮差藤小玉》,这篇小说让人感受到"远方"并非地理概念,而是对希望的内在追寻。当邮差成了一个时代落后的象征,当妻子心中他所代表的远方不再遥远,藤小玉只能不再将工作视为单纯的运送,而试图以情感的温度和个人的坚守对抗时间。小说中藤小玉讲给女儿的故事"不死草",也成为重要意象,开拓了文本中的另一重空间。"远方"并非地图上的某处,而是在平凡中寻求意义。

修新羽的《水中鸥》则带来了令人耳目一新的视角,探讨了现代社会中技术对个体自由的潜在侵蚀。通过多视角、多声部的叙述,修新羽展现了一个奇异而逼真的未来世界,也深刻揭示了人类内心的孤独与对自由的渴望。尤其是在描述飞行器中成长的孩子们对陆地社会的无知时,情感与哲学的结合使得《水中鸥》除了带有浓厚的科幻色彩,也有对于现实世界的深刻洞察和映照。

《土地的飞行》以情动人,以生动的上海地域文化为背景。"我"外婆赵嫦娥内心始终怀揣着飞翔的念头,尽管她生活的土地与她心中"远方"的理想并不契合。周围人无法理解她,但正是这种独立于外部世界的内心追求,使赵嫦娥的形象显得异常鲜明与动人。在传统与刻板印象的束缚之外,她以一种纯粹而不妥协的方式,向世界展示了对自我理想的追求与坚持,最终,飞机上的赵嫦娥是否抵达了她心中的"远方"?答案已经随着小说娓娓道来,留在了每个读者的心中。

吴韩林:陈谦的《清空》与娜仁高娃的《醉马草》的故事背景,相较于大陆地区,都是某种意义上的"远方"。《清空》关注大洋彼岸海外华人的生存境遇,远渡重洋的他们,不免携带着某些故乡记忆与身份烙印。在这篇小说中,"清空"不仅是完玉与前夫勤威有关铭刻两人关系的文身的消除,同时也是在对记忆的打捞与沉潜中与往事彻底的和解。而在另一边辽阔的蒙古草原上,小女孩用"醉马草"的故事为自己建筑心灵的堡垒,以此来抵御亲情中的冷漠与新家庭的隔膜。《醉马草》中潜藏的情绪暗流,在欲说还休以及讲述的未完成中,让读者得以从小女孩盲眼的视线内,看见无数温情且耀眼的光亮。

编后感: 女性生活的更多可能

程舒颖:最后,我们来聊聊参与编选工作的个人感受吧。从最初大海捞针般的查阅、到数次的讨论和筛选,每一篇作品都让我们有了新的认知。还记得在前几天最终的讨论会上老师的纠结,她说挑选某个陌生作品会调整年选整体的"气象",令我印象深刻。相信长期关注年选的读者会发现,我们每年的选本"气象"都不同。所以,年选的编选过程,也是我们和老师共同见证女性文学气象的更新,而我也深切感受到这些作品如何从不同层面反映出时代的脉动。无论是日常经验中的温柔细节,还是内心世界中的动荡波澜,它们都揭示了中国女性当下复杂的生活历程,与她们在情感与社会关系中的角色转变。其实,这里的每一篇作品都在试图为我们呈现一种新的女性书写方式,让我们看到女性生活与文学本身更多的可能。

张凌岚:记得在讨论中老师认为,当下女性写作更应该重视日常性、真诚度和先锋气质,要求大家区别"为了生活的真实"而进行的女性写作和"借助女性问题"而发表的写作。这很难区分,但这种提醒很有必要。正因如此,女性年选才能发现真正的女性视角,对当下女性生活的处境进行刺穿,将能够超越个体经验、置于生活深处展开的女性小说带到读者面前,期盼这些小说能够带给更多生命真实和自由。

万小川：作为一个男性读者，参与女性小说的编选是一次奇妙的旅程。这不仅让我领略到女性写作的丰富的可能性，体会到女性观察世界的独特视角和面对世界的饱满力量，也促使我反思并更新自身的一些陈旧观念。在参与挑选年选作品的过程中，我发觉一些女作家巧妙地利用社会对女性的偏见和思维定式，在文本中营造出各种圈套，引诱读者钻进去。当读者意识到自己落入陷阱时，其性别意识中的缺陷便暴露无遗。在这个意义上，女性文学就像是一面通透的镜子，映照出我们在思维和理解中的偏狭和不足。

今年的讨论让我对"何为值得被收录的女性写作"有了更深的理解，尤其两点思考贯穿始终。其一，老师今年特意增加了90后、00后作家的比重，某些文本或许在结构上不够工整，语言也带着毛边，但恰恰是这种未被规训的"野生感"，让它们刺破了社会对女性经验的惯性想象。就像余静如《妙尔》中那只被绝育的猫，粗粝的隐喻反而撕开了亲密关系的浪漫糖衣。我认识到年轻作者更需要被"看见"而非被"修正"，女性文学的未来正藏在那些尚未打磨的棱角中。其二，关于"逆流量"的勇气——老师否决了某些被其他榜单、选本或评论家力推的"熟透了"的作品，转而选择另有风格的文本，这使我意识到或许真正的编选意义不在于印证固有审美，而在于勇气：那些未被命名的创作可能，正蛰伏在主流视野的盲区里暗自生长。

吴韩林：作为编选团队的一员，我获得了对于当下女性写作新的认识。如果一篇小说能够发出一种声音，那么此次选本中跨越不同地域与代际组成的 20 种叙述声音，或许可以汇聚成为我们这个时代女性心灵之语的众生相。她们的音调或高亢，或低沉，但听者总能够从中辨识出一种独特的音色，它在警醒着我们对日常生活经验的审视以及对内心隐秘情感的表达，而正是这种必要的审视与表达，构成我们每个人精神的丰富与厚度。在确定最终篇目时，老师强调作品的"文学性"本身，这是我后来不断思考的，其实这也是我们要不断重新认识何为女性文学的根基。

主持人：
  程舒颖 北京师范大学文学创作方向2024级博士研究生
与谈人：
  张凌岚 北京师范大学中国当代文学方向2024级博士研究生
  万小川 北京师范大学文学创作与批评方向2023级硕士研究生
  吴韩林 北京师范大学中国当代文学方向2024级硕士研究生